suhrkamp taschenbuch 1627

Howard Phillips Lovecraft wurde am 20. August 1890 in Providence, Rhode Island, geboren. Er führte das Leben eines Sonderlings, der den Kontakt mit der Außenwelt scheute und mit seinen Freunden und gleichgesinnten Autoren fast nur schriftlich verkehrte. Er starb am 15. März 1937, und sein hinterlassenes Werk ist nicht umfangreich. Zu seinen Lebzeiten erschien nur ein einziges Buch, *The Shadow over Innsmouth*, 1936. Etwa 40 Kurzgeschichten und 12 längere Erzählungen veröffentlichte er in Magazinen, vor allem in der Zeitschrift »Weird Tales« (Unheimliche Geschichten). Lovecrafts Ruhm als Meister des Makabren ist ständig gewachsen, und seine unheimlichen Geschichten wurden inzwischen in viele Sprachen übersetzt. In dem amerikanischen Verlag für phantastische Literatur Arkham House erschienen u. a. *The Outsider and Others* (1939), *Beyond the Wall of Sleep* (1943), The Dunwich Horror and Others (1963), *Dagon and Other Macabre Tales* (1965).

Dieser Band vereinigt Erzählungen und Essays, die höchst interessante Schlaglichter auf den Menschen Lovecraft werfen: sein Leben, seine Auffassungen, vor allem seine Selbsteinschätzung und die Rolle des Verfassers phantastischer Literatur allgemein. Man findet frühe Geschichten, Fragmente, Überarbeitungen der Prosa anderer Autoren, posthum von August Derleth vollendete Erzählungen sowie Aussagen Lovecrafts zur phantastischen Literatur. Aufgenommen sind Lovecrafts Notizbücher, in denen er flüchtige Einfälle für die eventuelle Verwertung in künftigen Erzählungen niederlegte oder Kataloge von Handlungselementen und Situationen für unheimliche Geschichten aufstellte, teilweise auf Träume zurückgehend. Die spärlichen Selbstaussagen Lovecrafts sind von sympathischer Bescheidenheit, ja Unsicherheit geprägt.

Insgesamt ist das ein ungemein vielfältiger Band, der hilft, den seltsamen Menschen Lovecraft und sein Werk besser zu verstehen.

H. P. Lovecraft
Azathoth
Vermischte Schriften

Ausgewählt von
Kalju Kirde
Aus dem Amerikanischen
von Franz Rottensteiner

Phantastische Bibliothek
Band 230

Suhrkamp

Redaktion und Beratung: Franz Rottensteiner
Umschlagbild: Tom Breuer

suhrkamp taschenbuch 1627
Erstausgabe
Erste Auflage 1989
© Suhrkamp Verlag Frankfurt am Main 1989
Copyrightvermerke am Schluß des Bandes
Suhrkamp Taschenbuch Verlag
Alle Rechte vorbehalten, insbesondere das
des öffentlichen Vortrags, der Übertragung
durch Rundfunk und Fernsehen
sowie der Übersetzung, auch einzelner Teile.
Satz: Hümmer GmbH, Waldbüttelbrunn
Druck: Nomos Verlagsgesellschaft, Baden-Baden
Printed in Germany
Umschlag nach Entwürfen von
Willy Fleckhaus und Rolf Staudt

1 2 3 4 5 6 – 94 93 92 91 90 89

Inhalt

Erzählungen

Überarbeitungen und posthume Gemeinschaftsarbeiten

Hazel Heald und H. P. Lovecraft, Der Mann aus Stein.... 9
Sonia Greene und H. P. Lovecraft, Das unsichtbare
Ungeheuer 27
Sonia Greene und H. P. Lovecraft, Vier Uhr 35
C. M. Eddy jr. und H. P. Lovecraft, Die geliebten Toten .. 41
C. M. Eddy jr. und H. P. Lovecraft, Taub, stumm und
blind 53
Robert H. Barlow und H. P. Lovecraft, »Bis zur Neige« 67
Hazel Heald und H. P. Lovecraft, Das Grauen auf dem
Gottesacker 77
William Lumley und H. P. Lovecraft, Das Tagebuch des
Alonzo Typer 93
Adolphe de Castro und H. P. Lovecraft, Die elektrische
Hinrichtungsmaschine..................................... 118
H. P. Lovecraft und August Derleth, Wentworths Tag..... 141
H. P. Lovecraft und August Derleth, Der Fischer von
Falcon Point 153
H. P. Lovecraft und August Derleth, Das Hexenloch 158
H. P. Lovecraft und August Derleth, Innsmouth-Ton 174

Fragmente

Azathoth... 187
Der Sproß 189
Das Buch 194
Das Ding im Mondlicht 198
Das uralte Volk 201

Frühe Geschichten

Die Dichtkunst und die Götter 210
Die Straße 218
Das Verschwinden des Juan Romero...................... 225

Prosagedichte

Erinnerung 235
Ex Oblivione 236
Was der Mond bringt 238

Essays

Autobiographie. Einige Anmerkungen zu einer Null 243
Anmerkungen zum Schreiben unheimlicher
Erzählungen 255
Einige Anmerkungen zu interplanetarischen
Erzählungen 260
Anmerkungs- und Notizbuch 268
   I. Vorschläge zum Geschichtenschreiben 268
   II. Elemente der unheimlichen Geschichte und Typen
      der unheimlichen Geschichte 271
   III. Eine Aufstellung gewisser Grundformen des
       Grauens, die in unheimlicher Literatur wirkungs-
       volle Verwendung finden 272
   IV. Aufstellung erster Einfälle, die denkbaren
       unheimlichen Geschichten als Motivation dienen
       können.. 275
   Lovecrafts Notizbuch 276
Notizbuch 277
Geschichte und Chronologie des Necronomicons 298
Lord Dunsany und sein Werk 300

Copyrightvermerke 312

Erzählungen

Überarbeitungen und posthume Gemeinschaftsarbeiten

Hazel Heald und H. P. Lovecraft
*Der Mann aus Stein**

Ben Hayden galt schon immer als hartnäckiger Bursche, und sobald er von den merkwürdigen Statuen in den oberen Adirondacks gehört hatte, konnte ihn nichts davon abhalten, sich aufzumachen, um der Sache nachzugehen. Ich war seit Jahren sein engster Freund, und unsere Freundschaft, unverbrüchlich wie die von Damon und Phintias, machte uns allzeit unzertrennlich. Als daher Ben fest entschlossen war aufzubrechen, mußte ich mittrotten wie ein treuer Collie.

»Jack«, sagte er, »du kennst doch Henry Jackson, der auf der anderen Seite von Lake Placid in einer Hütte hauste, weil er diesen blöden Schatten auf dere Lunge hatte? Also, der ist unlängst fast geheilt zurückgekehrt, hatte aber eine Menge über irgendwelche teuflisch merkwürdigen Umstände dort oben zu erzählen. Er ist ganz plötzlich auf die Sache gestoßen, ist sich aber noch nicht sicher, daß es mehr ist als nur ein Fall von bizarrer Bildhauerkunst; aber wie auch immer, ihm ist nicht ganz wohl bei der Sache.

---

* »Der Mann aus Stein« war Mrs. Healds erste veröffentlichte Geschichte. Sie wurde von Lovecraft weniger stark als ihre späteren Erzählungen überarbeitet. Unter dem Datum 30. September 1944 schrieb Mrs. Heald: »Lovecraft half mir bei dieser Geschichte ebensosehr wie bei den anderen und schrieb ganze Absätze um. Er kritisierte Absatz um Absatz, fügte daneben mit Bleistift Bemerkungen ein und ließ mich dann alles umschreiben, bis er damit zufrieden war.« Es gibt schlüssige Beweise, die darauf hindeuten, daß Lovecrafts Überarbeitungen in zwei scharf getrennte Gruppen einzuordnen sind – das Gros rein professioneller Überarbeitungen von Sprache und Interpunktion und eine gewisse kleine Gruppe von Geschichten, die ihn persönlich stark interessierten und denen er seinen persönlichen literarischen Stempel aufdrückte. Das gilt weniger für »Der Mann aus Stein« als für die späteren Arbeiten, die unter dem Namen Hazel Heald erschienen. Lovecraft überarbeitete auch – über die Werke hinaus, die bereits bei Arkham House vorliegen – Erzählungen unter den Namen Sonia H. Greene (die Frau, mit der Lovecraft kurze Zeit verheiratet war) und Adolphe de Castro, die in *Weird Tales* erschienen. »Der Mann aus Stein« wird hier in erster Linie als ein Beispiel von Lovecrafts frühen Überarbeitungen angeführt, das die Kennzeichen eines rein beruflichen und zum Teil auch eines persönlichen Interesses trägt, man denke z. B. an die Einfügung des *Book of Eibon* usw.

Offenbar ging er eines Tages auf Jagd und stieß dabei auf eine Höhle, vor der etwas hockte, was wie ein Hund aussah. Gerade als er erwartete, der Hund würde bellen, sah er nochmals hin und erkannte, daß er gar nicht lebendig war. Es war ein Hund aus Stein – das vollkommene Abbild eines Hundes bis zum kleinsten Barthaar, so daß ihm die Entscheidung schwerfiel, ob es sich um eine besonders raffinierte Plastik oder ein versteinertes Tier handelte. Er fürchtete sich fast, den Hund zu berühren. Als er es jedoch wagte, erkannte er, daß er tatsächlich aus Stein war.

Nach einer Weile riß er sich zusammen und betrat die Höhle – und dort wurde ihm eine noch größere Überraschung zuteil. Unweit des Höhleneingangs befand sich eine weitere Steinfigur – oder was danach aussah –, aber diesmal die eines Mannes. Er lag auf dem Boden, trug Kleider und hatte einen eigenartig lächelnden Gesichtsausdruck. Diesmal hielt sich Henry nicht damit auf, die Figur zu betasten, sondern eilte geradewegs ins Dorf, nach Mountain Top. Natürlich stellte er Fragen – aber das brachte ihn nicht viel weiter. Er bemerkte, daß er ein heikles Thema berührte, denn die Einheimischen schüttelten bloß den Kopf, falteten die Hände und murmelten etwas von einem ›Verrückten Dan‹ – wer immer das war.

Für Jackson war das zuviel, daher kehrte er Wochen früher als geplant heim. Er hat mir davon erzählt, weil er weiß, wie sehr ich Seltsames liebe – und merkwürdigerweise war ich imstande, mich an etwas zu erinnern, das sich ziemlich mühelos mit seiner Geschichte vereinbaren ließ. Erinnerst du dich an Arthur Wheeler, den Bildhauer, der solch ein Realist war, daß man ihn nur noch ›einen tüchtigen Photograph‹ zu nennen begann? Ich glaube, du kanntest ihn flüchtig. Also, um der Wahrheit die Ehre zu geben, auch er ist in jenem Teil der Adirondacks gelandet. Blieb lange Zeit dort und verschwand dann. Man hörte nie mehr etwas von ihm. Wenn jetzt in der Gegend hier Steinstatuen auftauchen, die wie Menschen und Hunde aussehen, meine ich, das könnte seine Arbeit sein – egal, was die Landbevölkerung darüber sagt oder besser nicht sagt. Natürlich ist es leicht möglich, daß ein Kerl mit Jacksons Nerven über derlei aus dem Häuschen gerät oder davonläuft: ich hätte jedoch eine ganze Reihe Untersuchungen angestellt, ehe ich davongelaufen wäre.

Also, Jack, ich fahre jetzt dorthin, um meine Nase in diese Sachen zu stecken – und du begleitest mich. Es wäre wirklich eine feine

Sache, Wheeler zu finden – oder etwas von seinen Arbeiten. Auf jeden Fall wird uns beiden die Bergluft guttun.«

Und so kamen wir kaum eine Woche später, nach einer langen Bahnreise und einer holprigen Busfahrt durch eine atemberaubend schöne Landschaft im goldenen Sonnenschein eines späten Juniabends, in Mountain Top an. Das Dorf bestand lediglich aus einigen kleinen Häusern, dem Hotel und dem Krämerladen, vor dem unser Bus hielt; wir wußten, daß sich der Laden möglicherweise als Brennpunkt für allerlei Information erweisen würde. Natürlich hatte sich die übliche Gruppe von Müßiggängern um die Stufen versammelt, und als wir uns als Erholungsuchende vorstellten, die eine Unterkunft brauchten, bekamen wir eine Menge Empfehlungen.

Obwohl wir geplant hatten, mit unseren Nachforschungen erst am nächsten Tag zu beginnen, konnte es sich Ben nicht verkneifen, einige vage, vorsichtige Fragen zu stellen, als er die senile Geschwätzigkeit eines der schlechtgekleideten Müßiggänger bemerkte. Jacksons frühere Erfahrung hatte ihn gelehrt, daß es sinnlos wäre, mit Anspielungen auf die seltsamen Statuen zu beginnen; er beschloß, Wheeler als einen Bekannten zu erwähnen, an dessen Schicksal wir füglich mit Recht interessiert sein durften.

Den Leuten schien es nicht recht zu sein, als Sam mit dem Schnitzen aufhörte und zu reden begann, auch wenn sie wenig Grund zur Beunruhigung hatten. Aber selbst dieser barfüßige alte Bergschrat verstummte sofort, als er Wheelers Namen hörte, und nur mit viel Schwierigkeiten konnte ihm Ben einige zusammenhängende Worte entlocken.

»Wheeler?« hatte er schließlich geschnauft. »O ja, der Kerl, der die ganze Zeit über Felsen sprengte und Statuen daraus machte. Ihr habt ihn also gekannt, he? Da gibt's nich' viel, was wir euch erzählen können, und vielleich' ist das schon zuviel. Er wohnte in der Hütte des Verrückten Dan in den Bergen – aber nicht sehr lang. Bis er nichts mehr wollte – das heißt von Dan. War 'n Süßholzraspler und schwänzelte um Dans Frau herum, bis es der alte Teufel merkte. Hatte sich in sie verknallt, glaub' ich. Hat sich dann plötzlich davongemacht, und seither hat niemand mehr was von ihm gesehen. Dan muß ihm den Wind von vorn gegeben haben – 'n übler Bursche, dieser Dan, wenn man ihn zum Feind hat. Besser, ihr haltet euch fern von ihr, Jungs, denn in diesem Teil der Berge nützt sie euch nichts. Dans Laune wurde immer schlechter, er hat sich nicht mehr blicken lassen. Seine Frau auch nicht. Ich vermute, er hat sie irgendwo eingesperrt, damit ihr kein anderer schöne Augen machen kann!«

Als Sam nach einigen weiteren Bemerkungen mit dem Schnitzen fortfuhr, wechselten Ben und ich einen Blick. Hier gab es gewiß eine Spur, die man gründlich verfolgen mußte. Wir beschlossen, im Hotel abzusteigen, und richteten uns so schnell wie möglich ein; für den nächsten Tag planten wir, uns in die rauhe Bergwelt zu stürzen.

Gegen Sonnenaufgang brachen wir auf. Jeder trug einen Rucksack, beladen mit Vorräten und Gerätschaften, die wir für nötig hielten. Der vor uns liegende Tag hatte den beinahe anregenden Hauch einer Verlockung, mit einem vagen Unterton des Unheimlichen. Unsere holprige Bergstraße stieg sehr bald in vielen Windungen steil an, so daß uns binnen kurzem die Füße tüchtig schmerzten.

Nach rund zwei Meilen verließen wir die Straße, überquerten zur Rechten eine Steinmauer in der Nähe einer großen Ulme und schlugen einen Querweg zu einem steileren Hang ein, wie uns die Karte und die Erläuterungen, die Jackson für uns vorbereitet hatte, verrieten. Es war ein mühsames, dorniges Unterfangen, aber wir wußten, daß die Höhle nicht weit sein konnte. Schließlich stießen wir ganz unvermutet auf die Öffnung – eine dunkle, von Büschen bewachsene Felsspalte, in der der Boden plötzlich anstieg. Daneben, vor einem niedrigen Tunnel im Gestein, stand steif eine kleine, schweigende Gestalt – als wetteifere sie mit der eigenen unheimlichen Versteinerung.

Es war ein grauer Hund – oder eine Hundestatue, und als unser beider gleichzeitiger Aufschrei erstarb, wußten wir kaum, was wir denken sollten. Jackson hatte nicht übertrieben, und wir konnten nicht glauben, daß es einer Bildhauerhand gelungen war, eine solche Vollkommenheit hervorzubringen. Jedes Haar des prächtigen Fells des Tieres war deutlich zu erkennen. Die Haare auf dem Rücken waren gesträubt, als hätte ein unbekanntes Wesen das Tier überrascht. Ben, der schließlich halb liebkosend das zarte steinerne Fell berührte, stieß einen Ausruf aus.

»Großer Gott, Jack, das kann keine Statue sein! Schau her – all die kleinen Einzelheiten, und wie das Haar ausgerichtet ist! Da ist nichts von Wheelers Technik zu sehen! Das ist ein echter Hund – aber nur der Himmel weiß, wie er in diesen Zustand geraten ist.

Ganz wie Stein – faß ihn selbst an. Glaubst du, daß es hier ein seltenes Gas gibt, das zuweilen aus der Höhle austritt und tierischem Leben das antut? Wir hätten uns genauer mit den örtlichen Sagen befassen sollen. Und wenn das ein echter Hund ist – oder ein echter Hund war –, dann muß auch der Mann drinnen ein echter Mensch sein.«

Mit einer guten Portion Ehrfurcht – fast auch Furcht – krochen wir schließlich auf Händen und Füßen durch den Höhleneingang, Ben voran. Die enge Stelle war kaum einen Meter lang, dahinter weitete sich die Grotte allseits und bildete eine feuchte, im Dämmerlicht liegende Kammer, deren Boden mit Schutt und Geröll bedeckt war. Eine Zeitlang konnten wir kaum etwas ausmachen, aber als wir uns erhoben und den Blick schärften, begannen wir allmählich in der tieferen Dunkelheit vor uns eine hingestreckte Gestalt erkennen. Ben fummelte an seiner Taschenlampe herum und zögerte einen Augenblick, ehe er den Lichtschein auf die hingestreckte Gestalt richtete. Wir hatten kaum einen Zweifel, daß dieses Steinding einst ein Mensch gewesen war, und etwas an dieser Vorstellung entnervte uns beide.

Im Licht von Bens Taschenlampe erkannten wir, daß der Gegenstand auf der Seite lag, den Rücken uns zugewandt. Er bestand eindeutig aus demselben Material wie der Hund draußen, war jedoch in die verfaulten und nicht versteinerten Überreste eines groben Sportanzuges gekleidet. Da wir auf einen Schock vorbereitet waren, näherten wir uns gelassen, um das Wesen zu untersuchen. Ben ging auf die andere Seite hinüber, um einen Blick auf das abgewandte Gesicht zu werfen. Beide konnten wir unmöglich auf das vorbereitet sein, was Ben sah, als er das Licht auf diese Steinzüge fallen ließ. Daß er aufschrie, war völlig verständlich, und unwillkürlich mußte ich in den Schrei einstimmen, als ich an seine Seite sprang und den Anblick mit ihm teilte. Und doch war es nichts Entsetzliches oder an sich Erschreckendes. Es war bloß eine Sache des Erkennens, denn ohne den geringsten Schatten eines Zweifels war diese kalte Felsengestalt mit dem halb erschreckten, halb bitteren Ausdruck unser alter Bekannter Arthur Wheeler.

Irgendein Instinkt trieb uns stolpernd und kriechend aus der Höhle und den unwegsamen Hang hinunter bis zu einem Punkt, wo wir den ominösen Steinhund nicht sehen konnten. Wir wußten kaum, was wir denken sollten, denn unser Gehirn schwirrte von Vermutungen und Mutmaßungen. Ben, der Wheeler gut gekannt hatte, war besonders schockiert und schien einige Fäden zu verknüpfen, die mir entgangen waren.

Als wir auf dem grünen Abhang stehenblieben, wiederholte er immer wieder: »Der arme Arthur, der arme Arthur!« Aber erst als er den Namen »Verrückter Dan« murmelte, erinnerte ich mich an den Ärger, den sich Wheeler, dem alten Sam Poole zufolge, kurz vor seinem Verschwinden zugezogen hatte. Der Verrückte Dan, deutete Ben an, wäre zweifellos froh zu sehen, was geschehen war. Einen Augenblick lang kam uns beiden blitzartig der Gedanke, daß der eifersüchtige Gastgeber vielleicht für die Anwesenheit des Bildhauers in der üblen Höhle verantwortlich sein mochte, aber dieser Gedanke verflog so schnell, wie er gekommen war.

Am rätselhaftesten blieb uns, wie die Erscheinung an sich zu erklären war. Welcher Gasaustritt oder welcher Gesteinsdampf diese Veränderung in so relativ kurzer Zeit bewirkt haben mochte, war uns völlig unerklärlich. Die normale Versteinerung ist, wie wir wissen, ein langsamer, chemischer Prozeß, der bis zum Abschluß unermeßliche Zeiträume erfordert; und doch hatten wir hier vor uns zwei Steinfiguren, die – zumindest Wheeler – noch vor ein paar Wochen lebendig gewesen waren. Vermutungen waren sinnlos. Uns blieb nichts anderes übrig, als die Behörden zu verständigen. Mochten sie an Vermutungen anstellen, was sie wollten. Aber irgendwo in Bens Hinterkopf hielt sich die Idee vom Verrückten Dan noch immer hartnäckig. Wir bahnten uns den Weg zur Straße zurück, doch wandte sich Ben nicht dem Dorf zu, sondern blickte die Straße entlang nach oben, wo die Hütte des besagten Dan lag, wie der alte Sam behauptete. Es war das zweite Haus nach dem Dorf, hatte der alte Müßiggänger hervorgestoßen, und lag links, von der Straße zurückgesetzt, in dichtem Eichengestrüpp. Ehe ich es merkte, zog mich Ben den Sandweg hoch, vorbei an einer abgewirtschafteten Farm, in ein Gebiet zunehmender Wildnis.

Ich kam nicht auf den Gedanken zu protestieren, doch empfand ich eine wachsende Bedrohung, als die vertrauten Anzeichen der Landwirtschaft und der Zivilisation immer spärlicher wurden. Endlich öffnete sich zu unserer Linken ein enger, vernachlässigter Pfad, während sich das Giebeldach eines armseligen, ungestrichenen Gebäudes hinter kränklich gewachsenen, halb abgestorbenen Bäumen zeigte. Das mußte, wie ich wußte, die Hütte des Verrückten Dan sein, und ich wunderte mich, daß Wheeler je einen so wenig heimelnden Ort als Quartier gewählt hatte. Ich hatte Furcht davor, den überwachsenen, nicht sehr einladenden Pfad hinaufzusteigen, konnte aber nicht zurückbleiben, als Ben entschlossen auszuschreiten begann und kräftig an die wacklige, modrig riechende Tür klopfte.

Es gab keine Reaktion auf das Klopfen. Etwas an dem Widerhall jagte einem einen Schauder nach dem anderen über den Rücken. Ben ließ sich davon jedoch nicht stören und ging um das Haus herum auf der Suche nach einem unverschlossenen Fenster. Das dritte, das er ausprobierte – auf der Rückseite der armseligen Behausung – ließ sich öffnen. Nach einem Stoß und einem kräftigen Sprung war er im Innern und half mir hinein.

Der Raum, in dem wir landeten, war angefüllt mit Kalkstein- und Granitblöcken, Bildhauerwerkzeug und Tonmodellen. Wir erkannten sofort, daß es sich um Wheelers früheres Atelier handelte. Bislang waren wir noch auf kein Zeichen von Leben gestoßen, doch hing über allem ein verdammt unheilverkündender Staubgeruch. Zu unserer Linken stand eine Tür offen, die wohl zu einer Küche auf der Kaminseite des Hauses führte. Ben trat durch diese Tür, begierig, alles über den letzten Wohnsitz seines verstorbenen Freundes herauszufinden. Er war mir weit voraus, als er die Schwelle überschritt, so daß ich zuerst nicht sehen konnte, was ihn zusammenzucken ließ und seinen Lippen einen Schrei des Entsetzens entlockte.

Im nächsten Augenblick sah ich es ebenfalls – und ich wiederholte seinen Aufschrei so instinktiv wie in der Höhle. Denn hier in dieser Hütte, weit von allen unterirdischen Tiefen entfernt, die seltsame Gase produzierten und merkwürdige Nachbildungen bewirken konnten, befanden sich zwei Steingestalten, von denen ich sofort wußte, daß sie nicht unter Arthur Wheelers Meißel entstanden waren. In einem primitiven Lehnstuhl vor der Feuerstelle, festgebunden mit den Überresten einer langen Rohlederpeitsche, hing die Gestalt eines Mannes – ungepflegt, schon etwas älter und mit einem Blick grenzenlosen Entsetzens auf dem bösen, versteinerten Gesicht.

Auf dem Fußboden daneben lag eine Frauengestalt, grazil und mit einem Gesicht, das sehr viel Jugend und Schönheit verriet. Sein Ausdruck schien von zynischer Befriedigung zu künden. Neben ihrer ausgestreckten Hand stand ein großer Blecheimer, der im Innern leichte Flecken, wie von einer dunklen Ablagerung, aufwies.

Wir vermieden es, uns diesen unerklärlicherweise versteinerten Leichen zu nähern, und tauschten auch nur karge Vermutungen aus. Daß dieses steinerne Paar der Verrückte Dan und seine Frau waren, ließ sich kaum bezweifeln, aber wie wir uns ihren gegenwärtigen Zustand erklären sollten, war eine andere Sache. Als wir uns erschreckt umblickten, erkannten wir die Plötzlichkeit, mit der sie dies Ereignis überrascht haben mußte – denn alles um uns schien, trotz einer dicken Staubschicht, die gewöhnlichen Haushaltstätigkeiten anzuzeigen.

Die einzige Ausnahme von dieser Regel der Alltäglichkeit bildete der Küchentisch, in dessen leergeräumter Mitte, wie um Aufmerksamkeit zu erregen, ein dünnes, abgegriffenes, unbeschriftetes Heft lag, das mit einem Zinntrichter von beträchtlicher Größe beschwert war. Ben trat näher, um das Heft zu lesen, und erkannte, daß es sich um ein Tagebuch mit weit zurückliegenden Eintragungen handelte, geschrieben mit einer verkrampften und ziemlich ungeübten Hand. Schon die ersten Worte erregten meine Aufmerksamkeit, und ehe zehn Sekunden um waren, verschlang er atemlos den immer wieder unterbrochenen Text – und ich folgte ihm eifrig und blickte über seine Schulter. Beim Weiterlesen – wir waren dazu in das angrenzende Zimmer gegangen, in dem nicht diese gräßliche Stimmung hing – wurden uns viele dunkle Umstände klar, und wir zitterten unter einem Ansturm komplexer Gefühle.

Und das ist es, was wir lasen – und was der Coroner nach uns las. Die Öffentlichkeit bekam in der Sensationspresse eine im höchsten Maße verfälschte und aufgebauschte Version vorgesetzt, aber selbst diese enthält bloß einen Bruchteil des echten Grauens, welches das einfache Original für uns bot, als wir es allein in dieser modrigen Hütte im wilden Bergland entzifferten, wobei zwei ungeheuerliche Steinabnormitäten in der todesähnlichen Stille des Nebenzimmers lauerten. Als wir fertig waren, steckte Ben das Buch mit einer Geste des Abscheus in die Tasche, und seine ersten Worte waren: »Laß uns verschwinden.«

Schweigend und nervös stolperten wir zur Vorderseite des Hauses, sperrten die Tür auf und machten uns auf den langen Fußweg zurück zum Dorf. Wir mußten in den folgenden Tagen zahlreiche Aussagen machen und viele Fragen beantworten, und ich glaube nicht, daß ich oder Ben je die Auswirkungen des ganzen qualvollen Erlebnisses abschütteln können. Und einigen der Amtspersonen und Reporter, die sich hier tummelten, wird es genauso ergehen – auch wenn ein bestimmtes Buch und viele der in Kisten auf dem Speicher aufgefundenen Papiere verbrannt wurden und man umfangreiche Apparaturen im hintersten Teil jener unheimlichen Höhle am Berghang zerstörte. Hier ist jedoch der Text selbst:

»5. Nov. – Ich heiße Daniel Morris. Hier in der Gegend nennt man mich den ›Verrückten Dan‹, denn ich glaube an Mächte, an die heutzutage niemand mehr glaubt. Wenn ich den Donnerberg hinaufgehe, um das Fest der Füchse zu feiern, hält man mich für verrückt – alle mit Ausnahme der abgeschieden hausenden Landbewohner, die sich vor mir fürchten. Man versucht mich davon abzuhalten, der Schwarzen Ziege zu Halloween Opfer zu bringen, und man hindert mich ständig, den Großen Ritus zu vollziehen, der das Tor öffnen würde. Sie sollten es besser wissen, denn es ist ihnen bekannt, daß ich mütterlicherseits ein Van Kauran bin, und jedermann auf dieser Seite des Hudson weiß, was die Van Kaurans in ihrer Familie überliefert haben. Wir stammen von Nicholas Van Kauran ab, dem Hexenmeister, der 1587 in Wijtgaart gehängt wurde, und jeder weiß, daß er mit dem Schwarzen Mann einen Pakt geschlossen hatte.

Den Soldaten entging sein *Book of Eibon,* als sie sein Haus niederbrannten, und sein Enkel, William Van Kauran, brachte es herüber, als er nach Rensselacrwyck und später über den Fluß nach Esopus kam. Fragen Sie, wen Sie wollen, in Kingston oder Hurley, was das Geschlecht der William Van Kauran den Menschen antun könnte, die sich ihm in den Weg stellen. Fragen Sie sie auch, ob es meinem Onkel Hendrik nicht gelang, das *Book of Eibon* zu retten, als man ihn aus der Stadt jagte und er mit seiner Familie den Fluß heraufzog, bis hierher.

Ich schreibe das – und ich werde nicht aufhören, das zu schreiben –, weil ich möchte, daß die Menschen die Wahrheit wissen, wenn ich tot bin. Außerdem fürchte ich wirklich, daß ich verrückt werde, wenn ich nicht alles einfach schwarz auf weiß niederlege. Alles hat sich gegen mich verschworen, und wenn das so weitergeht, werde ich die Geheimnisse in dem *Book* verwenden und bestimmte Mächte herbeirufen. Vor drei Monaten kam der Bildhauer Arthur Wheeler nach Mountain Top, und man schickte ihn zu mir herauf, denn ich bin der einzige hier, der mehr kann als Landwirtschaft zu betreiben, zu jagen und die Sommergäste zu schröpfen. Den Kerl schien zu interessieren, was ich zu sagen hatte, und war bereit, sich hier für $ 13,– die Woche einschließlich Mahlzeiten einzuquartieren. Ich überließ ihm das Hinterzimmer für seine Steinbrocken und sein Steinwerkzeug, und machte mit Nate Williams aus, daß er sich um die Sprengungen kümmern und die großen Stücke mit einem Rollwagen und einem Ochsengespann heraufschleppen sollte.

Das war vor drei Monaten. Jetzt weiß ich, warum dem verfluchten Sohn der Hölle die Unterkunft so rasch zusagte. Das war nicht meiner Überzeugungskraft zuzuschreiben, sondern dem Aussehen meiner Frau Rose, Osborn Chandlers ältester Tochter. Sie ist sechzehn Jahre jünger als ich und macht den Burschen in der Stadt immer schöne Augen. Wir haben uns aber immer gut verstanden, bis diese dreckige Ratte auftauchte, auch wenn Rose sich weigerte, mir bei den Riten am Karfreitag und Allerheiligen zu helfen. Ich erkenne jetzt, wie Wheeler ihre Gefühle ausnutzt und sie so für ihn einnimmt, daß sie mich kaum noch ansieht, und ich glaube, früher oder später wird er versuchen, sich mit ihr davonzumachen.

Er arbeitet jedoch langsam, wie alle hinterlistigen, geschniegelten Hunde, und ich habe Zeit genug, darüber nachzudenken, was ich dagegen unternehmen soll. Keiner von beiden weiß, daß ich etwas argwöhne, aber es wird nicht lange dauern, bis sie erkennen, daß es sich nicht lohnt, die Familie eines Van Kauran zu zerstören. Ich kann ihnen versprechen, daß das, was ich tun werde, für sie eine Überraschung sein wird.

25. November, Erntedankfest. Das ist ein ziemlich guter Scherz! Aber ich werde etwas haben, für das ich wirklich dankbar sein kann, wenn ich fertigkriege, was ich angefangen habe. Keine Frage mehr, daß Wheeler versucht, mir die Frau wegzunehmen. Vorläufig jedoch kann er weiterhin bei mir Star-Logiergast sein. Holte letzte Woche das *Book of Eibon* aus Onkel Hendriks alter Kiste in der Dachkammer herunter. Ich suche nach einer feinen Sache ohne Opfer, die ich hier nicht bringen kann. Ich brauche etwas, was diesen beiden hinterhältigen Verrätern ein Ende macht, ohne daß ich mir gleichzeitig Schwierigkeiten einhandle. Wenn es irgendeinen dramatischen Dreh hätte, um so besser. Ich habe daran gedacht, die Emanation des Yoth zu beschwören, aber dazu bedarf es des Blutes eines Kindes, und ich muß mich vor den Nachbarn hüten. Der Grüne Verfall sieht vielversprechend aus, aber das wäre für mich genauso unangenehm wie für sie. Gewisse Anblicke und Gerüche vertrage ich nicht.

10. Dezember – *Heureka!* Endlich hab ich's! Rache ist süß – und das ist der vollkommene Höhepunkt! Wheeler, der Bildhauer – das ist zu prächtig! Ja, wahrhaftig, dieser verdammte Schleicher wird eine Skulptur abgeben, die sich rascher verkauft als all die Sachen, die er in den letzten Wochen gemeißelt hat! Ein Realist, eh! Also – der neuen Skulptur wird es gewiß nicht an Realismus fehlen. Ich fand die Formel auf einem eingeklebten Manuskript, gegenüber der Seite 679 des *Book*. Nach der Handschrift zu schließen, wurde sie von meinem Urgroßvater Bareut Picterse Van Kauran eingefügt – demjenigen, der 1839 aus New Paltz verschwand. *Iä! Shub-niggurath!* Die Ziege mit den tausend Jungen!

Um es einfach zu machen, ich habe eine Methode entdeckt, wie man diese armseligen Ratten in steinerne Statuen verwandeln kann. Es ist absurd einfach und hängt in Wahrheit mehr mit gewöhnlicher Chemie zusammen als mit den Mächten des Drüben. Wenn ich mir das richtige Zeug verschaffe, kann ich einen Trank zusammenbrauen, der als selbstgemachter Wein gelten mag, und ein kräftiger Schluck sollte reichen, um mit jedem gewöhnlichen Lebewesen, das kleiner als ein Elefant ist, fertig zu werden. Es läuft auf eine unendlich beschleunigte Versteinerung hinaus. Schießt Kalzium- und Bariumsalze ins ganze System und ersetzt lebende Zellen durch mineralische Materie, und zwar so schnell, daß niemand den Prozeß aufhalten kann. Das muß eines der Dinge gewesen sein, die Urgroßvater vom Großen Sabbat auf dem Zuckerhut in den Catskills mitbrachte. Dort pflegten recht seltsame Sachen vor sich zu gehen. Ich meine, ich hätte von einem Mann aus New Paltz gehört – Squire Hasbrouck –, der 1834 zu Stein oder dergleichen verwandelt wurde. Er war mit den Van Kaurans verfeindet. Zuallererst muß ich die fünf benötigten Chemikalien in Albany und Montreal bestellen. Später habe ich genug Zeit zum Experimentieren. Wenn alles vorbei ist, packe ich alle Skulpturen zusammen und verkaufe sie als Wheelers Werk zur Abdeckung der ausständigen Miete! Er war immer ein Realist und ein Egoist – wäre es nicht natürlich für ihn, ein Selbstbildnis in Stein anzufertigen, und meine Frau als weiteres Modell zu verwenden – was er ja in den letzten vierzehn Tagen auch wirklich gemacht hat? Das tumbe Publikum wird sich kaum fragen, *aus welchem Steinbruch der Stein stammt!*

25. Dezember – Weihnachten. Frieden auf Erden und so weiter!

Diese beiden Schweine starren einander an, als gäbe es mich gar nicht. Sie müssen sich einbilden, ich sei taub, stumm und blind! Also, Bariumsulfat und Kalziumchlorid kamen schon am Donnerstag aus Albany, und die Säuren, Katalysatoren und Instrumente müssen jetzt jeden Tag aus Montreal eintreffen. Gottes Mühlen – und so weiter! Ich werde die Arbeiten in Allen's Cave in der Nähe des unteren Waldgrundstücks durchführen, und zugleich werde ich offen hier im Keller etwas Wein herstellen. Man braucht irgendeinen Vorwand, um ein neues Getränk anzubieten – doch wird nicht viel Planung erforderlich sein, um diese verliebten Einfaltspinsel zu täuschen. Das Problem wird sein, Rose dazu zu bringen, Wein zu trinken, denn sie tut so, als möge sie ihn nicht. Alle Tierexperimente werde ich in der Höhle durchführen, im Winter kommt dort niemand hin. Ich werde etwas Holz schlagen, um meine Anwesenheit zu erklären. Ein oder zwei mitgebrachte Bündel sollten ihn von der richtigen Spur ablenken.

20. Januar – Es ist eine härtere Arbeit, als ich dachte. Eine Menge hängt vom genauen Mischungsverhältnis ab. Das Zeug kam aus Montreal, aber ich mußte mir bessere Waagen und eine Azetylenlampe bestellen. Im Dorf wird man schon neugierig. Ich wünschte mir, die Ausgabestelle für Expreßpost wäre nicht gerade in Steenwycks Laden. Ich probiere verschiedene Mixturen an den Spatzen aus, die aus dem Tümpel vor der Höhle trinken und in ihm baden – wenn er aufgetaut ist. Manchmal werden sie getötet, aber manchmal fliegen sie auch fort. Ich muß wohl eine wichtige Reaktion übersehen haben. Ich nehme an, daß Rose und jener Emporkömmling meine Abwesenheit weidlich nützen – aber ich kann es mir leisten, ihnen das zu gestatten. Es kann keinen Zweifel geben, daß ich schließlich Erfolg haben werde.

11. Februar – Jetzt habe ich es endlich! Schüttete eine frische Menge in den kleinen Tümpel, der heute aufgetaut ist, und der erste Vogel, der davon trank, fiel um, als hätte man ihn erschossen. Ich hob ihn eine Sekunde später auf. Er war ein vollkommenes Stück Stein, bis zur kleinsten Kralle und Feder. Kein Muskel war verändert, da er sich gerade zum Trinken anschickte, daher mußte er in dem gleichen Augenblick gestorben sein, als das Zeug in seinen Magen gelangte. Ich hatte nicht erwartet, daß die Versteinerung so rasch einsetzen würde. Aber ein Sperling ist kein geeigneter Test dafür, wie das Zeug auf ein größeres Lebewesen wirken würde. Ich brauche etwas Größeres zur Erprobung, denn der

Trank muß die richtige Stärke haben, wenn ich ihn diesen Schweinen eingebe. Ich glaube, Roses Hund Rex ist das richtige. Ich nehme ihn nächstes Mal mit und erkläre, daß ihn ein Wolf erwischt hat. Sie hat ihn sehr gern, und es wird mir nicht leid tun, ihr vor der großen Abrechnung etwas zu liefern, worum sie sich ein bißchen die Augen ausweinen kann. Ich muß aufpassen, wo ich dieses Heft aufbewahre. Rose stöbert manchmal an den merkwürdigsten Stellen herum.

15. Februar – Es wird warm! Probierte es an Rex aus, und es funktionierte wie geschmiert bei nur der doppelten Stärke. Ich tat es in den Felsentümpel und brachte ihn zum Trinken. Er schien zu wissen, daß etwas Merkwürdiges mit ihm vorging, denn er stellte die Haare auf und knurrte, er war jedoch schon ein Stück Stein, ehe er den Kopf wenden konnte. Die Lösung hätte stärker sein sollen, und für einen Menschen noch stärker. Ich glaube, ich bekomme die Sache in den Griff, und bin jetzt für diesen Halunken Wheeler bereit. Das Zeug scheint geschmacklos zu sein, aber um sicherzugehen, werde ich es mit dem neuen Wein, den ich im Haus herstelle, versetzen. Ich wünschte, ich wüßte sicher, daß es geschmacklos ist, so daß ich es Rose in Wasser geben könnte, ohne ihr Wein aufzudrängen. Ich werde die beiden getrennt erwischen – Wheeler hier draußen und Rose daheim. Ich habe eben eine starke Lösung vorbereitet und all die merkwürdigen Objekte vor dem Höhleneingang weggeräumt. Rose heulte wie ein Schloßhund, als ich ihr sagte, daß ein Wolf Rex erwischt hat, und Wheeler brachte in der Gurgel eine Menge mitfühlender Geräusche zuwege.

1. März – Iä R'lyeh! Lob und Dank dem Gott Tsathoggua! Ich habe den Höllensohn endlich erwischt! Ich redete ihm ein, ich hätte eine neue Ader brennbaren Kalksteins hier in dieser Richtung gefunden, und er lief mir nach wie der räudige Hundesohn, der er ist! Ich hatte das Zeug mit Weingeschmack in einer Flasche um die Hüfte, und er war froh, einen Schluck tun zu dürfen, als wir hier ankamen. Stürzte es ohne Zögern hinunter – und fiel um, bevor man bis drei zählen konnte. Er weiß jedoch, daß ich mich an ihm rächte, denn ich schnitt eine Grimasse, die er nicht übersehen konnte. Ich sah seinem Gesicht an, daß er mich verstand, als er umkippte. Zwei Minuten später war er fester Stein.

Ich schleppte ihn in die Höhle und stellte Rex' Gestalt wieder draußen auf. Diese Hundegestalt mit gesträubten Haaren wird mithelfen, die Menschen zu verscheuchen. Es wird Zeit für die Frühlingsjäger, und außerdem gibt es diesen verdammten »Schwindsüchtigen« namens Jackson in einer Hütte über dem Berg, der viel im Schnee herumschnüffelt. Es wäre mir gar nicht recht, wenn mein Labor und mein Lager schon jetzt gefunden würden! Als ich nach Hause kam, sagte ich zu Rose, daß im Dorf ein Telegramm auf Wheeler gewartet hätte, in dem er plötzlich nach Hause gerufen wurde. Ich weiß nicht, ob sie mir glaubte oder nicht, aber das spielt keine Rolle. Der Form halber packte ich Wheelers Sachen zusammen und nahm sie den Berg hinunter mit. Rose erzählte ich, daß ich ihm die Sachen nachsenden würde. Ich warf sie in den ausgetrockneten Brunnen auf dem verlassenen Rapelye-Besitz. Nun zu Rose!

3. März – Kann Rose nicht dazu bringen, Wein zu trinken. Ich hoffe, das Zeug ist geschmacklos genug, um im Wasser nicht bemerkt zu werden. Ich habe es mit Tee und Kaffee versucht, aber es bildet eine Ausfällung und kann so nicht verwendet werden. Wenn ich es ins Wasser gebe, muß ich die Dosis senken und mich auf eine allmählichere Wirkung verlassen. Mr. und Mrs. Hoog haben uns zu Mittag besucht, und ich mußte mich sehr anstrengen, das Gespräch nicht auf Wheelers Abreise kommen zu lassen. Es darf sich nicht herumsprechen, daß wir behaupten, er sei nach New York zurückgerufen worden, wenn jedermann im Dorf weiß, daß kein Telegramm kam und er nicht mit dem Bus abgereist ist. Rose benimmt sich in der ganzen Sache verdammt merkwürdig. Ich muß sie zu einem Streit provozieren und in die Dachstube sperren. Das beste Vorgehen ist, sie zu veranlassen von dem gepanschten Wein zu trinken – und falls sie nachgibt, um so besser.

7. März – Habe mit Rose begonnen. Sie wollte keinen Wein trinken, dafür habe ich sie ausgepeitscht und in die Dachstube hinaufgetrieben. Sie kommt mir nicht mehr lebendig herunter. Ich gebe ihr ein Tablett mit salzigem Brot und Pökelfleisch und einen Eimer mit leicht versetztem Wasser, zweimal am Tag. Die salzhaltige Nahrung sollte sie recht durstig werden lassen, und es kann nicht lange dauern, bis die Wirkung einsetzt. Mir gefällt gar nicht, was sie über Wheeler schreit, wenn ich an der Tür bin. Die übrige Zeit verhält sie sich still.

9. März – Es ist verdammt merkwürdig, wie langsam das Zeug auf Rose wirkt. Ich muß es stärker dosieren – sie schmeckt es vielleicht nie, bei all dem Salz, das sie bekommen hat. Wenn das Zeug sie jedoch nicht erwischt, gibt es viele andere Auswege, auf

die ich zurückgreifen kann. Ich würde aber gern diesen sauberen Plan mit der Statue durchführen! Ging am Morgen zur Höhle. Dort ist alles in Ordnung. Manchmal höre ich die Schritte Roses an der Decke über mir und bilde mir ein, daß sie immer schwerfälliger werden. Das Zeug funktioniert sicher, aber zu langsam. Nicht stark genug. Von jetzt an werde ich die Dosis rapid erhöhen.

11. März – Es ist höchst merkwürdig. Sie lebt noch immer und bewegt sich. Dienstag nacht hörte ich, wie sie sich an einem Fenster zu schaffen machte, daher ging ich hinauf und prügelte sie tüchtig. Sie benimmt sich eher verstockt als erschreckt, und ihre Augen sehen geschwollen aus. Aber sie könnte aus der Höhe niemals hinunterspringen, und es gibt nichts, woran sie herunterklettern könnte. Ich habe des Nachts geträumt, denn ich hörte ein langsames, schleifendes Gehen auf dem Fußboden über mir, das zerrt an meinen Nerven. Manchmal glaube ich, sie bearbeitet das Schloß an der Tür.

15. März – Noch immer am Leben, trotz der Erhöhung der Dosis. Daran ist etwas merkwürdig. Sie kriecht jetzt und geht nicht sehr oft. Das Geräusch ihres Kriechens ist entsetzlich. Sie rüttelt auch an den Fenstern und macht sich an der Tür zu schaffen. Wenn das so weitergeht, muß ich sie mit der Peitsche erledigen. Ich werde sehr schläfrig. Ich frage mich, ob Rose irgendwie Verdacht geschöpft hat. Aber sie muß das Zeug trinken. Diese Schläfrigkeit ist abnorm – ich glaube, die Belastung macht mir zu schaffen. Ich bin schläfrig...

(An dieser Stelle läuft die verkrampfte Handschrift in einem verschwommenen Kratzer aus und macht einer Anmerkung in einer festeren, offenkundig weiblichen Handschrift Platz, die große Gefühlsanpassung verrät.)

16. März – 4 Uhr morgens – Das wird von Rose C. Morris hinzugefügt, die bald stirbt. Bitte benachrichtigen Sie meinen Vater, Osborne E. Chandler, Route 2, Mountain Top, N. Y. Ich habe eben gelesen, was diese Bestie niedergeschrieben hat. Ich war mir sicher, daß er Arthur Wheeler umgebracht hat, wußte es aber erst mit Bestimmtheit, als ich dieses entsetzliche Notizbuch las. Jetzt weiß ich, welchem Los ich entgangen bin. Mir fiel auf, daß das Wasser merkwürdig schmeckte, daher trank ich nach dem ersten Schluck keines mehr. Ich schüttete alles aus dem Fenster. Dieser eine Schluck hat mich halb gelähmt, aber ich kann mich noch

immer bewegen. Der Durst war entsetzlich, aber ich aß so wenig wie möglich von dem salzigen Essen und war imstande, ein bißchen Wasser zu gewinnen, indem ich einige alte Pfannen und Töpfe aufstellte, die hier oben unter den Stellen standen, wo das Dach undicht war.

Es gab zwei große Regenfälle. Ich glaubte, er wollte mich vergiften, doch wußte ich nicht, um was für eine Art Gift es sich handelte. Was er über sich und mich geschrieben hat, ist eine glatte Lüge. Wir waren nie glücklich miteinander, und ich glaube, ich heiratete ihn nur unter dem Einfluß dieser Zauberkräfte, die er manchmal auf Menschen ausüben konnte. Ich vermute, er hypnotisierte sowohl meinen Vater wie mich, denn er wurde immer gehaßt und gefürchtet, und man verdächtigte ihn dunkler Machenschaften mit dem Teufel. Mein Vater nannte ihn einmal einen Vetter des Teufels, und er hatte recht.

Niemand wird je wissen, was ich als seine Frau zu erleiden hatte. Es war nicht einfach gewöhnliche Grausamkeit – obwohl er, bei Gott, grausam war und mich oft mit der Lederpeitsche schlug. Es wahr mehr – mehr als irgend jemand in diesem Zeitalter je verstehen kann. Er war ein Ungeheuer und übte alle Arten höllischer Zeremonien aus, die durch die Verwandten seiner Mutter auf ihn gekommen waren. Er versuchte mich zu zwingen, ihm bei den Zeremonien zu helfen – ich wage nicht einmal anzudeuten, worum es sich dabei handelte. Ich weigerte mich, darum schlug er mich. Es wäre Gotteslästerung, auszusprechen, wozu er mich zwingen wollte. Soviel sei gesagt, daß er damals schon ein Mörder war, denn ich weiß, was er eines Nachts auf dem Donnerberg geopfert hat. Er war wirklich ein Vetter des Teufels. Ich versuchte viermal davonzulaufen, doch fing er mich jedes Mal ein und schlug mich. Er übte einen gewissen Zwang auf mein Gemüt und selbst auf das Gemüt meines Vaters aus.

Was Arthur Wheeler angeht, gibt es nichts, dessen ich mich schämen müßte. Wir verliebten uns ineinander, aber auf durchaus ehrbare Weise. Er war der erste, der mich freundlich behandelte, seit ich das Haus meines Vaters verlassen hatte, der mich aus den Fängen dieses Teufels befreien wollte. Er hatte mehrere Unterredungen mit meinem Vater und wollte mir helfen, in den Westen zu gehen. Nach meiner Scheidung hätten wir geheiratet.

Seit mich dieses Tier in der Dachstube einsperrte, plante ich, zu entkommen und es zu erledigen. Ich hob mir das Gift immer über

Nacht auf für den Fall, daß ich fliehen konnte, ihn schlafend finden würde und es ihm irgendwie eingeben konnte. Zuerst wachte er leicht auf, wenn ich mir am Türschloß zu schaffen machte und den Zustand der Fenster prüfte, aber später begann er stärker zu ermüden und tiefer zu schlafen. Sein Schnarchen verriet mir immer, wann er schlief.

Heute abend schlief er so schnell ein, daß ich das Schloß aufbrach, ohne ihn aufzuwecken. Da ich teilweise gelähmt war, hatte ich Schwierigkeiten, nach unten zu gelangen, aber ich schaffte es. Ich fand ihn hier bei brennender Lampe – eingeschlafen am Tisch, auf dem er in sein Heft geschrieben hatte. In einer Ecke befand sich die lange Lederpeitsche, mit der er mich so oft geschlagen hatte. Ich fesselte ihn damit an den Stuhl, so daß er keinen Muskel bewegen konnte. Ich band ihn am Hals fest, so daß ich ihm alles widerstandslos in die Kehle schütten konnte.

Er erwachte, als ich eben fertig war, und ich glaube, er merkte auf der Stelle, daß es mit ihm zu Ende ging. Er brüllte entsetzliche Sachen und versuchte, mystische Beschwörungen anzustimmen, aber ich brachte ihn mit einem Geschirrtuch zum Verstummen. Dann fiel mein Blick auf das Buch, in dem er geschrieben hatte, und ich nahm mir die Zeit, es zu lesen. Der Schock war entsetzlich, und beinahe wäre ich vier- oder fünfmal in Ohnmacht gefallen. Mein Gemüt war auf Derartiges nicht vorbereitet. Nachher redete ich zwei bis drei Stunden ununterbrochen auf den Teufel ein. Ich sagte ihm alles, was ich ihm die ganzen Jahre über, in denen ich seine Sklavin gewesen war, hatte sagen wollen, und eine Menge anderer Sachen, die mit dem zu tun hatten, was ich in dem entsetzlichen Buch gelesen hatte.

Er sah beinahe purpurrot aus, als ich fertig war, und ich glaube, er war halb im Delirium. Dann holte ich einen Trichter von dem Bord und schob ihn ihm in den Mund, nachdem ich den Knebel entfernt hatte. Er wußte, was ich tun würde, war jedoch hilflos. Ich hatte den Eimer mit vergiftetem Wasser heruntergebracht. Ohne Gewissensbisse goß ich den halben Eimer in den Trichter.

Es muß eine sehr starke Dosis gewesen sein, denn beinahe auf der Stelle bemerkte ich, wie der Wüstling steif wurde und sich in ein stumpfes steinernes Grau verwandelte. Ich wußte, in zehn Minuten würde er festes Gestein sein. Ich konnte es nicht ertragen, ihn zu berühren, aber der Zinntrichter *klirrte* entsetzlich, als ich ihn ihm aus dem Mund zog. Ich wünschte mir, ich hätte diese Ausgeburt der Hölle schmerzhafter, schleichender sterben lassen können, aber gewiß war das der Tod, der ihm gebührte.

Weiter gibt es nicht mehr viel zu sagen. Ich bin halb gelähmt, und da Arthur ermordet wurde, gibt es nichts mehr, wofür ich leben müßte. Ich werde einen Schlußstrich ziehen und das restliche Gift trinken, nachdem ich dieses Buch dorthin gelegt habe, wo man es finden wird. In einer Viertelstunde bin ich eine Steinskulptur. Mein einziger Wunsch ist es, neben der Skulptur begraben zu werden, die Arthur war – sobald sie in der Höhle gefunden wird, wo sie der Teufel zurückgelassen hat. Der arme, vertrauensvolle Rex sollte zu unseren Füßen liegen. Was aus dem Steinteufel wird, der im Stuhl festgebunden ist, kümmert mich nicht...«

Sonia Greene und H. P. Lovecraft
Das unsichtbare Ungeheuer

Mir ist niemals eine auch nur annähernd zutreffende Erklärung des Grauens von Martin's Beach zu Ohren gekommen. Trotz der großen Zahl von Augenzeugen stimmen keine zwei Darstellungen überein, und die Aussagen vor den örtlichen Behörden weisen die erstaunlichsten Widersprüche auf.

Vielleicht ist diese Unbestimmtheit ganz natürlich im Hinblick auf die unerhörte Natur des Grauens, die geradezu lähmende Furcht aller, die es zu Gesicht bekamen, und die Anstrengungen, die das Nobelhotel »Wavecrest« unternahm, um die Sache nach dem regen öffentlichen Interesse, das Professor Altons Artikel »Sind hypnotische Kräfte auf die anerkannte Menschheit beschränkt?« hervorgerufen hatte, zu vertuschen.

All dieser Hindernisse zum Trotz bin ich bemüht, eine zusammenhängende Darstellung zu liefern, denn ich habe den entsetzlichen Vorfall mit eigenen Augen gesehen und bin der Meinung, daß man in Anbetracht der gräßlichen Möglichkeiten, die sich in ihm andeuten, nicht schweigen sollte. Martin's Beach hat seine Beliebtheit als Badeort wiedererlangt, aber mich schaudert es, wenn ich daran denke. Ohne Schaudern kann ich nicht einmal mehr das Meer betrachten.

Dem Schicksal mangelt es zuweilen nicht an Sinn für dramatische Höhepunkte, daher folgte das schreckliche Ereignis vom 8. August 1922 sehr kurz auf einen Zeitraum belangloser und angenehm wunderträchtiger Aufregung an der Martin's Beach. Am 17. Mai tötete die Besatzung des Fischkutters Alma von Gloucester unter ihrem Kapitän James P. Orne nach nahezu vierzig Stunden währendem Ringen ein Seeungeheuer, dessen Größe und Aussehen in wissenschaftlichen Kreisen höchste Aufregung auslösten und gewisse Bostoner Naturforscher veranlaßte, alle Sorgfalt walten zu lassen, um es für die Nachwelt ausgestopft zu bewahren.

Das fragliche Ungeheuer war an die sechzehn Meter lang, von ungefähr zylindrischer Gestalt und hatte einen Durchmesser von mehr als drei Metern. Es handelte sich unverkennbar um einen Kiemenfisch; die wichtigsten Merkmale wiesen darauf hin, aber es gab gewisse merkwürdige Abweichungen wie rudimentär entwickelte Vorderbeine und sechszehige Füße anstelle der Schwanzflossen, was sogleich die wildesten Spekulationen auslöste. Sein außergewöhnliches Maul, seine dicke und schuppige Haut und ein einzelnes, tiefliegendes Auge bildeten Wunder, erregten Erstaunen und waren kaum weniger bemerkenswert als seine kolossalen Ausmaße; und als die Naturforscher erklärten, es handle sich um den Organismus eines Jungtiers, das erst vor einigen Tagen zur Welt gekommen war, stieg das öffentliche Interesse ins Unermeßliche.

Mit typischer Yankee-Schlauheit beschaffte sich Kapitän Orne ein Fahrzeug, das groß genug war, das Schaustück in seinem Rumpf aufzunehmen, und traf Vorbereitungen, seinen Preisfang auszustellen. Mit kluger Zimmermannskunst richtete er ein hervorragendes Meeresmuseum ein, segelte nach Süden an den Ferienstrand der Reichen von Martin's Beach, ankerte vor dem Hotelstrand und brachte eine reiche Ernte an Eintrittsgeldern ein.

Die Großartigkeit des Ausstellungsstückes an sich und die Bedeutung, die ihm in der Beurteilung vieler wissenschaftlicher Besucher aus nah und fern eindeutig zukam, sorgten dafür, daß es zur Sensation der Saison wurde. Daß es absolut einzigartig war – sogar revolutionär einzigartig –, lag klar zutage. Die Naturforscher hatten eindeutig nachgewiesen, daß es sich ganz wesentlich von dem ähnlichen Riesenfisch unterschied, den man vor der Küste Floridas gefangen hatte; daß, auch wenn es augenscheinlich in nahezu vorstellbaren Tiefen – vielleicht Tausende von Metern tief – lebte, sein Gehirn und seine wichtigsten Organe doch auf eine aufregend übermäßige Entwicklung hinwiesen, die mit nichts zu vereinbaren war, was man für das Fischgeschlecht bislang für erwiesen gehalten hatte.

Am Morgen des 20. Juli steigerte sich die Sensation noch durch den Verlust des Schiffes und seines merkwürdigen Schatzes. In dem Sturm der vorangegangenen Nacht hatte es sich von der Verankerung losgerissen, war für immer dem Anblick der Menschen entschwunden und hatte die Wache mit sich genommen, die trotz des drohenden Unwetters an Bord geschlafen hatte. Kapitän Orne unternahm mit Unterstützung breiter wissenschaftlicher Kreise und einer großen Anzahl von Fischerbooten aus Gloucester eine gründliche und erschöpfende Suche zur See, erreichte aber nur, daß das Interesse und das Gerede zunahmen. Am 7. August gab man alle Hoffnung auf, und Kapitän Orne war zum Hotel Wavecrest zurückgekehrt, um seine geschäftlichen Angelegenheiten an der Martin's Beach abzuschließen und sich mit bestimmten Wissenschaftlern zu beraten, die zurückgeblieben waren. Das Grauen begann am 8. August.

Es war in der Dämmerung, als graue Seevögel niedrig über der Küste dahinschwebten und der aufgehende Mond seinen glitzernden Pfad über die Gewässer zog. Man muß sich die Szene genau merken, denn jeder Eindruck zählt. Am Strand befanden sich mehrere Spaziergänger und ein paar verspätete Badegäste; Nachzügler aus der fernen Hüttenkolonie, die bescheiden auf einem grünen Hügel im Norden aufragte, oder aus dem benachbarten, an die Klippen gelehnten Hotel, dessen imposante Türme zeigten, daß es sich dem Reichtum und der großen Welt verpflichtet fühlte.

In Sichtweite befand sich noch eine andere Gruppe von Zuschauern, die müßigen Gäste auf der hohen, von Laternen erleuchteten Veranda des Hotels, die die Tanzmusik aus dem prächtigen Tanzsaal im Inneren zu genießen schienen. Diese Zuschauer, darunter Kapitän Orne und die Angehörigen der Wissenschaftler, schlossen sich der Strandgruppe aus zahlreichen Hotelgästen an, bevor das Grauen weit fortgeschritten war. Es gab wahrlich keinen Mangel an Zeugen, auch wenn ihre Erzählungen von Furcht und Zweifel über das Gesehene verwirrt sind.

Es ist nicht genau belegt, wenn die Sache begann, doch behauptet die Mehrzahl der Zuschauer, daß der Fast-Vollmond »ungefähr ein Drittel Meter« über den tiefhängenden Dünsten des Horizonts stand. Sie erwähnen den Mond, weil das, was sie sahen, mit ihm auf unmerkliche Weise verbunden zu sein schien – eine Art verhaltenes, aber sichtliches, bedrohliches Gewoge, das vom fernen Horizont über die schimmernde Mondlichtbahn hereinzurollen schien, das sich aber anscheinend legte, ehe es die Küste erreichte.

Den meisten fiel diese kleine Welle erst auf, als das spätere Geschehen sie daran erinnerte; sie scheint jedoch deutlich erkennbar gewesen zu sein, denn sie unterschied sich der Höhe und der Bewegung nach von den sie umgebenden Wellen. Manche nannten sie *verschlagen* und *berechnend*. Während sie noch listig unter den schwarzen Riffs draußen im Meer verlief, drang aus dem Geglitzer der Meereswogen ein Todesschrei; ein Schrei voller Bedrängnis und Verzweiflung, der Mitleid erweckte, auch wenn er es verspottete. Zwei Strandwächter, die damals Dienst taten, reagierten als erste auf den Schrei; stämmige Burschen in weißen Badeanzügen, die Berufsbezeichnung in großen roten Buchstaben auf der Brust. So vertraut ihnen das Rettungshandwerk und Schreie Ertrinkender waren, konnten sie nichts Vertrautes an dem unirdischen Klang entdecken. Mit berufsmäßigem Pflichtgefühl kümmerten sie sich jedoch nicht um diese Seltsamkeit und gingen wie üblich vor.

Der eine von ihnen ergriff einen Rettungsring, der mit dem daran befestigten aufgewickelten Seil immer bereit lag, und rannte rasch den Strand entlang zu der Stelle, wo sich die Menge sammelte; dort warf er den hohlen Ring, nachdem er ihn um den Kopf gewirbelt hatte, um Schwung zu holen, weit in die Richtung hinaus, aus der das Geräusch gekommen war. Sobald der Rettungsring in den Wellen verschwand, versuchte die Menge neugierig einen Blick auf das unglückliche Wesen, dessen Notlage so groß gewesen war, zu erhaschen, begierig darauf, wie die Rettung mit dem starken Seil glückte.

Es zeigte sich jedoch bald, daß die Rettung keine rasche und leichte Angelegenheit war; denn so sehr sie auch an dem Seil zogen, gelang es den beiden muskulösen Rettungsschwimmern nicht, zu bewegen, was sich am anderen Ende befand. Vielmehr mußten sie feststellen, daß das Wesen mit gleicher oder sogar noch größerer Kraft in die entgegengesetzte Richtung zog, bis sie binnen weniger Sekunden von der merkwürdigen Kraft, die sich des angebotenen Rettungsringes bemächtigt hatte, ins Wasser gezerrt wurden.

Einer der beiden Männer rief geistesgegenwärtig die Menge am Strand zu Hilfe und warf ihnen die noch verbliebenen Tauwindungen zu, und im Nu zogen zusammen mit den Rettungsschwimmern alle einigermaßen kräftigen Männer, allen voran Kapitän Orne. Mehr als ein Dutzend starker Arme legte sich jetzt mit aller Kraft verzweifelt in die angespannte, straffe Leine, doch nützte es nicht im mindesten.

So kräftig sie auch ziehen mochten, die merkwürdige Kraft am anderen Ende war kräftiger; und da keine der beiden Seiten auch nur einen Augenblick nachließ, wurde das Tau unter der ungeheuren Anspannung straff wie Stahl. Verzehrende Neugier hatte inzwischen die sich abmühenden Teilnehmer, aber auch die Zuschauer, gepackt zu sehen, welcher Art die Kraft im Meer sein mochte. Die Vorstellung, es sei ein Ertrinkender, hatte man schon aufgegeben, und zahllose Andeutungen, es handle sich um Wale, Unterseeboote, Meeresungeheuer und Dämonen, waren jetzt im Umlauf. Hatte zunächst Mitgefühl die Retter getrieben, ließ sie jetzt die Neugier ausharren; und sie zogen mit grimmiger Entschlossenheit, um das Rätsel zu lösen.

Da man schließlich zu der Meinung gelangte, daß ein Wal den Rettungsring verschluckt haben mußte, rief Kapitän Orne, ein geborener Anführer, den Leuten am Strand zu, man brauche ein Boot, um sich dem Leviathan zu nähern, ihn zu harpunieren und an Land zu ziehen. Mehrere Männer liefen sofort auseinander, um sich nach einem geeigneten Fahrzeug umzusehen, während andere herbeieilten, um den Kapitän an dem straffen Seil abzulösen, denn sein Platz war logischerweise bei der Bootsbesatzung, die gebildet werden sollte.

Seine eigene Lagebeurteilung war sehr vage, und keineswegs auf Wale beschränkt, da er es schon mit einem Ungeheuer zu tun gehabt hatte, das weit seltsamer war. Er fragte sich, wie wohl die Handlungen und das Erscheinen eines erwachsenen Geschöpfes jener Spezies aussehen mochte, von dem das sechzehn Meter lange Wesen bloß der allerkleinste Abkömmling gewesen war. Und nun kam es mit entsetzlicher Plötzlichkeit zu dem entscheidenden Vorfall, der die ganze Szenerie von einer des Staunens in eine des Grauens verwandelte und der versammelten Menge, den Leuten, die sich abmühten oder nur zusahen, Furcht einjagte. Als sich Kapitän Orne umwandte, um seinen Platz am Seil zu verlassen, mußte er feststellen, daß seine Hände mit unerklärlicher Kraft festgehalten wurden, und er erkannte, daß es ihm unmöglich war, das Seil loszulassen. Seine Notlage wurde sofort offenbar, und als seine Gefährten ihre eigene Lage prüften, stellte jeder für sich dasselbe fest. Es ließ sich nicht mehr leugnen – jeder der Ziehenden fand sich in geheimnisvoller Sklaverei an das Hanfseil gebunden, mit dem sie alle langsam, entsetzlich und unaufhaltsam in das Meer hinausgezogen wurden.

Sprachloses Entsetzen machte sich breit; ein Grauen, das die Zuschauer zu völliger Handlungsunfähigkeit erstarren und in nervliches Chaos stürzen ließ. Ihre völlige Demoralisierung spiegelt sich in den widersprüchlichen Angaben, die sie liefern, und den albernen Ausreden, die sie für ihre anscheinend gefühllose Trägheit vorbringen. Ich war einer von ihnen und weiß es daher.

Selbst die Ziehenden erlagen nach einigen Verzweiflungsschreien und vergeblichen Seufzern dem lähmenden Einfluß und verfielen angesichts der unbekannten Mächte in Schweigen und Fatalismus. Dort standen sie im bleichen Mondlicht, stemmten sich blind gegen einen gespenstischen Untergang und zuckten einförmig vor und zurück, als ihnen das Wasser zuerst bis zu den Knien stieg, dann zu den Hüften. Als der Mond teilweise hinter einer Wolke verschwand, glich die Linie der schwankenden Männer im Halbdämmer einem unheimlichen und riesigen Tausendfüßler, der sich im Griff eines entsetzlichen schleichenden Todes wand.

Straffer und immer straffer spannte sich das Seil, als der Zug in beiden Richtungen zunahm, und der Strang saugte sich ungehindert voll in den immer höher rollenden Wellen. Langsam stieg die Flut an, bis der Sand, der vor kurzem noch von lachenden Kindern und flüsternden Liebenden bevölkert gewesen war, von dem unaufhaltsamen Schwall verschluckt wurde. Die Schar der von Panik erfaßten Zuschauer drängte blind nach hinten, als ihnen das Wasser über die Füße kroch, während die entsetzliche Linie der Ziehenden gräßlich weiter schwankte, schon halbversunken und jetzt in beträchtlicher Entfernung von den Augenzeugen. Es herrschte völliges Schweigen.

Die Menge, die sich auf einem Fleck außer Reichweite der Flut zusammengedrängt hatte, starrte in stummer Faszination auf das Geschehen, ohne ein hilfreiches Wort oder eine Ermunterung oder daß sie irgendwie zu helfen versuchte. Ein Alptraum vor einem Drohend-Bösen, wie es die Welt noch nie zuvor gesehen hatte, lag furchtgebietend in der Luft.

Minuten schienen sich zu Stunden zu dehnen, und noch immer war die Menschenschlange schwankender Leiber über der rasch ansteigenden Flut zu sehen. Rhythmisch wogte sie, langsam, entsetzlich, vom Siegel des Untergangs getroffen. Dickere Wolken zogen jetzt an dem höher steigendem Mond vorbei, und die glitzernde Spur auf dem Gewässer schwand beinahe völlig.

Kaum sichtbar zuckte die Schlangenlinie nickender Köpfe, ab und zu glänzte das aufgeregte Gesicht eines nach hinten blickenden Opfers bleich in der Dunkelheit. Immer schneller zogen sich die bleichen Wolken in der Dunkelheit zusammen. Immer schneller ballten sich die Wolken, bis endlich ihre zornigen Umrisse fieberndes Feuer scharfzüngig herunterzucken ließen. Der Donner grollte, zunächst leise, doch bald stieg er an zu betäubender, rasender Stärke. Dann ein Krachen als Höhepunkt – ein Schlag, dessen

Nachwehen das Land und das Meer gleichermaßen zu erschüttern schienen –, gefolgt von einem Wolkenbruch, dessen alles durchdringende Gewalt die verdunkelte Welt überwältigte, als hätte sich der Himmel selbst geöffnet, um einen rachsüchtigen Strom auszugießen.

Die Zuseher, die instinktiv handelten, da doch bewußtes und überlegtes Denken fehlte, wichen jetzt auf die Felsenstufen, die zur Hotelveranda führten, zurück. Unter den Gästen drinnen hatten sich Gerüchte verbreitet, so daß die Flüchtlinge sich einem Zustand des Entsetzens gegenübersahen, der beinahe dem ihren glich. Ich glaube, ein paar erschreckte Schreie wurden hervorgestoßen, doch ich kann es nicht mit Sicherheit sagen.

Einige der Hotelgäste zogen sich voll Grauen in ihre Zimmer zurück, andere wiederer harrten aus, um die rasch sinkenden Opfer zu beobachten, wenn sich die Linie der nickenden Köpfe in den wechselnden Blitzen zeigte. Ich erinnere mich, daß ich an diese Köpfe und die hervorquellenden Augen, die sie haben mußten, dachte, an Augen, in denen sich wohl Furcht, Panik und Fieberwahn eines bösartigen Universums spiegeln mochten – all die Sorgen, Sünden, das Elend, die gescheiterten Hoffnungen und ungestillten Sehnsüchte, Furcht, Abscheu und Pein, erleuchtet von dem ganzen seelenzermürbenden Schmerz eines ewig flammenden Infernos.

Und als ich so über die Köpfe hinaussah, zauberte meine Phantasie noch ein Auge hervor, ein einzelnes Auge, gleichermaßen erleuchtet, doch mit einer Absicht, die für mein Gemüt so abstoßend war, daß die Vision bald verging. An die Krallen eines unbekannten Lasters gefesselt, schleppte sich die Linie der Verdammten weiter, mitsamt ihren erstickenden Schreien und unausgesprochenen Gebeten, die nur den Dämonen der schwarzen Wellen und dem Nachtwind bekannt waren.

Jetzt aber brach aus dem zornentbrannten Himmel solch ein verrückter Kataklysmus satanischer Känge hervor, daß selbst das vorhergehende Krachen zur Bedeutungslosigkeit herabsank. Inmitten des blendenden Glanzes herabstürzenden Feuers warf die Stimme des Himmels die Gotteslästerungen der Hölle zurück, und die vielfältig gemischte Agonie der Verlorenen hallte wider von dem apokalyptischen, planetenzerreißenden Geheul eines zyklopischen Dröhnens. Das Ende des Sturms war gekommen, denn mit unheimlicher Plötzlichkeit setzte der Regen aus, und der Mond warf von neuem seine bleichen Strahlen auf ein seltsam ruhig gewordenes Meer.

Keine Linie schwankender Köpfe war mehr zu sehen. Die Gewässer lagen ruhig und verlassen da, unterbrochen nur von den ausrollenden Wellen, die von einem Wirbel auszugehen schienen, weit draußen im Pfad des Mondlichts, von wo der seltsame, fremdartige Schrei zuerst gekommen war. Als ich jedoch die verräterische Straße silbrigen Scheines entlangblickte, mit entzündeter Phantasie und überspannten Sinnen, traf meine Ohren aus unendlich tief versunkener Wüstenei der schwache und unheimliche Widerhall eines Lachens.

Sonia Greene und H. P. Lovecraft
Vier Uhr

Gegen zwei Uhr morgens wußte ich, daß sich etwas anbahnte. Die große, schwarze, tiefe Stille der Nacht verriet es mir, und eine ungeheure Grille, die mit einer Beharrlichkeit zirpte – zu abscheulich, um bedeutungslos zu sein –, ließ es mir zur Gewißheit werden. Gegen vier Uhr wird es geschehen – gegen vier in der Dämmerung vor Anbruch des Morgens, genauso, wie er es gesagt hatte. Ich hatte es vorher nicht ganz geglaubt, denn die Prophezeiung rachsüchtiger Verrückter sind selten ernst zu nehmen. Außerdem konnte man gerechterweise nicht mir die Schuld für das geben, was ihm unlängst um vier Uhr morgens zugestoßen war, an jenem entsetzlichen Morgen, dessen Erinnerung mich nie verlassen wird. Und als er schließlich gestorben war und auf dem uralten Friedhof begraben wurde, der, von meinen Ostfenstern aus gesehen, auf der anderen Seite der Straße liegt, war mir klar, daß sein Fluch mir nicht würde schaden können. Hatte ich nicht selbst gesehen, wie sein lebloser Körper mit riesigen Schaufeln voll Erde sicher niedergehalten wurde? Konnte ich mich nicht sicher fühlen, daß sein vermoderndes Gebein machtlos wäre, mir an dem Tag und zu der Stunde den Untergang zu bringen, die er so präzise angegeben hatte? Solcherart waren wahrlich meine Gedanken bis zu jener erschütternden Nacht gewesen, dieser Nacht des unglaublichen Chaos, der zerstörten Sicherheit und namenlosen Vorzeichen.

Ich hatte mich früh zur Ruhe begeben, in der vergeblichen Hoffnung, trotz der Prophezeiung, die mich verfolgte, ein paar Stunden Schlaf zu erhaschen. Jetzt, da die Zeit so nahe gerückt war, fand ich es immer schwieriger, die vagen Ängste abzutun, die die ganze Zeit unter meinen bewußten Gedanken geruht hatten. Während die kühlenden Laken meinen fiebrigen Körper trösteten, fiel mir nichts ein zur Beruhigung meines weitaus fiebrigeren Gemüts. Ich wälzte mich von einer Seite auf die andere und lag unbehaglich wach, probierte zunächst eine Lage aus, dann eine andere, immer in dem verzweifelten Bemühen, mit dem Schlummer diese eine verflixt hartnäckige Vorstellung zu verbannen – *daß es um vier Uhr geschehen würde.*

Hing diese furchterregende Unruhe mit meiner Umgebung zusammen, mit der schicksalhaften Örtlichkeit, an der ich nach so vielen Jahren weilte? Warum, fragte ich mich jetzt bitter, hatte ich es zugelassen, daß ich mich gerade in dieser Nacht aller Nächte in dem mir wohlbekannten Haus und dem mir wohlbekannten Zimmer befand, dessen Ostfenster auf die einsame Straße und den uralten Friedhof auf der gegenüberliegenden Seite hinausblickten? Vor meinem geistigen Auge stieg jede Einzelheit jener schlichten Nekropole auf – die weiße Umzäunung, die gespenstischen Granitpfeiler und die drückende Aura jener, an denen sich die Würmer gütlich taten. Die Kraft der Vorstellung führte meine Vision schließlich in fernere und verbotenere Tiefen, und ich sah unter dem ungepflegten Rasen die schweigenden Formen der Wesen, von denen diese Aura ausging – die ruhigen Schläfer, die verfaulenden Wesen, die Geschöpfe, die sich in ihren Gräbern verzweifelt hin und her gewälzt hatten, bis der Schlaf kam, und die friedlichen Knochen in jedem Stadium des Verfalls, vom erhaltenen und vollständigen Skelett bis zu einem Häufchen Staub. Am meisten beneidete ich den Staub. Dann überkam mich neues Grauen, als meine Phantasie auf *sein* Grab stieß. Ich wagte es nicht, meine Gedanken in diese Ruhestätte wandern zu lassen, und ich hätte geschrien, wäre nicht etwas der bösen Kraft zuvorgekommen, die meine Visionen antrieb. Dieses Etwas war ein plötzlicher Windstoß, der mitten in der ruhigen Nacht aus dem Nichts kam, die Jalousie des nächsten Fensters aufriß, sie mit einem zitternden Krachen zurückschlug und meinem nun hellwachen Blick den uralten Friedhof darbot, der gespenstisch brütend unter dem frühmorgendlichen Mond lag.

Ich spreche von diesem Windstoß als etwas Barmherzigen, doch weiß ich jetzt, daß er das nur vorübergehend und täuschenderweise war. Denn kaum hatten meine Augen die monderleuchtete Szenerie wahrgenommen, als ich eines neuen Omens gewahr wurde, das diesmal zu unverkennbar war, als daß man es als leeres Trugbild hätte abtun können, das von den schimmernden Gräbern auf der anderen Seite des Weges ausging. Nachdem ich mit instinktiver Vorahnung auf die Stelle geblickt hatte, wo *er* verfaulend lag – eine Stelle, die von meinem Blick durch die Fensterrahmen abgeschnitten wurde –, nahm ich zitternd die Annäherung eines unbeschreiblichen Etwas wahr, das bedrohlich aus jener Richtung herangeschwebt kam: eine vage, dunstige, formlose, gräulichweiße Gespenstermasse, trüb und kaum greifbar noch, aber mit jedem Augenblick ehrfurchteinflößender und von zunehmend verheerenden Möglichkeiten. So sehr ich auch versuchen mochte, sie als natürliche Wettererscheinung abzutun, lasteten ihre schrecklich unheilschwangeren und absichtsvollen Merkmale immer drückender inmitten neuer Schauer des Entsetzens und des Verstehens auf mir, so daß ich auf den entschieden zielgerichteten und bösartigen Höhepunkt, zu dem es bald kam, keineswegs unvorbereitet war. Dieser Höhepunkt, der auf grausig symbolische Weise das Ende hervorsagte, war ebenso einfach wie bedrohlich. Mit jedem Augenblick wurde der Nebel dichter und ballte sich zusammen, bis er zuletzt fast greifbar war, die mir zugewandte Fläche langsam in eine kreisförmige und deutlich konkave Form überging und allmählich aufhörte, sich zu nähern, und gespenstisch am Ende der Straße stehenblieb. Und als das Gebilde dort so stand, in der feuchten Nachtluft unter dem verderbten Mond schwach zitternd, bemerkte ich, daß sein Aussehen dem bleichen und riesigen Zifferblatt einer deformierten Uhr glich.

Grausige Ereignisse lösten einander jetzt in dämonischer Folge ab. In dem unteren rechten Winkel des dunstigen Zifferblatts nahm ein gewaltiges Wesen Gestalt an, formlos und nur halb zu sehen, doch mit vier beachtlichen Klauen, die gierig nach mir griffen – Klauen, die durch ihre Umrisse und Beschaffenheit ein beängstigendes Verhängnis verkündeten, da sie nur allzu deutlich die gefürchtete Zeigerstellung, nämlich unverkennbar die exakte Anzeige der Ziffer IV auf der zitternden Scheibe des Untergangs annahmen. Nun trat das Ungeheuer aus der konkaven Fläche des Zifferblatts oder schlängelte sich heraus und näherte sich mir in einer unerklärlichen Bewegung. Es war jetzt zu erkennen, daß die vier langen, dünnen und geraden Klauen in abstoßende, fadenähnliche Tentakel ausliefen, eigenwillig jede einzelne. Sie tasteten unaufhörlich um sich, zunächst nur langsam, dann immer schneller, bis mich allein das rein Schwindelerregende dieser Bewegung beinahe in den Wahnsinn trieb. Und als Krönung des Grauens begann ich alle versteckten und geheimnisvollen Geräusche zu hören, die die gesteigerte nächtliche Stille durchdrangen, tausendfach verstärkt, die mich in einer einzigen Stimme an die gefürchtete *vierte* Stunde erinnerten. Ich versuchte vergebens, mir die Decke über die Ohren zu ziehen, um sie auszusperren; vergeblich versuchte ich auch, sie durch mein Geschrei zu übertönen. Ich war wie stumm und paralysiert, und doch nahm ich schmerzhaft jeden unnatürlichen Anblick und jeden Ton in jener verheerenden, mondverfluchten Stille wahr. Einmal gelang es mir, den Kopf unter der Decke zu verbergen – einmal, als mir das Grillengeschrei *vier Uhr* den Kopf schier zu sprengen drohte –, aber das verstärkte das Grauen nur noch, denn das Gebrüll jenes verabscheuungswürdigen Wesens traf mich wie die Schläge eines gigantischen Vorschlaghammers.

Und als ich jetzt meinen gemarterten Kopf aus dieser nutzlosen Abdeckung hervorstreckte, entdeckte ich weiter Teufeleien, die meine Augen beleidigten. Auf der frisch gestrichenen Wand meiner Wohnung tanzten spöttisch, als seien sie von dem tentakelbewehrten Ungeheuer aus dem Grab gerufen worden, eine Unzahl von Wesen, schwarze, graue und weiße, wie sie sich nur die Phantasie der Gottverdammten ausmalen kann. Einige waren von winziger Kleinheit, andere wieder bedeckten riesige Flächen. Noch in den nebensächlichsten Einzelheiten hatte jedes eine groteske, gräßliche Individualität; in groben Umrissen gehörten sie alle zu ein und demselben Alptraummuster, ungeachtet ihrer unterschiedlichen Größe. Wiederum versuchte ich, die Ausgeburten der Nacht zu bannen, aber so vergeblich wie zuvor. Die tanzenden Wesen an der Wand wuchsen und schrumpften, näherten sich und wichen zurück in ihrem morbiden und bedrohlichen Hin und Her. Und jedes glich einem dämonischen Zifferblatt, auf dem unweigerlich eine unheimliche Stunde aufschien – die gefürchtete, den Untergang androhende *vierte* Stunde.

Da jeder Versuch, die bedrängenden Delirien abzuwehren, scheiterte, spähte ich noch einmal zu dem Fenster mit den offenstehenden Fensterläden hin und erblickte erneut das dem Grab entstiegene Ungeheuer. Zuvor war es bloß gräßlich gewesen; jetzt spottete es jeder Beschreibung. Das Wesen, früher von unbestimmter Beschaffenheit, bestand jetzt aus bösartig rotem Feuer und fuchtelte abstoßend mit den vier tentakelbewehrten Klauen, drohte mit abscheulich züngelnden, lebhaften Flammen. Es wollte nicht aufhören, mich aus dem Dunkeln anzustarren; höhnisch, spottend, bald vorrückend, bald sich zurückziehend. Dann deuteten diese vier zuckenden Feuerklauen in der schwarzen Stille einladend auf ihre dämonisch tanzenden Gegenstücke an den Wänden und schienen rhythmisch den Takt zu der schockierenden Sarabande zu schlagen, bis die ganze Welt ein gespenstisch rotierender Wirbel von hüpfenden, springenden, gleitenden, höhnenden, lockenden, drohenden *Vier-Uhr*-Ziffern war.

Irgendwo, aus weiter Ferne kommend und sich über das sphinxähnliche Meer und die Fiebersümpfe ausbreitend, hörte ich, wie der frühe Morgenwind keuchend sich näherte; zuerst kaum merklich, dann immer lauter, bis sein unaufhörlicher Kehrreim zur Sintflut einer schwirrenden, summenden Kakaphonie heranrauschte, die immerwährend die entsetzliche Drohung »*vier Uhr, vier Uhr, VIER UHR*« mit sich führte. Eintönig schwoll sie vom Flüstern zu betäubendem Lärm an, wie ein riesiger Wasserfall, aber schließlich erreichte sie einen Höhepunkt und begann zu verklingen. Beim Zurückweichen blieb in meinem empfindlichen Ohren ein Vibrieren, wie es beim Vorbeisausen eines schnellen, schwerbeladenen Eisenbahnzuges entsteht; dies und nacktes Entsetzen, in dessen Heftigkeit etwas von gelassener Resignation steckte.

Das Ende ist nah. Töne und visuelle Eindrücke gingen auf in einem ungeheuren, chaotischen Mahlstrom tödlicher, lärmender Drohung, in dem all die gespenstischen und grausigen Vier-Uhr-Ziffern, die es gab, seit Vorzeiten verschmelzen und auch die, die es bis in die künftige Ewigkeit geben wird. Das flammenzüngelnde Ungeheuer kommt jetzt ganz nahe, seine Leichenhaustentakel fahren mir über das Gesicht, und seine Krallen tasten, hungrig gekrümmt, nach meiner Kehle. Endlich kann ich sein Antlitz durch die sich heftig bewegenden, phosphoreszierenden Dämpfe der Friedhofsluft erkennen, und unter entsetzlichen Gewissensbissen wird mir klar, daß es sich um den Inbegriff einer gräßlichen, ungeheuren, wasserspeierähnlichen Karikatur *seines* Gesichts handelt – das Gesicht desjenigen, aus dessen unruhigem Grab es aufgestiegen ist. Nunmehr erkenne ich, daß mein Untergang fürwahr besiegelt ist, daß die wilden Drohungen des Verrückten in der Tat die dämonischen Verwünschungen eines mächtigen Teufels waren und meine Unschuld mich nicht vor dem bösartigen Willen schützen wird, der nach grundloser Rache lechzt. Er ist entschlossen, mir mit Zinsen zurückzuzahlen, was er in jener gespenstischen Stunde erlitten hat, entschlossen, mich aus der Welt zu zerren in Regionen, die allein die Wahnsinnigen und vom Teufel Gerittenen kennen.

Und als inmitten der zischenden Höllenflammen und des Lärms der Verdammten diese scharfen Klauen mörderisch auf meine Kehle weisen, höre ich auf dem Kaminsims das schwache Schwirren eines Zeitmessers, das Schwirren, das mir verrät, daß bald die

Stunde schlägt, deren Name jetzt unaufhörlich aus dem todesgleichen und höhlenartigen Rachen des rasselnden, höhnenden, krächzenden Gruftungeheuers vor meinen Augen fließt – die verfluchte Teufelsstunde *vier Uhr*.

C. M. Eddy jr. und H. P. Lovecraft
Die geliebten Toten

Es ist Mitternacht. Ehe der Morgen graut, wird man mich finden und in eine finstere Zelle schleppen, wo ich endlos dahinvegetieren soll, während unstillbare Gelüste an meinen Lebensgeistern zehren und mir das Herz verdorren, bis ich zuletzt mit den Toten eins werde, die ich so liebe.

Mein Platz ist eine stinkende Vertiefung in einem alten Grab, als Schreibtisch dient mir die Rückseite eines umgestürzten Grabsteins, den der Zahn der Zeit glattgeschliffen hat; mein einziges Licht ist das der Sterne und einer dünnen Mondsichel, und doch kann ich so deutlich sehen, als wäre es heller Tag. Auf allen Seiten rings um mich halten Grabsäulen Wache über vernachlässigten Gräbern, halb umgestürzte, verwahrloste Grabsteine liegen fast verborgen in Unmengen widerlicher, verfaulter Vegetation. Über dem übrigen Friedhof, scharf gegen den hellen Himmel abgehoben, reckt ein aufrechtstehender Grabstein sein karges, spitz zulaufendes Türmchen in die Höhe wie der gespenstische Anführer einer Lemurenhorde. Die Luft ist schwer von abscheulichen Ausdünstungen der Pilzgewächse und den Gerüchen der feuchten, schimmeligen Erde, aber für mich sind das die Wohlgerüche Elysiums. Es ist still – erschreckend still –, ein Schweigen, dessen Tiefe von Ernst und Grauen kündet. Könnte ich mir meinen Wohnsitz frei wählen, fiele meine Wahl auf das Herz einer derartigen Stadt aus faulendem Fleisch und zerfallenden Knochen, denn ihre Nähe sendet ekstatische Schauder durch meine Seele, läßt das träge Blut durch die Adern rasen und mein schlaffes Herz in der Freude eines Deliriums pochen – denn die Anwesenheit des Todes ist für mich das Leben!

Meine frühe Kindheit verbrachte ich in einer einzigen ununterbrochenen, trostlosen und eintönigen Apathie. Streng asketisch, kränklich, bleich, allzu klein geraten und häufig in länger dauernde Perioden morbider Niedergeschlagenheit versunken, wurde ich von den gesunden, normalen Jungen meines Alters gemieden. Sie nannten mich Spielverderber und »altes Weib«, weil ich kein Interesse an den rohen, kindischen Spielen hatte, die sie spielten, und auch nicht die Ausdauer mitzumachen, falls ich es gewollt hätte.

Wie alle ländlichen Orte hatte auch Fenham seine Klatschbasen mit spitzen Zungen. Für ihre vor nichts zurückschreckende Phantasie war mein lethargisches Temperament eine abschreckende Abnormität; sie verglichen mich mit meinen Eltern und schüttelten vielsagend den Kopf über den ungeheuren Unterschied. Einige, die stärker dem Aberglauben zuneigten, nannten mich offen einen Wechselbalg, während andere, die von meiner Herkunft wußten, auf die vagen, geheimnisvollen Gerüchte aufmerksam machten, die über einen Ururgroßonkel umliefen, der als Hexenmeister auf dem Scheiterhaufen verbrannt worden war.

Hätte ich in einer größeren Stadt gelebt mit mehr Gelegenheit zu kameradschaftlichem Umgang mit Gleichgesinnten, hätte ich vielleicht diese frühe Neigung zum Einsiedlertum überwinden können. In der Pubertät wurde ich noch verstockter, trübsinniger und apathischer. Meinem Leben fehlte es an Antrieb. Etwas schien mich im Griff zu haben, das meine Sinne stumpf machte, meine Entwicklung hemmte, meinen Unternehmungsgeist unterband und mich auf unerklärliche Weise mit Unzufriedenheit erfüllte.

Ich war sechzehn, als ich zum ersten Mal ein Begräbnis besuchte. In Fenham war ein Leichenbegräbnis ein außerordentliches gesellschaftliches Ereignis, denn unsere Stadt war für die Langlebigkeit ihrer Bewohner bekannt. Wenn darüber hinaus mein überall bekannter Großvater der Anlaß für ein Begräbnis war, lag es nahe, daß die Ortsbewohner in hellen Scharen ausziehen würden, um seinem Andenken die gebührende Ehre zuteil werden zu lassen. Und doch sah ich der näherrückenden Zeremonie nicht einmal mit verstecktem Interesse entgegen. Alles, was mich aus meiner gewohnheitsmäßigen Trägheit reißen konnte, versprach nur körperliche und geistige Unruhe. Mich dem Drängen meiner Eltern fügend, vor allem aber deswegen, um mich nicht ihrer bissigen Mißbilligung dessen auszusetzen, was sie meine pflichtvergessene Haltung zu nennen pflegten, erklärte ich mich bereit, sie zu begleiten.

Am Begräbnis meines Großvaters war überhaupt nichts ungewöhnlich, es sei denn die enorme Blumenpracht der Grabspenden. Es war aber, wie ich schon sagte, meine erste Berührung mit den feierlichen Riten, die aus solchem Anlaß abgehalten werden. Etwas an dem abgedunkelten Zimmer, dem länglichen Sarg mit seiner düsteren Drapierung, den aufgehäuften duftenden Blüten, an den Anzeichen von Trauer unter den versammelten Dorfbewohnern rüttelte mich aus meiner normalen Trägheit auf und erregte meine Aufmerksamkeit. Durch einen Stoß des spitzen Ellbogens meiner Mutter aus meiner augenblicklichen Tagträumerei gerissen, folgte ich ihr in den Raum zu dem Sarg, in dem die Leiche meines Großvaters aufgebahrt lag.

Zum ersten Mal wurde ich mit dem Tod konfrontiert. Ich blickte auf das ruhige, stille Gesicht mit den unzähligen Falten hinunter und bemerkte nichts, was zu Trauer Anlaß geboten hätte. Vielmehr dünkte es mich, daß Großvater ungeheuer ruhig, auf sanfte Weise völlig zufrieden sei. Ich fühlte mich von einem seltsam unangemessenen erhabenen Gefühl ergriffen. Es überkam mich so langsam, so hinterlistig, daß es mir kaum auffiel. Wenn ich im Geiste jene zukunftsträchtige Stunde vorüberziehen lasse, kommt es mir vor, daß dieses Gefühl mit dem ersten Blick auf die Begräbnisszenerie zusammenhängen muß und seinen Griff mit raffinierter Hinterhältigkeit schweigend verstärkte. Ein verderblicher, bösartiger Einfluß, der von der Leiche selbst auszugehen schien, hielt mich mit magnetischer Faszination gebannt. Mein ganzes Wesen schien mit einer ekstatischen elektrischen Kraft aufgeladen zu sein, und ich fühlte, wie sich meine Gestalt ohne bewußte Willensanstrengung aufrichtete. Meine Augen versuchten, die geschlossenen Lider des Toten zu durchdringen und eine geheime Botschaft abzulesen, die hinter ihnen verborgen lag. Mein Herz hüpfte plötzlich vor unheimlichem Entzücken und schlug mit dämonischer Kraft gegen meine Rippen, als wollte es sich von den beengenden Wänden meiner gebrechlichen Gestalt befreien. Eine ausgelassene, ungezügelte und die Seele befriedigende Sinnlichkeit erfaßte mich. Aufs neue wurde ich durch einen kräftigen Stoß des mütterlichen Ellbogens zum Handeln getrieben. Ich hatte den Weg zu dem schwarzverhüllten Sarg mit bleiernem Schritt zurückgelegt, mit neuerlangter Lebhaftigkeit ging ich hinweg.

Ich begleitete den Leichenzug zum Friedhof, mein ganzes körperliches Dasein durchdrungen von diesem mystischen, belebenden Einfluß. Es war, als hätte ich einige tiefe Züge eines exotischen Elixiers genommen – einen abscheulichen Trank, der nach gotteslästerlichen Rezepturen in den Archiven Belials gebraut worden war.

Die Ortsbewohner waren vertieft in die Zeremonie, so daß nur mein Vater und meine Mutter die radikale Veränderung meines Benehmens bemerkten, aber in den folgenden vierzehn Tagen lieferte mein verändertes Verhalten den Wichtigtuern frischen Stoff für ihre spitzen Zungen. Gegen Ende dieses Zeitraums begann die Kraft des Stimulans an Wirkung zu verlieren. Nach ein bis zwei Tagen war ich wieder in meine altgewohnte Apathie verfallen, wenn auch nicht in die vollständige und gründliche Lähmung wie in der Vergangenheit. Früher hatte ich nicht das geringste Verlangen verspürt, aus meiner Abgespanntheit auszubrechen. Jetzt trieb mich eine vage und unbestimmbare Unruhe an. Äußerlich war ich wieder ich selbst geworden, und die Klatschbasen wandten sich einem lohnenderen Thema zu. Hätten sie auch nur im entferntesten den wahren Grund meiner heiteren Stimmung geahnt, hätten sie mich gemieden, als wäre ich ein abscheuliches, lepröses Wesen. Hätte ich mir die widerliche Macht hinter meiner so kurz währenden Hochstimmung vor Augen geführt, hätte ich mich für immer von der übrigen Welt zurückgezogen und den Rest meiner Jahre in reuiger Abgeschiedenheit zugebracht.

Ein Unglück kommt selten allein, und deshalb starben in den nächsten fünf Jahren, trotz der sprichwörtlichen Langlebigkeit unserer Ortsbewohner, beide Elternteile. Meine Mutter ereilte es zuerst, bei einem höchst ungewöhnlichen Unfall; und mein Schmerz war so echt, daß ich ehrlich überrascht war, als seine Aufrichtigkeit durch jenes beinahe vergessene Gefühl äußerster und teuflischer Ekstase verhöhnt und widerlegt wurde. Wieder einmal sprang mir das Herz ungebärdig im Leib, wieder einmal pochte es mit der Geschwindigkeit eines Hammerwerks und ließ mit meteorischem Eifer das heiße Blut in meinen Adern zirkulieren. Ich schüttelte den lästigen Mantel der Trägheit ab, nur um sie durch die weitaus entsetzlichere Last eines abscheulichen, unheiligen Verlangens zu ersetzen. Ich kam nicht von dem Sterbezimmer los, in dem die Leiche meiner Mutter lag, meine Seele dürstete nach dem teuflischen Nektar, der die Luft des abgedunkelten Raums zu durchdringen schien. Jeder Atemzug verlieh mir Kraft, hob sich empor zu hochaufragenden Höhen seraphischer Befriedigung. Mir war jetzt klar, daß es sich lediglich um eine Art Drogendelirium handelte, das bald vorüberging und mich durch seine bösartige Kraft entsprechend geschwächt zurückließ, doch konnte ich mein Verlangen so wenig beherrschen, wie ich die gordischen Knoten in dem bereits verworrenen Strang meines Schicksals durchschlagen konnte.

Ich wußte auch, daß durch einen seltsamen Teufelsfluch mein Leben in allem, was ich tat, von Taten beflügelt wurde, daß es in meiner Persönlichkeit etwas gab, das nur auf die ehrfurchtgebietende Anwesenheit eines leblosen Körpers ansprach. Ein paar Tage später, begierig nach dem bestialischen Anregungsmittel, von dem die Fülle meines Daseins abhing, sprach ich mit Fenhams einzigem Totengräber und überredete ihn, mich als eine Art Lehrling einzustellen.

Der Tod meiner Mutter hatte meinen Vater sichtlich mitgenommen. Ich glaube, hätte ich den Einfall einer solch *outrierten* Beschäftigung zu jeder anderen Zeit vorgetragen, hätte er nachdrücklich auf Ablehnung bestanden. So aber stimmte er nach einem Augenblick der Überlegung zu. Wie wenig ließ ich mir träumen, daß er der Gegenstand meines ersten praktischen Unterrichts sein würde!

Auch er starb unerwartet, bei ihm zeigte sich ganz überraschend ein Herzleiden. Mein in den Achtzigern stehender Arbeitgeber versuchte nach besten Kräften, mich von der undenkbaren Aufgabe abzuhalten, seinen Körper einzubalsamieren, und ihm entging das leidenschaftliche Glitzern in meinen Augen, als ich ihn schließlich zu meinem verdammenswerten Vorhaben überredete. Ich kann kaum hoffen, die abstoßenden, die unaussprechlichen Gedanken auszudrücken, die in heftigen leidenschaftlichen Wellen mein rasend pochendes Herz durchströmten, als ich mich mit dem leblosen Körper beschäftigte. Unermeßliche Liebe war der Schlüssel zu diesem Begriff der Liebe, unermeßlicher als ich sie je zu seinen Lebzeiten für ihn empfunden hatte.

Mein Vater war kein reicher Mann, doch hatte er genug weltliche Güter besessen, die ihn beneidenswert unabhängig gemacht haben. Als sein Alleinerbe befand ich mich in einer ziemlich paradoxen Lage. Meine frühe Jugend hatte mich völlig ungeeignet gemacht für den Umgang mit der modernen Welt, und doch wurde ich des primitiven Lebens in Fenham und der Isolierung, die damit einherging, überdrüssig. Tatsächlich machte die Langlebigkeit seiner Bewohner das einzige Motiv für meinen Lehrvertrag zunichte.

Nachdem die Erbschaftsangelegenheiten geregelt waren, bereitete es mir keine Schwierigkeiten, das Lehrverhältnis aufzulösen, und ich übersiedelte nach Bayboro, einer etwa fünfzig Meilen entfernten Stadt. Hier war mir mein Lehrjahr von gutem Nutzen. Ohne Schwierigkeiten gelang es mir, als Helfer eine angenehme Geschäftsverbindung mit der Gresham Corporation anzuknüpfen, dem größten Bestattungsunternehmen der Stadt. Ich bat sogar um die Erlaubnis, auf dem Betriebsgelände schlafen zu dürfen – denn die Nähe zu den Toten war bereits zu einer Zwangsvorstellung geworden.

Ich widmete mich meinen Aufgaben mit ungewöhnlichem Eifer. Kein Fall war für mein ruchloses Empfinden zu grausig, und bald brachte ich es in meinem erwählten Beruf zur Meisterschaft. Mit jeder neuen Leiche, die in das Bestattungsunternehmen eingeliefert wurde, erfüllte sich das Versprechen unseligen Wohlbehagens, respektloser Befriedigung, erneuerte sich der verzückte Aufstand in den Adern, der meine grausige Aufgabe in liebgewordene Hingabe verwandelte – und doch forderte jede fleischliche Befriedigung ihren Preis. Allmählich begann ich die Tage zu fürchten, an denen keine Toten, über denen ich frohlocken konnte, eingeliefert wurden, und ich betete zu allen widerwärtigen Göttern der fernsten Abgründe, sie möchten raschen, sicheren Tod über die Bewohner der Stadt bringen.

Dann kamen die Nächte, da eine geduckte Gestalt sich verstohlen durch die schattigen Straßen der Vorstädte stahl, pechschwarze Nächte, da der mitternächtliche Mond von schweren, tiefhängenden Wolken verhüllt wurde. Diese versteckte Gestalt verschmolz mit den Bäumen und warf furchtsame Blicke über die Schultern, eine Gestalt, die in einer abgefeimten Aufgabe unterwegs war. Nach solch nächtlichem Umherstreifen verkündeten die Morgenzeitungen ihrer sensationshungrigen Leserschaft in großer Aufmachung die Einzelheiten eines alptraumhaften Verbrechens, Spalte um Spalte reißerisches Wühlen in gräßlichen Scheußlichkeiten; Abschnitt um Abschnitt unmögliche Lösungen und ausgefallene, einander widersprechende Vermutungen. Während dieser Vorgänge verspürte ich ein Hochgefühl von Sicherheit, denn wer würde auch nur einen Augenblick lang den Angestellten eines Bestattungsunternehmens, in dem der Tod doch augenscheinlich eine alltägliche Sache war, verdächtigen, Erleichterung von einem unaussprechlichen Zwang in der kaltblütigen Ermordung seiner Mitmenschen zu suchen? Ich plante jedes einzelne Verbrechen mit der verschlagenen Berechnung eines Verrückten und brachte genügend Abwechslung in die Art und Weise meiner Morde, so daß sich niemand auch nur träumen lassen würde, sie wären alle das Werk ein und desselben Paares blutbefleckter Hände. Die Nachwirkungen jedes nächtlichen Unternehmens waren eine ekstatische Stunde verrückter und ungetrübter Wonnen, eine Lust, die immer durch die Möglichkeit erhöht wurde, daß ihr ergötzlicher Born später, im Zusammenhang mit meiner normalen Tätigkeit, meiner lustvollen Obhut zugeteilt werden würde. Manchmal kam es zu diesem doppelten Gipfel der Wonne – o seltene, köstliche Erinnerung!

In langen Nächten, da ich mich an den Schutz meines Zufluchtsortes klammerte, fühlte ich mich durch die Grabesstille herausgefordert, neue und unaussprechliche Arten zu ersinnen, die Toten, die ich liebte, mit meinen Gefühlsbezeugungen zu überschütten – die Toten, die mir Leben gaben!

Eines Morgens kam Mr. Gresham weit früher als gewöhnlich – und fand mich auf einer kalten Grabtafel ausgestreckt tief in ghulischem Schlaf, meine Arme um den kalten, steifen, nackten Körper einer stinkenden Leiche gelegt! Er weckte mich aus meinen wollüstigen Träumen, seine Augen füllten sich mit einer Mischung von Abscheu und Mitleid. Sanft, aber fest erklärte er mir, daß er mich entlassen müßte, daß meine Nerven überansprucht seien, daß ich eine lange Erholungspause von den abstoßenden Aufgaben brauchte, die mein Beruf mit sich brachte, daß meine empfängliche Jugend von der entsetzlichen Atmosphäre meiner Umwelt zu sehr in Mitleidenschaft gezogen sei. Wie wenig wußte er von dem dämonischen Verlangen, das mich zu meinem abscheulichen Tun antrieb! Ich war klug genug zu erkennen, daß dieses Argument bloß seinen Glauben an meine potentielle Verrücktheit stärken würde – es war weit besser fortzugehen, als die Entdeckung des Motives, das meinem Handeln zugrunde lag, herauszufordern.

Nach diesem Vorfall wagte ich es nicht mehr, lange an ein und derselben Stelle zu bleiben, aus Furcht, eine unvorsichtige Handlung würde mein Geheimnis vor einer mißbilligenden Welt offenlegen. Ich ließ mich von Stadt zu Stadt, von Dorf zu Dorf treiben. Ich arbeitete in Leichenschauhäusern, in der Nähe von Friedhöfen, einmal in einem Krematorium – überall, wo mir die Möglichkeit offenstand, den Toten nahe zu sein, nach denen ich so lechzte.

Dann brach der Weltkrieg aus. Ich war einer der ersten, der über den Ozean fuhr, einer der letzten, der zurückkehrte. Vier Jahre blutroter Schlachthofhölle... krankmachender Regenmorast und faulige Schützengräben... das ohrenbetäubende Detonieren heulender Granaten... das monotone Schwirren teuflischer Gewehrkugeln... der rauchende Wahnsinn der Brunnen Phlegethons... die erstickenden Dämpfe mörderischer Gase... groteske Überreste zerschmetterter und zerfetzter Körper... vier Jahre transzendenter Befriedigung.

In jedem Wanderer steckt der latente Drang, an die Stätten seiner Kindheit zurückzukehren. Einige Monate später wanderte ich über die vertrauten Nebenstraßen von Fenham. Leerstehende, heruntergekommene Farmhäuser säumten die Straßenränder, und die Jahre hatten für den Ort selbst einen ähnlichen Rückschritt gebracht. Nur noch eine Handvoll Häuser waren bewohnt, darunter auch das eine, das ich mein Heim genannt hatte. Die von Unkraut überwucherte, verstopfte Einfahrt, die zerbrochenen Fensterscheiben, die verwilderten Äcker, die sich hinter dem Haus erstreckten, alles bestätigte stumm das, was vorsichtige Nachforschungen zutage gefördert hatten – daß dort jetzt ein verkommener Trunkenbold wohnte, der eine kümmerliche Existenz von den wenigen Aufträgen fristete, die ihm die paar Nachbarn aus Mitgefühl für die unterdrückte Frau und das unterernährte Kind zukommen ließen, die sein Los teilten. Alles in allem war der Glanz, den meine Umgebung in der Jugend hatte, völlig verflogen. Daher lenkte ich meine Schritte, durch einen abirrenden närrischen Gedanken ausgelöst, nach Bayboro.

Auch hier hatten die Jahre Veränderungen bewirkt, aber in umgekehrter Richtung. Die Kleinstadt, an die ich mich erinnerte, hatte sich trotz ihrer Entvölkerung in der Kriegszeit beinahe verdoppelt. Instinktiv suchte ich den früheren Ort meiner Beschäftigung auf, den ich noch immer vorfand, aber mit einem unbekannten Namen und der Bezeichnung »Nachfolger von« über der Tür, denn die Grippeepidemie hatte Mr. Gresham hinweggerafft, während die jungen Leute in Übersee waren. Eine schicksalshafte Laune trieb mich, um Arbeit zu bitten. Ich verwies mit leichtem Zittern auf meine Ausbildung bei Mr. Gresham, doch waren meine Befürchtungen unbegründet – mein verstorbener Arbeitgeber hatte das Geheimnis meines dem Berufsethos widersprechenden Verhaltens mit ins Grab genommen. Eine glücklicherweise offene Stelle ermöglichte es, daß ich unverzüglich eingestellt wurde.

Dann folgten flüchtige, alptraumartige Erinnerungen an Nächte unfrommer Pilgerfahrten und das unüberwindliche Verlangen, diese gesetzeswidrigen Wonnen zu erneuern. Ich ließ jede Vorsicht fahren und startete eine neue Reihe verdammenswerter Ausschweifungen. Wieder einmal lieferten die teuflischen Einzelheiten meiner Verbrechen der Sensationspresse willkommenes Material, sie wurden mit den blutigen Wochen des Schreckens verglichen, welche die Stadt vor Jahren in Panik versetzt hatten. Wieder einmal warf die Polizei ihr Fangnetz aus und barg in den sich zusammenziehenden Schlingen – nichts!

Mein Verlangen nach dem giftigen Nektar der Toten wuchs sich zu einem verzehrenden Feuer aus, und ich begann, die Pausen zwischen meinen abscheulichen Streifzügen zu verkürzen. Ich erkannte, daß ich mich auf gefährlichem Boden bewegte, aber eine dämonische Begierde hielt mich mit ihren quälenden Fangarmen umfaßt und trieb mich an zu weiteren Taten.

Während dieser Zeit stumpfte mein Gemüt immer mehr gegen jeden Einfluß ab, mit Ausnahme der Befriedigung meines wahnsinnigen Verlangens. Unbedeutende Einzelheiten, die für jemanden, der sich auf solche bösen Eskapaden einläßt, von lebenswichtiger Bedeutung sind, entgingen mir. Irgendwie, irgendwo hinterließ ich eine unmerkliche Spur, einen flüchtigen Fingerzeig – nicht genug, um meine Verhaftung zu rechtfertigen, aber ausreichend, um die Flut der Verdächtigungen in meine Richtung zu lenken. Ich spürte dieses Belauern, war jedoch nicht fähig, dem wachsenden Verlangen nach mehr Toten zur Belebung meiner entkräfteten Seele Einhalt zu gebieten.

Und dann kam die Nacht, als mich der schrille Pfiff der Polizei aufschreckte, als ich mich gerade teuflisch an der Leiche meines letzten Opfers windete und ein blutiges Rasiermesser noch immer fest in der Hand hielt. Mit einer flinken Bewegung schloß ich das Rasiermesser und steckte es in die Manteltasche. Gummiknüppel trommelten einen heftigen Rhythmus an der Tür. Ich schlug das Fenster mit einem Stuhl ein und dankte dem Schicksal, daß ich eine der billigeren Wohngegenden als Unterkunft gewählt hatte. Ich ließ mich in eine schäbige Gasse gleiten, als blauuniformierte Gestalten durch die eingeschlagene Tür drängten. Ich flüchtete über wackelige Zäune, durch schmutzige Hinterhöfe, vorbei an baufälligen Hütten, trübe beleuchtete enge Gassen entlang. Auf einmal fielen mir die bewaldeten Moore ein, die vor der Stadt lagen und sich an die fünfzig Meilen weit bis zu den Außenbezirken Fenhams erstreckten. Wenn ich dieses Ziel erreichte, war ich erstmal in Sicherheit. Vor der Morgendämmerung kämpfte ich mich hastig durch dieses abschreckende Ödland, stolperte über die verrottenden Wurzel halb abgestorbener Bäume, deren nackte Zweige sich wie groteske Arme ausstreckten und mich mit höhnischen Umarmungen zu umstricken suchten.

Die Geister der ruchlosen Götter, denen ich meine inbrünstigen Gebete darbrachte, mußten meine Schritte durch den bedrohlichen Morast gelenkt haben. Eine Woche später – erschöpft, durchnäßt und ausgemergelt – verbarg ich mich in den Wäldern eine Meile von Fenham entfernt. Bislang war ich meinen Verfolgern entkommen, doch wagte ich nicht, mich zu zeigen, denn ich wußte, daß die Fahndung auch im Rundfunk gelaufen sein mußte. Ich hoffte vage, daß es mir gelungen war, meine Spuren zu verwischen. Nach jener ersten Wahnsinnsnacht hörte ich keinen Klang fremder Stimmen mehr, kein Gespräch schwerer Körper, die sich durch das Unterholz kämpften. Vielleicht war man zu dem Schluß gekommen, daß meine Leiche in irgendeinem stehenden Gewässer verborgen lag oder auf immer im Sumpf, der nichts mehr losließ, verschwunden war.

Hunger nagte schmerzhaft an meinen Eingeweiden, der Durst hatte meine Kehle ausgedörrt. Weit schlimmer jedoch war die unerträgliche Gier meiner hungrigen Seele nach dem Anreiz, den ich nur in der Nähe der Toten fand. Meine Nasenlöcher zuckten in süßer Erinnerung. Ich konnte mich nicht mehr mit dem Gedanken täuschen, daß dieses Verlangen eine bloße Laune der erhitzten Phantasie wäre. Ich wußte jetzt, daß es ein unabdingbarer Bestandteil des Lebens selbst war, daß ich ohne seine Befriedigung wie eine leere Lampe ausbrennen würde. Ich sammelte alle verbliebene Energie, um mich für die Aufgabe zu rüsten, meinen verfluchten Appetit zu befriedigen. Trotz der damit verbundenen Gefahr machte ich mich zu einer Erkundigung auf, ich huschte wie ein abstoßendes Gespenst durch die schützenden Schatten. Wieder einmal hatte ich das seltsame Gefühl, ich würde von einem unsichtbaren Gefolgsmann des Satans geleitet. Doch selbst meine von Sünde durchdrungene Seele revoltierte für einen Augenblick, als ich vor meiner heimatlichen Bleibe, wo ich in meiner Jugend gewohnt hatte, stand.

Dann verschwammen diese schmerzlichen Erinnerungen. An ihre Stelle trat ein überwältigendes, lusterfülltes Verlangen. Hinter den verfallenen Wänden dieses alten Gemäuers lag meine Beute.

Einen Augenblick später hatte ich eines der zerbrochenen Fenster hochgeschoben und kletterte über die Brüstung. Ich horchte einen Augenblick, alle Sinne wachsam, alle Muskeln zur Tat gespannt. Das Schweigen gab mir wieder Sicherheit. Katzengleich stahl ich mich durch die vertrauten Räume, bis mir ein röchelndes Schnarchen verkündete, an welcher Stelle ich Erleichterung von meiner Qual finden würde. Ich erlaubte mir ein Seufzen vorweggenommener Ekstase, als ich die Tür der Schlafkammer aufstieß. Panthergleich fand ich den Weg zu der ausgestreckten Gestalt, die in trunkener Benommenheit dalag. Die Frau und das Kind – wo waren sie? – nun, sie konnten warten. Meine gekrallten Finger tasteten nach seiner Kehle.

Stunden später war ich erneut auf der Flucht, doch verfügte ich über eine neuerlangte gestohlene Stärke. Drei stumme Gestalten schliefen den ewigen Schlaf. Erst als das grelle Tageslicht in mein Versteck drang, wurden mir die unausweichlichen Folgen meiner so unbedacht erlangten Erleichterung klar. Bis zu dieser Zeit mußte man die Leichen entdeckt haben. Selbst die dümmsten Landpolizisten mußten die Tragödie mit meiner Flucht aus der nahen Stadt in Verbindung bringen. Außerdem war ich zum ersten Mal sorglos genug gewesen, einen greifbaren Beweis meiner Identität zu hinterlassen – meine Fingerabdrücke auf den Kehlen der gerade Ermordeten. Den ganzen Tag über zitterte ich in nervöser Vorahnung. Schon das bloße Knacken eines trockenen Zweiges unter meinem Schritt beschwor Bilder herauf, die mich in Schrekken versetzten. In jener Nacht, im Schutz der Dunkelheit, umschlich ich Fenham und brach in die Wälder auf, die auf der anderen Seite lagen. Vor Morgenanbruch kam der erste definitive Hinweis, daß die Verfolgung wieder im Gange war – fernes Hundegebell.

Während der langen Nacht quälte ich mich weiter, aber am Morgen konnte ich spüren, wie meine künstliche Kraft verebbte. Gegen Mittag regte sich neuerlich der hartnäckige Ruf des vergiftenden Fluches, und ich wußte, daß ich unterwegs zusammenbrechen würde, wenn nicht wieder die exotische Trunkenheit, die nur mit der Nähe der geliebten Toten kam, eintrat. Ich war in einem weiten Halbkreis gewandert. Wenn ich mich stetig weiterkämpfte, würde ich gegen Mitternacht bei dem Friedhof sein, in dem ich vor vielen Jahren meine Eltern zur letzten Ruhe gebettet hatte. Meine einzige Hoffnung, davon war ich überzeugt, lag darin, dieses Ziel zu erreichen, ehe man mich überwältigte. Mit einem schweigenden Gebet zu den Teufeln, die mein Schicksal beherrschten, wandte ich mich mit bleiernen Füßen in die Richtung meines letzten Zufluchtsortes.

Großer Gott! Waren wirklich kaum zwölf Stunden vergangen, seit ich nach meinem gespenstischen Zufluchtsort aufgebrochen war? In jeder bleiernen Stunde habe ich eine Ewigkeit durchlebt. Doch wurde mir eine reiche Belohnung zuteil. Der ungesunde Hauch dieses verrotteten Ortes ist Weihrauch für meine Seele.

Die ersten Strahlen der Morgendämmerung färben den Horizont grau. Sie kommen! Meine scharfen Ohren fangen das ferne Heulen der Hunde auf! Es kann nur Minuten dauern, bis sie mich gefunden haben werden und mich für immer von der übrigen Welt wegschließen, auf daß ich meine Tage in rasender Sehnsucht verbringe, bis ich zuletzt mit den Toten eins werde, die ich liebe!

Sie sollen mich nicht ergreifen! Ein Fluchtweg steht mir offen! Die Wahl eines Feiglings vielleicht, aber besser – weit besser – als die endlosen Monate namenlosen Unglücks. Ich werde diese Aufzeichnung zurücklassen, damit die eine oder andere Seele vielleicht versteht, warum ich diese Wahl treffe.

Das Rasiermesser! Ich hatte es seit meiner Flucht aus Bayboro in meiner Tasche vergessen. Seine blutbefleckte Klinge glitzert merkwürdig in dem abnehmenden Licht der dünnen Mondsichel. Nur ein klaffender Schnitt quer über mein linkes Handgelenk, und die Erlösung ist gesichert.

Warmes, frisches Blut sprenkelt groteske Muster auf schmutzige, zerbrochene Platten... phantasmagorische Horden schwärmen über die faulenden Gräber... gespenstische Finger locken mich... ätherische Bruchstücke ungeschriebener Melodien steigen im himmlischen Crescendo auf... ferne Sterne tanzen trunken zu dämonischer Begleitmusik... tausend dünne Hämmer schlagen in meinem chaotischen Gehirn entsetzliche Dissonanzen auf Ambossen an... graue Gespenster hingemordeter Seelen ziehen in höhnendem Schweigen an mir vorbei... verbrannte Zungen unsichtbarer Flammen drücken meiner siechen Seele das Brandzeichen der Hölle auf... Ich kann – nicht mehr schreiben...

C. M. Eddy jr. und H. P. Lovecraft
Taub, stumm und blind

Am 28. Juni 1924, kurz nach Mittag, hielt Dr. Morehouse mit seinem Wagen vor dem Tanner-Besitz, und vier Männer stiegen aus. Das Steingebäude, perfekt wie neu instand gesetzt, stand gleich neben der Straße, und ohne Sumpf auf der Hinterseite hätte es keine Spur einer düsteren Andeutung gegeben. Der makellos weiße Hauseingang über dem gepflegten Rasen war schon in einiger Entfernung von der Straße her sichtbar, und als sich die Gesellschaft des Arztes näherte, war zu erkennen, daß die schwere Eingangstür sperrangelweit offen stand. Nur die Fliegentür war geschlossen. Die Nähe des Hauses hatte den vier Männern ein nervöses Schweigen aufgezwungen, denn was darin lauerte, konnte man sich nur mit unbestimmtem Grauen ausmalen. Dieses Grauen nahm deutlich ab, als die Neugierigen das eindeutige Geräusch von Richard Blakes Schreibmaschine vernahmen.

Vor weniger als einer Stunde war ein erwachsener Mann aus dem Haus geflohen, schreiend und ohne Hut und Mantel, und war auf der Schwelle des nächsten Nachbarhauses, eine halbe Meile entfernt, zusammengebrochen. Er hatte zusammenhanglos etwas von »Haus«, »Dunkel«, »Sumpf« und »Zimmer« gebrabbelt. Dr. Morehouse bedurfte keines weiteren Antriebs zu aufgeregtem Handeln, als er erfuhr, daß aus dem alten Tanner-Haus am Rand der Sümpfe ein Verrückter mit Schaum vor dem Mund herausgerannt war. Er hatte gewußt, daß etwas passieren würde, schon als die zwei Männer in dem verfluchten Steinhaus eingezogen waren – der Mann, der geflüchtet war, und sein Herr, Richard Blake, der Schriftsteller aus Boston, das Genie, das mit wachen Nerven und Sinnen in den Krieg gezogen und in dem jetzigen Zustand zurückgekehrt war, noch immer weltmännisch, wenn auch halb gelähmt, noch immer mit voller Melodie unter den Anblicken und Tönen einer lebhaften Phantasie wandernd, wenn auch für immer von der Körperwelt ausgeschlossen, taub, stumm und blind.

Blake hatte sich in die unheimlichen Überlieferungen und grauenvollen Andeutungen über das Haus und seine früheren Bewohner versenkt. Derartige Gespenstersagen waren ein Vorzug der Phantasie, von deren Genuß ihn sein körperlicher Zustand nicht abhalten konnte. Er hatte über die Voraussagen der abergläubischen Einheimischen gelächelt. Jetzt, da sein einziger Gefährte in einer verrückten Ekstase panisch die Flucht ergriffen und ihn hilflos dem, was dieses Entsetzen ausgelöst haben mochte, zurückgelassen hatte, hatte Blake vielleicht weniger Anlaß zu schwelgen und zu lächeln! Das war zumindest Dr. Morehouses Überlegung gewesen, als er sich mit dem Problem des Davongelaufenen konfrontiert sah und sich bei der Verfolgung der Sache an die verwunderten Dorfbewohner um Hilfe wandte. Die Familie Morehouse war ein alteingesessenes Geschlecht aus Fenham, und der Großvater des Arztes hatte zu denen gehört, die die Leiche des Einsiedlers Simeon Tanner 1819 verbrannten. Selbst nach so langer Zeit konnte der ausgebildete Arzt nicht verhindern, daß es ihm kalt den Rücken hinunterlief, wenn er daran dachte, was man sich über diese Verbrennung erzählte – über die naiven Schlußfolgerungen, die ungebildete Landbewohner aus einer winzigen und bedeutungslosen Entstellung des Toten zogen. Er wußte, daß das Gruseln närrisch war, denn leicht hervortretende Knochen auf der Stirnseite des Schädels haben nichts zu bedeuten und sind bei Glatzköpfigen ziemlich häufig zu beobachten.

Unter den vier Männern, die schließlich mit entschlossenen Mienen im Wagen des Arztes zu dem verhaßten Haus aufbrachen, wurden besonders ehrfürchtig vage Sagen und ziemlich hinterhältige Bruchstücke von Dorfklatsch, die von neugierigen Großmüttern überliefert worden waren, ausgetauscht – Sagen und Gerüchte, die selten wiederholt und beinahe nie systematisch verglichen wurden. Sie reichten bis in das Jahr 1692 zurück, als ein Tanner auf dem Galgenberg in Salem nach einem Hexenprozeß hingerichtet worden war, wurden aber erst ausführlicher zu jener Zeit, da das Haus errichtet wurde – 1747 –, doch war der querliegende Anbau jüngeren Datums. Selbst dann waren die Geschichten nicht sehr zahlreich, denn so seltsam die Tanners auch alle waren, erst der letzte von ihnen, der alte Simeon, wurde von den Leuten sehr gefürchtet. Er trug zu dem Ererbten bei – etwas Entsetzliches, flüsterten alle – und mauerte die Fenster des südöstlichen Zimmers zu, dessen Ostwand auf den Sumpf hinausschaute. Dieser Raum diente als Arbeitszimmer und Bibliothek, und er wies eine Tür von doppelter Dicke mit Verstärkungen auf. Man hatte sie in jenem schrecklichen Winter 1819 mit Äxten eingeschlagen, als stinkender Rauch aus dem Schornstein qualmte. Drinnen fand man Tanners Leiche – mit jenem Gesichtsausdruck. Wegen dieses Ausdrucks – und nicht wegen der zwei knospenden

Knochen unter dem buschigen weißen Haar – hatte man die Leiche und die Bücher und Manuskripte, die in diesem Raum aufbewahrt worden waren, verbrannt.

Die kurze Entfernnung zu dem Tanner-Haus war jedoch schon zurückgelegt, ehe noch wichtige historische Angelegenheiten geklärt werden konnten.

Als der Arzt, als Anführer der Gruppe, die Fliegentür öffnete und den gewölbten Eingang betrat, fiel auf, daß das Geräusch der Schreibmaschine plötzlich verstummte. An diesem Punkt glaubten zwei der Männer auch einen schwachen Hauch kalter Luft bemerkt zu haben – was sich mit der großen Hitze jenes Tages überhaupt nicht vereinbaren lassen wollte –, auch wenn sie sich später weigerten, es zu beschwören. Der Flur befand sich in vollkommener Ordnung, ebenso die verschiedenen Räume, die sie auf der Suche nach dem Arbeitszimmer betraten, in dem Blake vermutlich zu finden war. Der Schriftsteller hatte sein Haus mit erlesenem Geschmack im Kolonialstil eingerichtet, und obwohl er außer einem Diener keine weiteren Bediensteten hatte, war es ihm gelungen, es in einem Zustand lobenswerter Sauberkeit zu halten.

Dr. Morehouse führte seine Männer von Zimmer zu Zimmer durch die weit offenen Türen und Durchgänge, bis er schließlich die Bibliothek oder das Arbeitszimmer fand, das er suchte – einen prächtigen, nach Süden gelegenen Raum im Erdgeschoß, der an das einst gefürchtete Arbeitszimmer von Simeon Tanner anschloß, bis zur Decke mit Büchern vollgestellt, die der Diener nach einem einfallsreichen Tastsinn-Arrangement aufgestellt hatte, und die umfangreichen Braille-Bände, die der Schriftsteller selbst mit empfindsamen Fingerspitzen las. Richard Blake war natürlich da, er saß wie gewöhnlich vor seiner Schreibmaschine, auf Tisch und Fußboden ein vom Luftzug verstreuter Stoß frischgeschriebener Seiten, ein Blatt noch immer in der Maschine eingespannt. Er hatte ziemlich plötzlich zu arbeiten aufgehört, schien es, vielleicht infolge eines kalten Luftzugs, der ihn veranlaßt hatte, den Kragen seines Schlafrocks hochzuziehen, und sein Kopf war dem Eingang des angrenzenden sonnigen Raums in einer Art und Weise zugewandt, die ganz der eines Menschen entsprach, dessen Mangel an Sehvermögen und Gehör jede Empfindung der Außenwelt ausschließt.

Als Dr. Morehouse sich dem Schriftsteller soweit genähert hatte, daß er ihm ins Gesicht sehen konnte, erbleichte er und bedeutete den anderen, stehenzubleiben. Er brauchte Zeit, um sich zu fassen und jede Möglichkeit einer entsetzlichen Illusion zu zerstreuen. Er brauchte keine Vermutungen mehr anzustellen, warum man die Leiche des alten Simeon Tanner in jener Winternacht wegen ihres *Gesichtsausdruckes* verbrannt hatte, denn da war etwas, dem sich nur ein gut diszipliniertes Gemüt stellen konnte. Der verstorbene Richard Blake, dessen Schreibmaschine ihr unbekümmertes Klappern erst eingestellt hatte, als die Männer das Haus betraten, hatte trotz seiner Blindheit etwas gesehen, und das hatte Auswirkungen auf ihn gehabt. Der Ausdruck in seinem Gesicht hatte nichts Menschliches an sich, und auch nicht die glasige, düstere Vision, die in den großen, blauen, blutunterlaufenen Augen brannte, die seit sechs Jahren für die Bilder der Welt verschlossen gewesen waren. Diese Augen waren in einer Ekstase klarsichtigen Grauens auf den Durchgang gerichtet, der in Simeon Tanners altes Arbeitszimmer führte, wo die Sonne auf Mauern brannte, die einst in eingemauerte Dunkelheit gehüllt waren. Und Dr. Morehouse wich schwindelnd zurück, als er erkannte, daß ungeachtet des blendenden Tageslichts die tintigen Pupillen dieser Augen so höhlenhaft erweitert waren wie die einer Katze im Dunkeln.

Der Arzt schloß die starrenden blinden Augen, ehe er gestattete, daß die anderen das Gesicht des Leichnams betrachteten. Unterdessen untersuchte er den leblosen Körper mit fiebrigem Eifer, wobei er sich – trotz seiner vibrierenden Nerven und seiner beinahe zitternden Hände – einer peniblen ärztlichen Sorgfalt befleißigte. Einige seiner Ergebnisse teilte er von Zeit zu Zeit den drei beeindruckten und neugierigen Männern, die um ihn herum standen, mit. Andere Ergebnisse hielt er sorgsam zurück, damit sie nicht zu Spekulationen Anlaß gaben, die beunruhigender waren, als es menschliche Überlegungen sein sollten. Es war auch nicht auf ein Wort von ihm zurückzuführen, sondern auf intelligente unabhängige Beobachtung, daß sich einer der Männer über das zerzauste schwarze Haar der Leiche und die Art, wie die Papiere zerstreut waren, Gedanken zu machen begannn. Dieser Mann sagte, es wäre, als hätte eine starke Brise durch den offenen Eingang geblasen, zu dem der Tote geblickt hatte, wohingegen, auch wenn die einst zugemauerten Fenster die warme Juni-Luft völlig ungehindert hereinließen, sich während des ganzen Tages kaum ein Lüftchen geregt hatte.

Als einer der Männer die Blätter des auf dem Tisch und dem Fußboden verstreuten frisch geschriebenen Manuskripts einsammeln wollte, gebot ihm Dr. Morehouse mit besorgter Geste Einhalt. Er hatte das Blatt gesehen, das noch in der Maschine steckte, zog es hastig heraus und steckte es ein, nachdem ihn ein Satz oder zwei erneut hatten erblassen lassen. Dieser Vorfall veranlaßte ihn, die verstreuten Blätter selbst einzusammeln und sie, wie sie waren, in die Innentasche zu stopfen, ohne sich die Mühe zu machen, sie richtig zu ordnen. Und nicht einmal das Gelesene erschreckte ihn halb so sehr wie das, was ihm aufgefallen war – der kaum merkliche Unterschied in Druck und Stärke der Schreibmaschinenschrift, durch die sich die Blätter, die er aufgelesen hatte, von dem unterschieden, das er in der Schreibmaschine gefunden hatte. Diese schattenhaften Eindrücke waren für ihn untrennbar verbunden mit jenem anderen entsetzlichen Umstand, den er so eifrig vor den Männern verbarg, die vor kaum zehn Minuten noch das Klappern der Schreibmaschine gehört hatten – jenem Umstand, den er selbst aus dem eigenen Geist zu verdrängen suchte, bis er allein sein und in den gnädigen Tiefen seines Morris-Stuhls ruhen konnte. Man mag die Furcht, die er über diesen Umstand empfand, abschätzen, wenn man bedenkt, was er riskierte, wenn er ihn unterdrückte. In seiner mehr als dreißigjährigen ärztlichen Praxis hatte er sich von der Ansicht leiten lassen, daß ein Amtsarzt keinerlei Tatsache unterdrücken dürfe. Und doch erfuhr bei all den Formalitäten der Folgezeit nie jemand, daß er, als er diesen starrenden, deformierten Leichnam des Blinden untersuchte, sofort erkannt hatte, *daß der Tod mindestens eine halbe Stunde vor Entdeckung der Leiche eingetreten sein mußte.*

Schließlich schloß Dr. Morehouse die Außentür und führte die Gruppe durch jeden Winkel des uralten Gemäuers auf der Suche nach Beweisen, welche die Tragödie erhellen mochten. Aber niemals war ein Ergebnis negativer als dieses. Er wußte, daß man die Falltür des alten Simeon Tanner entfernt hatte, sobald die Bücher und die Leiche dieses Einsiedlers verbrannt und der Keller darunter und der gewundene Tunnel unter dem Sumpf gleich nach ihrer Entdeckung, rund fünfunddreißig Jahre später, zugeschüttet worden waren. Jetzt erkannte er, daß keine neuen Abnormitäten an ihre Stelle getreten waren. Das ganze Gebäude zeigte bloß den normalen Zustand einer modernen, mit Geschmack und Sorgfalt durchgeführten Restaurierung.

Nachdem er den Sheriff in Fenham angerufen hatte, daß der Amtsarzt des Bezirkes Bayboro kommen möge, wartete er auf das Erscheinen des Sheriffs, der nach seiner Ankunft darauf bestand, zwei der Männer als Hilfssheriffs zu vereidigen, bis der Arzt gekommen war. In Kenntnis des Rätsels und der vergeblichen Anstrengungen, die auf die Beamten warteten, mußte Dr. Morehouse unwillkürlich trocken lächeln, als er mit dem Dorfbewohner aufbrach, in dessen Haus der Geflüchtete Zuflucht gefunden hatte.

  Sie fanden den Patienten außerordentlich schwach, aber bei Bewußtsein und ziemlich gefaßt. Da er dem Sheriff versprochen hatte, dem Flüchtling jede mögliche Auskunft zu entlocken und sie an ihn weiterzuleiten, begann Dr. Morehouse mit einem ruhigen und taktvollen Verhör, das in einem rationalen und entgegenkommenden Geist aufgenommen und nur durch die Schwäche der Erinnerung beeinträchtigt wurde. Die Ruhe des Mannes mußte zum Großteil von der gnadenvollen Unfähigkeit stammen, sich zu erinnern, denn er konnte jetzt nur berichten, daß er mit seinem Herrn im Arbeitszimmer gewesen war und gesehen zu haben glaubte, daß es im Nebenzimmer plötzlich dunkel geworden war – in dem Raum, in dem seit mehr als hundert Jahren das Sonnenlicht die Düsternis der vermauerten Fenster ersetzt hatte. Und selbst diese Erinnerung, die er wirklich halb in Zweifel stellte, wühlte die überreizten Nerven des Patienten im höchsten Maße auf. Mit größtmöglicher Freundlichkeit und Behutsamkeit teilte ihm Dr. Morehouse mit, daß sein Herr tot war – ein natürliches Opfer der Herzschwäche, die seine entsetzlichen Kriegsverletzungen verursacht haben mußten. Der Mann grämte sich darüber, denn er war dem behinderten Schriftsteller sehr ergeben gewesen; aber er versprach mit innerer Stärke, die Leiche nach Abschluß der amtlichen Totenbeschau zur Familie nach Boston zu begleiten.

  Der Arzt fuhr mit ständig wachsender Erregung nach Hause, nachdem er die Neugier des Hausbewohners und seiner Frau so beiläufig wie nur möglich befriedigt und sie gedrängt hatte, dem Patienten Obdach zu gewähren und ihn vom Tanner-Haus bis zu seiner Abreise mit der Leiche fernzuhalten. Endlich hatte er Zeit, das maschinenschriftliche Manuskript des Toten zu lesen und zumindest eine Ahnung davon zu gewinnen, welch höllisches Wesen den zerschmetterten Sinnen von Sicht und Gehör getrotzt hatte und auf so katastrophale Weise zu der zarten Intelligenz vorgedrungen war, die in ewiger Dunkelheit und ewigem Schweigen vor sich hinbrütete. Er wußte, es würde eine groteske und entsetzliche Lektüre werden, und beeilte sich nicht, damit zu beginnen. Vielmehr stellte er den Wagen in die Garage, machte es sich im Schlafrock bequem und stellte ein Tischchen mit Beruhigungs- und Belebungsmitteln neben den gewaltigen Stuhl, den er einzunehmen gedachte. Selbst dann noch verschwendete er die Zeit, indem er die numerierten Seiten langsam ordnete und es sorgfältig vermied, einen genauen Blick auf den Text zu werfen.

Wir wissen alle, wie das Manuskript auf Dr. Morehouse wirkte. Keine andere Seele hätte es gelesen, wenn nicht seine Frau es in die Hand genommen hätte, als er eine Stunde später bewegungslos in seinem Sessel lag, schwer atmete und nicht auf ein Klopfen reagierte, das man für heftig genug halten konnte, einen mumifizierten Pharao zu erwecken. So entsetzlich das Dokument ist, besonders, was den offensichtlichen *Stilbruch* gegen Ende betrifft, kann man sich des Eindrucks nicht erwehren, daß es für den volksvertrauten Arzt ein *zusätzliches höchstes Grauen* bedeutete, das zum Glück keinem anderen je zuteil werden wird. Gewiß meint man in Fenham allgemein, daß die tiefe Vertrautheit des Arztes mit dem Gebrabbel alter Leute und den Geschichten, die ihm sein Großvater in der Jugend erzählte, ihm eine besondere Kenntnis vermittelte, in deren Licht Richard Blakes entsetzliche Chronik eine neue, klare und erschütternde Bedeutung erlangt, die für das normale Menschengemüt beinahe unerträglich ist. Das erklärt Morehouses langsame Wiederherstellung an jenem Juni-Abend, den Widerwillen, mit dem er seiner Frau und seinem Sohn gestattete, das Manuskript zu lesen, die besondere Übellaunigkeit, mit der er sich ihrer Entschlossenheit fügte, dieses Dokument, das so bemerkenswert war, nicht zu verbrennen. Und es erklärt vor allem die eigentümliche Eile, mit der er sich anschickte, den alten Tanner-Besitz zu erwerben, das Haus mit Dynamit in die Luft zu sprengen und die Bäume des Sumpfes bis in beträchtliche Entfernung zur Straße fällen zu lassen. Der ganzen Sache gegenüber bewahrt er jetzt eine unbeugsame Zurückhaltung, und es ist ziemlich sicher, daß mit ihm ein Wissen stirbt, ohne das die Welt besser dasteht.

Das Manuskript, das hier folgt, wurde freundlicherweise von Floyd Morehouse, Esq., dem Sohn des Arztes, abgeschrieben. Einige durch Sternchen markierte Auslassungen sind im Interesse des öffentlichen Seelenfriedens vorgenommen worden; an anderen Stellen ergeben sich Lücken infolge der Unbestimmtheit des

Textes, dort wo das blitzschnelle Blindschreiben des betroffenen Autors Unzusammenhängendes oder Mißverständliches hervorgebracht hat. An drei Stellen, wo die Lücken durch den Zusammenhang ziemlich gut erhellt werden, hat man versucht, sie zu ergänzen. Was den *Stilbruch* gegen Schluß angeht, bewahrt man darüber besser Stillschweigen. Gewiß erscheint es glaubhaft genug, diese Erscheinung, sowohl was den Gehalt und den physischen Aspekt des Tippens angeht, dem gemarterten und verfallenden Geist eines Opfers zuzuschreiben, dessen frühere Behinderungen angesichts der neuen Herausforderung zu Nichts verblaßten. Kühnere Geister mögen nach Belieben ihre eigenen Schlüsse ziehen.

Hier also ist das Dokument, geschrieben in einem verfluchten Haus von einem Gehirn, dem der Anblick und die Töne der Welt verschlossen waren – ein Gehirn, das allein und ungewarnt dem Mitleid und dem Spott der Mächte ausgeliefert war, denen kein sehender und hörender Mensch sich je ausgesetzt fand. Da es allem widerspricht, was wir mittels Physik, Chemie und Biologie vom Universum wissen, wird es der logische Verstand als ein eigentümliches Produkt von Dementia halten – eine Demenz, die sich auf gnädige Weise dem Manne bemerkbar machte, der rechtzeitig aus dem Haus fliehen konnte. Und dafür mag man es durchaus halten, solange Dr. Morehouse nicht sein Schweigen bricht.

Vage Befürchtungen über die letzte Viertelstunde werden jetzt zu konkreten Ängsten. Um damit anzufangen, ich bin fest davon überzeugt, daß mit Dobbs etwas passiert sein muß. Zum ersten Mal, seit wir zusammen sind, ist er auf meinen Ruf nicht gekommen. Als er auf mein wiederholtes Läuten nicht reagierte, kam ich zu dem Schluß daß die Glocke defekt sein muß, doch habe ich so heftig auf den Tisch getrommelt, daß auch ein Schutzbefohlener Charons wach geworden wäre. Zunächst glaubte ich, er habe sich aus dem Haus geschlichen, um frische Luft zu schnappen, denn es war den ganzen Vormittag heiß und schwül, aber es sieht Dobbs überhaupt nicht ähnlich, so lange fortzubleiben, ohne sich zuerst zu vergewissern, daß ich nichts brauche. Der ungewöhnliche Vorfall in den letzten Minuten bestätigt jedoch meinen Verdacht, daß Dobbs nicht aus freiem Willen unauffindbar ist. Dasselbe Ereignis veranlaßt mich auch, meine Eindrücke und Vermutungen dem

Papier anzuvertrauen in der Hoffnung, daß der bloße Akt des Aufzeichnens die düstere Ahnung einer bevorstehenden Tragödie zerstreut. So sehr ich mich auch bemühe, ich komme nicht von den Sagen los, die mit diesem alten Haus verknüpft sind – reiner abergläubischer Firlefanz, in dem Pygmäenhirne schwelgen mögen, und auf den ich keine Gedanken verschwenden würde, wäre Dobbs hier.

In all den Jahren, da ich von der mir vertrauten Welt abgeschnitten war, war Dobbs mein sechster Sinn. Nunmehr, zum ersten Mal seit meiner Krankheit, erkenne ich das volle Ausmaß meiner Ohnmacht. Dobbs hatte meine blinden Augen, meine nutzlosen Ohren, meine stimmlose Kehle und meine verkrüppelten Beine wettgemacht. Auf meinem Schreibmaschinentischchen steht ein Glas Wasser. Ohne Dobbs, der es füllt, sobald es geleert ist, wird meine Qual der des Tantalus gleich. Wenige sind zu diesem Haus gekommen, seit wir hier leben – es gibt kaum Berührungspunkte zwischen händelsüchtigen Landbewohnern und einem Gelähmten, der nicht sehen, nicht hören und nicht zu ihnen sprechen kann – Tage mögen vergehen, ehe jemand erscheint. Allein... nur in Gesellschaft meiner Gedanken, beunruhigenden Gedanken, die die Wahrnehmungen der letzten Minuten in keiner Weise beschwichtigen können. Mir gefallen diese Empfindungen auch nicht, denn immer stärker verwandeln sie reinen Dorfklatsch in phantastische Bilder, die meine Gefühle auf eigenartige und beinahe beispiellose Art und Weise beeinflussen.

Stunden scheinen vergangen zu sein, seit ich begonnen habe, das niederzuschreiben, aber ich weiß, daß es nur ein paar Minuten sein können, denn ich habe eben dieses neue Blatt in die Maschine eingespannt. Die mechanische Handlung, die Blätter auszutauschen, so kurz sie auch dauert, hat mir wieder Gewalt über mich selbst gegeben. Vielleicht kann ich dieses Gefühl einer näher kommenden Gefahr lang genug abschütteln, um zu schildern, was sich bisher ereignet hat.

Zunächst war es nichts weiter als ein Zittern, ähnlich etwa dem Erzittern eines billigen Wohnhausblocks, wenn ein schwerer Lastwagen in der Nähe vorbeidonnert – das hier ist jedoch kein schlampig errichteter Skelettbau. Vielleicht bin ich für derlei allzu empfänglich und möglicherweise spielt mir die Einbildung einen Streich, aber mir war so, als sei die Erschütterung unmittelbar vor mir weit ausgeprägter gewesen – und mein Stuhl steht in Richtung des südöstlichen Flügels; von der Straße ausgehend in einer direkten Linie bis zum Sumpf am Ende des Grundstücks! Vielleicht war es nur eine Einbildung, aber das Folgende läßt sich nicht leugnen. Mich erinnerte es an Augenblicke, wo ich gespürt habe, wie der Boden unter meinen Füßen von der Explosion riesiger Granaten erzitterte, an Zeiten, da ich gesehen habe, daß Schiffe wie Strohhalme von der Gewalt eines Taifuns hin und her geworfen wurden. Das Haus wurde geschüttelt wie Zunder in den Sieben Niefelheims. Jedes Dielenbrett unter meinen Füßen erzitterte wie ein leidendes Wesen. Meine Schreibmaschine bebte, bis ich mir vorstellte, daß die Typen vor Furcht klapperten.

Ein kurzer Augenblick, und alles war vorüber. Alles ist so ruhig wie zuvor. Allzu ruhig! Es scheint unmöglich zu sein, daß sich so etwas ereignen kann und daß alles genauso bleibt wie zuvor. Nein, nicht genau – ich bin ganz sicher, daß Dobbs etwas zugestoßen ist. Es ist diese Gewißheit, gekoppelt mit einer unnatürlichen Ruhe, welche die ahnungsvolle Furcht verstärkt, die an mir hochkriecht. Furcht? Ja – obwohl ich vernünftig zu überlegen suche, daß es nichts gibt, vor dem man sich fürchten müßte. Die Kritiker haben meine Dichtung wegen etwas, was sie eine lebhafte Phantasie nennen, sowohl gelobt wie verurteilt. In Zeiten wie jetzt stimme ich voll und ganz mit jenen überein, die »zu lebhaft« schreien. Nichts kann sehr aus dem Lot sein oder...

Rauch! Nur eine schwache Spur von Schwefel, aber eine, die für meine empfindlichen Nasenlöcher unverkennbar ist. So schwach, fürwahr, daß es mir unmöglich ist festzustellen, ob sie von einem Teil des Hauses ausgeht oder durch das Fenster des angrenzenden Raumes, der sich zum Sumpf hinaus öffnet, hereintreibt. Der Eindruck verstärkt sich. Ich bin mir jetzt sicher, daß sie nicht von außen kommt. Wechselnde Visionen der Vergangenheit, düstere Szenerien früherer Tage blitzen im dreidimensionalen Überblick vor meinem geistigen Auge auf. Eine in Flammen stehende Fabrik... hysterische Schreie erschrockener Frauen, die von Feuerwänden eingeschlossen sind; eine brennende Schule... mitleiderregendes Geschrei hilfloser Kinder, die von eingestürzten Treppen gefangen sind, ein Theaterbrand... ein rasendes Babel panikerfüllter Leute, die sich über glühendheiße Fußböden ins Freie kämpfen und, vor allem, undurchdringliche Wolken schwarzen, giftigen, bösartigen Rauchs, der den friedlichen Himmel vergiftet. Die Luft im Zimmer ist mit dicken, schweren, erstickenden Wellen gesättigt... jeden Augenblick erwarte ich zu spüren, wie heiße Flammenzungen begierig an meinen nutzlosen Beinen lecken... die Augen schmerzen... die Ohren sausen... Ich huste und spucke, um meine Lungen von den erstickenden Dämpfen frei zu bekommen... ein derartiger Rauch entsteht nur im Gefolge entsetzlicher Katastrophen, stechender, stinkender, verpesteter Rauch, durchsetzt von widerlichem Geruch brennenden Fleisches.

Wieder einmal bin ich allein mit dieser unheilverkündenden Ruhe. Die willkommene Brise, die über meine Wangen streicht, stellt meinen dahingeschwundenen Mut sehr rasch wieder her. Das Haus kann eindeutig nicht in Flammen stehen, denn auch der letzte Rest des marternden Rauchs hat sich verzogen. Ich merke nicht mehr die geringste Spur davon, obwohl ich die Luft wie ein Bluthund geschnüffelt habe. Ich frage mich allmählich, ob ich verrückt werde, ob die Jahre der Einsamkeit in meinem Gemüt eine Schraube haben locker werden lassen – aber die Erscheinung war zu bestimmt, als daß ich sie als bloße Halluzination abtun könnte. Geistig gesund oder verrückt, ich kann mir diese Dinge nicht anders als konkret vorstellen – und in dem Augenblick, da ich sie einordne, bleibt mir nur eine einzige logische Schlußfolgerung. Die Indizien an sich reichten aus, um die geistige Stabilität zu gefährden. Räumt man das ein, so heißt das, die Wahrheit der abergläubischen Gerüchte einzubekennen, die Dobbs unter den Dorfbewohnern gesammelt und in Blindenschrift aufgezeichnet hat, so daß ich sie mit den empfindsamen Fingerspitzen lesen kann – immaterielles Hörensagen, das mein materialistischer Verstand instinktiv als Dummheit abtut!

Ich wünschte, das Dröhnen in meinen Ohren hörte auf! Es ist, als würden verrückte Gespensterspieler ein Duett auf den schmerzenden Trommelfellen schlagen. Ich vermute, es handelt sich bloß um eine Reaktion auf das Gefühl des Erstickens, das ich gerade durchgemacht habe. Noch ein paar Züge dieser erfrischenden Luft...

Etwas – jemand ist im Zimmer! Ich bin mir so sicher, daß ich nicht mehr allein bin, als könnte ich die Anwesenheit sehen, die ich so unmißverständlich verspüre. Es ist ein Eindruck, der sehr dem ähnelt, den ich hatte, als ich mir mit den Ellbogen den Weg durch eine bevölkerte Straße bahnte – die entschiedene Vorstellung, daß Augen mich vom übrigen Getriebe mit einem Blick aussonderten, der intensiv genug war, um meine unbewußte Aufmerksamkeit zu

erregen – dieselbe Empfindung, nur tausendfach vergrößert. Wer – was – kann das sein? Meine Befürchtungen sind vielleicht grundlos, vielleicht bedeutet es nur, daß Dobbs zurückgekehrt ist. Nein... es ist nicht Dobbs. Wie erwartet, hat das Trommeln in meinen Ohren aufgehört und ein leises Flüstern erregt meine Aufmerksamkeit... die überwältigende Bedeutung des Wesens ist gerade zu meinem verblüfften Gehirn durchgedrungen... *Ich kann hören!*
Es handelt sich nicht um eine einzelne flüsternde Stimme, sondern um viele...! Ein wollüstiges Summen bestialischer Schmeißfliegen... satanisches Schwirren geiler Bienen... zischendes Spukken obszöner Reptilien... ein flüsternder Chor, wie ihn keine Menschenseele singen könnte! Er nimmt an Lautstärke zu... der Raum hallt wider von dämonischem Singsang; unmelodiös, tonlos und grotesk, grimmig... ein teuflischer Chor, der unheilige Litaneien einübt... Lobgesänge mephistophelischen Unglücks, in die Musik klagender Seelen gesetzt... ein entsetzliches Crescendo heidnischen Pandämoniums...
Die Stimmen, die mich umgeben, nähern sich meinem Stuhl. Der Singsang hat urplötzlich aufgehört und das Flüstern hat sich in verstehbare Töne aufgelöst. Ich strenge meine Ohren an, um die Wörter zu unterscheiden. Näher... und noch näher. Sie sind jetzt klar und deutlich – klar! Es wäre besser gewesen, meine Ohren wären auf ewig geschlossen geblieben als gezwungen, diesen höllischen Manifestationen zu lauschen...
Ruchlose Enthüllungen seelenzermürbender Saturnalien... ghulische Vorstellungen von vernichtenden Ausschweifungen... profane Bestechungen kabirianischer Orgien... böswillige Drohungen unvorstellbarer Strafen...
Es ist kalt. Kälter als es der Jahreszeit entspricht! Wie von den kakodämonischen Wesen befeuert, die mich belästigen, grollt die Brise, die vor wenigen Minuten so freundlich strich, mir zornig um die Ohren – ein eisiger Windstoß, der vom Sumpf hereinströmt und mich bis auf die Knochen frieren läßt.
Wenn mich Dobbs verlassen hat, bin ich ihm deswegen nicht böse. Ich breche keine Lanze für Feigheit oder ängstliche Furcht, aber es gibt Dinge... Ich hoffe, sein Schicksal war nicht schlimmer, als daß er sich rechtzeitig abgesetzt hat!
Mein letzter Zweifel wird hinweggeschwemmt. Ich bin jetzt doppelt froh, daß ich meinem Entschluß gefolgt bin, meine Eindrücke

niederzuschreiben... nicht daß ich erwarte, daß mich jemand versteht... oder mir gar glaubt... es war eine Erholung von der in den Wahnsinn treibenden Belastung, müßig auf jede neue Ausprägung psychischer Abnormität zu warten. Wie ich es sehe, gibt es nur drei Wege, die man einschlagen kann: von diesem verfluchten Ort zu fliehen und die peinvollen Jahre, die in der Zukunft liegen, beim Versuch zuzubringen, alles zu vergessen – fliehen jedoch *kann ich nicht*; sich einer abscheulichen Verbindung mit Mächten auszuliefern, die so bösartig sind, daß für sie selbst der Tartarus nur als eine Nische des Paradieses erschiene – aber fügen *will ich mich nicht*; zu sterben – weit lieber wäre es mir, mein Leib würde von Kopf bis Fuß entzweigerissen, denn ich würde meine Seele im barbarischen Handel mit dem Gesandten Belials vergiften...

Ich mußte für einen Augenblick innehalten, um mir auf die Finger zu blasen. Der Raum ist kalt, von der stinkenden Eiseskälte des Grabens... eine friedliche Benommenheit überkommt mich... ich muß diese Lähmung bekämpfen; sie untergräbt meine Entschlossenheit, eher zu sterben als den hinterlistigen Einflüsterungen nachzugeben... Ich gelobe mir erneut, bis zum Ende Widerstand zu leisten... ein Ende, das nicht mehr fern sein kann, wie ich weiß...

Der Wind ist kälter als je zuvor, als wäre so etwas möglich... ein Wind, beladen mit dem Gestank tot-lebendiger Wesen... O barmherziger Gott, der Du mir das Augenlicht genommen hast!... ein Wind, so kalt, daß er verbrennt, wo er erfrieren lassen sollte... er ist zum glühendheißen Schirokko geworden...

Unsichtbare Finger halten mich gefaßt... Geisterfinger, denen es an der körperlichen Kraft fehlt, mich von meiner Schreibmaschine wegzuzerren... Eisesfinger, die mich in einen faulen Wirbel des Lasters zwingen... Teufelsfinger, die mich hinunter in einen Strudel ewiger Niedertracht reißen... tote Finger, die mir den Atem abschneiden und meinen blinden Augen das Gefühl geben, daß sie vor Schmerz zerplatzen... gefrorene Punkte drücken sich in meine Schläfen... harte, knochige Knöpfe, die Hörnern ähneln... der stürmische Atem eines seit langem toten Wesens küßt meine fiebrigen Lippen und versengt meine heiße Kehle mit einer gefrorenen Flamme.

Es ist dunkel... nicht die Dunkelheit, die Teil von Jahren der Blindheit ist... die undurchdringliche Dunkelheit sündendurchtränkter Nacht... die pechschwarze Dunkelheit des Fegefeuers...

Ich sehe... spes mea Christus!... es ist das Ende...

...

Dem sterblichen Geist ist es nicht gegeben, einer Macht zu widerstehen, die menschliche Vorstellungskraft übersteigt. Dem unsterblichen Geist ist es nicht gegeben, das zu erobern, was die Tiefen ausgelotet und aus der Unsterblichkeit einen flüchtigen Augenblick gemacht hat. Das Ende? Nein, wahrhaftig nicht! Es ist bloß ein seliger Anfang...

Robert H. Barlow und H. P. Lovecraft
»Bis zur Neige«

Der Mann ruhte auf einer zerklüfteten Gratkante und blickte weit über das Tal hinaus. Im Liegen konnte er in eine große Ferne sehen, aber in all der stillen Weite war keinerlei Bewegung zu erkennen. Nichts regte sich in der staubigen Ebene, in dem feingemahlenen Sand längst ausgetrockneter Flußläufe, in denen einst die reißenden Ströme der jugendlichen Erde ihren Lauf genommen hatten. In dieser Endzeitwelt, dem Endstadium menschlichen Daseins auf dem Planeten, gediehen kaum noch Pflanzen. Seit ungezählten Äonen hatten Trockenheit und Sandstürme die Länder verwüstet. Bäume und Sträucher waren kleinem, knorrigem Gebüsch gewichen, das sich in seiner Genügsamkeit lange hielt; aber auch dieses Gebüsch ging wieder zugrunde unter dem Ansturm grober Gräser und der zähen, harten Vegetation einer befremdlichen Evolution.

Als sich die Erde der Sonne näherte, verdorrte und tötete die allgegenwärtige Hitze mit mitleidlosen Strahlen. Das war nicht auf einmal passiert; Äonen waren vergangen, ehe die Veränderung zu erkennen war. Und in diesem frühen Zeitalter war die vielseitige Menschengestalt der allmählichen Veränderung gefolgt und hatte sich an die immer trockener werdende Luft angepaßt. Dann war der Tag gekommen, da es die Menschen nicht mehr in ihren heißen Städten aushielten, und ein allmählicher Rückzug setzte ein, langsam, aber gezielt. Die Städte und Niederlassungen in Äquatornähe waren als erste betroffen, andere kamen später hinzu. Der verweichlichte und erschöpfte Mensch konnte der erbarmungslos zunehmenden Hitze nicht mehr standhalten. In seiner jetzigen Verfassung versengte sie ihn, und die Evolution verlief zu langsam, um neue Widerstandskräfte in ihm wachsen zu lassen.

Doch die großen Städte am Äquator wurden den Spinnen und Skorpionen erst später überlassen. In den Anfangsjahren gab es viele, die ausharrten und merkwürdig anmutende Schilde und Panzer gegen die Hitze und die tödliche Trockenheit ersannen. Diese furchtlosen Gemüter schirmten bestimmte Gebäude gegen die näherrückende Sonne ab und verwandelten sie in Zufluchtswelten en miniature, in denen kein Schutzpanzer benötigt wurde. Sie erfanden wunderbar scharfsinnige Vorrichtungen, so daß sich der Mensch eine Zeitlang in den rostenden Türmen halten konnte, womit sie hofften, die alten Länder retten zu können, bis die sengende Hitze vorüber wäre. Denn viele wollten den Aussagen der Astronomen keinen Glauben schenken und warteten auf die Wiederkehr der milden alten Welt. Eines Tages jedoch sandten die Männer von Dath aus der neuen Stadt Niyara Signale nach Yuanario, ihrer unvorstellbar alten Hauptstadt, und erhielten keine Antwort von den wenigen, die dort zurückgeblieben waren. Und als Forscher die jahrtausendealte Stadt der mit Brücken verbundenen Türme erreichten, stießen sie nur auf Schweigen. Nicht einmal das Grauen des Verfalls war zu bemerken, denn die aasfressenden Eidechsen waren schnell gewesen.

Erst dann ging es den Menschen auf, daß diese Städte für sie verloren waren, daß sie sie auf ewig der Natur überlassen mußten. In den heißen Ländern flohen die letzten Kolonisten aus ihren kühnen Standorten, und völliges Schweigen regierte innerhalb der Basaltmauern von tausend menschenleeren Städten. Von dem Gewimmel und dem Treiben der Menge war schließlich nichts übriggeblieben. Jetzt ragten vor den regenlosen Wüsten nur die blasenüberzogenen Türme leerer Häuser, Fabriken und Gebäude jeder Art auf, die die blendende Helligkeit der Strahlung spiegelten und die in der immer unerträglicher werdenden Hitze schmorten.

Viele Länder waren jedoch der versengenden Plage noch immer entgangen, so daß die Flüchtlinge sich bald in das Leben in einer neuen Welt schickten. Während seltsam blühender Jahrhunderte gerieten die alten verlassenen Städte am Äquator fast in Vergessenheit und dienten nur als Rahmen für phantastische Fabelgeschichten. Wenige nur dachten an diese gespenstischen, verfallenden Türme, diese Anhäufungen schäbiger Mauern und kaktuserstickter Straßen, die düster-schweigend und verlassen dalagen.

Es kam zu sündhaften lang dauernden Kriegen, aber die Friedenszeiten überwogen. Die angewachsene Sonne strahlte jedoch immer heftiger, als sich die Erde der feurigen Mutter näherte. Es war, als wolle der Planet zu der Quelle zurückkehren, der er, vor vielen Äonen, durch die Zufälle kosmischen Wachstums entrissen wurde.

Mit der Zeit breitete sich der Brand vom zentralen Gürtel nach außen aus. Süd-Yarat brannte als unbewohnte Wüste in der Sonne – und dann der Norden. In Perath und Baling, den uralten Städten, Brutstätte der Jahrhunderte, regten sich nur noch die schuppigen Gestalten von Schlange und Salamander, und schließlich gab es in Loton nur mehr ein einziges Echo auf den plötzlichen Einsturz baufälliger Türme und zerfallender Kuppeln.

Beständig, universell und unaufhaltsam wurde der Mensch aus den Bereichen vertrieben, in denen er von jeher angestammt war. Kein Stück Boden innerhalb des sich ausdehnenden betroffenen Gürtels blieb verschont; kein Volk entging der Entwurzelung. Es war ein Epos, eine gigantische Tragödie, deren Fabel den Schauspielern verborgen blieb – diese Massenflucht der Menschen aus den Städten. Es erforderte nicht Jahre oder selbst Jahrhunderte, sondern Jahrtausende unbarmherzigen Wandels. Und noch immer war kein Ende abzusehen – träge, unausweichlich, voller Zerstörungswut vollzog er sich.

Die Landwirtschaft kam zum Erliegen, denn die rasch zunehmende Dürre in der Welt bekam der Saat nicht. Abhilfe sollte künstlicher Ersatz schaffen, der bald überall angewandt wurde. Und als die alten Stätten, die die großen Errungenschaften der Sterblichen gekannt hatten, aufgegeben wurden, retteten die Flüchtlinge immer weniger an Beute. Gegenstände von größtem Wert und höchster Bedeutung blieben in den toten Museen zurück – verloren unter den Jahrhunderten –, und am Ende wurde das Erbe der unvorstellbar alten Vergangenheit völlig aufgegeben. Mit der abscheulichen Hitze setzte ein körperlicher und kultureller Verfall ein, denn der Mensch hatte so lange in Bequemlichkeit und Sicherheit gelebt, daß ihm der Exodus von den Schauplätzen seiner Vergangenheit schwerfiel. Diese Ereignisse wurden jedoch nicht gleichmütig hingenommen. Gerade ihre Langsamkeit war erschreckend. Verkommenheit und Ausschweifung wurden bald zur Regel. Die Regierung verfiel, und die Kulturen sanken ziellos zurück ins Barbarentum.

Als, neunundvierzig Jahrhunderte nach dem Brand am Äquatorgürtel, die ganze westliche Halbkugel unbewohnt zurückblieb, war das Chaos vollkommen. In den letzten Szenen dieser gigantischen, ziellos imposanten Wanderung zeigte sich keine Spur von Ordnung oder Anstand. Wahnsinn und Raserei breiteten sich unter den Menschen aus, und Fanatiker verkündeten schreiend, daß Harmageddon nahe bevorstünde.

Der Mensch war jetzt ein armseliger Überrest der alten Geschlechter, ein Flüchtling nicht nur vor den herrschenden Zuständen, sondern auch vor der Degeneration der Menschheit. Jene, denen das möglich war, zogen ins Nordland und in die Antarktis, die übrigen gaben sich jahrelang unglaublichen Ausschweifungen hin und hegten leise Zweifel, ob die drohende Katastrophe eintreten würde. In der Stadt Borligo kam es nach Monaten unerfüllter Erwartung zur Massenhinrichtung der neuen Propheten. Man hielt die Flucht ins Nordland für überflüssig und dachte nicht mehr an das drohende Ende.

Diese eitlen, närrischen Geschöpfe, die glaubten, sich dem Universum widersetzen zu können, müssen wahrlich auf grauenvolle Weise umgekommen sein. Aber die geschwärzten, verbrannten Städte blieben stumm...

Diese Ereignisse brauchen jedoch nicht wie in einer Chronik festgehalten zu werden – denn es gibt größere Zusammenhänge, die in Betracht zu ziehen sind, als diesen verwickelten und langsam fortschreitenden Niedergang einer zum Untergang verurteilten Kultur. Während der langen Zeitspanne war unter den wenigen Mutigen, welche die fremden arktischen und antarktischen Küsten besiedelten, die jetzt so mild waren wie das südliche Yarat in der längst versunkenen Vergangenheit, die Moral auf einen Tiefpunkt gesunken. Aber in diesem Augenblick gab es einen Aufschub. Die Scholle war fruchtbar, und vergessene landwirtschaftliche Fähigkeiten lebten wieder auf. Lange Zeit hielt sich eine genügsame kleinere Nachbildung der verlorenen Länder, allerdings nur dünn besiedelt und spärlich bebaut. Die Menschheit überlebte nur in Überresten die Äonen des Wandels und bevölkerte die verstreuten Dörfer der späteren Welt.

Es ist nicht bekannt, wie viele Jahrtausende dieser Zustand andauerte. Nur allmählich griff die Sonne diese letzte Zuflucht an, und je mehr die Zeit verstrich, entwickelte sich eine gesunde, kräftige Rasse, die sich – auch der Sage nach – nicht mehr an die alten, verlorenen Länder erinnerte. Diese neuen Menschen fuhren gelegentlich zur See, hatten die Flugmaschine völlig vergessen. Ihre Gerätschaften waren von simpelster Art, ihre Gepflogenheiten einfach und primitiv. Und doch waren sie zufrieden und nahmen das warme Klima als etwas Natürliches und Gewohntes hin.

Von diesem einfachen Bauernvolk nicht wahrgenommen, bereiteten sich jedoch langsam weitere Unbilden der Natur vor. Mit jeder Generation schwanden auch die Gewässer des ungeheuren und unausgeloteten Ozeans langsam dahin und reicherten die Luft und den ausgetrockneten Boden an, mit jedem Jahrhundert sank der Wasserspiegel tiefer und tiefer. Die tosende Brandung glitzerte immer noch hell, die wirbelnden Strömungen waren immer noch vorhanden, doch hing eine Trockenheit drohend über der ganzen Wasserweite. Diesen Schwund hätte man jedoch nur mit Instrumenten entdecken können, die empfindlicher waren als alle, die der Spezies bekannt waren. Selbst wenn man das Absinken des Ozeans erkannt hätte, hätte man sich darüber nicht besorgt oder verstört gezeigt, denn die Verluste waren so geringfügig und die Meere so gewaltig... Nur ein paar Zoll in vielen Jahrhunderten – aber in vielen Jahrhunderten immerhin ein paar Zoll mehr...

So verschwanden zuletzt auch die Ozeane, und Wasser wurde zu einer Seltenheit auf einem Globus sonnverbrannter Dürre. Der Mensch hatte sich langsam über alle arktischen und antarktischen Gebiete ausgebreitet. Die Städte am Äquator und viele spätere Wohnstätten waren selbst in der Sage vergessen.

Und jetzt wurde der Friede wieder gestört, denn das Wasser war rar geworden und nur in tiefen Höhlen zu finden. Und selbst dort gab es nur wenig, und Menschen starben an Durst, wenn sie weite Strecken zurückzulegen hatten. Und doch gingen diese tödlichen Veränderungen so langsam vor sich, daß sich jede neue Generation weigerte, das von den Eltern Gehörte zu glauben. Keine wollte sich eingestehen, daß die Hitze geringer oder das Wasser in früheren Tagen reichlicher gewesen war, oder auch Warnungen Glauben schenken, daß Zeiten schmerzhafteren Sengens und der Dürre bevorstanden. Und so war es selbst am Ende, als nur noch ein paar hundert menschliche Wesen unter der grausamen Sonne nach Atem rangen – eine erbärmlich zusammengeschmolzene Handvoll von all den ungezählten Millionen, die einst den zum Untergang verurteilten Planeten bewohnt hatten.

Und die Hunderte wurden weniger, bis der Mensch nur noch in Zehnern gezählt werden konnte. Diese Zehnergrüppchen drängten sich um die immer geringer werdende Feuchtigkeit der Höhlen und erkannten endlich, daß das Ende nahe war. Sie waren so wenig herumgekommen, daß keiner von ihnen je die winzigen, sagenhaften Eisflecken gesehen hatte, die in der Nähe der Pole des Planeten übrig waren – falls es sie überhaupt noch gab. Selbst wenn es sie gegeben hätte und sie dem Menschen bekannt gewesen wären, hätte sie niemand durch die pfadlosen gewaltigen Wüsten erreichen können. Und so schmolzen die armseligen wenigen Stellen dahin...

Sie entzieht sich der Beschreibung, diese furchteinflößende Kette von Ereignissen, welche die ganze Erde entvölkerte; die Tragweite ist zu ungeheuerlich für jeden einzelnen Menschen, als daß er sie sich ausmalen oder sie erfassen könnte. Von der Bevölkerung der glücklichen Erdzeitalter, vor Milliarden Jahren, wären nur einige wenige Propheten und Wahnsinnige imstande gewesen, sich vorzustellen, was da kommen sollte – die Visionen von stummen, toten Landstrichen und längst leeren Ozeangründen. Die übrigen hätten gezweifelt – gezweifelt am Schatten der Veränderung über dem Planeten und am Schatten des Untergangs über der Spezies. Denn der Mensch hat sich von jeher für den unsterblichen Herrn der Dinge gehalten.

Sobald er die Todespein der alten Frau gelindert hatte, wanderte Ull in angsterfüllter Betäubung in den blendenden Sand hinaus. Sie war furchterregend gewesen, zusammengeschrumpft und vertrocknet wie verdorrte Blätter. Ihr Gesicht hatte die Farbe vergilbten Grases, das im heißen Wind raschelte, und sie war abstoßend alt.

Doch war sie eine Kampfgefährtin gewesen, jemand, vor dem man über vage Ängste sprechen konnte, über diese unglaubliche Lage, eine Kameradin, mit der man seine Hoffnungen auf Hilfe von den stummen Kolonien jenseits der Berge teilen konnte. Er wollte nicht glauben, daß woanders niemand mehr lebte, denn Ull war jung und nicht so festgefahren in seinen Überzeugungen wie die Alten.

Seit vielen Jahren hatte er niemand außer der Alten gekannt – sie hieß Mladdna. Sie war an jenem Tag in seinem elften Jahr gekommen, als alle Jäger auf Nahrungssuche ausgezogen und nicht zurückgekehrt waren. Ull konnte sich an seine Mutter nicht erinnern, und es gab wenige Frauen in der winzigen Gruppe. Als die Männer verschwanden, hatten die drei Frauen, die junge und die beiden alten, vor Angst geschrien und lange gejammert. Dann war die junge verrückt geworden und hatte sich mit einem spitzen Stock umgebracht. Die alten begruben sie in einer flachen Vertiefung, die sie mit den Nägeln scharrten, und darum war Ull allein gewesen, als die noch ältere Mladdna kam.

Sie ging mit Hilfe eines knorrigen Stockes, einer unbezahlbaren Reliquie aus den alten Wäldern, von Jahren des Gebrauchs hart und glänzend geworden. Sei verriet mit keinem Wort, woher sie kam, sondern stolperte in die Hütte, als die junge Selbstmörderin begraben wurde. Dann wartete sie, bis die beiden alten Frauen zurückkehrten, und sie wurde ohne zu fragen aufgenommen.

So ging es viele Wochen, bis die beiden erkrankten und Mladdna sie nicht heilen konnte. Merkwürdig, daß die zwei Jüngeren von der Krankheit befallen wurden, während sie schwach und uralt weiterlebte! Mladdna hatte sie viele Tage gepflegt, aber schließlich starben sie, so daß er mit der Fremden allein zurückblieb. Er weinte die ganze Nacht, bis sie schließlich die Geduld verlor und drohte, sich ebenfalls umzubringen. Daraufhin beruhigte er sich sofort, denn es verlangte ihn nicht nach völliger Einsamkeit. So lebt er also mit Mladdna, und sie sammelten Wurzeln.

Mladdnas verfaulte Zähne waren kaum für diese Nahrung geeignet, aber es gelang ihnen, sie so zu zerkleinern, bis sie sie schlucken konnte. In diesem ermüdenden Einerlei von Nahrungssuche und Nahrungsaufnahme verlief Ulls Kindheit.

Jetzt war er groß und stark, neunzehn Jahre alt, und die Alte war tot. Nichts mehr konnte ihn zum Bleiben bewegen, daher machte er sich kurzentschlossen auf, die sagenhaften Hütten jenseits der Berge zu suchen und bei den Menschen dort zu leben. Er besaß nichts, was er auf seine Reise hätte mitnehmen können. Ull schloß die Tür seiner Hütte – warum, hätte er nicht sagen können, denn seit Jahren schon gab es keine Tiere mehr hier – und ließ die Tote im Innern zurück. Halbbetäubt und voll Angst über seine eigene Kühnheit marschierte er stundenlang durch trockenes Gras und erreichte schließlich die Ausläufer der Berge. Der Nachmittag kam. Ull kletterte, bis er erschöpft war, dann streckte er sich im Gras aus. Wie er dalag, ging ihm vieles durch den Kopf. Er wunderte sich über das seltsame Leben und hoffte leidenschaftlich, die verlorene Kolonie jenseits der Berge zu finden. Aber zu guter Letzt schlief er ein.

Als er erwachte, schienen ihm die Sterne ins Gesicht, und er fühlte sich erfrischt. Jetzt, da die Sonne für einige Zeit untergegangen war, bewegte er sich schneller fort, aß ein wenig und beschloß, sich zu beeilen, ehe der Wassermangel unerträglich werden würde. Er hatte kein Wasser mitgenommen, denn die letzten Menschen, die immer an ein und derselben Stelle gewohnt und nie Gelegenheit gehabt hatten, ihr wertvolles Wasser fortzutragen, stellten keinerlei Behälter gleich welcher Art her. Ull hoffte, sein Ziel an einem Tag zu erreichen und damit dem Durst zu entkommen; und so eilte er unter den hellen Sternen dahin, rannte zuweilen in der warmen Luft und verfiel dann wieder in einen langsamen Trab.

Und so ging es weiter, bis die Sonne aufstieg, und doch hatte er noch immer nicht die Bergausläufer hinter sich gebracht, vor ihm ragten drei hohe Gipfel auf. In ihrem Schatten ruhte er neuerlich aus. Er kletterte den ganzen Morgen weiter, und gegen Mittag bezwang er den ersten Gipfel, auf dem er eine Zeitlang rastete und das Gebiet vor der nächsten Kette erkundete.

Ull ruhte auf einer zerklüfteten Gratkante und blickte weit über das Tal hinaus. Im Liegen konnte er in eine große Ferne sehen, aber in all der stillen Weite war keinerlei Bewegung zu erkennen...

Die zweite Nacht kam, und Ull befand sich noch immer zwischen den wilden Gipfeln, das Tal und der Ort, wo er sich ausgeruht hatte, lagen weit hinter ihm. Er hatte die zweite Gebirgskette jetzt fast schon hinter sich gelassen und eilte noch immer dahin. Tagsüber hatte ihn der Durst überkommen, und er bedauerte seinen Leichtsinn. Und doch hätte er nicht bei der Leiche bleiben können, allein im Grasland. Er versuchte, sich das klarzumachen, und so eilte er immer weiter, müde, aber entschlossen.

Und jetzt waren es nur noch ein paar Schritte, bevor sich die Gratwand vor ihm teilen und den Blick auf das Land dahinter freigeben würde. Ull stolperte erschöpft den steinigen Pfad hinunter, stürzte und schlug sich noch mehr auf. Es lag knapp vor ihm, dieses Land, von dem das Gerücht ging, daß hier Menschen gehaust hatten, dieses Land, von dem er in seiner Jugend erzählen gehört hatte. Der Weg war lang, aber sein Ziel war groß. Ein Gesteinsbrocken von gewaltigen Ausmaßen versperrte ihm die Sicht. Er erkletterte ihn voll Bangen. Nun, zu guter Letzt, lag im Licht der untergehenden Sonne sein langgesuchtes Ziel vor ihm. Sein Durst und seine schmerzenden Muskeln waren vergessen, als er voller Freude sah, daß sich ein kleines Häufchen von Gebäuden an der gegenüberliegenden Felswand festklammerte.

Ull ruhte sich nicht aus, sondern rannte, taumelte und kroch, vom Gesehenen angespornt, die letzte halbe Meile dahin. Er bildete sich ein, zwischen den primitiven Hütten Gestalten erkennen zu können. Die Sonne war beinahe untergegangen, die verhaßte, vernichtende Sonne, welche die Menschheit dahingerafft hatte. Die Einzelheiten konnte er nicht klar erkennen, aber die Hütten kamen immer näher.

Sie waren sehr alt, denn Lehmblöcke überdauern lange in der

schweigenden Trockenheit der sterbenden Welt. Wahrhaftig, wenig veränderte sich bis auf die Lebewesen – die Gräser und diese letzten Menschen.

Vor ihm schwang eine Tür auf groben Scharnieren hin und her. Im schwindenden Licht trat Ull ein, zu Tode erschöpft, und suchte schmerzlich nach den erwarteten Gesichtern.

Dann fiel er weinend zu Boden, denn an dem Tisch lehnte ein vertrocknetes, uraltes Skelett.

Endlich erhob er sich, rasend vor Durst, unter unerträglichen Schmerzen, nachdem er die schrecklichste Enttäuschung erlitten hatte, die einem Sterblichen widerfahren konnte. Er war damals das letzte Lebewesen auf dem Globus. Sein war das Erbe der Erde – alle Länder, und alle waren gleichermaßen nutzlos für ihn. Er raffte sich auf, ohne in dem reflektierten Licht die verschwommene weiße Form anzublicken, und trat durch den Eingang. Er wanderte durch das leere Dorf, suchte nach Wasser und besichtigte traurig diesen seit langem verlassenen Ort, den die stets gleichbleibende Luft so gespenstisch konserviert hatte. Hier war eine Behausung – dort eine primitive Stätte, wo etwas angefertigt worden war – Tongefäße, die nur Staub enthielten – und nirgends die geringste Spur einer Flüssigkeit, um seinen brennenden Durst zu löschen.

Und dann erblickte Ull im Mittelpunkt der kleinen Stadt einen Brunnen. Er wußte, was es war, denn von Mladdna hatte er Geschichten über solche Dinge gehört. Mit erbärmlicher Freude schob er sich vorwärts und lehnte sich über den Brunnenrand. Hier zumindest war er am Ende seiner Suche angelangt. Wasser – schleimiges, schales und seichtes Wasser, aber immerhin Wasser – vor seinen Augen.

Ull schrie auf wie ein gequältes Tier, griff nach Kette und Eimer. Seine Hand glitt auf der glitschigen Kante aus, und er fiel mit der Brust über den Rand. Einen Augenblick lag er dort, dann stürzte sein Körper den dunklen Schacht hinunter.

Unter leichtem Aufplatschen fiel er in dem trüben, seichten Wasser auf einen seit langem versunkenen Stein, der vor Äonen aus der massiven Einfassung herausgebrochen war. Das aufgewirbelte Wasser glättete sich wieder.

Und nun zuletzt war die Erde tot. Der letzte, armselige Überlebende war zugrunde gegangen. All die wimmelnden Milliarden, die langsam verstreichenden Äonen, die Reiche und Kulturen der

Menschheit waren in dieser armen verrenkten Gestalt vereinigt – und wie titanisch bedeutungslos war alles gewesen! Nun waren alle Anstrengungen der Menschheit wirklich beendet und hatten ihren Höhepunkt erreicht – welch ungeheuerlicher und unglaublicher Höhepunkt in den Augen der armen, selbstzufriedenen Narren aus den Tagen des Wohlstands! Niemals mehr würde der Planet die polternden Schritte menschlicher Millionen erleben – nicht einmal das Kriechen von Eidechsen und das Summen von Insekten, denn auch sie waren zugrunde gegangen. Jetzt würde die Herrschaft der saftlosen Zweige und der endlosen Felder widerstandsfähiger Gräser anbrechen. Die Erde war, wie ihr kalter, durch nichts zu störender Mond, auf ewig dem Schweigen und der Dunkelheit ausgeliefet.

Die Sterne wanderten weiter. Der ganze gedankenlose Plan würde bis ins unbekannte Unendliche weitergehen. Dieses banale Ende einer unerheblichen Episode hatte nicht die geringste Bedeutung für ferne Sternnebel oder für neugeborene, im Zenith ihrer Kraft stehende oder sterbende Sonnen. Die menschliche Rasse, zu unbedeutend und zu flüchtig, um eine echte Funktion oder einen wahren Zweck zu haben, gab es nicht mehr, es war, als hätte es sie nie gegeben. Die äonenlange Farce ihrer mühseligen Evolution war so ans Ende gelangt.

Als die ersten Strahlen der tödlichen Sonne über das Tal huschten, fand ein Lichtstrahl seinen Weg zu dem erschöpften Gesicht einer zerschmetterten Gestalt, die im Schlamm lag.

Lovecraft fügte dem Rand der letzten Seite dieses Manuskripts folgende Bemerkung an Barlow hinzu: »Insekten und andere Lebensformen werden den Menschen und die anderen Säugetiere wahrscheinlich wohl überleben.«

Hazel Heald und H. P. Lovecraft
Das Grauen auf dem Gottesacker

Wenn die Staatsautobahn nach Rutland gesperrt ist, sind die Reisenden gezwungen, die Straße nach Stillwater, vorbei an Swamp Hollow, zu benutzen. Die Landschaft bietet stellenweise einen wirklich großartigen Anblick, und doch erfreut sich diese Strecke seit Jahren geringer Beliebtheit. Sie hat etwas Deprimierendes an sich, besonders in der Nähe von Stillwater. Motorisierte fühlen sich von dem Bauernhaus auf der Bergkuppe mit den festverschlossenen Fensterläden auf unbestimmbare Weise unangenehm berührt, und das gilt auch für den weißbärtigen Schwachsinnigen, der sich auf dem Friedhof im Süden herumtreibt, wo er anscheinend mit den Insassen einiger Gräber redet.

Jetzt ist von Stillwater nicht mehr viel übrig. Die Krume ist ausgelaugt, und die meisten Bewohner sind in die Städte über dem fernen Fluß oder in die Stadt hinter den Bergen in der Ferne abgewandert. Der Turm der alten weißen Kirche ist eingestürzt, und die Hälfte der rund zwanzig verstreut liegenden Häuser steht leer und befindet sich in verschiedenen Stadien des Verfalls. Normales Leben findet man nur in der Umgebung von Pecks Gemischtwarenladen und der Tankstelle, und dort halten auch die Neugierigen ab und zu an, um sich nach dem Haus mit den verschlossenen Fensterläden und dem Idioten, der mit den Toten redet, zu erkundigen.

Die meisten Fragesteller gehen mit einem leichten Gefühl von Abscheu und Beunruhigung fort. Auf sie wirken die heruntergekommenen Faulenzer merkwürdig unangenehm und voller dumpfer Andeutungen, wenn sie von längst vergangenen Ereignissen reden. Der Tonfall, in dem sie ganz gewöhnliche Ereignisse zu beschreiben pflegen, hat etwas Bedrohliches, Ominöses – die ausgesprochen unangebrachte Neigung, sich heimlichtuerisch, vielsagend, vertraulich zu geben und manchmal in ehrfurchtsvolles Flüstern zu verfallen – was den Zuhörer auf hinterhältige Weise verwirrt. Alte Yankees reden oft so. In diesem Fall jedoch bekommt dieses düstere, geheimnisvolle Verhalten noch zusätzliche Bedeutung durch den melancholischen Anstrich des halbverfallenen Dorfes und die triste Art der zutage tretenden Geschichte. Man spürt im Innern das reine Grauen, das dem vereinsamten Puritaner und seinen seltsamen Verdrängungen zugrunde liegt –

man spürt es und sehnt sich danach, so rasch wie möglich in reinere Luft zu entkommen.

Die Faulenzer flüstern bedeutsam, daß das Haus mit den verschlossenen Fensterläden der alten Miss Sprague gehört – Sophie Sprague, deren Bruder am 17. Juni begraben wurde, vor Zeiten, im Jahr '86. Sophie war nach diesem Begräbnis nie wieder die alte – nach dem Begräbnis und dem anderen, das sich am selben Tag ereignete –, und schließlich rührte sie sich gar nicht mehr aus dem Haus. Sie läßt sich jetzt nicht einmal sehen, sondern hinterlegt Mitteilungen unter der Matte der Hintertür und läßt sich ihre Einkäufe durch Ned Pecks Jungen aus dem Laden bringen. Sie fürchtet sich vor irgend etwas – am meisten vor dem alten Friedhof in Swamp Hollow. Sie ist nicht dorthin zu kriegen, seit ihr Bruder – und der andere – dort zur letzten Ruhe gebettet wurden. Kein Wunder allerdings in Anbetracht der Art und Weise, wie sich der verrückte Johnny Dow aufführt. Er treibt sich den ganzen Tag auf dem Friedhof herum und zuweilen auch des Nachts und behauptet, mit Tom zu reden – und dem anderen auch. Dann marschiert er an Sophies Haus vorbei und brüllt ihr dies und das zu – und das ist der Grund, warum sie die Fensterläden nicht mehr aufmacht. Er behauptet, Wesen von irgendwo seien darauf aus, sie irgendwann zu erwischen. Dem müßte man ein Ende machen, aber man darf mit dem armen Johnny nicht zu hart ins Zeug gehen. Außerdem hatte Steve Barbour schon immer seine eigenen Meinungen.

Johnny redet mit zweien der Gräber. Das eine ist das Tom Spragues. Das andere, am entgegengesetzten Ende des Friedhofs, ist das Henry Thorndikes, der am selben Tag begraben wurde. Henry war Totengräber des Dorfes – der einzige weit und breit – und in Stillwater nie sehr beliebt. Ein Stadtmensch aus Rutland, hatte das College besucht und steckte voller Bücherwissen. Las merkwürdige Sachen, von denen niemand sonst je gehört hatte, und mischte Chemikalien, gewiß nicht zum Spaß. Versuchte immer, etwas Neues zu erfinden – ein neumodisches Balsamieröl oder eine närrische Arznei. Einige Leute behaupteten, er hätte Arzt werden wollen, aber das Studium nicht geschafft, und hätte deshalb den nächstbesten Beruf ergriffen. Natürlich gab es in einem Ort wie Stillwater nicht viel zu tun für einen Totengräber, aber Henry betrieb nebenbei noch Landwirtschaft.

Von gemeiner, krankhafter Neigung – dazu ein heimlicher Trinker, wenn man nach den leeren Flaschen in seinem Müll gehen konnte. Kein Wunder, daß Tom Sprague ihn haßte, ihn aus der Freimaurerloge ausschloß und ihn abwies, als er sich an Sophie heranmachen wollte. Seine Tierversuche waren gegen Natur und Bibel. Wer konnte den Zustand vergessen, in dem jener Collie aufgefunden wurde, und was mit Mrs. Akeleys Katze passiert war? Und dann war da noch die Sache mit Deacon Leavitts Kalb, bei der Tom eine Bande von Dorfjungen angeführt hatte, um Rechenschaft zu fordern. Das Merkwürdige daran war, daß das Kalb schließlich doch lebendig wurde, obwohl Tom es steif wie einen Schürhaken vorgefunden hatte. Manche behaupteten, daß Tom der Belämmerte war, Thorndike war jedoch möglicherweise anderer Ansicht, da er die Faust seines Feindes Tom zu spüren bekommen hatte, ehe man den Irrtum entdeckte.

Tom war zu der Zeit natürlich halb betrunken. Er war bestenfalls ein bösartiger Raufbold und schüchterte seine arme Schwester mit Drohungen ein. Aus diesem Grund ist sie vielleicht noch immer ein so verängstigtes Wesen. Die beiden lebten allein, und Tom hätte sie nie verlassen, weil das bedeutet hätte, den Besitz zu teilen. Die meisten Burschen fürchteten ihn zu sehr, als daß sie sich Sophie nähern mochten – er war über zwei Meter groß –, Henry Thorndike jedoch war ein verschlagener Kerl, der es verstand, hinter dem Rücken der Leute ans Werk zu gehen. Er war kein besonders gewinnender Anblick, aber Sophie hatte nie böse Worte für ihn. Da ihr Bruder gemein und häßlich war, wäre sie froh gewesen, wenn jemand sie ihm entrissen hätte. Sie hat sich vielleicht gar nicht gefragt, wie sie von ihm befreit werden würde, nachdem er sie von Tom befreit hatte.

So standen die Dinge zumindest im Juni '86. Bis dahin war das Geflüster der Faulenzer in Pecks Laden noch nicht unerträglich drohend gewesen. Aber im Lauf der Zeit wuchs das Element des Geheimnisvollen und der Spannung. Tom Sprague, so schien es, unternahm in regelmäßigen Abständen Ausflüge nach Rutland, und seine Abwesenheit kam Henry Thorndike sehr zustatten. Wenn Tom zurückkam, war er immer in sehr schlechter Verfassung, und der alte Dr. Pratt, so taub und halbblind er auch war, warnte ihn immer vor dem Trinken und der Gefahr des Delirium tremens. Toms Geschrei und Gefluche zeigte stets an, daß er wieder daheim war.

Am neunten Juni – einem Mittwoch, ein Tag, nachdem Joshua Goodenough mit dem Bau seines neuen Silos fertig geworden war – machte er sich auf zu seiner letzten und längsten Sauftour. Am folgenden Dienstagmorgen kehrte er zurück, und man sah vom Laden aus, daß er seinen braunen Hengst schlug, wie er es immer tat, wenn ihn der Whiskey in den Fängen hatte. Dann drangen Schreie, Kreischen und Flüche aus dem Sprague-Haus, und das erste, was jeder merkte, war, daß Sophie, so schnell sie die Beine tragen wollten, zum alten Dr. Pratt rannte. Als der Arzt eintraf, fand er Thorndike bei Sprague. Tom lag in seinem Zimmer auf dem Bett, mit starren Augen und Schaum vor dem Mund. Der alte Pratt fummelte ein bißchen herum, führte die üblichen Tests durch, schüttelte mit ernster Miene den Kopf und sagte zu Sophie, daß sie einen großen Verlust erlitten hätte – daß ihr nächster und liebster Verwandter die Tore zu einem besseren Land durchschritten hätte, was, wie jedermann wußte, eintreten mußte, wenn er mit dem Saufen nicht aufhörte.

Sophie schluchzte, die Faulenzer raunten, aber das war auch schon alles. Thorndike lächelte nur – vielleicht wegen des ironischen Umstands, daß er, immer sein Feind, jetzt der einzige war, der für Thomas Sprague noch von Nutzen sein konnte. Er brüllte etwas in Dr. Pratts noch halbwegs gutes Ohr von der Notwendigkeit, wegen Toms Zustand das Begräbnis sehr früh abzuhalten. Solche Trunkenbolde waren immer unsichere Kantonisten, und jede zusätzliche Verzögerung – bei begrenzten Möglichkeiten auf dem Lande – würde zu Folgen sichtbarer und anderer Art führen, was für die trauernden Hinterbliebenen schwerlich einzusehen wäre. Der Arzt hatte gemurmelt, daß die Laufbahn als Alkoholiker Tom schon im voraus ziemlich gut einbalsamiert haben mußte, aber Thorndike versicherte ihm das Gegenteil, wobei er gleichzeitig mit seiner eigenen Geschicklichkeit prahlte und mit der Überlegenheit, mit der er seine Experimente ersonnen hatte.

An diesem Punkt fingen die geflüsterten Gerüchte der Faulenzer wirklich an, Verstörung zu verbreiten. Bis hierher wird die Geschichte gewöhnlich von Ezra Davenport erzählt oder von Luther Fry, falls Ezra mit einer Erkältung daniederliegt, wozu er im Winter neigt. Ab hier aber nimmt Calvin Wheeler den Faden auf, und seine Stimme kann auf verdammt hinterlistige Art verstecktes Grauen andeuten. Wenn Johnny Dow zufällig vorbeigeht, kommt es immer zu einer Unterbrechung, denn in Stillwater sieht man es nicht allzu gern, wenn Johnny zu viel mit Fremden spricht.

Calvin schiebt sich an den Reisenden heran und ergreift ihn

manchmal mit seiner knorrigen, mit Leberflecken gesprenkelten Hand am Jackettkragen, während er seine wässrigen Augen halb schließt.

»Ja, Herr«, flüstert er, »Henry ging nach Hause un' holte sein Totengräberwerkzeug – der verrückte Johnny Dow schleppte das meiste, denn er ging Henry immer zur Hand – un' sagte, Doc Pratt und der verrückte Johnny sollten mithelfen, die Leiche vorzubereiten. Doc hat immer behauptet, daß Henry den Mund zu voll nimmt – damit prahlt, was für'n hervorragender Arbeiter er ist, und was für'n Glück es wäre, daß Stillwater 'nen richtigen Totengräber hätte, statt daß man die Leute einfach so begräbt, wie sie eben sind, wie sie's drüben in Whiteby tun.

›Angenommen‹, sagt er, ›so'n Kerl hätt' 'nen Anfall von Starrkrampf, wie man's manchmal liest. Wie würde es 'nem solchen Kerl gefallen, wenn man ihn hinunterläßt und anfängt, die Erde auf ihn zu schaufeln? Wie würde es ihm gefallen, wenn er dort drunten unter dem neuen Grabhügel erstickte, kratzend und scharrend, wenn er die Kraft dazu wieder hätte, die ganze Zeit aber wüßte, daß es ihm nichts nützt? Nein, Herr, ich sage Ihnen, es ist'n Segen, daß Stillwater 'nen klugen Arzt hat, der weiß, wann'n Mann tot ist und wann nicht, und einen ausgebildeten Totengräber, der eine Leiche so präparieren kann, daß sie unten bleibt, ohne Ärger zu machen.‹

So redete Henry daher, meistens, als spräche er zu den sterblichen Überresten des armen Tom; und dem alten Pratt gefiel nicht, was er davon aufschnappte, auch wenn Henry ihn einen klugen Arzt nannte. Der verrückte Johnny behielt die ganze Zeit die Leiche im Auge, und die Sache wurde dadurch nicht angenehmer, daß er Zeug daher sabbelte wie: ›Er ist nicht kalt, Doc‹ oder: ›Ich seh, wie sich seine Lider bewegen‹ oder: ›Gebt mir eine Injektionsspritze mit dem Zeug, das mir so gut bekommt.‹ Thorndike brachte ihn zum Schweigen, obwohl wir alle wußten, daß er dem armen Johnny Drogen gegeben hatte. Es ist ein Wunder, daß der arme Bursche je davon loskam.

Das Schlimmste, dem Doktor zufolge, war jedoch die Art und Weise, wie die Leiche zuckte, als Henry begann, ihr Balsamierungsflüssigkeit zu injizieren. Er hatte damit geprahlt, was für eine wunderbare neue Rezeptur er durch seine Experimente mit Katzen und Hunden gefunden hätte, als sich plötzlich Toms Leiche zusammenkrümmte, als lebe sie und schicke sich zu einem Ringkampf an.

Donnerwetter! Doc sagte, er war zu Tode erschrocken, auch wenn er wußte, wie Leichen reagieren, wenn die Muskeln steif zu werden beginnen. Also, Sir, um es kurz zu machen, der Leichnam setzte sich auf und ergriff Thorndikes Injektionsspritze, so daß sie sich in Henry bohrte und er eine saubere Dosis seiner eigenen Balsamierflüssigkeit abbekam, wie man es sich besser nicht wünschen konnte. Darüber war Henry ziemlich erschrocken, auch wenn er die Nadel herauszog und es ihm gelang, den Körper niederzuhalten und die Flüssigkeit einzuspritzen. Er maß noch mehr von dem Zeug ab, als wollte er sichergehen, daß es reichte, und sich selbst vergewissern, daß nicht viel davon in seinen Kreislauf gelangt war, aber der verrückte Johnny begann wieder im Singsang zu verkünden: ›Das isses, was Se Lige Hopkins Hund gegeben haben, als er völlig tot un' steif war un' dann wieder aufwachte. Jetzt wirst du so tot un' steif wie Tom Sprague! Vergiß nicht, wenn es nicht genug ist, wirkt es erst nach sehr langer Zeit!‹

Sophie war mit einigen der Nachbarn unten. Meine Frau Matildy – sie ist jetzt schon dreißig Jahre tot – war bei ihnen. Sie versuchten alle herauszubekommen, ob Thorndike dagewesen war, als Tom heimkam, und ob der Umstand, ihn anzutreffen, es gewesen war, was den armen Tom in Rage gebracht hatte. Ich sage am besten gleich hier, daß es einige Leute recht merkwürdig fanden, daß Sophie nicht mehr Trauer zeigte und sich auch nicht über die Art und Weise aufregte, wie Thorndike gelächelt hatte. Nicht, daß jemand andeuten würde, Henry habe Tom mit einigen seiner merkwürdigen zusammengepanschten Flüssigkeiten und Injektionen zum Jenseits verholfen, oder Sophie würde den Mund halten, falls sie das glaubte – aber man weiß schon, was die Leute hinterrücks für Vermutungen anstellen. Wir wußten alle, mit welcher Besessenheit Thorndike Tom gehaßt hatte – und das nicht ohne Grund –, und Emily Barbour sagt noch zu meiner Matildy, Henry hätte Glück gehabt, daß der alte Doc Pratt gerade rechtzeitig mit dem Totenschein zur Stelle war, so daß für niemand ein Zweifel bleiben konnte.«

Wenn der alte Calvin zu dieser Stelle kommt, beginnt er gewöhnlich, Unverständliches in seinen strähnigen, schmutzig-weißen Bart zu murmeln. Die meisten Zuhörer versuchen, vor ihm zurückzuweichen, aber er scheint sich selten um diese Gesten zu kümmern. Gewöhnlich setzt Fred Pack, zur Zeit dieser Ereignisse ein kleiner Junge, dann die Erzählung fort.

Thomas Spragues Begräbnis fand am Donnerstag, dem 17. Juni, nur zwei Tage nach seinem Tod, statt. Eine solche Eile hielt man im fernen und unzugänglichen Stillwater, wo die Trauergäste weite Entfernungen zurückzulegen hatten, beinahe für unanständig, aber Thorndike hatte erklärt, daß der Zustand des Verstorbenen es erfordere. Der Totengräber schien ziemlich nervös zu sein, seit er den Leichnam vorbereitet hatte, und man sah häufig, wie er seinen Puls fühlte. Der alte Doktor Pratt dachte, daß er sich über die zufällige Dosis von Balsamierflüssigkeit Sorgen machte. Natürlich hatte sich die Geschichte verbreitet, so daß doppelter Eifer die Trauergäste beflügelte, die sich versammelten, um ihre Neugier und ihr krankhaftes Interesse zu befriedigen.

Auch wenn Thorndike offensichtlich besorgt war, schien er darauf bedacht zu sein, seiner beruflichen Pflicht in großem Stil nachzukommen. Sophie und andere, die die Leiche sahen, waren höchst erstaunt über ihre völlige Lebensähnlichkeit, und der Friedhofsvirtuose sicherte seine Aufgabe ab, indem er in regelmäßigen Abständen bestimmte Injektionen wiederholte. Er entlockte den Städtern und Trauergästen beinahe eine Art widerwilliger Bewunderung, auch wenn er dazu neigte, den Eindruck durch sein prahlerisches und geschmackloses Gerede zu verderben. Wann immer er sich um seinen schweigenden Klienten kümmerte, wiederholte er das ewige Gefasel von dem Glück, einen erstklassigen Totengräber zu haben. Was – sagte er, als wende er sich direkt an den Leichnam –, wenn Tom zu den nachlässigen Burschen gehört hätte, die ihre Toten lebendig begraben? Die Art, wie er vom Grauen des Lebendbegrabenseins nicht loskam, war wirklich barbarisch und ekelhaft.

Der Trauergottesdienst wurde in dem stickigen Salon abgehalten, der seit dem Tod Mrs. Spragues zum ersten Mal geöffnet worden war. Das vestimmte kleine Harmonium ächzte jämmerlich, und der Sarg, nahe der Eingangstür aufgebahrt, war mit widerwärtig riechenden Blumen bedeckt. Eine große Menschenmenge war aus nah und fern herbeigeströmt, und Sophie bemühte sich, um ihretwillen gebührenden Schmerz zu zeigen. In Augenblicken, da sie ihre Beherrschung vergaß, schien sie so verwundert wie unruhig zu sein, und ihr Blick ging zwischen dem fiebrig aussehenden Totengräber und der lebensechten Leiche ihres Bruders hin und her. In ihr schien langsam Abscheu vor Thorndike zu wachsen, und die Umstehenden flüsterten ohne Scheu, daß sie ihm jetzt bald Beine machen würde, da Tom nicht mehr im Weg stand – das heißt, falls sie dazu imstande war, denn es fiel manchmal schwer, mit einem so aalglatten Burschen fertigzuwerden. Mit Hilfe ihres Geldes und ihrem immer noch guten Aussehen würde sie jedoch vielleicht wieder einen Freund finden können, und der würde sich Henrys schon annehmen.

Als das Harmonium schnaufend »Schöne Insel im Irgendwo« anstimmte, stimmte der Kirchenchor der Methodisten mit seinen kummervollen Stimmen in die grausige Kakophonie ein, und alle blickten fromm auf Diakon Leavett – das heißt, alle bis auf den verrückten Johnny Dow, der die Augen noch immer auf die ruhige Gestalt im Glassarg geheftet hielt. Er murmelte leise etwas in seinen Bart.

Stephen Barbour – von der Nachbarfarm – war der einzige, der Johnny Beachtung schenkte. Es schüttelte ihn, als er merkte, daß der Idiot direkt zu der Leiche sprach und sogar mit den Fingern närrische Zeichen machte, als wolle er den Schläfer unter dem Glasdeckel herausfordern. Tom, fiel ihm ein, hatte den armen Johnny bei mehr als einer Gelegenheit drangsaliert, vielleicht aber auch hatte jener ihn dazu gereizt. Etwas an der ganzen Sache zerrte an Stephens Nerven. Unterdrückte Spannung lag in der Luft und eine brütende Abnormität, die er sich nicht erklären konnte. Man hätte Johnny nicht ins Haus lassen sollen – und es war merkwürdig, wie sehr sich Thorndike anscheinend dazu zwingen mußte, die Leiche anzusehen. Ab und zu fühlte der Totengräber sich mit seltsamer Gebärde den Puls.

Reverend Silas Atwood leierte in monotonem Klageton seine Ansprache über den Verblichenen – wie das Todesschwert mitten auf diese Kleinfamilie herabgesaust war und die irdischen Bande zwischen dem liebenden Geschwisterpaar gekappt hatte. Mehrere Nachbarn blickten einander unter gesenkten Augenlidern verstohlen an, und Sophie begann tatsächlich, nervös zu weinen. Thorndike trat an ihre Seite und versuchte sie zu beruhigen, aber sie schien merkwürdigerweise vor ihm zurückzuweichen. Seine Bewegungen waren deutlich unsicher, und er schien heftig die ungewöhnliche Spannung zu spüren, die in der Luft lag. Schließlich schritt er, sich seiner Pflicht als Zeremonienmeister bewußt, nach vorn und kündigte mit Grabesstimme an, daß man einen letzten Blick auf den Verstorbenen werfen könne.

Langsam defilierten Freunde und Nachbarn an der Totenbahre

vorbei, von der Thorndike den verrückten Johnny gewaltsam wegzog. Tom schien friedlich zu ruhen. Zu seiner Zeit war dieser Teufel recht hübsch gewesen. Man hörte ein paar von Herzen kommende Seufzer – und viele vorgetäuschte –, doch begnügten sich die meisten in der Menge, neugierig zu glotzen und später flüsternd Bemerkungen zu machen. Steve Barbour verweilte lang und aufmerksam über dem ruhigen Gesicht und ging kopfschüttelnd weiter. Seine Frau Emily, die ihm folgte, flüsterte, daß Henry Thorndike besser nicht zu sehr mit seiner Arbeit prahlen solle, denn Toms Augen hatten sich geöffnet. Sie waren geschlossen gewesen, als die Andacht begann, denn sie hatte nahe gestanden und hatte es gesehen. Sie sahen aber ganz natürlich aus – nicht so, wie man es nach zwei Tagen erwarten würde.

Wenn Fred Peck in seiner Erzählung an diesem Punkt ankommt, hält er gewöhnlich inne, als sträube er sich fortzufahren. Auch der Zuhörer hat das Gefühl, daß etwas Unangenehmes bevorsteht. Peck beruhigt seine Zuhörer jedoch mit der Feststellung, daß das, was dann geschah, nicht so schlimm war, wie gern angedeutet wird. Selbst Steve hat nie gesagt, was er sich gedacht haben mag, und den verrückten Johnny darf man natürlich überhaupt nicht zählen.

Es war Luella Morse – die nervöse alte Jungfer, die im Chor sang –, die die Dinge ausgelöst zu haben schien. Sie zog wie die übrigen am Sarg vorbei, hielt aber inne, um ein bißchen genauer hinzusehen, als es alle mit Ausnahme der Barbours getan hatten. Und dann stieß sie ohne Ankündigung einen schrillen Schrei aus und fiel in Ohnmacht.

Natürlich herrschte sofort ein Chaos. Der alte Doktor Pratt bahnte sich mit dem Ellbogen den Weg zu Luella und rief, man solle etwas Wasser bringen und ihr das Gesicht benetzen. Andere drängten herbei, um sie und den Sarg anzustarren. Johnny begann vor sich hinzumurmeln: »Er weiß es, er weiß es, er kann alles hören, was wir sagen, und alles sehn, was wir tun, und man wird ihn so begraben« – aber bis auf Steve Barbour schenkte ihm niemand Beachtung.

Nach einigen Augenblicken erwachte Luella aus ihrer Ohnmacht. Sie konnte nicht genau sagen, was sie so erschreckt hatte, sondern wisperte bloß: »Wie er ausschaute – wie er ausschaute.« Für die anderen aber schien die Leiche völlig unverändert zu sein. Sie bot jedoch einen grausigen Anblick, mit den offenen Augen und den geröteten Wangen.

Und dann fiel der erstaunten Menge etwas auf, was sowohl Luella wie auch der Leiche einen Augenblick die Aufmerksamkeit stahl. Es war Thorndike – auf den die Menge eine merkwürdig schlechte Wirkung zu haben schien. In dem allgemeinen Hin und Her war er offensichtlich umgestoßen worden und lag auf dem Boden, wo er sich aufzurichten suchte. Sein Gesicht zeigte einen höchst erschreckten Ausdruck, und sein Blick wurde glasig und trüb. Er brachte kein lautes Wort hervor, doch das heisere Rasseln seiner Kehle zeigte, für alle unverkennbar, eine unsägliche Verzweiflung an.

»Bringt mich nach Hause, rasch, und laßt mich allein. Die Flüssigkeit, die irrtümlich in meinen Arm gelangt ist... Herzreaktion... diese verdammte Aufregung... zu viel... wartet... wartet... Ich komme später zurück, weiß nicht, wie lange es dauert... die ganze Zeit werde ich bei Bewußtsein sein und wissen, was vorgeht... laßt euch nicht täuschen...«

Als diese Worte im Nichts verklangen, trat der alte Doktor Pratt zu ihm und fühlte seinen Puls – beobachtete ihn lange Zeit und schüttelte schließlich den Kopf. »Es hat keinen Zweck, etwas zu unternehmen – er ist tot. Herzversagen – und die Flüssigkeit, die er in den Arm bekam, muß ein schlimmes Zeug gewesen sein. Keine Ahnung, was es ist.«

Die ganze Gesellschaft schien wie gelähmt. Ein neuer Todesfall im Totengemach! Nur Steve Barbour erinnerte an Thorndikes letzte Worte, die er hervorgestoßen hatte. War er wirklich tot, wenn er selbst gesagt hatte, es könnte fälschlicherweise so aussehen? Wäre es nicht besser, eine Weile abzuwarten, was geschehen würde? Und was konnte es schaden, wenn sich Doc Pratt Tom Sprague vor der Grablegung noch einmal ansah?

Der verrückte Johnny stöhnte und hatte sich wie ein treuer Hund auf Thorndike geworfen. »Begrabt ihn nicht, begrabt ihn nicht! Er is' so wenig tot wie Lige Hopkins Hund oder Diakon Leavitts Kalb, als er ihnen die Spritze verpaßt hatte. Er hat da so'n Zeugs, das er einem eingibt, damit man tot aussieht, wenn man's gar nich' is'! Man scheint tot zu sein, aber man weiß alles, was vorgeht, und am nächsten Tag is' man so gut wie zuvor. Begrabt ihn nicht – er kommt unter der Erde zu sich und kann sich nicht durcharbeiten! Er is'n guter Mensch, nich' wie Tom Sprague. Ich hoff' bei Gott, Tom kratzt und erstickt stundenlang...«

Aber niemand außer Barbour schenkte dem armen Johnny die

geringste Beachtung. Auch das, was Steve selbst gesagt hatte, war offensichtlich auf taube Ohren gestoßen. Überall herrschte Unsicherheit. Der alte Doc Pratt machte letzte Tests und murmelte etwas von Formularen für die Toterklärung, und der salbungsvolle Presbyter Atwood schlug ein Doppelbegräbnis vor. Da Thorndike tot war, gab es bis Rutland keinen Totengräber, und es würde eine riesige Ausgabe bedeuten, einen von dort zu holen. Wenn Thorndike aber in diesem heißen Juniwetter nicht einbalsamiert wurde – die Folgen waren nicht auszudenken. Es gab keine Verwandten und Freunde, die Einwände erheben konnten, falls sich nicht Sophie dazu entschloß – aber Sophie befand sich auf der anderen Seite des Raumes und starrte schweigend, gebannt und wie in düsteren Gedanken krankhaft in den Sarg ihres Bruders.

Diakon Leavitt versuchte den Anschein von geziemender Würde wiederherzustellen und ließ den armen Thorndike quer durch die Halle ins Wohnzimmer schaffen. Inzwischen sandte er Zenas Wells und Walter Perkins ins Haus des Totengräbers nach einem Sarg passender Größe. Der Schlüssel steckte in Henrys Hosentasche. Johnny jammerte weiter und zerrte an der Leiche, und Presbyter Atwood versuchte, Nachforschungen über Thorndikes Konfession anzustellen – denn Henry hatte nicht an den örtlichen Gottesdiensten teilgenommen. Als man zu dem Entschluß kam, daß seine Angehörigen in Rutland – die jetzt alle tot waren – Baptisten waren, entschied Reverend Silas, daß am besten Diakon Leavitt das kurze Gebet sprach.

Es war ein Festtag für die Begräbnisliebhaber von Stillwater und Umgebung. Selbst Luella hatte sich soweit erholt, daß sie bleiben konnte. Murmeln und Flüstern erfüllte den Raum, während an Thorndikes abkühlendem, steif werdendem Körper die letzten Handgriffe vorgenommen wurden. Johnny hatte man aus dem Haus gejagt, und die meisten waren sich einig, daß man das gleich hätte tun sollen. Sein fernes Heulen war ab und zu grausig zu hören.

Als die Leiche eingesargt und neben der Thomas Spragues aufgebahrt war, starrte die schweigende, beinahe erschreckt aussehende Sophie sie so intensiv an, wie sie die Leiche ihres Bruders angestarrt hatte. Eine gefährlich lange Zeit hatte sie kein Wort hervorgebracht, und der verwirrte Ausdruck auf ihrem Gesicht entzog sich jeder Beschreibung oder Interpretation. Als sich die anderen zurückzogen, um sie mit den Toten allein zu lassen, raffte sie sich zu einer Art mechanischer Rede auf, aber niemand konnte aus ihren Worten schlau werden. Sie schien zuerst zu einer Leiche und dann zur anderen zu sprechen.

Und nun wurde die ganze Begräbnis-Maskerade vom Nachmittag lustlos wiederholt, in einer Art und Weise, die einem Außenstehenden als Höhepunkt grausamer unbewußter Komödie erscheinen mußte. Wiederum schnaufte das Harmonium, der Chor kreischte, wiederum wurde ein leiernder Tonfall angeschlagen, und wiederum zogen die krankhaft neugierigen Zuschauer an einem makabren Gegenstand vorüber – diesmal sterblichen Überresten in doppelter Anordnung. Einige der Empfindsameren schüttelte es ob dieser Prozedur, und wieder verspürte Stephen Barbour einen Ton tiefen Grauens und dämonischer Abnormität. Großer Gott, wie lebensecht wirkten diese beiden Leichen... und wie der arme Thorndike in vollem Ernst dafür plädiert hatte, daß er nicht für tot erklärt werden wollte... und wie er Tom Sprague haßte... aber was konnte man schon tun gegen den gesunden Menschenverstand – ein Toter war ein Toter, und da war der alte Doc Pratt mit seiner Erfahrung. Wenn sich sonst niemand den Kopf zerbrach, warum sollte man sich selbst Sorgen machen?... Was immer mit Tom passiert war, hatte er vermutlich verdient... und falls Henry ihm etwas angetan hatte, so waren sie quitt... zumindest war Sophie zu guter Letzt frei...

Als sich die gaffende Prozession zuletzt auf den Flur und zur Eingangstür bewegt hatte, war Sophie wieder mit dem Toten allein. Presbyter Atwood stand draußen auf der Straße und sprach mit dem Fahrer des Leichenwagens von Lees Mietstallung, und Diakon Leavitt stellte die doppelte Anzahl von Sargträgern auf. Glücklicherweise hatten in dem Leichenwagen zwei Särge Platz. Keine Eile – Ed Plummer und Ethan Stone waren mit den Schaufeln vorausgegangen, um das zweite Grab auszuheben. In der ganzen Prozession gab es drei Mietdroschken und jede Anzahl privater Gespanne – es hatte keinen Sinn, die Menge von den Gräbern fernzuhalten.

Dann drang ein verzweifelter Schrei aus dem Zimmer, in dem sich Sophie und die Leichen befanden. Die Menge war wie gelähmt, und das Gefühl kehrte wieder, das aufgekommen war, als Luella geschrien hatte und in Ohnmacht gefallen war. Steve Barbour und Diakon Leavitt schickten sich an hineinzugehen, aber ehe sie noch das Haus betreten konnte, kam Sophie weinend herausgestürzt und stieß hervor: »Das Gesicht am Fenster!... Das Gesicht am Fenster!...«

Zur selben Zeit kam eine wildblickende Gestalt um die Hausecke gebogen und lüftete das Geheimnis von Sophies dramatischem Aufschrei. Es war offensichtlich der Eigner des Gesichts – der arme verrückte Johnny. Er begann, auf und ab zu springen, deutete auf Sophie und kreischte: »Sie weiß es! Sie weiß es! Ich habe es ihrem Gesicht angesehen, als sie sie anschaute und mit ihnen sprach! Sie weiß es und läßt es zu, daß man sie in die Erde versenkt, daß sie kratzen und nach Luft scharren... Sie werden aber mit ihr reden, und sie können sie hören... sie werden mit ihr reden und ihr erscheinen... und eines Tages kommen sie zurück, um mit ihr abzurechnen!«

Zenas Wells zerrte den kreischenden Tölpel zu einem Holzschuppen hinter dem Haus und sperrte ihn ein. Sein Schreien und Klopfen war in einiger Entfernung zu hören, aber niemand schenkte ihm weiter Beachtung. Der Zug formierte sich, und mit Sophie in der ersten Mietdroschke legte er langsam die kurze Strecke vom Dorf bis zum Friedhof von Swamp Hollow zurück.

Presbyter Atwood sprach die passenden Worte, als Thomas Sprague zur Ruhe gebettet wurde, und bis er geendet hatte, hatten Ed und Ethan Thorndikes Grab auf der anderen Seite des Friedhofs fertig ausgehoben. Die Menge wandte sich nun dorthin. Diakon Leavitt hielt eine blumige Rede, und das Hinabsenken wiederholte sich. Die Leute hatten begonnen, sich in Grüppchen zu entfernen, und das Klappern der abfahrenden Wagen war zu vernehmen, als die Schaufeln wieder ihre Tätigkeit aufnahmen. Als die Erde auf die Sargdeckel donnerte, zuerst auf jenen Thorndikes, fielen Steve Barbour die seltsamen Regungen auf, die über Sophie Spragues Gesicht huschten. Er konnte sie nicht alle sehen, aber hinter jenen, die er bemerkte, schien sich ein schiefer, halbunterdrückter Blick vagen Triumphs zu verbergen. Er schüttelte den Kopf.

Zenas war nach Hause zurückgelaufen und hatte den verrückten Johnny aus dem Holzschuppen befreit, ehe Sophie nach Hause kam. Der arme Kerl eilte sofort verzweifelt zum Friedhof. Er kam an, ehe die Schaufler mit ihrer Arbeit fertig waren. Zahlreiche der neugierigen Trauergäste lungerten noch immer herum. Die überlebenden Zuschauer erinnern sich nur schaudernd, was er in Spragues teilweise zugeschüttetes Grab schrie, und wie er mit den

Händen in der lockeren Erde von Thorndikes frisch aufgeschüttetem Grab auf der anderen Seite des Friedhofs herumwühlte. Jotham Blake, der Dorfpolizist, mußte ihn gewaltsam in den Ort zurückführen, und seine Schreie lösten ein entsetzliches Echo aus.

An dieser Stelle hört Fred Peck gewöhnlich zu erzählen auf. Was sonst, fragt er, gibt es noch zu erzählen? Es war eine düstere Tragödie, und es ist kaum verwunderlich, daß Sophie nachher seltsam wurde. Und mehr bekommt man nicht zu hören, falls die Stunde bereits so weit fortgeschritten ist, daß der alte Dalvin Wheeler nach Hause geschwankt ist. Falls er aber noch da ist, mischt er sich mit diesem verdammt ins Ohr gehenden und heimtückischen Flüstern ein. Manchmal haben diejenigen, die ihn hören, später Angst, am Haus mit den verschlossenen Fensterläden oder am Friedhof vorbeizugehen, vor allem in der Dunkelheit.

»He, he ... Fred war damals noch ein Grünschnabel und erinnert sich kaum mehr an die Hälfte dessen, was vorging! Sie möchten wissen, warum Sophie die Läden ihres Hauses verschlossen hält und warum der verrückte Johnny noch immer zu den Toten spricht und vor Sophies Fenstern herumbrüllt? Gut, Sir, ich bin mir nicht sicher, ob ich alles weiß, was es da zu wissen gibt, aber ich höre, was ich höre.«

An dieser Stelle spuckt der Alte seinen Kautabak aus und neigt sich vor, um den Zuhörer zur Aufmerksamkeit zu zwingen.

»Es war in derselben Nacht, vergessen Sie das nicht – gegen Morgen, nur acht Stunden nach diesen Begräbnissen –, als wir den ersten Schrei aus Sophies Haus hörten. Er hat uns alle aufgeweckt – Steve und Emily Barbour und ich und Matildy laufen eilig hinüber, alle in Nachthemden, und finden Sophie ganz angezogen und ohnmächtig auf dem Fußboden des Wohnzimmers. Zum Glück hatte sie die Tür nicht verschlossen. Als wir zu ihr kamen, zitterte sie wie Espenlaub und ließ kein Sterbenswörtlein verlauten, was mit ihr los sei. Matildy und Emily taten, was sie konnten, um sie zu beruhigen, aber Steve flüsterte mir Sachen zu, die eher den gegenteiligen Effekt hatten. Eine Stunde später, als wir schon erklärten, wir würden bald nach Hause gehen, begann Sophie den Kopf auf die Seite zu legen, so als höre sie etwas. Dann schrie sie plötzlich neuerlich auf und brach wieder bewußtlos zusammen.

Also, mein Herr, ich erzähle, was ich erzähle, und lasse mich auf keine Vermutungen ein, wie Steve Barbour es getan hätte. Er neigte immer dazu, etwas anzudeuten... starb vor zehn Jahren an Lungenentzündung...

Was man da so undeutlich hörte, war natürlich nur der arme verrückte Johnny. Bis zum Friedhof ist es nicht mehr als eine Meile, und er muß durch das Fenster des Hauses entkommen sein, in das man ihn im Ort eingesperrt hatte – auch wenn der Konstabler Blake behauptet, daß er in jener Nacht nicht ausgebrochen ist. Von jenem Tag an treibt er sich zwischen den Gräbern herum und redet zu den beiden – bei Toms Grab schreit er herum und tritt mit den Füßen danach, auf Henrys Grab legt er Blumensträuße und anderes. Und wenn er das nicht tut, treibt er sich vor Sophies dichtverschlossenen Fenstern herum und brüllt, daß bald jemand kommt, um mit ihr abzurechnen.

Sie wollte nie mehr dem Friedhof zu nahe kommen, und jetzt geht sie nicht einmal mehr vor das Haus und trifft auch niemanden. Sie sagt, ein Fluch lag auf Stillwater – und ich will verdammt sein, wenn sie nicht teilweise recht hat, hält man sich vor Augen, wie sie heutzutage verfällt. An Sophie war wirklich die ganze Zeit etwas Merkwürdiges. Einmal, als Sally Hopkins sie besuchte – das war, glaube ich, '97 oder '98 –, gab es ein entsetzliches Rütteln an ihren Fenstern – und Johnny war zu jener Zeit sicher eingesperrt – zumindest Konstabler Dodge schwor das hoch und heilig. Ich glaube aber nicht an ihre Geschichten von Geräuschen an jedem 17. Juli oder von schwachglänzenden Gesichtern, die an jedem pechschwarzen Morgen um zwei Uhr Sophies Tür und Fenster aufbrechen wollen.

Sie müssen wissen, es war um zwei Uhr morgens, daß Sophie die Geräusche hörte und zweimal in jener ersten Nacht nach dem Begräbnis in Ohnmacht fiel. Steven und ich, Matildy und Emily hörten es das zweite Mal, so schwach es war, gerade so wie ich es Ihnen erzählt habe. Und ich sage Ihnen nochmals, daß es der verrückte Johnny drüben auf dem Friedhof gewesen sein muß, mag Jotham Blake auch behaupten, was er will. Auf so weite Entfernung kann man eine Männerstimme nicht mehr unterscheiden, und da wir den Kopf voller Unsinn hatten, nimmt es nicht Wunder, daß wir uns einbildeten, zwei Stimmen zu hören – noch dazu Stimmen, die überhaupt nicht hätten reden dürfen.

Steve behauptete, mehr gehört zu haben als ich. Ich bin überzeugt, daß er an Gespenster glaubte. Matildy und Emily waren so verängstigt, daß sie sich nicht daran erinnerten, was sie gehört hatten. Und merkwürdigerweise, niemand sonst in der Stadt – wenn jemand zu dieser unchristlichen Stunde wach war – hat je gesagt, daß er Stimmen gehört hätte.

Was immer es war, es war so leise, daß es der Wind hätte sein können, wären da nicht Worte gewesen. Ich verstand ein paar, wollte es aber nicht sagen, da ich allem zugestimmt hätte, was Steve behauptete, aufgeschnappt zu haben...

›Teufelin‹... ›die ganze Zeit‹...›Henry‹... und ›lebendig‹... war deutlich... ebenso ›du weißt...‹ ›hast versprochen, dabei zu sein‹, ›werde ihn los‹... und ›begrab mich‹... mit einer veränderten Stimme... Dann gab es dieses entsetzliche ›kehre eines Tages wieder‹... begleitet von einem Kreischen wie in Todesangst... aber Sie können mir nicht einreden, daß Johnny diese Geräusche nicht hätte hervorbringen können...

He, Sie! Warum haben Sie es so eilig wegzukommen? Vielleicht gibt es noch mehr, was ich Ihnen erzählen könnte, wenn ich wollte...«

William Lumley und H. P. Lovecraft
Das Tagebuch des Alonzo Typer

Anmerkung des Herausgebers: Alonzo Hasbrouch Typer aus Kingston, New York, wurde zum letzten Mal am 17. April 1908 gegen Mittag im Hotel Richmond in Batavia gesehen und erkannt. Er war der einzige Nachkomme einer uralten Familie aus dem Bezirk Ulster und zum Zeitpunkt seines Verschwindens 53 Jahre alt.

Mr. Typer wurde privat unterrichtet und besuchte anschließend die Universitäten Columbia und Heidelberg. Er verbrachte sein ganzes Leben als Lernender, seine Forschungsgebiete schlossen viele dunkle und allgemein gefürchtete Grenzbereiche menschlichen Wissens mit ein. Seine Schriften über Vampirismus, Ghule und Poltergeistphänomene wurden privat gedruckt, nachdem sie von vielen Verlegern abgelehnt worden waren. Nach einer Reihe besonders bitter geführter Auseinandersetzungen trat er im Jahr 1900 aus der Society for Psychical Research aus.

Zu verschiedenen Zeiten unternahm Mr. Typer ausgedehnte Reisen, manchmal verschwand er für längere Zeiträume. Man weiß, daß er viele unbekannte Orte in Nepal, Indien, Tibet und Indochina besucht hat und den Großteil des Jahres 1899 auf den geheimnisvollen Osterinseln verbrachte. Die ausgedehnte Suche nach dem Verschwundenen erbrachte keine Ergebnisse, und sein Erbe wurde unter entfernte Verwandte in New York City aufgeteilt.

Das hiermit vorgestellte Tagebuch wurde angeblich in den Ruinen eines geräumigen Landhauses in der Nähe von Attica, N. Y., das schon Generationen vor seinem Einsturz einen merkwürdig unheimlichen Ruf hatte, gefunden. Das Gebäude war sehr alt, älter als die allgemeine Besiedlung des Gebiets durch die Weißen, und war die Heimstatt einer merkwürdigen und verschlossenen Familie namens van der Heyl gewesen, die 1746 aus Albany unter dem merkwürdigen Schatten des Verdachts, Hexerei betrieben zu haben, hierhergezogen war. Der Bau stammte möglicherweise aus der Zeit um 1760.

Von der Geschichte der van der Heyls ist nur wenig bekannt. Sie hielten sich von ihren Nachbarn fern, beschäftigten Neger als Bedienstete, die sie direkt aus Afrika holten und die kaum Englisch sprachen, und erzogen ihre Kinder privat und auf europäischen

Hochschulen. Diejenigen unter ihnen, die in die Welt hinauszogen, verschwanden schnell aus dem Blick, jedoch erst, nachdem sie einen schlimmen Ruf erlangt hatten, weil sie sich mit Gruppen eingelassen hatten, die Schwarze Messen abhielten, und mit Kulten von noch dunklerer Tragweite.

Um das gefürchtete Haus erhob sich eine Streusiedlung, bewohnt von Indianern und später von Renegaten aus dem umliegenden Gebiet, das den zweifelhaften Namen Chorazin trug. Über die einzigartigen Erbanlagen, die später unter den Dorfbewohnern von Chorazin auftraten, haben Ethnologen mehrere Monographien verfaßt. Unmittelbar hinter dem Dorf, in Sicht des Hauses der van der Heyls, befindet sich ein steiler Hügel, der von einem merkwürdigen Ring uralter, aufrecht stehender Steine gekrönt ist, die von den Irokesen immer mit Furcht und Abscheu betrachtet wurden. Ursprung und Natur der Steine, deren Entstehungsdatum, nach den archäologischen und klimatologischen Beweisen zu urteilen, sagenhaft früh sein muß, sind noch immer ein ungelöstes Problem.

Von etwa 1795 an wissen die Sagen der einströmenden Pioniere und der späteren Bevölkerung viel zu berichten von seltsamen Rufen und Gesängen, die zu gewissen Jahreszeiten von Chorazin sowie dem großen Haus und dem Hügel der aufrecht stehenden Steine ausgingen. Doch gibt es Grund zu der Annahme, daß dies um 1872 aufhörte, als der gesamte van-der-Heyl-Haushalt – mit allen Dienstboten – plötzlich verschwand.

Von da an war das Haus verlassen, denn es ereigneten sich andere Katastrophen, darunter drei unerklärliche Todesfälle, fünf Fälle von Verschwinden und vier Fälle plötzlichen Wahnsinns, als spätere Besitzer und interessierte Besucher versuchten, es zu bewohnen. Das Haus, das Dorf und ausgedehnte landwirtschaftliche Nutzflächen ringsum fielen an den Staat und wurden mangels auffindbarer van-der-Heyl-Erben versteigert. Seit ungefähr 1890 haben die Besitzer (der verstorbene Charles A. Shields und sein Sohn Oscar S. Shields aus Buffalo) den ganzen Besitz verfallen lassen und alle Neugierigen gewarnt, das Gebiet zu betreten.

Von denjenigen, die sich, wie man weiß, dem Haus während der letzten vierzig Jahre genähert haben, waren die meisten Erforscher des Okkulten, Polizeibeamte, Zeitungsleute und recht seltsame Gestalten aus dem Ausland, darunter ein geheimnisvoller Eurasier, möglicherweise aus Chochinchina, dessen späteres Wiederauftauchen im Jahr 1903, bar jeder Erinnerung und mit bizarren Verstümmelungen, in der Presse große Aufmerksamkeit fand.

Mr. Typers Tagebuch – ein Buch von etwa 6 x 3 1/2 Zoll Größe, aus widerstandsfähigem Papier und einer merkwürdig haltbaren Bindung aus dünnem Metallblech – wurde am 16. November 1935 im Besitz eines der dekadenten Dorfbewohner von Chorazin entdeckt, und zwar von einem Staatspolizisten, der ausgesandt worden war, um den Gerüchten vom Einsturz der leerstehenden van-der-Heyl-Villa nachzugehen. Diese war bei dem heftigen Sturm vom 12. November wirklich eingestürzt, offensichtlich eine Folge des Alters und der Vernachlässigung. Die Zerstörung war eigenartig gründlich, und mehrere Wochen lang konnte keine genaue Durchsuchung der Ruinen vorgenommen werden. John Eagle, der dunkelhäutige, affengesichtige, indianerähnliche Dorfbewohner, der das Tagebuch in seinem Besitz hatte, erklärte, daß er das Buch an der Oberfläche des Schuttberges gefunden hatte, in den Resten dessen, was vermutlich das Vorderzimmer im Obergeschoß gewesen war.

Das Innere des Hauses ließ sich nur noch schwerlich identifizieren, wiewohl ein riesiges und erstaunlich festes Ziegelgewölbe im Keller (dessen uralte Eisentür wegen des merkwürdig verzierten und auf perverse Weise Widerstand bietenden Schlosses aufgesprengt werden mußte) intakt blieb und rätselhafte Baumerkmale aufwies. Erstens waren die Wände mit noch immer unentzifferten Hieroglyphen bedeckt, die grob in das Ziegelmauerwerk eingeritzt waren. Eine weitere Merkwürdigkeit war eine riesige kreisförmige Öffnung auf der Hinterseite des Gewölbes, die durch eine Bodensenkung blockiert war, die offensichtlich vom Einsturz des Gebäudes herrührte.

Am rätselhaftesten jedoch war die anscheinend *in jüngster Zeit* erfolgte Ablagerung einer stinkenden, schleimigen, pechschwarzen Substanz auf dem verfliesten Boden, die sich in einer meterbreiten Linie erstreckte, deren eines Ende die verschüttete Kreisöffnung bildete. Die Leute, die das Gewölbe öffneten, erklärten, daß die Stelle wie das Schlangengehege eines Zoos roch.

Das Tagebuch, das offensichtlich allein zu dem Zweck angelegt worden war, die Erforschung des gefürchteten van-der-Heyl-Hauses durch den verschwundenen Mr. Typer zu beschreiben, ist inzwischen von Schriftsachverständigen für echt erklärt worden.

Das Schriftstück zeigt gegen Ende Anzeichen einer wachsenden Nervenzerrüttung und wird stellenweise beinahe unleserlich. Die Bewohner von Chorazin – deren Beschränktheit und Wortkargheit alle Erforscher des Gebietes und seiner Geheimnisse erstaunt – erklären, sich an nichts zu erinnern, was Mr. Typer von anderen unvorsichtigen Besuchern des gefürchteten Hauses unterschieden hätte.

Der Text des Tagebuchs wird hier buchstabengetreu ohne jeden Kommentar wiedergegeben. Wie man ihn interpretieren und was man daraus anderes schließen kann als die geistige Zerrüttung des Schreibers, muß jeder Leser für sich selbst entscheiden. Nur die Zukunft kann weisen, welcher Wert ihm bei der Lösung des generationenalten Geheimnisses zukommen mag. Man kann hinzufügen, daß die Genealogen Mr. Typers verspätete Erinnerung in der Sache Adriaen Sleght bestätigen.

Das Tagebuch

Kam hier gegen 6 Uhr abends an. Mußte die ganze Strecke von Attica angesichts eines drohenden Sturms zu Fuß gehen, denn niemand wollte mir ein Pferd oder einen Wagen leihen, und mit einem Auto kann ich nicht umgehen. Dieser Ort ist noch schlimmer als erwartet, und ich fürchte das Bevorstehende, obwohl ich mich gleichzeitig danach sehne, das Geheimnis zu erkunden. Nur allzu schnell ist die Nacht da – die alte Walpurgisnacht des Sabbatgrauens –, und nach jener Zeit in Wales weiß ich, was zu erwarten ist. Was immer kommt, ich werde mit keiner Wimper zucken. Von einem unergründlichen Drang angetrieben, habe ich mein ganzes Leben der Suche nach unheiligen Geheimnissen gewidmet. Aus keinem anderen Grund bin ich hierhergekommen, und ich will nicht mit dem Schicksal rechten.

Bei meiner Ankunft war es sehr dunkel, obwohl die Sonne noch keineswegs untergegangen war. Die Sturmwolken waren die dichtesten, die ich je gesehen hatte, und ohne die Blitze hätte ich den Weg überhaupt nicht gefunden. Das Dorf ist ein hassenswerter Ort, wo sich die Füchse gute Nacht sagen, und seine wenigen Bewohner sind nicht besser als Idioten. Einer von ihnen begrüßte mich auf merkwürdige Weise, so als kenne er mich. Ich konnte sehr wenig von der Gegend sehen – bloß ein winziges, sumpfiges Tal mit braunen Schilfgewächsen und toten Schwämmen, umgeben von knorrigen, drohend verkrüppelten Bäumen mit blätterlosen Ästen. Hinter dem Dorf jedoch liegt ein trist aussehender Hügel, auf dessen Kuppel sich ein Kreis großer Steine mit einem weiteren Stein im Mittelpunkt befindet. Das ist zweifellos jenes abgefeimte Urschlammwesen, von dem mir V---- erzählt hat, die N---------st-Fledermaus.

Das große Haus liegt inmitten eines Parks, der zur Gänze mit merkwürdig aussehenden Dornbüschen bedeckt ist. Ich konnte mir kaum einen Weg bahnen, und als es mir gelungen war, hielten mich das enorme Alter und die Verlotterung des Gebäudes beinahe davon ab einzutreten. Der Ort sah schmutzig und entartet aus, und ich fragte mich, wie ein so lepröser Haufen zusammenhalten mochte. Es besteht aus Holz, und obwohl die ursprünglichen Konturen in einer verwirrenden Vielzahl von Gebäudeflügeln verborgen sind, die zu verschiedenen Zeiten hinzugefügt wurden, glaube ich, daß es ursprünglich in dem geometrischen Kolonialstil Neu-Englands erbaut wurde. Das war vermutlich einfacher zu bauen als ein holländisches Steinhaus – und außerdem erinnere ich mich, daß Dirck van der Heyls Frau aus Salem stammte, sie war eine Tochter des unsäglichen Abaddon Corey. Das Haus hatte eine kleine Säulenveranda, die ich gerade erreichte, als der Sturm losbrach. Es war wirklich ein teuflischer Sturm – schwarz wie Mitternacht, es regnete in Strömen, Donner und Blitz wie am Tag des Weltuntergangs, und ein Wind, der im wahrsten Sinn des Wortes an mir zerrte.

Die Tür war nicht verschlossen, daher holte ich meine elektrische Taschenlampe hervor und ging hinein. Auf Boden und Möbeln lag zentimeterdick Staub, und der Platz stank wie ein vermoderndes Grab. Ein Flur erstreckte sich bis nach hinten, und rechts führte eine geschwungene Treppe nach oben.

Ich kämpfte mich mühsam dorthin durch und wählte mir dieses Vorderzimmer als Unterkunft. Alles scheint möbliert zu sein, doch fallen die meisten Möbel schon auseinander. Ich schreibe dies um acht Uhr, nach einer kalten Mahlzeit aus meiner Reisetasche. Später werden mir die Dorfbewohner Nachschub bringen, auch wenn sie sich vorerst (wie sie sagen) nicht bereit erklärt haben, weiter als bis zu den Ruinen des Parktores zu kommen. Ich wünschte, ich könnte ein unangenehmes Gefühl der Vertrautheit mit dieser Stätte loswerden.

Später
Ich bin mir sicher, daß mehrere Wesen sich in diesem Haus aufhalten. Eines davon ist mir entschieden feindlich gesinnt – ein bösartiger Wille, der danach strebt, meinen eigenen zu bezwingen und mich zu überwältigen. Ich darf das keinen Augenblick lang zulassen, sondern muß meine ganze Kraft aufbieten, um Widerstand zu leisten. Es ist entsetzlich böse und entschieden nichtmenschlich. Ich glaube, es muß mit Mächten außerhalb der Erde in Verbindung stehen – Mächten in den Räumen hinter der Zeit und außerhalb des Universums. Es ragt wie ein Koloß in die Höhe und bestätigt damit, was in den Aklo-Schriften behauptet wird. Mit ihm ist eine Empfindung solch ungeheurer Größe verbunden, daß ich mich frage, wie diese Kammern seine Masse aufnehmen können – und doch hat es keine sichtbare Ausdehnung. Sein Alter muß unaussprechlich hoch sein – schockierend, nicht zu beschreiben.

18. April
Schlief sehr wenig letzte Nacht. Um drei Uhr morgens begann ein seltsamer, schleichender Wind das ganze Gebiet zu durchziehen, der immer heftiger wurde, bis das Haus schwankte, als stünde es in einem Taifun. Als ich die Treppe hinunterging, um nach der klappernden Eingangstür zu sehen, nahm die Dunkelheit in meiner Phantasie halb sichtbare Formen an. Gerade unter dem Verandaabsatz erhielt ich einen heftigen Stoß von hinten – vom Wind, nehme ich an, wiewohl ich hätte schwören mögen, daß ich die sich auflösenden Umrisse einer riesigen schwarzen Pfote erblickte, als ich mich rasch umwandte. Ich verlor den Halt nicht, sondern beendete den Abstieg sicher und schob den schweren Bolzen an der gefährlich rüttelnden Tür vor.

Ich hatte nicht vorgehabt, das Haus vor der Morgendämmerung zu erkunden. Jetzt aber – nicht imstande, wieder einzuschlafen, und beflügelt von einer Mischung aus Grauen und Neugier – spürte ich kein Verlangen, meine Suche aufzuschieben. Mit meiner starken Taschenlampe kämpfte ich mich durch den Staub zum großen Salon im Süden durch, wo die Porträts hängen mußten, wie ich wußte. Dort waren sie auch, genauso wie V---- es berichtet hatte, und wie ich mich offenbar aus einer dunklen Quelle zu erinnern schien. Einige waren so geschwärzt und staubbedeckt, daß ich wenig oder gar nichts ausmachen konnte, aber an denen, die ich erkennen konnte, sah ich, daß sie tatsächlich die hassenswerte Ahnenreihe der van der Heyls darstellten. Einige der Gemälde schienen Ähnlichkeit mit Gesichtern zu haben, die ich gekannt hatte, aber welche Gesichter genau, daran konnte ich mich nicht erinnern.

Die Umrisse des erschreckend anmaßenden Joris – zur Welt gebracht 1773 von Dircks jüngster Tochter – waren am deutlichsten, und ich konnte die grünen Augen und den Schlangenblick in seinem Gesicht erkennen. Jedesmal, wenn ich die Taschenlampe ausschaltete, schien das Antlitz im Dunkeln zu glühen, bis mir fast so war, als leuchte es mit einem schwachen, grünlichen Eigenlicht. Je länger ich es betrachtete, desto böser schien es zu sein, und ich wandte mich ab, um dem Wahn zu entgehen, sein Ausdruck wechsle.

Dasjenige aber, dem ich mich zuwandte, war noch schlimmer. Das lange, mürrische Gesicht, die kleinen, eng zusammenliegenden Augen und schweineähnlichen Züge ließen sofort erkennen, wer es war, auch wenn sich der Künstler bemüht hatte, den Rüssel so menschlich wie möglich zu machen. Das war es, wovon V---- geflüstert hatte. Als ich es entsetzt anstarrte, war mir, als würden die Augen einen rötlichen Schein annehmen, und einen Augenblick lang schien der Hintergrund durch eine fremdartige und anscheinend nicht dazugehörende Landschaft ersetzt zu sein – ein einsames, düsteres Moor unter einem schmutziggelben Himmel, auf dem ein erbärmlich aussehender Schlehdornbusch wuchs. Um meine geistige Gesundheit fürchtend, stürzte ich aus der verfluchten Galerie in den vom Staub gesäuberten Winkel oben im ersten Stock, wo ich mein »Lager« aufgeschlagen habe.

Später
Beschloß, einige der labyrinthischen Flügel des Hauses bei Tageslicht zu erkunden. Ich kann mich nicht verirren, denn meine Fußspuren sind in dem knöcheltiefen Staub deutlich erkennbar, und wenn notwendig, kann ich andere Kennmarken anbringen. Es ist merkwürdig, wie rasch mir die Windungen des Flurs vertraut werden. Ich folgte einem langgestreckten nördlichen »L« bis ans Ende und gelangte an eine versperrte Tür, die ich aufbrach. Dahinter lag ein kleines Zimmer, das mit Möbeln vollgestopft war und dessen Paneele vom Holzwurm zernagt waren. An der Außenwand erspähte ich einen schwarzen Raum hinter dem verfaulenden Holzwerk und entdeckte einen engen Geheimgang, der nach

unten in unbekannte, nachtschwarze Tiefen führte. Es war eine steil abfallende Rutsche oder ein Tunnel ohne Stufen oder Handgriffe, und ich fragte mich, welchem Zweck er wohl gedient hatte.

Über dem Kamin hing ein vermodertes Gemälde, das ich bei näherer Betrachtung als das einer jungen Frau in der Kleidung des späten achtzehnten Jahrhunderts erkannte. Das Gesicht war von klassischer Schönheit, zeigte jedoch den teuflischsten Ausdruck, den ich je in einem menschlichen Antlitz erblickt habe. Nicht bloß Zynismus, Gier und Grausamkeit, sondern eine Eigenschaft, entsetzlich, über jedes menschliche Verständnis hinaus, schien in diesen sehr schöngeschnittenen Zügen zu liegen. Und bei der Betrachtung kam es mir so vor, als habe der Künstler – oder die langsamen Prozesse des Moders und Verfalls – der bleichen Gesichtsfarbe einen krankhaften Stich ins Grüne verliehen und die Andeutung einer beinahe schuppenähnlichen Beschaffenheit. Später stieg ich zur Dachkammer hinauf, wo ich mehrere Kisten mit seltsamen Büchern fand – viele davon von gänzlich fremdartigem Aussehen, sowohl was die Buchstaben wie die äußere Form anging. Eines enthielt Spielarten der Aklo-Formel, von deren Existenz ich keine Ahnung gehabt hatte. Die Bücher in den staubigen Regalen unten habe ich mir noch nicht vorgenommen.

19. April

Es gibt hier zweifellos unsichtbare Wesen, auch wenn der Staub außer meinen eigenen keine anderen Fußspuren zeigt. Bahnte mir gestern einen Pfad durch das Dorngestrüpp zum Parkeingang, wo meine Vorräte abgelegt werden, aber an diesem Morgen fand ich ihn zugewachsen. Höchst merkwürdig, weil sich in den Büschen kaum noch der Saft des Frühlings regt. Wiederum hatte ich die Empfindung, etwas so Kolossales sei nahe, daß es die Gemächer kaum fassen. Diesmal spürte ich, daß mehr als eines der Wesen von solcher Größe ist, und ich weiß nunmehr, daß das dritte Aklo-Ritual – das ich gestern in dem Buch in der Dachstube entdeckt habe – ein solches Wesen materiell und sichtbar machen würde. Ob ich mich an diese Materialisierung wagen werde, bleibt abzuwarten. Die Gefahren sind groß.

Letzte Nacht begann ich in den dunklen Winkeln der Säle und Gemächer flüchtige Schattengesichter und -formen zu erspähen – Gesichter und Formen, die so entsetzlich und abscheulich sind, daß ich nicht wage, sie zu beschreiben. Sie scheinen der Substanz nach mit der Riesenpfote verwandt zu sein, die mich vorletzte Nacht die Stufen hinunterzustoßen suchte. Es muß sich um Phantome meiner gestörten Phantasie handeln. Was ich suche, ähnelt diesen Dingen nicht ganz. Ich habe die Pfote neuerlich gesehen, manchmal allein und zuweilen mit ihren Gefährten, aber ich bin entschlossen, derartige Erscheinungen nicht zur Kenntnis zu nehmen.

Am frühen Nachmittag habe ich erstmals den Keller erforscht, indem ich eine Leiter hinunterstieg, die ich in einem Lagerraum gefunden hatte, denn die Holzstufen waren verfault. Der ganze Ort ist eine Masse nitröser Verkrustungen, amorphe Erhebungen markieren die Stellen, wo verschiedene Gegenstände sich zersetzt haben. Am entgegengesetzten Ende befindet sich ein enger Durchgang, der sich unter dem nördlichen »L« zu erstrecken scheint, wo ich den kleinen versperrten Raum fand. An seinem Ende gibt es eine massive Backsteinwand mit einer versperrten Eisentür. Diese Mauer und diese Tür, die offenkundig zu einem Gewölbe gehören, tragen Anzeichen, die darauf hinweisen, daß es sich um Handwerksarbeit aus dem 18. Jahrhundert handelt, die zur selben Zeit wie die ältesten Anbauten zu dem Haus entstanden sein müssen – eindeutig vor der Revolution. Auf dem Schloß, das offenkundig älter ist als das übrige Eisenzeug, sind gewisse Symbole eingraviert, die ich nicht entziffern kann.

V---- hatte mir von diesem Gewölbe nichts gesagt. Es erfüllt mich mit größerer Unruhe als alles, was ich gesehen habe, denn jedesmal, wenn ich mich ihm nähere, verspüre ich den beinahe unwiderstehlichen Drang, auf etwas zu *lauschen*. Bislang haben keine unheilvollen *Töne* meinen Aufenthalt an diesem bösen Ort markiert. Als ich den Keller verließ, wünschte ich mir fromm, die Stufen wären noch da, denn das Erklimmen der Leiter schien aufreibend langsam vor sich zu gehen. Ich möchte nicht mehr dort hinuntersteigen – und doch treibt mich irgendein böser Geist an, es *nachts* zu versuchen, wenn ich herausfinden möchte, was es herauszufinden gibt.

20. April
Ich habe die Tiefen des Grauens anklingen lassen – nur damit mir noch tiefere Tiefen bewußt wurden. Letzte Nacht war die Versuchung zu groß, und in den dunklen frühen Nachtstunden stieg ich

noch einmal mit der Taschenlampe in den nitrösen, höllischen Keller hinab und ging auf Zehenspitzen zwischen den formlosen Haufen zu jener entsetzlichen Ziegelwand und der verschlossenen Tür. Ich verursachte kein Geräusch und nahm davon Abstand, irgendeine der mir bekannten Beschwörungen zu flüstern, doch lauschte ich mit angespannter Konzentration.

Schließlich hörte ich Töne hinter diesen verschlossenen Platten aus Eisenblech, das bedrohliche Umherstapfen und Gemurmel wie von riesigen Nachtwesen im Inneren. Dazu gesellte sich ein gräßliches Gleiten, als schleppte eine ungeheure Schlange oder ein Meeresungetüm den enormen Leib über einen Fliesenboden. Vor Schreck beinahe gelähmt, starrte ich auf das riesige verrostete Schloß und die fremdartigen, kryptischen Hieroglyphen, die es trug. Es handelte sich um Zeichen, die ich nicht erkennen konnte, und etwas an ihrer vage ans Mongolische erinnernden Technik wies auf ein gotteslästerliches und unbeschreibliches Alter hin. Zuweilen bildete ich mir ein, ich könnte sie in einem grünlichen Schein leuchten sehen.

Ich wandte mich um zu fliehen, entdeckte aber vor mir das Trugbild der Riesenpfoten. Die großen Krallen schienen zu wachsen und beim Hinsehen greifbarer zu werden. Sie erstreckten sich aus der scheußlichen Schwärze des Kellers herauf, mit schattenhaften Andeutungen schuppenbedeckter Gelenke dahinter. Ein zunehmend bösartiger Wille leitete ihr entsetzliches Herumtasten. Und dann hörte ich hinter mir – innerhalb jenes abscheulichen Gewölbes – einen neuen Ausbruch gedämpfter Schwingungen, die von weiten Horizonten wie ein ferner Donner widerzuhallen schienen. Von dieser größeren Furcht angetrieben, näherte ich mich mit meiner Taschenlampe den schattenhaften Pfoten und sah, wie sie unter der vollen Kraft des elektrischen Strahls verschwanden. Dann kletterte ich wie rasend die Leiter hinauf, die Taschenlampe zwischen den Zähnen, und hielt erst wieder an, nachdem ich mein »Lager« oben erreicht hatte.

Ich wage nicht, mir vorzustellen, was mein schließliches Ende sein wird. Ich kam als ein Suchender, jetzt aber weiß ich, daß etwas *mich* sucht. Ich könnte nicht fortgehen, selbst wenn ich es wollte. An diesem Morgen versuchte ich zu dem Tor zu gelangen, um mir meine Vorräte zu holen, entdeckte aber, daß sich die Dornhecken fest in meinen Pfad hineinwanden. Dasselbe war in jeder anderen Richtung der Fall – hinter dem Haus und rings um das Haus.

Stellenweise hatten sich die braunen, dornigen Ranken zu erstaunlichen Höhen aufgerichtet und bildeten eine undurchdringliche Hecke. Die Dorfbewohner stehen mit all dem in Verbindung. Als ich hineinging, entdeckte ich meine Vorräte in dem großen Eingangsflur, ohne das geringste Anzeichen, wie sie hierhergekommen waren. Es tut mir jetzt leid, daß ich den Staub weggekehrt habe. Ich werde ihn wieder ein bißchen verstreuen und feststellen, welche Abdrücke zurückbleiben.

Am Nachmittag las ich einige der Bücher in der großen, schattigen Bibliothek im hinteren Teil des Erdgeschosses, und mir kamen gewisse Vermutungen, die ich nicht zu äußern wage. Nie zuvor hatte ich den Text der *Pnakotic Manuscripts* oder der *Eltdown Shards* gesehen, und ich wäre nicht hierhergekommen, hätte ich gewußt, was sie enthalten. Ich glaube, jetzt ist es zu spät – denn der entsetzliche Sabbat ist nur mehr zehn Tage entfernt. Man spart mich für diese Nacht des Grauens auf.

21. April
Ich habe mir neuerlich die Porträts angesehen. Bei einigen sind Namen angebracht, und mir ist eins von ihnen aufgefallen: das Porträt einer böse aussehenden Frau, das vor zwei Jahrhunderten gemalt wurde und das mir Rätsel aufgegeben hat. Es trug den Namen Trintje van der Heyl Sleght, und ich kann mich des Eindrucks nicht erwehren, daß mir der Name Sleght schon einmal in einem wichtigen Zusammenhang begegnet ist. Damals trug er nicht diese entsetzliche Bedeutung, aber jetzt hat er sie. Ich muß mir den Kopf nach einem Fingerzeig zermartern.

Die Augen auf diesen Bildern verfolgen mich. Ist es möglich, daß einige deutlicher aus ihren Leichentüchern aus Staub und Verfall und Moder hervortreten? Die schlangen- und schweinegesichtigen Hexenmeister starren mich unheilvoll aus ihren geschwärzten Rahmen an, und eine Unmenge anderer anmaßender Gesichter beginnen, aus den verschatteten Hintergründen hervorzuspähen. Sie alle tragen eine grauenhafte Familienähnlichkeit, und das Menschliche daran ist fürchterlicher als das Nichtmenschliche. Ich wünschte, sie erinnerten mich weniger an andere Gesichter – Gesichter, die ich in der Vergangenheit gekannt habe. Sie waren ein verfluchtes Geschlecht, und Cornelis von Leyden war der schlimmste unter ihnen. *Er* war es, der die Barriere niederriß, nachdem sein Vater den anderen Schlüssel gefunden hatte. Ich bin mir sicher, daß V---- lediglich ein Bruchstück der entsetzlichen Wahrheit kennt und daß ich also in der Tat unvorbereitet und ohne Verteidigung bin. Was war mit dem Geschlecht vor dem alten Claes? Was er 1591 tat, wäre ohne generationenlanges böses Erbe oder irgendein Verbindungsglied mit dem Draußen nie möglich gewesen. Und was ist mit den Abkömmlingen dieser monströsen Ahnenreihe? Sind sie über die Welt verstreut, erwarten sie ihre gemeinsame Erbschaft des Grauens? Ich muß mich an den Ort erinnern, an dem mir einst der Name Sleght so ganz besonders auffiel.

Ich wünschte, ich könnte sicher sein, daß diese Bilder immer in ihren Rahmen blieben. Seit mehreren Stunden sehe ich zeitweilige Erscheinungen wie die früheren Pfoten und Schattengesichter und Schattengestalten, die aber große Ähnlichkeit mit einigen der uralten Porträts zeigen. Irgendwie kann ich niemals gleichzeitig einen flüchtigen Anblick der Erscheinung und des Porträts, dem sie ähnelt, erhaschen – die Lichtverhältnisse sind stets ungeeignet für das eine oder das andere, oder aber Erscheinung und Porträt befinden sich in verschiedenen Räumen.

Vielleicht sind die Erscheinungen, wie erhofft, bloße Traumgebilde, Hervorbringungen meiner Phantasie, aber ich kann mir dessen jetzt nicht sicher sein. Einige sind weiblich und von derselben höllischen Schönheit wie das Bild in dem kleinen verschlossenen Raum. Einige ähneln keinem Porträt, das ich je gesehen habe, erwecken in mir aber das Gefühl, daß ihre gemalten Züge nicht erkennbar unter Moder und Ruß der Gemälde lauern, die ich nicht zu deuten vermag. Einige wenige, befürchte ich verzweifelt, sind der Materialisierung in feste oder halbfeste Form nahe – und einigen eignet eine furchtbare und unerklärliche Vertrautheit.

Es gibt da eine Frau, die an Lieblichkeit alle anderen übertrifft. Ihre verhängnisvolle Anziehung gleicht einer giftigen Blüte voller Nektarsium, die am Abgrund der Hölle wächst. Wenn ich sie genau ansehe, verschwindet sie, nur um später erneut zu erscheinen. Ihr Angesicht hat eine grünliche Färbung, und ab und zu kommt es mir vor, als könne ich ein Anzeichen von Schuppen auf der glatten Hautfläche erspähen. Wer ist sie? Ist sie jenes Wesen, das vor einem Jahrhundert oder noch früher in dem kleinen Raum gewohnt haben muß?

Meine Verpflegung wurde wieder im Eingangsflur zurückgelassen – das scheint eindeutig der Brauch zu sein. Ich hatte etwas

Staub verstreut, um Fußspuren festzuhalten, aber an diesem Morgen war der ganze Flur von unbekannter Hand gefegt worden.

22. April
Heute war ein Tag grauenvoller Entdeckungen. Ich habe von neuem die spinnwebenverhangene Dachkammer durchsucht und fand eine geschnitzte, verfallende Kiste – eindeutig aus Holland –, gefüllt mit gotteslästerlichen Büchern und Schriften, weit älter als alle, die ich hier bisher angetroffen habe. Da gab es ein griechisches *Necronomicon*, ein normannisch-französisches *Livre d'Eibon* und eine Erstausgabe des *De Vermis Mysteriis* des alten Ludvig Prinn. Das alte gebundene Manuskript war jedoch das allerschlimmste. Es war in Küchenlatein, geschrieben in der seltsamen, zittrigen Handschrift des Claes van der Heyl, offensichtlich das Tagebuch oder Notizheft, das er zwischen 1560 und 1580 führte. Als ich die geschwärzte silberne Spange löste und die vergilbten Blätter öffnete, flatterte eine farbige Zeichnung heraus – das Ebenbild eines Ungeheuers, das einem Tintenfisch vor allem ähnelte, mit Schnabel und Tentakeln, riesigen gelben Augen und in den Umrissen von einer gewissen abscheulichen Ähnlichkeit mit der menschlichen Gestalt war.

Nie zuvor hatte ich eine so ekelerregende und alptraumhafte Gestalt gesehen. Auf Pfoten, Füßen und Kopfsaugarmen befanden sich merkwürdige Krallen – sie erinnerten mich an die ungeheuren Schattenformen, die so entsetzlich auf meinem Weg herumgetastet hatten –, während das Wesen als Ganzes auf einem riesigen thronähnlichen Piedestal saß, das mit unbekannten Hieroglyphen vage chinesischen Aussehens beschriftet war. Über Schrift und Bild lag ein Hauch abgefeimten Bösens so tief und durchdringend, daß ich mir nicht vorstellen konnte, es sei das Produkt einer einzigen Welt oder eines einzigen Zeitalters. Vielmehr mußte diese monströse Form der Brennpunkt alles Bösen im unbegrenzten Weltraum sein, in allen vergangenen und künftigen Äonen – und diese gespenstischen Symbole waren wohl abscheuliche Ikonen, ausgestattet mit einem morbiden Eigenleben, bereit, sich vom Pergament loszureißen, um den Leser zu vernichten. Was die Bedeutung dieses Ungeheuers und dieser Hieroglyphen anging, hatte ich keinen Fingerzeig, doch wußte ich, daß beide mit einer höllischen Präzision und für keinen nennbaren Zweck verfertigt worden waren. Als ich die höhnisch lachenden Buchstaben studierte, wurde mir ihre Verwandtschaft mit den Symbolen auf jenem ominösen Schloß im Keller immer deutlicher. Ich ließ das Bild in der Dachkammer, denn niemals hätte ich mit so etwas in der Nähe einschlafen können.

Den ganzen Nachmittag und Abend las ich in der Handschrift des alten Claes van der Heyl; und was ich las, wird jeden Lebensabschnitt, der vor mir liegt, mit Grauen umwölken und mit Grauen erfüllen. Die Entstehung der Welt und früherer Welten entfaltete sich vor meinen Augen. Ich erfuhr von der Stadt Shamballah, die von den Lemuriern vor fünfzig Millionen Jahren errichtet worden war, doch noch immer unzerstört hinter der Mauer psychischer Kraft in der östlichen Wüste steht. Ich erfuhr vom *Book of Dzyan*, dessen erste sechs Kapitel älter sind als die Erde, und das bereits alt war, als die Herren der Venus in ihren Schiffen aus dem Weltraum kamen, um unseren Planeten zu zivilisieren. Und schriftlich festgehalten fand ich zum ersten Mal den Namen, von dem andere mir nur flüsternd gesprochen hatten und den ich auf engere und schrecklichere Weise kennenlernte – den gemiedenen und gefürchteten Namen *Yian-Ho*.

An mehreren Punkten wurde ich durch Stellen aufgehalten, die einen Schlüssel erforderten. Schließlich folgerte ich aus verschiedenen Anspielungen, daß der alte Claes es nicht gewagt hatte, sein ganzes Wissen in einem Buch niederzulegen, sondern daß er bestimmte Punkte für ein anderes aufgespart hatte. Keiner der beiden Bände ist ohne den Begleitband zur Gänze verständlich, und darum habe ich mir vorgenommen, den zweiten zu finden, wenn er irgendwo innerhalb der Mauern dieses verfluchten Hauses verborgen ist. Obwohl ich offenkundig ein Gefangener bin, habe ich meinen lebenslangen Eifer für das Unbekannte nicht verloren und bin entschlossen, den Kosmos so tief als möglich auszuloten, ehe mich das Verhängnis ereilt.

23. April
Suchte den ganzen Morgen nach dem zweiten Tagebuch und fand es gegen Mittag in einem Schreibtisch in dem kleinen verschlossenen Zimmer. Wie das erste ist es in Claes van der Heyls barbarischem Latein abgefaßt und scheint aus unzusammenhängenden Notizen zu bestehen, die sich auf die verschiedenen Abschnitte des anderen beziehen. Beim Blättern fiel mir sofort der abscheuliche Name Yian-Ho auf – Yian-Ho, die versunkene und verborgene

Stadt, in der äonenalte Geheimnisse verborgen liegen und von der düstere Erinnerungen, älter als der Körper, hinter den Seelen aller Menschen lauern. Er wurde viele Male wiederholt, und der Text war mit unbeholfen gezeichneten Hieroglyphen übersät, die offenkundig denen am Piedestal auf der höllischen Zeichnung glichen, die ich gesehen hatte. Hier also lag eindeutig der Schlüssel zu der ungeheuerlichen tentakelbewehrten Gestalt und ihrer verbotenen Botschaft. Mit diesem Wissen stieg ich die knarrende Treppe zu der Dachkammer voller Spinnweben und Grauen hinauf.

Als ich die Tür zur Dachkammer zu öffnen versuchte, klemmte sie wie nie zuvor. Mehrmals widerstand sie jedem Versuch, sich öffnen zu lassen, und als sie schließlich nachgab, hatte ich deutlich den Eindruck, eine kolossale, unsichtbare Gestalt habe sie plötzlich freigegeben – eine Gestalt, die auf nicht materiellen, aber hörbar schlagenden Flügeln davonflog. Die entsetzliche Zeichnung lag meiner Meinung nach nicht mehr genau an der Stelle, wo ich sie zurückgelassen hatte. Als ich den Schlüssel in dem anderen Buch anwandte, merkte ich, daß er nicht ohne weiteres das Geheimnis lüftete. Es war nur eine Fährte – eine Fährte zu einem Geheimnis, das zu schwarz war, als daß man es nur leicht bewacht ließ. Es würde Stunden – vielleicht Tage – erfordern, um die entsetzliche Botschaft zu entschlüsseln.

Werde ich lang genug leben, um das Geheimnis zu ergründen? Die schattenhaften schwarzen Arme und Pfoten suchen meine Vorstellungen jetzt mehr und mehr heim und wirken noch titanischer als zuvor. Ich bin auch nicht mehr lange frei von diesen verschwommenen unmenschlichen Erscheinungen, deren nebelhafte Masse viel zu ungeheuerlich scheint, als daß die Gemächer sie fassen könnten. Und ab und zu paradieren die grotesken, dahinschwindenden Gesichter und Gestalten und die höhnenenden Porträtschatten in verwirrendem Durcheinander an mir vorbei.

Wahrhaftig, es gibt schreckliche Urarkana der Erde, die am besten unbenannt und unbeschworen bleiben; fürchterliche Geheimnisse, die nichts mit dem Menschen zu tun haben und die der Mensch nur erfährt, wenn er Frieden und geistige Gesundheit dreingibt; kryptische Wahrheiten, die den Wissenden auf ewig zu einem Fremden unter seinesgleichen machen und zur Folge haben, daß er allein auf Erden wandelt. Ebenso gibt es gefürchtete Überlebende von Geschöpfen, die älter und mächtiger als der Mensch sind; Geschöpfe, die sich gotteslästerlich durch Äonen zu Zeitaltern vorgekämpft haben, die nie für sie bestimmt waren; monströse Wesenheiten, die endlos schlafend in unvorstellbaren Grüften und fernen Höhlen gelegen haben, bereit, von solchen Gotteslästerern geweckt zu werden, die ihre dunklen verbotenen Zeichen und heimlichen Schibboleths kennen.

24. April
Besah mir den ganzen Tag in der Dachkammer das Bild und den Schlüssel. Gegen Sonnenuntergang vernahm ich seltsame Geräusche, wie sie mir vorher nicht bemerkbar gewesen waren, Geräusche, die von weither zu kommen schienen. Durch Lauschen überzeugte ich mich, daß sie von dem seltsamen steilen Hügel mit dem Kreis der aufrecht stehenden Steine ausgehen mußten, der hinter dem Dorf und in einiger Entfernung nördlich des Hauses liegt. Ich hatte gehört, daß es einen Pfad gab, der vom Haus den Hügel hinauf zu dem alten druidischen Steinkreis führte, und vermutete, daß die van der Heyls zu gewissen Zeiten regen Gebrauch davon gemacht hatten, aber bislang hatte die ganze Sache ungenutzt in meinem Bewußtsein geschlummert. Die fraglichen Geräusche bestanden aus einem schrillen Pfeifen, in das sich ein eigenartiges und abscheuliches Zischen oder Blasen mischte, eine bizarre, fremdländische Musik, die nichts glich, was in den Annalen der Erde beschrieben ist. Es war sehr schwach und schwand bald, aber die Sache hat mir zu denken gegeben. In Richtung dieses Hügels erstreckt sich das lange, nach Norden weisende »L« mit der geheimen Rutsche und dem verschlossenen Ziegelgewölbe darunter. Kann es hier eine Verbindung geben, die mir bislang entgangen ist?

25. April
Ich habe eine eigenartige und verstörende Entdeckung über die Natur meiner Gefangenschaft gemacht. Von einer unheimlichen Kraft vom Hügel angezogen, entdeckte ich, daß das Dornengestrüpp vor mir auseinanderweicht, *aber nur in dieser Richtung*. Es gibt ein verfallenes Tor, und unter den Büschen existieren zweifellos die Spuren eines alten Pfades. Die Dornensträucher erstrecken sich zum Teil den Hügel hinauf und um den Hügel herum, obwohl der Gipfel mit den aufrecht stehenden Steinen nur einen merkwürdigen Bewuchs von Moos und kurzem Gras trägt. Ich kletterte auf den Hügel und verbrachte dort mehrere Stunden, wobei mir ein seltsamer Wind auffiel, der stetig um die verbotenen Monolithe zu

wehen und manchmal in einer merkwürdig artikulierten, wenn auch dunkel-kryptischen Art zu flüstern scheint.

Die Steine ähneln sowohl in Farbe wie Gefüge nichts, was ich andernorts gesehen habe. Sie sind weder braun noch grau, sondern eher von einem schmutzigen Gelb, das in ein bösartiges Grün übergeht und eine chamäleonhafte Veränderlichkeit andeutet. Ihre Beschaffenheit ähnelt seltsamerweise einer geschuppten Schlange und erweist sich bei Berührung merkwürdig abstoßend – ist so kalt und klamm wie die Haut einer Kröte oder eines anderen Reptils. In der Nähe des zentralen Druidensteins befindet sich eine einzigartige steingefaßte Aushöhlung, die ich mir nicht erklären kann, die aber möglicherweise den Eingang zu einem längst verschütteten Brunnen oder Tunnel bildet. Als ich versuchte, den Hügel an bestimmten Stellen hinabzusteigen, die vom Haus wegführen, bemerkte ich, daß sich mir die Dornsträucher wie zuvor in den Weg stellten, obwohl sich der Weg zum Haus leicht zurücklegen ließ.

26. April
Am Abend wieder auf den Hügel, und das Flüstern des Windes war jetzt weit deutlicher. Das beinahe zornige Summen hörte sich fast wie richtiges Sprechen an, vage und zischend in seiner Art, und erinnerte mich an den seltsamen pfeifenden Gesang, den ich von weitem gehört hatte. Nach Sonnenuntergang zuckten merkwürdige Blitze eines verfrühten Sommergewitters über den nördlichen Horizont, denen sofort eine seltsame Detonation hoch oben am verblassenden Himmel folgte. Etwas an der Erscheinung verstörte mich zutiefst, und ich konnte mich des Eindrucks nicht erwehren, daß der Lärm in einer Art unmenschlich zischender Rede endete, die in einem gutturalen kosmischen Gelächter ausklang. Ist mein Gemüt zuletzt doch ins Wanken geraten oder hat meine unerwünschte Wißbegier unerhörtes Grauen aus den Zwielichträumen hervorgerufen? Der Sabbat steht kurz bevor. Wie wird das enden?

27. April
Zu guter Letzt müssen sich alle meine Träume verwirklichen! Ob es mein Leben oder meinen Geist oder meinen Körper kostet, ich werde den Durchgang betreten! Ich bin bei der Entzifferung dieser entscheidenden Hieroglyphen auf dem Bild nur langsam vorange-

kommen, aber an diesem Nachmittag bin ich auf den letzten Fingerzeig gestoßen. Bis zum Abend hatte ich ihre Bedeutung entziffert – und diese Bedeutung kann nur auf eine Art mit den Dingen zusammenhängen, auf die ich in diesem Haus gestoßen bin.

Unter diesem Haus – in einer Gruft, von der ich nicht weiß, wo sie sich befindet – gibt es ein uraltes Wesen, das mir den Durchgang zeigen wird, den ich betreten will, und das mir die verlorenen Zeichen und Worte vermitteln wird, die ich brauche. Wie lang es dort begraben lag, vergessen von allen mit Ausnahme jener, welche die Steine auf dem Hügel errichtet haben, und jener, die später diesen Ort aufsuchten und das Haus erbauten, kann ich nicht ermessen. Zweifellos kam Hendrik van der Heyl auf der Suche nach diesem Wesen 1638 nach Neu-Holland. Die Menschen dieser Erde kennen es nicht, abgesehen von dem geheimen Raunen jener wenigen Furchtgeschüttelten, die den Schlüssel gefunden oder ererbt haben. Bislang hat es kein Menschenauge auch nur flüchtig erblickt – es sei denn, die verschwundenen Hexenmeister dieses Hauses sind tiefer als vermutet eingedrungen.

Mit dem Wissen um die Symbole stellte sich gleich eine Meisterschaft der Sieben Verlorenen Zeichen des Schreckens und die stillschweigende Erkenntnis der abscheulichen und unaussprechlichen Wörter der Furcht ein. Mir bleibt nur eines: den Gesang anzustimmen, der den Vergessenen, der Wächter des Uralten Durchgangs ist, verwandeln wird. Ich wundere mich sehr über den Gesang. Er besteht aus seltsamen und abstoßenden Kehllauten und verstörenden Zischlauten, keiner Sprache ähnlich, die mir je begegnet ist, nicht einmal in den schwärzesten Kapiteln des *Livre d'Eibon*. Als ich gegen Sonnenuntergang auf den Hügel stieg, versuchte ich, laut zu lesen, rief aber nichts als ein vages, unheimliches Grollen am fernen Horizont hervor und eine dünne Wolke von Staubteilchen, die zuckten und wirbelten wie ein bösartiges Lebewesen. Vielleicht spreche ich die fremdländischen Silben nicht korrekt aus oder vielleicht kann die große Verwandlung nur am Sabbat – dem Höllensabbat, für den mich die Mächte in diesem Haus fraglos festhalten – stattfinden.

Ich hatte an diesem Morgen einen merkwürdigen Anfall von Furcht. Ich meinte einen Augenblick lang, mich zu erinnern, wo ich den rätselhaften Namen Sleght zuvor gehört hatte, und die Aussicht, ans Ziel zu kommen, erfüllte mich mit unaussprechlichem Grauen.

28. April
Heute haben unablässig dunkle, unheilverkündende Wolken über dem Kreis auf dem Hügel geschwebt. Mir sind derartige Wolken bereits einige Male zuvor aufgefallen, doch haben ihre Umrisse und Formationen jetzt eine neue Bedeutung gewonnen. Sie sind schlangenähnlich, phantastisch und gleichen merkwürdig den bösen Schattengestalten, die ich im Haus gesehen habe. Sie schweben in einem Kreis um den uralten Druidenstein und drehen sich des öfteren, als seien sie von unheilverkündendem Leben und Absichten erfüllt. Ich könnte schwören, daß sie ein zorniges Murmeln ausstoßen. Nach etwa fünfzehn Minuten segeln sie langsam weiter, immer nach Osten, wie die Einheiten eines verstreuten Bataillons. Handelt es sich wirklich um diese gefürchteten Wesen, die einst Salomon kannte – die riesigen schwarzen Wesen, deren Zahl Legion ist und deren Schritt die Erde erschüttert?

Ich habe den Gesang geübt, der das namenlose Wesen verwandeln wird, doch bedrängen mich seltsame Ängste, wenn ich die Silben vor mich hinmurmele. Durch Zusammenfügen aller Anzeichen zu einem Bild habe ich jetzt entdeckt, daß der einzige Weg zu *Ihm* durch das verschlossene Kellergewölbe führt. Dieses Gewölbe wurde mit einer höllischen Absicht errichtet und muß den verborgenen Bau bedecken, der zu des Uralten Wesens Lagerstatt führt. Welche Wächter unaufhörlich darin leben, mit welcher unbekannten Labung sie jahrhundertelang durchhalten, können nur Verrückte sich ausmalen. Die Hexenmeister dieses Hauses, die sie aus dem Innern der Erde heraufbeschworen haben, kennen sie nur zu gut, wie die erschreckenden Porträts und Erinnerungen an diesem Ort zeigen.

Was mir am meisten Sorgen bereitet, ist die begrenzte Wirkungsmöglichkeit des Gesangs. Er beschwört wohl das namenlose Wesen herauf, liefert jedoch keine Handhabe, um das, was heraufbeschworen wird, im Zaum zu halten. Es gibt natürlich allgemeine Zeichen und Handlungen, aber ob sie sich gegen jemanden wie den Einen als wirkungsvoll erweisen, wird sich erst zeigen. Doch sind die Belohnungen hoch genug, um jede Gefahr zu rechtfertigen, und auch wenn ich wollte, könnte ich nicht zurück, denn eine unbekannte Kraft treibt mich voran.

Ich habe ein weiteres Hindernis entdeckt. Da das verschlossene Kellergewölbe durchquert werden muß, ist es notwendig, den Schlüssel zu diesem Ort zu finden. Das Schloß ist bei weitem zu stabil, um gewaltsam aufgebrochen zu werden. Daß sich der Schlüssel irgendwo in der Nähe befindet, steht außer Zweifel, aber die Zeit bis zum Sabbat ist nicht mehr lang. Ich muß sorgfältig und gründlich suchen. Es wird Mut erfordern, diese Eisentür aufzuschließen, denn welch eingekerkerter Schrecken mag wohl dahinter lauern?

Später
Ich habe den Keller seit einem oder zwei Tagen zu meiden begonnen, doch am späten Nachmittag werde ich wieder in diese furchterregenden Bereiche hinabsteigen.

Zunächst war alles ruhig, aber innerhalb von fünf Minuten begann von neuem das Tappen und Murmeln hinter der Eisentür. Diesmal war es lauter und erschreckender als je zuvor. Ich erkannte auch wieder das Gleiten, das von einem ungeheuerlichen Meeresungetüm kündete – rascher jetzt und nervös verstärkt, als versuche das Wesen, sich den Weg durch das Portal zu erzwingen, vor dem ich stand.

Als das Auf-und-ab-Gehen lauter, ruheloser und unheimlicher wurde, da durchdrang es pochend jene höllischen und unidentifizierbaren Schwingungen, die von fernen Horizonten widerzuhallen schienen wie ein ferner Donner. Jetzt aber war ihre Lautstärke hundertfach vergrößert, und ihre Klangfarbe erschreckte mit neuen und graueneinflößenden Bedeutungen. Ich kann das Geräusch mit nichts treffender vergleichen als dem Röhren eines gefürchteten Ungeheuers des entschwundenen Zeitalters der Saurier, als uralte Horrorwesen die Erde durchstreiften und Valusiens Schlangenmenschen die Fundamente über Magie legten. Einem solchen Röhren – aber angeschwollen zu betäubenden Höhen, die keine normale natürliche Kehle erreichen konnte – glich dieses schockierende Geräusch. Wage ich es, die Tür aufzusperren und mich dem Ansturm des Dahinterliegenden auszusetzen?

29. April
Der Schlüssel zu dem Gewölbe ist gefunden. Er gelangte diesen Mittag in dem kleinen verschlossenen Zimmer in meinen Besitz – verborgen unter allerlei Krimskrams in einer Schublade des uralten Schreibtisches, als sei er in einem verspäteten Versuch versteckt worden. Er war in eine zerfallende Zeitung vom 31. Oktober 1872 gehüllt, darunter aber noch in eine Umhüllung aus getrockneter Haut – offensichtlich die Haut eines unbekannten

Reptils, die eine küchenlateinische Botschaft in derselben unleserlichen Schrift trug wie die Notizbücher, die ich gefunden hatte. Wie vermutet waren Schloß und Schlüssel weitaus älter als das Gewölbe. Der alte Claes van der Heyl hielt sie bereit für etwas, was er oder seine Nachfahren vorhatten – und ich konnte nicht abschätzen, wieviel älter sie waren als van der Heyl. Beim Entziffern der lateinischen Botschaft zitterte ich von neuem in einem Anfall von erdrückendem Grauen und namenloser Furcht.

»Die Geheimnisse der ungeheuerlichen Uralten Wesen«, verkündete der undeutliche Text, »deren kryptische Worte von den verborgenen Dingen berichten, die es vor dem Menschen gab, die Dinge, von denen niemand auf Erden erfahren sollte, damit nicht sein Seelenfrieden für immer verloren sei, will ich nie preisgeben. Im wahren Fleisch dieses Körpers war ich in Yian-Ho, der versunkenen und verbotenen Stadt unzähliger Äonen, deren Lage nicht verraten werden darf, und in der außer mir kein Lebender weilte. Dort habe ich gefunden und von dort habe ich mitgenommen jenes Wissen, das ich nur allzugern wieder los wäre, obwohl mir das nicht gelingt. Ich habe gelernt, eine Kluft zu überbrücken, die nicht überbrückt werden sollte, und muß aus der Erde hervorrufen das, was nicht erweckt oder beschworen werden sollte. Und das, was ausgesandt wurde, um mir zu folgen, will nicht ruhen, bis ich oder die nach mir das gefunden und getan haben, was gefunden und getan werden muß.

Von dem, was ich erweckt und mit fortgetragen habe, darf ich mich nicht trennen. So steht es geschrieben im *Book of Hidden Things*. Das, von dem ich gewollt habe, daß es sei, hat seine entsetzliche Gestalt um mich gewunden und – falls ich nicht lebe, um das mir Aufgetragene zu erfüllen – um die geborenen und ungeborenen Kinder, die nach mir kommen, bis der Auftrag erfüllt ist. Auf seltsame Weise schließen sie sich vielleicht an, und entsetzlich die Hilfe, die sie herbeibeschwören, bis das Ende erreicht ist. Das Suchen muß in unbekannten und düsteren Ländern erfolgen, und ein Haus muß für die äußeren Wächter erbaut werden.

Das ist der Schlüssel zu dem Schloß, das mir in der entsetzlichen, äonenalten und verbotenen Stadt Yian-Ho übergeben wurde; das Schloß, das ich oder die Meinen auf den Vorplatz dessen, das gefunden werden soll, legen müssen. Und mögen die Lords von Yaddith mir – oder ihm – beistehen, der das Schloß an seinem Platz anbringt oder seinen Schlüssel umdreht.«

Das war die Botschaft – eine Botschaft, die ich, sobald ich sie gelesen hatte, schon zuvor gekannt zu haben schien. Jetzt, da ich diese Worte schreibe, liegt der Schlüssel vor mir. Ich blicke ihn an mit einer Mischung aus Abscheu und Sehnsucht und finde keine Worte, sein Aussehen zu beschreiben. Er ist von demselben leicht grünlich angehauchten Metall wie das Schloß, ein Metall, das man am besten mit von Grünspan überzogenem Messing vergleicht. Seine Form ist fremdartig und phantastisch, und das sargförmige Ende der gewaltigen Form läßt keinen Zweifel über das Schloß zu, in das es passen sollte. Der Griff bildet grob ein seltsames, nicht-menschliches Bild, dessen exakte Umrisse und Beschaffenheit jetzt nicht zu verfolgen sind. Wenn ich ihn längere Zeit halte, scheine ich ein fremdartiges, anormales Leben in dem kalten Metall zu spüren –, eine Beschleunigung oder ein Pulsieren, die für ein gewöhnliches Erkennen zu schwach sind.

Unterhalb des Abbildes ist eine schwache, in Äonen verblaßte Inschrift in diesen gotteslästerlichen, chinesisch aussehenden Hieroglyphen angebracht, die ich mittlerweile so gut kenne. Ich kann nur den Anfang ausmachen – die Worte: »Meine Rache lauert...« –, dann wird der Text unleserlich. In diesem rechtzeitigen Auffinden des Schlüssels liegt eine gewisse Schicksalhaftigkeit – denn morgen nacht ist der höllische Sabbat. Merkwürdigerweise jedoch, unter all dieser entsetzlichen Gespanntheit auf kommende Dinge, gibt mir der Name Sleght immer mehr Anlaß zu Beunruhigung. Warum sollte ich fürchten, ihn mit dem der van der Heyls verknüpft zu finden?

Walpurgisnacht, 30. April
Die Zeit ist gekommen. Ich bin letzte Nacht aufgewacht, um den Schlüssel in einer grellen grünlichen Strahlung leuchten zu sehen – dasselbe morbide Grün, das ich in den Augen und der Haut gewisser Porträts hier gesehen habe, auf dem schockierenden Schloß und Schlüssel, den monströsen Menhirs des Hügels und in tausend anderen Kammern meines Bewußtseins. In der Luft lag durchdringendes Geflüster – ein zischendes Pfeifen wie das des Windes um den gräßlichen druidischen Opferstein. Etwas sprach zu mir aus dem fernen Äther des Weltraums und sagte: »Die Stunde naht.« Das ist ein Omen, und ich lache über meine eigenen Ängste. Habe ich nicht die gefürchteten Schwerter und die Sieben Versunkenen Zeichen des Grauens – die Macht, die jeden Bewohner des Kos-

mos oder der unbekannten dunklen Räume bezwingen kann? Es gibt für mich kein Zögern mehr.

Der Himmel ist tiefdunkel, als stünde ein heftiger Sturm bevor – ein Sturm noch heftiger als in jener Nacht, in der ich vor nahezu vierzehn Tagen hier ankam. Aus dem Dorf, weniger als eineinhalb Kilometer entfernt, vernehme ich ein seltsames und ungewohntes Gemurmel. Es ist, wie ich vermutet habe – diese armen Idioten sind in das Geheimnis eingeweiht und halten auf dem Hügel den entsetzlichen Sabbat ab.

Hier im Haus sammeln sich die Schatten dicht an dicht. In der Dunkelheit leuchtet der Himmel vor mir beinahe in einem grünen Eigenlicht. Ich war noch nicht im Keller. Ich warte lieber, damit die Geräusche dieses Murmelns und Umherschlurfens – dieses Gleiten und die gedämpften Schwingungen – mir nicht die Nervenkraft rauben, ehe ich die schicksalhafte Tür aufschließen kann.

Auf was ich treffen werde und was ich zu tun habe, davon habe ich nur eine ganz unbestimmte Vorstellung. Werde ich meine Aufgabe schon im Gewölbe finden, oder muß ich tiefer in das umnachtete Herz unseres Planeten eindringen? Es gibt einiges, was ich nicht verstehe – oder zumindest nicht zu verstehen vorziehe –, trotz eines entsetzlichen, wachsenden und unerklärlichen Gefühls früherer Vertrautheit mit dem fürchterlichen Haus. Die Rutsche zum Beispiel, die aus dem kleinen verschlossenen Raum in die Tiefe führt. Ich glaube aber zu wissen, warum sich der Flügel mit dem Gewölbe bis auf den Hügel zu erstreckt.

6 Uhr nachmittags
Als ich durch die Nordfenster sehe, erblicke ich eine Gruppe von Dorfbewohnern auf dem Hügel. Sie scheinen nichts davon zu merken, daß der Himmel immer tiefer herabsinkt, und graben in der Nähe des großen zentralen Opfersteins. Mir wird klar, daß sie an der steingefaßten hohlen Stelle arbeiten, die aussieht wie ein vor langer Zeit eingestürzter Tunneleingang. Was wird geschehen? Wieviel von den alten Sabbatriten haben diese Leute beibehalten? Der Schlüssel glüht entsetzlich – das ist keine Einbildung. Wage ich es, ihn so zu benützen, wie er benützt werden muß? Etwas anderes hat mich tief beunruhigt. Als ich nervös in einem Buch in der Bibliothek blätterte, stieß ich auf eine vollständigere Form des Namens, der meine Erinnerung so sehr herausgefordert hat:

»Trintje, Frau von Adriaen Sleght.« Das Wort Adriaen führt mich an den Rand der Erinnerung.

Mitternacht
Das Grauen ist entfesselt, aber ich darf nicht schwach werden. Der Sturm ist mit höllischer Wut losgebrochen, und dreimal haben Blitze auf dem Hügel eingeschlagen, doch die hybriden, entstellten Dorfbewohner haben sich im Kromlech versammelt. Ich kann sie im Licht der nahezu ununterbrochen zuckenden Blitze erkennen. Die großen Standbilder ragen erschreckend empor und haben eine stumpfgrüne Leuchtkraft, die sie erkennen läßt, selbst wenn kein Blitz herabzuckt. Die Donnerschläge sind ohrenbetäubend, und jeder einzelne scheint eine entsetzliche *Antwort* aus einer unbestimmten Richtung zu erhalten. Während ich schreibe, haben die Wesen auf dem Hügel zu singen und zu heulen und zu schreien begonnen, in einer heruntergekommenen, halb äffischen Version des uralten Rituals. Regen stürzt herab wie eine Flut, doch sie hüpfen herum und stoßen Schreie aus in einer Art teuflischer Ekstase.

»Iä, Shub-Niggurath! Die Ziege mit den Tausend Jungen!«

Das Schlimmste jedoch geht im Haus vor sich. Selbst in dieser Höhe höre ich noch die Geräusche aus dem Keller: das Herumtappen und Murmeln und Gleiten und die gedämpften Laute aus dem Inneren des Gewölbes...

Erinnerungen kommen und gehen. Der Name Adriaen Sleght pocht merkwürdig an die Pforte meines Bewußtseins. Dirck van der Heyls Schwiegersohn... sein Kind, die Enkelin des alten Dirck und Abaddon Coreys Urenkelin.

Später
Barmherziger Gott! *Endlich weiß ich, wo ich den Namen sah.* Ich weiß es und bin von Grauen erfüllt. Alles ist verloren...

Der Schlüssel hat begonnen, sich in meiner linken Hand, die ihn nervös umfaßt hält, warm anzufühlen. Zuweilen wird die vage Schwingung oder das Pulsieren so deutlich, daß ich beinahe spüren kann, wie sich das lebendige Metall bewegt. Es ist zu einem entsetzlichen Zweck aus Yian-Ho hierhergekommen, und mir – der allzu spät das dünne Rinnsal des Blutes der van der Heyls erkennt, das von den Sleghts in meine eigene Ahnenreihe tröpfelte – ist die entsetzliche Aufgabe zugefallen, diesen Zweck zu erfüllen...

Mein Mut und meine Neugierde schwinden. Ich kenne das Grauen, das hinter dieser Eisentür liegt. Und wenn schon Claes van der Heyl mein Vorfahr war – muß ich wirklich seine namenlose Sünde sühnen? *Ich will nicht – ich schwöre, ich will nicht!* ... (die Schrift wird hier unleserlich)... zu spät – ich kann nicht anders als – schwarze Klauen materialisieren sich – werde zum Keller gezerrt...

Adolphe de Castro und H. P. Lovecraft
Die elektrische Hinrichtungsmaschine

Für jemanden, der niemals von der Gefahr bedroht war, zum Tode verurteilt zu werden, habe ich einen ziemlich merkwürdigen Abscheu, vom elektrischen Stuhl zu reden. Ich glaube wahrhaftig, daß mich dieses Thema in größeren Schauder versetzt als so manchen, der vor Gericht um sein Leben kämpfen mußte. Der Grund liegt darin, daß ich das Ding mit einem Vorfall in Verbindung bringe, der vierzig Jahre zurückliegt – der allerseltsamste Vorfall, der mich knapp an den Rand des schwarzen Abgrunds des Unbekannten brachte.

Im Jahre 1889 arbeitete ich als Buchprüfer und Ermittler für die Tlaxcala Mining Company in San Francisco, die mehrere Silber- und Kupferbergwerke im San-Mateo-Gebirge in Mexico betrieb. Im Bergwerk Nr. 3 waren einige Schwierigkeiten aufgetreten, die von einem griesgrämigen, verschlagenen stellvertretenden Direktor namens Arthur Feldon ausgingen. Am sechsten August erhielt die Firma ein Telegramm mit der Mitteilung, daß Feldon verschwunden war und alle Förderberichte, Wertpapiere und privaten Aufzeichnungen mitgenommen und die gesamte Firmenkorrespondenz und Buchhaltung in heillosem Chaos zurückgelassen hatte.

Diese Entwicklung war ein schwerer Schlag für die Gesellschaft. Am späten Nachmittag ließ mich Präsident McComb in sein Büro kommen und erteilte mir den Auftrag, die Papiere zu beschaffen, koste es, was es wolle. Dem standen jedoch schwerwiegende Hindernisse entgegen. Ich hatte Feldon nie gesehen und konnte mich nur anhand ziemlich unscharfer Photos orientieren. Überdies war für den nächsten Donnerstag meine Hochzeit angesetzt – in nur neun Tagen –, so daß ich naturgemäß nicht darauf brannte, mich eiligst nach Mexico auf eine Menschenjagd von ungewisser Dauer entsenden zu lassen. Die Angelegenheit war jedoch so dringend, daß sich McComb für berechtigt hielt, mich aufzufordern, umgehend aufzubrechen; und ich meinerseits entschied, wenn ich mich rasch fügte, daß es sich auf mein zukünftiges Verhältnis zur Gesellschaft auswirken würde.

Ich sollte noch in der Nacht losfahren und den Privatwagen des Aufsichtsratspräsidenten bis nach Mexico City benutzen. Von dort mußte ich dann die Schmalspurbahn zu den Bergwerken nehmen.

Jackson, der Direktor von Nr. 3, würde mich bei meiner Ankunft über alle Einzelheiten informieren und mir jeden nur möglichen Hinweis liefern. Dann sollte die Suche beginnen – in den Bergen, an der Küste oder in den Nebenstraßen von Mexico City, je nachdem. Ich brach mit der grimmigen Entschlossenheit auf, die Sache so schnell wie möglich hinter mich zu bringen – und zwar erfolgreich –, und tröstete mich mit Vorstellungen von einer frühen Rückkehr mit den Papieren und dem Schuldigen und einer Hochzeit, die beinahe einem Triumphzug glich.

Nachdem ich meine Familie, meine Verlobte und die wichtigsten Freunde benachrichtigt und hastige Vorbereitungen für die Reise getroffen hatte, traf ich Präsident McComb um acht Uhr abends an der Endstation der Southern Pacific, erhielt von ihm einige schriftliche Anweisungen und ein Scheckheft und brach um 8.15 Uhr in seinem an den ostwärts fahrenden Transkontinentalzug angehängten Waggon auf. Die Reise zeichnete sich durch Ereignislosigkeit aus, und nach einer ausgedehnten Nachtruhe genoß ich den Luxus des privaten Waggons, der mir so entgegenkommenderweise zur Verfügung gestellt worden war. Ich las meine Anweisungen sorgfältig durch und legte mir Pläne zurecht, wie Feldon zu fassen und die Unterlagen zu retten seien. Ich kannte die Gegend um Tlaxcala recht gut – vielleicht weit besser als der Flüchtige – und hatte daher bei meiner Suche gewisse Vorteile, es sei denn, er hatte bereits per Eisenbahn die Flucht ergriffen.

Meinen Instruktionen zufolge hatte Feldon Direktor Jackson schon seit geraumer Zeit Anlaß zu Besorgnis gegeben. Er hatte eigenmächtig gehandelt und zu nachtschlafener Zeit ohne guten Grund im Labor der Firma gearbeitet. Es bestand der begründete Verdacht, daß er mit einem mexikanischen Aufseher und mehreren Personen in Erzdiebstähle verwickelt war, und wenn auch die Einheimischen entlassen worden waren, so reichten die Beweise nicht aus, um gegen den raffinierten Angestellten offen Maßnahmen ergreifen zu können. Trotz seiner Heimlichtuerei schien die Haltung des Mannes mehr von Trotz als von Schuld zu zeugen. Er hegte Ressentiments gegen die Firma und redete, als betrüge die Firma ihn und nicht umgekehrt. Daß er von seinen Kollegen offensichtlich überwacht wurde, schrieb Jackson, schien ihn zunehmend zu irritieren. Und jetzt war er mit allem, was einigermaßen Wichtigkeit besaß, aus dem Büro verschwunden. Es gab überhaupt keine Anhaltspunkte, wo er sich befinden mochte, obzwar

Jacksons letztes Telegramm auf die wilden Abhänge der Sierra de Malinche hinwies, jenen hochaufragenden, mythenumrankten Gipfel mit dem Umriß einer Leiche. Aus diesem Gebiet sollten auch die diebischen Eingeborenen stammen.

In El Paso, das wir in der folgenden Nacht um zwei Uhr erreichten, wurde mein Privatwagen von dem transkontinentalen Zug abgehängt und an eine Lokomotive angekoppelt, die ihn, wie telegraphisch angewiesen, nach Mexico City im Süden ziehen sollte. Ich schlummerte bis zum Tagesanbruch weiter, und den ganzen nächsten Tag langweilte mich die flache Wüstenlandschaft von Chilhuahua. Die Eisenbahner hatten mir gesagt, wir würden Freitag mittag in Mexico City eintreffen, aber ich erkannte bald, daß die zahllosen Aufenthalte wertvolle Stunden verschlangen. Wir mußten entlang der ganzen eingleisigen Strecke auf Abstellgleisen warten, und ab und zu brachte ein heißgelaufenes Lager oder eine andere Schwierigkeit den Fahrplan noch mehr durcheinander.

In Torreon hatten wir sechs Stunden Verspätung, und es war beinahe acht Uhr. Am Freitag abend – unser Plan war um volle zwölf Stunden überzogen – erklärte sich der Lokomotivführer bereit, schneller zu fahren, um etwas Zeit aufzuholen. Meine Nerven waren angespannt, ich konnte aber nichts anderes tun, als vor Verzweiflung im Waggon auf und ab zu gehen. Schließlich mußte ich entdecken, daß die höhere Geschwindigkeit teuer erkauft worden war, denn innerhalb einer halben Stunde zeigten sich Anzeichen von Überhitzung an meinem eigenen Waggon. Nach einem nervenzermürbenden Halt beschloß das Zugpersonal, daß alle Lager überholt werden müßten, nachdem wir mit einem Viertel der Geschwindigkeit zur nächsten Station weitergekrochen waren, wo es Werkstätten gab – die Fabrikstadt Queretaro. Das brachte das Faß zum Überlaufen, und ich stampfte beinahe wie ein Kind mit den Füßen auf. Zuweilen überraschte ich mich dabei, wie ich meinen Lehnsessel anschob, als wollte ich den Zug schneller als im Schneckentempo vorwärtsschieben.

Es war beinahe zehn Uhr abends, als wir in Queretaro einfuhren, und ich verbrachte eine quälende Stunde auf dem Bahnsteig der Station, während mein Waggon auf ein Seitengleis geschoben wurde und sich ein Dutzend einheimische Mechaniker daran zu schaffen machten. Schließlich teilten sie mir mit, daß die Aufgabe ihre Kräfte überstiege, da für die vorderen Laufräder neue Ersatzteile benötigt würden, die nur in Mexico City erhältlich waren.

Alles schien sich gegen mich verschworen zu haben, und ich knirschte mit den Zähnen, wenn ich daran dachte, daß Feldon sich immer weiter entfernte – vielleicht in den bequemen Unterschlupf Vera Cruz mit seinen Schiffahrtsverbindungen oder Mexico City mit seinen Eisenbahnanschlüssen –, während mich neue Verzögerungen hilflos machten. Natürlich hatte Jackson die Polizei aller Städte in der Umgebung verständigt, aber ich wußte aus leidvoller Erfahrung, wie es um die Leistungsfähigkeit der mexikanischen Polizei bestellt war.

Das beste, was ich machen konnte, war, wie ich schnell herausfand, den regulären Nachtschnellzug nach Mexico City zu nehmen, der aus Aguas Calientes kam und in Queretaro fünf Minuten Aufenthalt hatte. Wenn er keine Verspätung hatte, würde er um ein Uhr nachts eintreffen und am Samstag um fünf Uhr morgens in Mexico City sein. Als ich mir die Fahrkarte kaufte, stellte ich fest, daß der Zug aus europäischen Wagen mit Abteilen bestand, statt aus langen amerikanischen Waggons mit Reihen zweisitziger Bänke. In den Anfangstagen des mexikanischen Eisenbahnwesens hatte man sie häufig benutzt, da beim Bau der ersten Bahnlinien europäische Bauinteressen involviert waren, und 1889 setzte die mexikanische Zentralverwaltung noch immer eine Anzahl von ihnen auf kürzeren Strecken ein. Gewöhnlich bevorzuge ich amerikanische Wagen, denn ich hasse es, wenn mir Leute von Angesicht zu Angesicht gegenübersitzen. Aber diesmal freute ich mich über den ausländischen Wagen. Zu dieser nachtschlafenen Zeit standen die Aussichten gut, daß ich ein ganzes Abteil für mich allein haben würde, und in meinem erschöpften, nervlich überreizten Zustand war mir die Einsamkeit willkommen – nicht weniger der bequem gepolsterte Sitz mit weichen Armlehnen und Kopfkissen, der so breit war wie das ganze Abteil. Ich kaufte mir eine Fahrkarte erster Klasse, holte meinen Koffer aus dem Privatwaggon auf dem Nebengleis, informierte telegraphisch sowohl Präsident McComb wie auch Jackson über das Geschehene und machte es mir auf der Station gemütlich, um den Nachtschnellzug so geduldig zu erwarten, wie es meine überstrapazierten Nerven erlaubten.

Wunder über Wunder, der Zug hatte nur eine halbe Stunde Verspätung. Dennoch hatte die einsame Wache in der Station meiner Geduld den Rest gegeben. Der Schaffner, der mich unter Bücklingen in mein Abteil führte, sagte zu mir, er erwarte, daß man die

Verspätung aufholen und rechtzeitig die Hauptstadt erreichen werde. Ich streckte mich bequem auf dem Sitz in Fahrtrichtung aus und erwartete eine ruhige Fahrt von dreieinhalb Stunden Dauer. Das Licht der Öllampe an der Decke war beruhigend schwach, und ich fragte mich, ob ich trotz der Besorgtheit und Nervenanspannung nicht einen dringend benötigten Zipfel Schlaf erhaschen könnte, was mich ehrlich erfreut hätte. Meine Gedanken eilten voraus zu meiner Suche, und ich nickte im sich beschleunigenden Rhythmus der schneller werdenden Waggonskette.

Plötzlich wurde ich gewahr, daß ich doch nicht allein war. In der Ecke mir gegenüber saß ein einfach gekleideter Mann von ungewöhnlicher Größe, den ich in dem schwachen Licht zuvor nicht bemerkt hatte, zusammengesunken, so daß sein Gesicht nicht zu sehen war. Neben ihm auf dem Sitz stand ein riesiger abgenutzter Koffer, der so vollgestopft war, daß er sich wölbte, und den er selbst im Schlaf mit einer gar nicht zu ihm passenden schlanken Hand umklammert hielt. Als die Lokomotive bei einer Kurve oder einem Bahnübergang scharf pfiff, fuhr der Schläfer nervös auf und versank in eine Art wachsamen Halbschlaf. Er hob den Kopf, und es zeigte sich ein hübsches Gesicht, bärtig und eindeutig angelsächsisch, mit dunklen, strahlenden Augen. Bei meinem Anblick erwachte er völlig, und ich wunderte mich über die ausgesprochen feindselige Wildheit seines Blicks. Zweifellos, dachte ich bei mir, nahm er mir meine Anwesenheit übel, da er doch gehofft hatte, er würde das Abteil die ganze Strecke für sich allein haben, ebenso wie ich enttäuscht war festzustellen, daß ich in dem halberleuchteten Abteil seltsame Gesellschaft hatte. Es blieb jedoch nichts anderes übrig, als sich mit Anstand in die Lage zu fügen. Darum entschuldigte ich mich bei dem Mann für mein Eindringen. Er schien wie ich Amerikaner zu sein, und nach dem Austausch einiger Höflichkeitsfloskeln konnten wir uns beide gelassener fühlen und einander für die übrige Reise in Frieden lassen. Zu meiner Überraschung reagierte der Fremde auf meine höflichen Bemerkungen mit keinem Wort. Statt dessen starrte er mich ungestüm und beinahe abschätzig an und wischte mein verlegenes Angebot einer Zigarre mit einer nervösen Bewegung seiner freien Hand beiseite. Die andere Hand hielt noch immer den großen, abgenutzten Koffer fest. Sein ganzes Wesen schien eine dunkle Bösartigkeit auszustrahlen. Nach einiger Zeit wandte er sein Gesicht abrupt dem Fenster zu, obwohl es in der dichten Dunkelheit draußen nichts zu sehen gab. Merkwürdigerweise schien er so gebannt irgendwohin zu starren, als gäbe es dort wirklich etwas zu sehen. Ich beschloß, ihn nicht weiter zu beachten und ihn, ohne zu stören, seinen Überlegungen und Plänen zu überlassen. Ich lehnte mich also in meinen Sitz zurück, zog den Rand meines weichen Hutes über das Gesicht und schloß die Augen bei dem Versuch, den Schlaf zu erhaschen, mit dem ich halb gerechnet hatte.

Ich konnte nicht sehr lange oder sehr tief geschlummert haben, als sich meine Augen öffneten, wie von einer äußeren Kraft gezwungen. Ich schloß sie wieder mit einiger Willensanstrengung und versuchte neuerlich einzuschlummern, jedoch ohne Erfolg. Ein nicht spürbarer Einfluß schien es darauf abgesehen zu haben, mich wach zu halten. Ich hob den Kopf und blickte mich in dem schwach erleuchteten Abteil um, um herauszufinden, ob etwas nicht in Ordnung sei. Alles schien normal zu sein, doch bemerkte ich, daß mich der Fremde in der gegenüberliegenden Ecke gespannt ansah – aufmerksam, jedoch ohne die Umgänglichkeit oder Freundlichkeit, die angezeigt hätte, daß sich seine frühere mürrische Haltung geändert hätte. Diesmal versuchte ich nicht, eine Konversation anzuknüpfen, sondern lehnte mich in meine vorhergehende Schlafhaltung zurück. Mit halbgeschlossenen Augen döste ich vor mich hin, beobachtete ihn aber weiterhin neugierig unter meinem herabgezogenen Hutrand.

Während der Zug weiter durch die Nacht ratterte, bemerkte ich, wie eine schleichende und allmähliche Veränderung die Miene des auffallenden Mannes überzog. Offenkundig überzeugt, daß ich schlief, bemühte er sich nicht, das merkwürdige Durcheinander von Gefühlen zu verbergen, das sich auf seinem Gesicht spiegelte und dessen Natur alles andere als beruhigend war. Haß, Furcht, Triumph und Fanatismus zuckten in verschiedenen Mischungen über die Linien seiner Lippen und die Augenwinkel, während sein Blick zu einem Widerglanz echt beunruhigender Gier und Wildheit wurde. Plötzlich wurde mir bewußt, daß dieser Mensch verrückt war, und zwar auf gefährliche Weise.

Ich gebe zu, daß mich tiefes Erschrecken packte, als ich die Lage erkannte. Ich war am ganzen Körper in Schweiß gebadet und mußte mich sehr anstrengen, den Anschein von Entspanntsein und Schlummer aufrechtzuerhalten. Gerade damals bot mir das Leben viel Anziehendes, und der Gedanke, ich bekäme es mit einem mörderischen Verrückten zu tun, der möglicherweise bewaffnet und dessen Kraft geradezu ans Wunderbare grenzte, war entmutigend und erschreckend. Bei jeder Art körperlicher Auseinandersetzung war ich im Nachteil, denn der Mann war im wahrsten Sinn des Wortes ein Riese. Er schien in bester körperlicher Verfassung, während ich immer ziemlich schmächtig und gerade damals vor Angst, Schlaflosigkeit und Nervenanspannung beinahe völlig erschöpft war. Das war unbestritten ein böser Augenblick für mich, und ich fühlte mich einem entsetzlichen Tod nahe, als ich die Furien des Wahnsinns in den Augen des Fremden erkannte. Ereignisse aus der Vergangenheit drangen wie für einen Abschied in mein Gemüt – so wie es heißt, daß das ganze Leben eines Ertrinkenden im letzten Augenblick vor seinen Augen abläuft.

Natürlich hatte ich meinen Revolver in der Manteltasche, aber jede Bewegung meinerseits, ihn zu erreichen und zu ziehen, wäre sofort bemerkt worden. Aber selbst wenn ich ihn erreichte, war nicht abzusehen, welche Wirkung er auf den Verrückten hätte. Selbst wenn ich ein- oder zweimal auf ihn schösse, hätte er vielleicht Kraft genug, um mir den Revolver zu entreißen und mich zu überwältigen. Und war er selbst bewaffnet, so schoß er vielleicht auf mich oder stach auf mich ein, ohne zu versuchen, mich zu entwaffnen. Man kann einen normalen Menschen einschüchtern, indem man ihm eine Pistole vorhält, die völlige Gleichgültigkeit eines Verrückten gegenüber den Folgen verleiht ihm jedoch eine Kraft und Gefährlichkeit, die absolut übermenschlich ist. Selbst in jenen vorfreudianischen Tagen erkannte ich mit gesundem Menschenverstand die gefährliche Macht eines Menschen, der die normalen Hemmschwellen nicht kennt. Die flammenden Augen und das Zucken der Gesichtsmuskeln ließen mich keinen Augenblick daran zweifeln, daß der Fremde in der Ecke wirklich eine Mordtat plante.

Plötzlich hörte ich, wie sein Atem stoßweise ging, und sah, daß sich seine Brust in steigender Erregung hob und senkte. Die Zeit für eine Konfrontation rückte nahe, und ich versuchte verzweifelt zu überlegen, was ich tun sollte! Ich gab mir weiter den Anschein, als schliefe ich, ließ aber meine Rechte allmählich unauffällig zu der Tasche gleiten, in der meine Pistole steckte. Dabei beobachtete ich den Verrückten angespannt, um herauszufinden, ob er eine Bewegung entdecken würde. Unglücklicherweise entging sie ihm nicht – er bemerkte sie, bevor sich dieser Umstand noch in seiner

Miene abzeichnete. Mit einem Sprung, der so behend war, daß er bei einem Menschen seiner Größe unglaublich wirkte, hatte er mich erreicht, ehe ich wußte, wie mir geschah. Hochaufragend, wankend wie ein riesiger Menschenfresser aus dem Märchen, hielt er mich mit der einen kräftigen Hand fest, während die andere mir beim Erreichen des Revolvers zuvorkam. Er holte ihn aus der Tasche und steckte ihn in die eigene, dann ließ er mich verächtlich los, denn er wußte, wie sehr meine körperliche Konstitution mich ihm auf Gnade und Ungnade auslieferte. Dann erhob er sich zu voller Größe – sein Kopf berührte beinahe die Decke des Waggons – und blickte auf mich herab mit Augen, deren Wut sich rasch in einen Blick mitleidiger Verachtung und kannibalischer Berechnung verwandelte.

Ich rührte keinen Finger, und einen Augenblick später nahm der Mann seinen Platz mir gegenüber wieder ein. Mit einem abscheulichen Lächeln öffnete er seinen großen, gewölbten Koffer und holte einen Artikel von absonderlichem Aussehen hervor – einen ziemlich großen Käfig aus halb biegsamem Draht, geflochten in der Art der Maske eines Baseballfängers, der Form nach aber eher wie die Kapuze eines Taucheranzugs. Seine Oberseite war mit einem Kabel verbunden, deren anderes Ende in dem Koffer blieb. Diese Vorrichtung streichelte er mit offenkundiger Liebe und wiegte sie in seinem Schoß, als er mich von neuem anblickte und sich die bärtigen Lippen mit einer beinahe katzenartigen Bewegung der Zunge leckte. Dann sprach er zum ersten Mal – mit einer tiefen, angenehm weichen Stimme, deren Kultiviertheit sich überraschend von seinen groben Kordkleidern und seinem ungepflegten Äußeren abhob.

»Sie haben Glück, Sir. Ich werde Sie als ersten verwenden. Sie werden in die Geschichte eingehen als erste Frucht einer bemerkenswerten Erfindung. Ungeheure soziologische Folgen – ich werde sozusagen mein Licht leuchten lassen. Ich erstrahle die ganze Zeit, bloß weiß es niemand. Nun werden Sie es wissen. Intelligentes Versuchskaninchen. Katzen und Esel – es hat sogar bei einem kleinen Packesel funktioniert...«

Er hielt inne, und seine bärtigen Züge zeigten eine konvulsivische Bewegung, die mit dem kräftigen kreisenden Schütteln seines ganzen Kopfes in engem Gleichklang ablief. Es war, als schüttelte er ein nebelhaftes störendes Medium ab, denn danach verdeutlichte und verfeinerte sich sein Ausdruck, welcher den Anschein offenkundiger Verrücktheit in den weltmännischer Gelassenheit wandelte, durch welchen die Verschlagenheit nur verstohlen durchschimmerte. Ich bemerkte den Unterschied sofort und warf ein Wort ein, um herauszufinden, ob sich sein Gemüt in harmlose Bahnen steuern ließ. »Sie scheinen ein wunderbar großartiges Instrument zu haben, soweit ich das beurteilen kann. Verraten Sie mir doch, wie Ihnen diese Erfindung geglückt ist.«

Er nickte.

»Nichts als logische Überlegung, werter Herr. Ich habe mir Gedanken über die Bedürfnisse der Zeit gemacht und bin ihnen gefolgt. Andere hätten das auch gekonnt, wären ihre Geister so konstruiert – das heißt, genauso fähig zur anhaltenden Konzentration – wie meiner. Ich war von der Überzeugung durchdrungen – von der verfügbaren Willenskraft –, das ist alles. Mir wurde klar wie noch keinem vor mir, von welch entscheidender Wichtigkeit es ist, jedermann von der Erde zu entfernen, ehe Quetzalcoatl zurückkehrt, und ich erkannte ferner, daß es auf elegante Weise geschehen muß. Ich hasse Schlächterei jeder Art, und Hängen ist barbarisch roh. Wie Sie wissen, hat letztes Jahr die gesetzgebende Körperschaft von New York sich für die elektrische Hinrichtung von Verurteilten entschieden – aber all die Apparate, an die man denkt, sind so primitiv wie Stephensons »Rocket« oder Davenports erste Elektrolokomotive. Ich kenne eine bessere Methode und hielt damit auch nicht hinter dem Berg, aber man hat mir keine Aufmerksamkeit geschenkt. Gott, welche Narren! Als wüßte ich nicht alles, was man über die Menschen, den Tod und die Elektrizität wissen kann – über den Studenten, den reifen Mann und den Jungen – Techniker und Mechaniker – Glücksritter...«

Er lehnte sich zurück und kniff die Augen zusammen.

»Vor zwanzig und mehr Jahren diente ich in Maximilians Armee. Ich sollte geadelt werden. Dann haben ihn diese verdammten Mexen umgebracht, und ich mußte nach Hause zurückkehren. Ich bin jedoch wiedergekommen – hin und her, hin und her. Ich wohne in Rochester, New York...«

Seine Augen nahmen einen verschlagenen Ausdruck an; er beugte sich vornüber und berührte meine Knie mit den Fingern seiner paradoxerweise zarten Hand.

»Ich kam wieder, sage ich, und ich drang tiefer als jeder einzelne von ihnen. Ich hasse die Mexen, aber ich liebe die Mexikaner! Ein

Rätsel? Hören Sie mir zu, junger Mann – Sie glauben doch nicht, daß Mexiko wirklich spanisch ist? Großer Gott, wenn Sie die Stämme kennen würden, die ich kenne! In den Bergen – in den Bergen – Anahuac – Tenochtitlan, die uralten...«

Seine Stimme wurde zu einem Singsang und einem nicht unmelidiösen Heulen. »Iä! Huitzilopochtli!... Nuhuatlacatl! Sieben, sieben, sieben... Xochimilca, Chalca, Tepaneca, Acolhua, Tlahuica, Tlascalteca, Azteca!... Iä! Iä! Ich war in den Sieben Höhlen des Chicomoztoc, aber niemand wird es je erfahren! Ihnen sage ich es, *weil Sie es nie wiederholen werden...*«

Er endete und fuhr im Gesprächston fort.

»Es würde Sie überraschen, wüßten Sie, was man sich in den Bergen alles erzählt. Huitzilopochtli kehrt zurück... daran besteht kein Zweifel. Jeder Peon südlich von Mexico City kann Ihnen das bestätigen. Ich wollte jedoch nichts dagegen unternehmen. Ich kehrte nach Hause zurück, ich sage es Ihnen, immer wieder, und wollte der Gesellschaft mit meiner elektrischen Hinrichtungsmaschine einen großen Dienst erweisen, als diese verfluchte gesetzgebende Körperschaft in Albany sich für die andere Methode entschied. Ein schlechter Scherz, Sir, ein schlechter Scherz! Ein Großvaterstuhl, man sitzt am Kamin – Hawthorne –«

Der Mann kicherte erneut in einer krankhaften Parodie guter Laune.

»Ja, Sir, ich wäre gern der erste Mensch, der in ihrem verdammten Stuhl sitzt und ihren kleinen Zwei-Groschen-Batteriestrom spürt! Er bringt nicht einmal Froschschenkel zum Tanzen! Und man glaubt, damit Mörder hinrichten zu können – Belohnung für Verdienste – das alles! Dann aber, junger Mann, erkannte ich die Nutzlosigkeit – die zwecklose Unlogik sozusagen –, die darin liegt, daß man nur einige wenige umbringt. Jeder ist ein Mörder – man mordet Einfälle – stiehlt Erfindungen – man hat meine durch Beobachtung und Beobachtung und Beobachtung gestohlen – «

Der Mann drohte zu ersticken, er mußte innehalten, und ich redete ihm beruhigend zu.

»Ich zweifle nicht daran, daß Ihre Erfindung die weitaus bessere war, und vielleicht wird man das schließlich auch einsehen.«

Offenkundig reichte mein Takt nicht, denn seine Reaktion bewies nur neuerlichen Ärger.

»Sie ›zweifeln nicht‹? Welch nette, milde konservative Versicherung! Sie scheren sich einen Teufel – *aber Sie werden es bald wissen.* Zum Teufel noch mal, alles Gute, was an diesem elektrischen Stuhl je dran sein wird, hat man mir gestohlen. Das hat mir der Geist des Nazahualpilli auf dem heiligen Berg verraten. Man hat mich beobachtet und beobachtet und beobachtet –«

Er drohte wieder zu ersticken und machte wieder eine dieser Gesten, bei denen er sowohl den Kopf zu schütteln wie auch den Gesichtsausdruck zu verändern schien. Das schien ihn kurze Zeit zu beruhigen.

»Meine Erfindung muß nur noch getestet werden. Hier ist sie. Die Drahtkapuze oder das Kopfnetz ist flexibel und leicht überzustreifen. Ein Nackenstück hält einen fest, aber erdrosselt einen nicht. Die Elektroden berühren die Stirn und die Basis des Zerebellums – weiter ist nichts nötig. Halte den Kopf, und was kann sich noch rühren? Diese Narren dort oben in Albany mit ihrem geschnitzten Eichen-Lehnstuhl bilden sich ein, man müsse von Kopf bis Fuß Vorkehrungen treffen. Idioten! Wissen diese Blödiane nicht, daß man einen Menschen nicht mehr durch den Leib schießen muß, wenn man sein Gehirn durchlöchert hat? Ich habe Männer im Kampf sterben sehen – ich weiß es besser. Und dann ihr dummer Hochspannungsstromkreis – Dynamos – Generatoren – das ganze Zeug. Warum hat man nicht erkannt, was mir mit der Speicherbatterie gelungen ist? Niemand hat mich angehört – niemand weiß es – ich allein besitze das Geheimnis – ich und Sie, falls ich mich entscheide, Sie am Leben zu lassen... Ich brauche jedoch Versuchspersonen – Personen – *wissen* Sie, wen ich als ersten ausgewählt habe?«

Ich versuchte es mit einem kleinen Scherz, der rasch in freundlichem Ernst aufging, als Beruhigungsmittel. Rasches Denken und treffende Worte konnten mich vielleicht noch retten.

»Wahrhaftig, unter den Politikern in San Francisco, woher ich komme, gibt es eine Menge großartiger Versuchspersonen. Die brauchen Ihre Behandlung, und ich möchte Ihnen helfen, Sie einzuführen. Ich glaube wirklich, Ihnen helfen zu können. Ich habe einen gewissen Einfluß in Sacramento, und wenn Sie mit mir in die Vereinigten Staaten zurückkehren, nachdem ich meine Angelegenheit in Mexico erledigt habe, werde ich mich darum kümmern, daß man Sie anhört.«

Er antwortete nüchtern und höflich.

»Nein – ich kann nicht zurückkehren. Ich habe geschworen, es nicht zu tun, als diese Verbrecher in Albany meine Erfindung ablehnten und Spione aussandten, um mich zu beobachten und zu bestehlen. Ich brauche jedoch amerikanische Versuchspersonen. Diese Mexen stehen unter einem Fluch, und das fiele zu leicht; und die reinrassigen Indianer – die wirklichen Kinder der gefiederten Schlange – sind geweiht und unverletzlich, abgesehen davon, daß sie richtige Weiheopfer sind... und selbst diese müssen dem Zeremoniell entsprechend geschlachtet werden. Ich muß Amerikaner bekommen, ohne zurückzukehren – und der erste von mir ausgewählte Mensch wird ganz besonders geehrt und ausgezeichnet werden. Wissen Sie, um wen es sich handelt?«

Ich versuchte verzweifelt, mir etwas einfallen zu lassen.

»Ach, wenn das ein Problem sein sollte, treibe ich ein Dutzend erstklassige Yankee-Versuchskaninchen für Sie auf, sobald wir in Mexico City sind. Ich weiß, wo es Unmengen armer Bergleute gibt, die man tagelang nicht vermissen wird –«

Er unterbrach mich jedoch mit einem neuen und plötzlichen Anstrich von Autorität, der etwas von wahrer Würde an sich hatte.

»Das reicht – wir haben genug Zeit verschwendet. Erheben Sie sich und stehen Sie stramm wie ein Mann. Sie sind die ausgewählte Versuchsperson, und in der anderen Welt werden Sie mir für diese Ehre dankbar sein, so wie das Weiheopfer dem Priester dafür dankt, daß er ihm zu ewigem Ruhm verholfen hat. Ein neues Prinzip – kein anderer Lebender hat von einer solchen Batterie geträumt, und vielleicht wird sie nicht wieder entdeckt, und experimentierte die ganze Welt tausend Jahre lang. Wissen Sie, daß die Atome nicht das sind, was sie zu sein scheinen? Narren! Noch in hundert Jahren würde sich irgendein Tölpel den Kopf zerbrechen zu erraten, wenn ich die Welt am Leben ließe!«

Als ich mich auf seinen Befehl erhob, holte er weitere Meter Schnur aus dem Koffer und stand stramm neben mir, den Drahthelm in beiden Händen mir entgegengestreckt und einen Blick echter Begeisterung auf seinem gebräunten und bärtigen Gesicht. Einen Augenblick lang glich er einem strahlenden hellenischen Mystagogen oder Hierophanten.

»Hier, o junger Mann – ein Trankopfer! Wein des Kosmos – Nektar der gestirnten Weltenräume – Linos – Iacchus – Ialemus – Zagreus – Dionysos – Atys – Hylus – Apollo entsprungen und getötet von den Hunden von Argos – Saat der Psamathe – Kind der Sonne – Evoe! Evoe!«

Er hatte wieder seinen Singsang angestimmt, und diesmal schien sein Geist zurück zu den klassischen Erinnerungen seiner Collegetage gewandert zu sein. In meiner aufrechten Stellung bemerkte ich, daß die Notbremse sich nicht weit über unseren Köpfen befand, und fragte mich, ob ich sie wohl erreichen konnte, wenn ich so tat, als reagiere ich mit einer Geste auf seine zeremonielle Stimmung. Es war den Versuch wert, meine Arme auf ihn zu und feierlich in die Höhe zu werfen, wobei ich den lauten Schrei »Evoe« ausstieß in der Hoffnung, ich könne die Leine ziehen, bevor er es merkte. Es nützte jedoch nichts. Er erkannte meine Absicht und fuhr mit einer Hand zur rechten Manteltasche, in der mein Revolver steckte. Worte waren überflüssig, und einen Augenblick standen wir da wie Statuen. Dann sagte er ruhig: »Beeilen Sie sich!«

Wiederum mühte sich mein Geist verzweifelt ab, irgendeinen Fluchtweg zu ersinnen. Die Türen, das wußte ich, waren bei mexikanischen Zügen unverschlossen. Mein Reisegefährte konnte mich jedoch einfach am Versuch hindern, eine zu öffnen und hinauszuspringen zu wollen. Außerdem fuhr der Zug in so hohem Tempo, daß die Sache im Falle des Gelingens für mich vermutlich ebenso tödlich wäre wie beim Mißlingen. Mir verblieb nur noch, Zeit zu schinden. Ein gutes Stück der dreieinhalbstündigen Fahrt war bereits zurückgelegt, und wenn wir erst in Mexico City wären, würden die Bahnhofswachen und die Polizei sofortige Sicherheit bedeuten.

Es gäbe zwei diplomatische Möglichkeiten, dachte ich. Wenn ich ihn dazu bringen könnte, das Überziehen der Haube hinauszuschieben, würde ich Zeit gewinnen. Natürlich glaubte ich nicht, daß das Ding wirklich tödlich war, ich wußte jedoch genug von Wahnsinnigen, um zu verstehen, was geschehen würde, wenn es nicht funktionierte. Zu seiner Enttäuschung käme das verrückte Gefühl hinzu, daß ich für den Fehlschlag verantwortlich wäre, was seine Aufmerksamkeit fesseln und mehr oder minder ausgedehnte Nachforschungen nach anderen Einflüssen auslösen würde. Ich fragte mich nur, wie weit seine Glaubensseligkeit ginge und ob ich gleich das Scheitern prophezeihen solle, wobei mir dann das Scheitern selbst den Weihestempel des Sehers oder Eingeweihten oder sogar eines Gottes aufdrücken würde. Ich kannte genug von der mexikanischen Mythologie, um den Versuch wagen zu können, auch wenn ich mein Heil zunächst in anderen Verzögerungstaktiken suchen und die Prophezeiung als plötzliche Offenbarung ins

Spiel bringen würde. Würde er mich schließlich verschonen, wenn ich ihn dazu bringen könnte, mich für einen Propheten oder einen Gott zu halten? Würde er mir »abnehmen«, Quetzalcoatl oder Huitzilopochtli zu sein? Alles war mir recht, wenn es nur gelang, die Suche bis zu unserer planmäßigen Ankunft um fünf Uhr in Mexico City hinauszuzögern.

Meine erste »Verzögerungstaktik« war der uralte Testamentstrick, den Verrückten dazu zu bringen, seinen Befehl, ich solle mich beeilen, zu wiederholen. Ich erzählte ihm von meiner Familie und der geplanten Heirat und bat ihn um den Gefallen, ein Testament abfassen zu dürfen und über mein Geld und das sonstige Vermögen Verfügungen zu treffen. Falls er mir etwas Papier zur Verfügung stellen und sich bereit erklären würde, das von mir Geschriebene zur Post zu geben, könnte ich ruhig und in Frieden sterben. Nach einiger Überlegung gab er meinem Verlangen statt und suchte in seinem Koffer nach einem Notizblock, den er mir mit ernster Miene reichte, während ich mich wieder setzte. Ich holte einen Bleistift hervor, dem ich gleich am Anfang geschickt und heimlich die Spitze abbrach und so für Verzögerung sorgte, während er nach einem anderen Bleistift suchte. Als er ihn mir reichte, nahm er den abgebrochenen Bleistift an sich und schickte sich an, ihn mit einem großen Messer mit Horngriff zu spitzen, das er unter dem Mantel im Gürtel getragen hatte. Es war offenkundig, daß mir ein zweites Abbrechen des Bleistifts nicht viel nützen würde.

Ich kann mich jetzt kaum mehr erinnern, was ich schrieb. Es war weitgehend wirres Zeug und setzte sich zusammen aus zufälligen Bruchstücken im Gedächtnis haften gebliebener Literatur, wenn mir sonst nichts einfiel, was ich niederschreiben konnte. Ich schrieb absichtlich so unlesbar wie möglich, aber so, daß die Zeichen noch immer als Schrift erkennbar waren, denn ich wußte sehr wohl, daß er sich höchstwahrscheinlich das Ergebnis ansehen würde, ehe er mit seinem Experiment begann, und es war nicht schwer zu erraten, wie er auf augenfälligen Unsinn reagieren würde. Das war eine entsetzliche Prüfung, und ich ärgerte mich jede Sekunde über das Schneckentempo des Zuges. Früher hatte ich mir oft einen fröhlichen Galopp zu dem munteren »Ratata« der Räder auf den Schienen gepfiffen, aber jetzt schien das Tempo zu dem eines Leichenzuges herabgesunken zu sein – und zwar meines Leichenzuges, wie es mir grimmig durch den Kopf ging.

Meine List funktionierte, bis ich mehr als vier Seiten DIN A 4 bedeckt hatte. Dann zog der Verrückte zu guter Letzt seine Uhr und sagte mir, ich hätte nur noch fünf Minuten. Was sollte ich noch anstellen? Ich machte mich hastig daran, so zu tun, als schlösse ich mein Testament ab, als mir eine neue Idee kam. Ich hörte schwungvoll auf und reichte ihm die fertigen Blätter, die er achtlos in die linke Manteltasche steckte. Dabei erinnerte ich ihn an meine einflußreichen Freunde in Sacramento, die sich sehr für seine Erfindung interessieren würden.

»Gehört sich doch, daß ich Ihnen ein Empfehlungsschreiben mitgebe«, sagte ich. »Vielleicht sollte ich auch eine signierte Skizze und Gebrauchsanweisung für Ihre Hinrichtungsmaschine beifügen, damit man Sie freundlich empfängt? Die Leute können Sie berühmt machen, müssen Sie wissen – und es besteht überhaupt kein Zweifel, daß man Ihre Methode im Staat Kalifornien anwendet, wenn man von ihr durch jemanden wie mich hört, den man kennt und dem man vertraut.«

Ich schlug diesen Weg auf die Chance hin ein, daß ihn seine Vorstellung vom verkannten Erfinder die aztekisch-religiöse Seite seines Wahns für eine Weile vergessen lassen würde. Falls er wieder darauf zurückkäme, überlegte ich mir, würde ich ihn mit »Offenbarungen« und »Prophezeiungen« überraschen. Mein Plan funktionierte, denn seine glühenden Augen verrieten eifrige Zustimmung, auch wenn er mir brüsk befahl, mich zu beeilen. Er räumte den Koffer noch weiter aus und holte eine seltsam aussehende Masse von gläsernen Zellen und Windungen hervor, die mit dem Draht, der von der Kapuze abging, verbunden waren. Dabei schoß er eine Salve von Bemerkungen auf mich ab, die zu fachmännischer Natur waren, als daß ich ihnen hätte folgen können, die aber völlig plausibel und logisch wirkten. Ich tat so, als notierte ich alles, was er sagte, und fragte mich dabei, ob der seltsame Apparat vielleicht nicht doch eine Batterie war. Würde ich einen leichten Schlag verspüren, wenn er die Vorrichtung einschaltete? Der Mensch redete zweifellos, als wäre er wirklich Elektriker. Die Beschreibung seiner Erfindung war eindeutig etwas, was ihm lag, und ich erkannte, daß er nicht mehr so ungeduldig war wie zuvor. Die hoffnungsvolle Morgenröte schimmerte durch die Fenster, ehe er fertig war, und ich spürte schließlich, daß meine Chance zur Flucht greifbar nahe war.

Aber auch ihm entging die Morgenröte nicht, und er setzte wieder seinen wilden Blick auf. Er wußte, daß der Zug um fünf in Mexico City eintreffen sollte, und würde bestimmt eine rasche Entscheidung erzwingen, wenn es mir nicht gelänge, sein Urteilsvermögen mit verführerischen Ideen auszuschalten. Als er sich mit entschlossener Miene erhob und die Batterie auf den Sitz neben den offenen Koffer legte, erinnerte ich ihn daran, daß ich die notwendige Skizze noch nicht angefertigt hatte. Ich bat ihn, den Kopfteil zu halten, damit ich daneben die Batterie zeichnen konnte. Er kam dieser Aufforderung nach und setzte sich, wobei er mich wiederholt mahnte, mich zu beeilen. Nach einem weiteren Augenblick hielt ich inne, um Informationen zu erbitten. Ich fragte ihn, wie das Opfer für die Hinrichtung placiert werden und wie man seinen vermutlichen Widerstand überwinden würde.

»Kein Problem«, erwiderte er, »der Verbrecher ist fest an einen Pfahl angebunden. Es spielt keine Rolle, wie sehr er den Kopf hin und her wirft, denn der Helm sitzt fest und zieht sich noch fester zusammen, wenn der Strom eingeschaltet wird. Man dreht allmählich am Schalter – man sieht ihn hier, eine sorgfältig ausgetüftelte Anordnung mit einem Rheostat.«

Eine neue Idee, Zeit zu schinden, kam mir, als die bestellten Felder und die wachsende Anzahl von Häusern draußen im Morgenlicht von unserer Annäherung an die Hauptstadt kündeten.

»Aber«, sagte ich, »ich muß den Helm ebenso an Ort und Stelle auf einem Menschenkopf zeichnen wie neben der Batterie. Können Sie ihn nicht selbst einen Augenblick überziehen, damit ich Sie mit ihm zeichnen kann? Die Zeitungen verlangen das ebenso wie die Politiker, denn sie legen großen Wert auf Vollständigkeit.«

Ich hatte zufällig besser ins Schwarze getroffen als geplant; denn bei der Erwähnung der Presse begannen die Augen des Verrückten neuerlich zu leuchten.

»Die Zeitungen? Ja, zum Teufel mit ihnen, Sie können sogar die Zeitungen dazu bringen, mich anzuhören! Sie haben mich alle ausgelacht und wollten nicht ein Wort drucken. Hier, beeilen Sie sich! Wir dürfen keine Sekunde verlieren!

Jetzt werden sie die Bilder bringen, der Teufel hole sie! Ich verbessere Ihre Skizze, falls Ihnen Fehler unterlaufen – man muß so genau sein wie möglich. Die Polizei findet Sie später schon – Sie werden erklären, wie es funktioniert. Eine Meldung in der Associated Press – bestätigt Ihren Brief – unsterblicher Ruhm... Beeilen Sie sich, beeilen Sie sich, verdammt noch mal!«

Der Zug rumpelte über das schlechtere Schotterbett in Stadtnähe, und wir schaukelten ab und zu gefährlich hin und her. Ich nahm dies als Vorwand, den Bleistift neuerlich abzubrechen, aber natürlich reichte mir der Verrückte sofort seinen, den er gespitzt hatte. Ein erster Vorrat an Kriegslisten war schon fast aufgebraucht, und ich spürte, daß ich mich bald dem Kopfteil ausliefern mußte. Wir waren noch immer eine gute Viertelstunde vom Zielbahnhof entfernt, und es war an der Zeit, meinen Gefährten bei der Religion zu packen und die göttliche Prophezeiung auf ihn loszulassen.

Ich raffte zusammen, was ich noch an Bruchstücken der nahuanaztekischen Mythologie wußte, warf plötzlich Bleistift und Papier nieder und setzte zu einem Singsang an.

»Ia! Ia. Tloquenahuaque, Der Du Ganz in Dir Selbst bist! Auch Du, Ipalnemoan, Durch den wir leben! Ich höre, ich höre! Ich sehe, ich sehe! Schlangentragender Adler, heil! Eine Botschaft, eine Botschaft! Huitzilopochtli, in meiner Seele hallt dein Donner wider!«

Als er meine Beschwörungen vernahm, starrte der Verrückte ungläubig durch seine seltsame Maske. Sein hübsches Gesicht zeigte Überraschung und Verblüffung, die bald von Beunruhigung abgelöst wurden. Sein Geist schien einen Augenblick lang leer zu sein und sich dann in einem anderen Muster neu zu kristallisieren. Mit erhobenen Händen intonierte er wie in einem Traum.

»Mictlanteuctli, Gewaltiger Herr, ein Zeichen! Ein Zeichen aus dem Innern deiner schwarzen Höhle! Ia! Tonatiu-Metzli! Cthulhu! Befiehl, und ich gehorche!«

In diesem ganzen Schwall von Unsinn, mit dem er reagierte, gab es ein Wort, das eine merkwürdige Seite in meinem Gedächtnis anschlug. Das ist seltsam, weil es in keiner gedruckten Darstellung der mexikanischen Mythologie vorkommt, doch hatte ich es mehr als einmal als ehrfürchtiges Geflüster unter den Peonen in den Tlaxcala-Bergwerken meiner eigenen Gesellschaft vernommen. Es schien Teil eines außergewöhnlich geheimen und uralten Rituals zu sein, denn es gab geflüsterte Reaktionen, auf die ich ab und zu gestoßen war und die den Fachgelehrten so unbekannt waren wie mir selbst. Dieser Verrückte mußte beträchtliche Zeit unter den Peonen und Indianern der Berge verbracht haben, wie er ja auch behauptet hatte, denn gewiß konnten solche unaufgezeichneten Überlieferungen nicht von bloßem Buchwissen stammen. Da ich die Bedeutung erkannte, die er seinem doppelt esoterischen Jargon beimessen mußte, beschloß ich, ihn an seiner verwundbarsten Stelle zu treffen und ihm mit dem Kauderwelsch zu dienen, dessen sich die Eingeborenen bedienten.

»Ya-R'lyeh! Ya-R'lyeh!« rief ich. »Cthulhu fhtaghan! Nigurat-Yig! Yog-Sototl –«

Ich hatte keine Chance auszureden. Durch die exakte Reaktion, die sein Unbewußtes höchstwahrscheinlich nicht erwartet hatte, zur religiösen Epilepsie elektrisiert, warf sich der Verrückte auf die Knie nieder. Er neigte immer wieder den Kopf mit dem Drahthelm und drehte ihn dabei auch noch nach links und rechts. Mit jeder Drehung wurden seine Verbeugungen tiefer, und ich konnte hören, wie seine schaumbedeckten Lippen die Silben »töte, töte, töte« in einem rasch zunehmenden monotonen Klang wiederholten. Mir wurde klar, daß ich zu weit gegangen war und daß meine Reaktion eine akut wachsende Manie ausgelöst hatte, die ihn, noch ehe der Zug die Station erreichte, zum Mord treiben würde.

Mit dem allmählich größer werdenden Radius der Drehungen des Verrückten war der Spielraum des Kabels, das vom Kopfstück der Batterie führte, immer geringer geworden. Nun erweiterte er ihn in einem alles vergessenden ekstatischen Delirium zu vollständigen Kreisen, so daß sich das Kabel um seinen Hals zu wickeln begann und an der Verbindung mit der Batterie auf dem Sitz zerrte. Ich fragte, was er tun würde, wenn das Unausweichliche geschah und die Batterie zu Boden gezerrt würde, um dort vermutlich zu zerschellen.

Dann trat die plötzliche Katastrophe ein. Die Batterie, die von der letzten Bewegung orgiastischer Raserei des Verrückten über den Sitz gezerrt worden war, fiel wirklich zu Boden, aber ohne gänzlich zu zerbrechen. Statt dessen wurde der Aufprall vom Rheostat aufgefangen, was mein Auge in einem nur allzu flüchtigen Augenblick erhaschte, so daß der Schalter sofort auf volle Belastung gerissen wurde. Und das Wunder war, daß es wirklich Strom *gab*. Die Erfindung war kein bloßer Wahnsinnstraum.

Ich sah einen blendenden Blitz wie eine Aurora, hörte einen Aufschrei und ein Aufheulen, entsetzlicher als die vorhergehenden Schreie während dieser verrückten, fürchterlichen Reise, und spürte den abstoßenden Geruch brennenden Fleisches. Mehr konnte mein überreiztes Bewußtsein nicht mehr ertragen, und ich sank bewußtlos zu Boden.

Als mich die Zugwache in Mexico City wiederbelebte, hatte sich vor der Tür meines Abteils eine Menge angesammelt. Auf meinen unwillkürlichen Aufschrei hin nahmen die Gesichter der Herbeidrängenden einen neugierigen und zweifelnden Ausdruck an, und ich war erleichtert, als die Wache alle bis auf den adretten Arzt ausschloß, der sich den Weg bis zu mir gebahnt hatte. Mein Aufschrei war nur eine natürliche Reaktion, aber sie war durch etwas mehr ausgelöst worden als durch den schockierenden Anblick auf dem Waggonboden, den ich vorzufinden erwartet hatte. Vielleicht sollte man sagen, von etwas *weniger*, denn in Wahrheit befand sich auf dem Fußboden überhaupt nichts.

Es war auch niemand drinnen gewesen, sagte der Mann von der Zugwache, als er die Tür öffnete und mich bewußtlos im Innern fand. Für dieses Abteil war nur meine Fahrkarte verkauft worden, und ich war die einzige Person, die man darin gefunden hatte. Nur mich und meinen Koffer, sonst nichts. Ich war die ganze Strecke von Queretaro an allein gewesen. Zugwache, Arzt und Neugierige tippten sich auf meine verzweifelten und beharrlichen Fragen vielsagend auf die Stirn.

War das alles ein Traum gewesen oder war ich wirklich verrückt? Ich erinnerte mich an meine Besorgnis und die überreizten Nerven, und mich schauderte. Ich dankte dem Mann von der Zugwache und dem Arzt, bahnte mir den Weg durch die neugierige Menge, sank in ein Taxi und ließ mich zur Fonda Nacional bringen, wo ich, nachdem ich Jackson in dem Bergwerk telegraphisch unterrichtet hatte, bis zum Nachmittag schlief, um meine Nerven wieder unter Kontrolle zu bekommen. Ich ließ mich um ein Uhr wecken, um rechtzeitig die Schmalspurbahn zum Bergwerksgebiet zu erreichen, aber als ich aufstand, fand ich ein Telegramm unter der Tür. Es stammte von Jackson und enthielt die Mitteilung, daß man Feldon am Morgen tot in den Bergen gefunden hatte, die Nachricht hatte das Bergwerk gegen zehn Uhr erreicht. Die Unterlagen waren alle in Sicherheit, und das Büro in San Francisco war entsprechend informiert worden. So war die ganze Reise mit ihrer nervösen Hast und der qualvollen Gemütsbelastung vergebens gewesen!

Da ich wußte, daß McComb trotz der Entwicklung, welche die Ereignisse genommen hatten, von mir einen persönlichen Bericht erwartete, sandte ich eine weitere Depesche ab und nahm doch die Schmalspurbahn. Vier Stunden später langte der Zug ratternd und rüttelnd in der Station des Bergwerks Nr. 3 an, wo mich Jackson herzlich begrüßte. Die Angelegenheiten des Bergwerks nahmen ihn so in Anspruch, daß ihm meine Erschütterung und mein elendes Aussehen gar nicht auffielen.

Die Geschichte des Direktors fiel kurz aus, und er erzählte sie mir, als er mich zu der Hütte auf dem Hügel über dem *arrastra*, wo Feldons Leichnam lag, führte. Feldon, erklärte er, war stets ein merkwürdiger, mürrischer Mensch gewesen, schon als er vor einem Jahr eingestellt wurde. Er hatte insgeheim an irgendeiner mechanischen Vorrichtung gearbeitet, über ständige Bespitzelung Klage geführt und hatte mit den einheimischen Arbeitern auf unerwünscht gutem Fuß gestanden. Doch kannte er sich unbestritten mit der Arbeit, dem Land und den Leuten aus. Er pflegte lange Ausflüge in die Berge zu unternehmen, wo die Peone lebten, und sogar an ihren uralten, heidnischen Zeremonien teilzunehmen. Er deutete genauso oft merkwürdige Geheimnisse und fremdartige Kräfte an, wie er sich seiner Geschicklichkeit in mechanischen Dingen rühmte. In letzter Zeit war er rasch verfallen, hatte seine Kollegen mit krankhaftem Argwohn verfolgt und sich mit seinen einheimischen Freunden an Erzdiebstählen beteiligt, als seine Geldmittel schwanden. Aus diesem oder jenem Grund brauchte er sündhaft hohe Geldbeträge – ständig kamen für ihn Kisten aus Laboratorien und Werkstätten in Mexico City oder den Vereinigten Staaten an.

Was seine schließliche Flucht mit allen Unterlagen anging – das war nur eine verrückte Rachegeste für das, was er »Bespitzelung« nannte. Er war unzweifelhaft hochgradig verrückt, denn er war durch das Land gezogen zu einer verborgenen Höhle an einem wildzerklüfteten Hang der von Gespenstern heimgesuchten Sierra de Malinche, wo kein Weißer lebt, und hatte einige erstaunlich merkwürdige Dinge getan. Die Höhle, die man ohne die schließliche Tragödie nie gefunden hätte, war voller aztekischer Idole und Altäre, letztere waren mit den versengten Knochen neuerer entsetzlicher Flammenopfer bedeckt. Die Einheimischen wollten nichts verraten – sie schworen sogar hoch und heilig, von nichts zu wissen –, doch war unschwer zu erkennen, daß ihnen die Höhle als alter Treffpunkt diente und daß sich Feldon an ihren Praktiken beteiligt hatte.

Die Suchmannschaft hatte den Ort nur wegen des Singsangs und des Aufschreis am Schluß gefunden. Es war fast fünf Uhr morgens gewesen, und nachdem sie die ganze Nacht kampiert hatten, hatte sich die Mannschaft eben angeschickt zusammenzupacken, um unverrichteter Dinge zum Bergwerk zurückzukehren. Dann aber hatte jemand in einiger Entfernung schwache Klänge vernommen und wußte sofort, daß einer der abscheulichen alten Eingeborenenriten an einer einsamen Stelle am Hang des leichenförmigen Berges hinausgeheult wurde. Sie hörten dieselben alten Namen – Mictlanteuctli, Tonatiuh-Metzli, Cthulhu, Ya-R'lyeh und alle übrigen –, aber das Merkwürdige war, daß vermischt mit ihnen auch englische Wörter vorkamen. Das echte Englisch des weißen Mannes, nicht das des Mexen-Kauderwelsch. Sie eilten den Klängen nach, den mit Schlingpflanzen bewachsenen Berghang empor, als nach einer kurzen Stille der Aufschrei ihre Ohren traf. Es war etwas Grauenvolles – etwas Schlimmeres, als jeder einzelne von ihnen je gehört hatte. Es schien eine leichte Rauchentwicklung zu geben, und ein scheußlicher ätzender Geruch machte sich breit.

Dann stießen sie auf die Höhle, deren Eingang durch Mesquitensträucher verdeckt war, doch stiegen aus ihm jetzt Wolken eines stinkenden Rauches. Innen war die Höhle von Kerzen erhellt, die erst vor einer halben Stunde entzündet worden sein mußten. In ihrem zuckenden Schein zeigte sich der entsetzliche Altar mit seinen grotesken Bildern, und auf dem kiesbedeckten Boden lag das Grauenvolle, das die ganze Menge zurückschaudern ließ. Es war Feldon, den Kopf zu Asche verbrannt durch eine merkwürdige Vorrichtung, die er sich übergestülpt hatte – eine Art Drahtkäfig, der mit einer ziemlich mitgenommenen Batterie verbunden war, die offenkundig von einem nahen Altarkelch zu Boden gefallen war. Bei diesem Anblick wechselten die Männer Blicke, denn sie mußten an die »elektrische Hinrichtungsmaschine« denken, die erfunden zu haben sich Feldon immer rühmte – die Vorrichtung, die alle abgelehnt, aber zu stehlen und nachzuahmen versucht hatten. Die Unterlagen waren sicher in Feldons offener Aktentasche, die in der Nähe stand. Die Kolonne der Suchmannschaft marschierte mit ihrer gräßlichen Last auf einer improvisierten Tragbahre eine Stunde lang nach Nr. 3 zurück.

Das war alles, aber es reichte, um mich erblassen und zurückschrecken zu lassen, als mich Jackson an der *arrastra* vorbei zu dem Schuppen führte, in dem die Leiche lag. Denn mir mangelte es nicht an Phantasie, und ich wußte nur zu gut, in welch höllischen Alptraum diese Tragödie auf übernatürliche Weise sich einfügte.

Ich wußte, was ich innerhalb der weit offenstehenden Tür finden würde, um die sich die Bergarbeiter scharten, und zuckte mit keiner Wimper, als meine Augen die Riesengestalt, die einfachen Kordkleider, die merkwürdig zarten Hände, die verbrannten Bartbüschel und die höllische Maschine erblickten – die Batterie leicht zerbrochen und das Kopfstück geschwärzt durch das Verkohlen dessen, was sich darin befand. Die große, vollgestopfte Aktentasche überraschte mich nicht, und ich bebte nur vor zweierlei zurück – zunächst den gefalteten Papierblättern, die aus der linken Tasche hervorschauten. Als niemand hinsah, streckte ich die Hand aus, nahm die allzu vertrauten Blätter an mich und zerknüllte sie, ohne es zu wagen, mir die Schrift anzusehen. Jetzt tut es mir leid, daß ich sie in jener Nacht mit abgewandten Augen in panischer Furcht verbrannte. Sie wären ein materieller Beweis für oder gegen etwas gewesen – aber schließlich hätte ich noch immer meinen Beweis haben können, wenn ich den Coroner über den Revolver befragt hätte, den er später aus der herunterhängenden rechten Jackentasche holte. Ich brachte nie den Mut auf, ihn danach zu fragen – denn mein eigener Revolver fehlte mir seit jener Nacht im Zug. Auch zeigte mein Taschenbleistift Anzeichen eines unbeholfenen und eiligen Spitzens, ganz anders als die präzise Schärfe, die ich ihm am Freitagnachmittag mit der Maschine in Präsident McCombs Privatwaggon gegeben hatte.

So kehrte ich schließlich, noch immer im dunkeln tappend, zurück – vielleicht barmherzigerweise im dunkeln tappend. Als ich nach Queretaro kam, war der Privatwaggon schon repariert, aber die richtige große Erleichterung verspürte ich erst, als wir den Rio Grande Richtung El Paso und Vereinigte Staaten überquerten. Am folgenden Freitag war ich wieder in San Francisco, und die verschobene Heirat fand in der darauffolgenden Woche statt.

Was aber in jener Nacht wirklich geschah – wie schon gesagt, ich wage es einfach nicht, mir darüber den Kopf zu zerbrechen. Dieser Bursche Feldon war von Anfang an verrückt, und darüber hinaus hatte er eine Unmenge prähistorischer aztekischer magischer Überlieferung gesammelt, die von Rechts wegen niemand wissen darf. Er war ein echtes Erfindergenie, und jene Batterie muß wirklich eine Batterie gewesen sein. Ich hörte später, daß ihn in früheren Jahren die Presse, die Öffentlichkeit und die Machthaber nicht ernst genommen hatten. Menschen einer gewissen Sorte tun allzu viele Enttäuschungen nicht gut. Wie auch immer, eine unheilige

Verbindung verschiedener Einflüsse spielt mit herein. Er hatte übrigens wirklich unter Maximilian als Soldat gedient.

Wenn ich meine Geschichte erzähle, nennen mich die meisten glatt einen Aufschneider. Andere sehen die Ursache in der Psychologie des Abnormen – und der Himmel weiß, daß ich übernervös *war* –, und wieder andere reden von einer »astralen Projektion«. Mein Eifer, Feldon zu fangen, ließ gewiß meine Gedanken zu ihm vorauseilen, und bei all seiner indianischen Zauberei wäre er der erste gewesen, der sie erkannt hätte und auf sie eingegangen wäre. War er in dem Eisenbahnabteil oder war ich in der Höhle auf dem leichenförmigen Spukberg? Was wäre mit mir geschehen, hätte ich ihn nicht auf die Weise hingehalten, wie ich es tat? Ich gebe zu, ich weiß es nicht, und ich bin nicht sicher, daß ich es wissen will. Ich bin seit damals nicht mehr in Mexiko gewesen – und wie ich am Anfang sagte, ich höre nicht gern von elektrischen Hinrichtungen.

H. P. Lovecraft und August Derleth
Wentworths Tag

Nördlich von Dunwich liegt ein fast verlassener Landstrich, der weitgehend – nachdem er nacheinander von alteingesessenen Neu-Engländern, den Frankokanadiern, die nach ihnen kamen, den Italienern und den Polen, die zuletzt kamen, bewohnt gewesen war – in einen Zustand zurückgekehrt ist, der dem wild-natürlichen gefährlich nahekommt. Die ersten Siedler rangen der steinigen Erde und den Wäldern, die einst das ganze Land bedeckten, den Lebensunterhalt ab, doch waren sie nicht sehr erfahren in der Bewahrung weder der fruchtbaren Scholle noch ihrer natürlichen Ressourcen, und nachfolgende Generationen laugten das Land noch weiter aus. Die nach ihnen kamen, streckten bald die Waffen und zogen woanders hin. Der Landstrich zählt nicht zu den Gebieten von Massachusetts, die gern von Menschen bewohnt werden. Die Häuser, die einst stolz dastanden, sind so heruntergekommen, daß in den meisten von ihnen kein bequemes Wohnen mehr möglich ist. Auf den weniger steilen Hängen stehen noch immer Farmhäuser mit Walmdächern, uralte Gebäude, die oft im Windschatten felsiger Abhänge den Geheimnissen vieler Generationen in Neu-England nachzuhängen scheinen; doch sind die Zeichen des Verfalls allenthalben erkennbar – an den zerbröckelnden Schornsteinen, den ausgebeulten Seitenmauern, den zerbrochenen Fenstern der verlassenen Scheunen und Häuser. Straßen führen kreuz und quer durch das Gebiet, aber sobald man einmal die Staatsautostraße verlassen hat, die durch das langgezogene Tal nördlich von Dunwich führt, findet man sich auf Seitenstraßen, die aus wenig mehr als Wagenspuren bestehen und die so wenig benutzt werden wie die meisten Häuser auf dem Land.

Auch liegt über dem Landstrich weitgehend eine Stimmung nicht allein des Alters und der Verlassenheit, sondern auch des Bösen. Es gibt Waldgebiete, in denen nie eine Axt gefallen ist, düstere, weinbewachsene Täler, wo Bächlein in einer Dunkelheit daherrieseln, die selbst am strahlendsten Tag von keinem Sonnenstrahl durchbrochen wird. Im ganzen Tal gibt es kaum ein Anzeichen von Leben, obwohl auf einigen der heruntergekommenen Farmen einsiedlerische Bewohner leben; selbst die Habichte, die hoch oben am Himmel ihre Kreise ziehen, scheinen nie lange zu verweilen, und die schwarzen Krähenschwärme überqueren bloß das Tal und lassen sich niemals nieder, um Aas oder Futter zu suchen. Einst, vor langer Zeit, stand es in dem Ruf, ein Land zu sein, in dem Hexerei – der Hexenglauben des abergläubischen Volkes – praktiziert wurde, und etwas von diesem wenig beneidenswerten Ruf hängt ihm noch immer nach.

Es ist keine Landschaft, in der man sich allzu lange aufhalten, und gewiß kein Ort, wo man des Nachts angetroffen werden möchte. Und doch war es Nacht in jenem Sommer 1927, als ich meine letzte Reise in das Tal unternahm, um einen Ofen in die Nähe von Dunwich zu liefern. Ich hätte mich nie dazu entschließen sollen, das Gebiet nördlich jener verfallenen Stadt zu durchqueren, aber ich hatte noch etwas zu erledigen, und anstatt meinem Impuls zu folgen, das Tal zu umfahren und vom anderen Ende zurückzukommen, fuhr ich am späten Nachmittag in das Tal. Dort hatte die Dämmerung, die in Dunwich noch immer vorherrschte, einer Dunkelheit Platz gemacht, die bald undurchdringlich war, denn der Himmel hatte sich völlig zugezogen, und die Wolken hingen so niedrig, daß sie beinahe die umliegenden Berge berührten, so daß ich sozusagen in einer Art Tunnel dahinfuhr. Auf der Autostraße war wenig Verkehr. Es gab andere Straßen, die man einschlagen konnte, um Ziele zu beiden Seiten des Tals zu erreichen, und die Nebenstraßen waren hier so zugewachsen, man hatte sie buchstäblich aufgegeben, so daß sich wenige Autofahrer auf das Risiko einlassen wollten, sie zu benutzen.

Alles wäre gut gegangen, denn mein Weg führte geradewegs durch das Tal zum anderen Ausgang, und es bestand für mich keine Notwendigkeit, die Staatsstraße zu verlassen, wären nicht zwei unvorhergesehene Umstände eingetreten. Bald nachdem ich Dunwich verlassen hatte, begann es zu regnen. Der Regen hatte den ganzen Nachmittag über schwer über der Erde gehangen, und jetzt öffnete endlich der Himmel seine Schleusen, und die Flut kam herunter. Die Autostraße glitzerte im Licht meiner Scheinwerfer. Und dieser Schein fiel bald auch auf etwas anderes. Ich war vielleicht fünfzehn Meilen ins Tal hineingefahren, als mich plötzlich ein Hindernis auf der Autostraße und eine gut markierte Umleitung aufschreckten. Ich konnte erkennen, daß die Straße hinter der Absperrung so desolat war, daß man sie wahrlich nicht passieren konnte.

Ich fuhr voller düsterer Vorahnungen von der Autostraße ab. Wenn ich bloß meinem Impuls gefolgt wäre, nach Dunwich zurückzukehren und eine andere Straße zu nehmen, wäre ich vielleicht frei von den verfluchten Alpträumen, die mir seit jener Nacht des Grauens den Schlaf verleiden! Ich tat es jedoch nicht. Da ich schon so weit war, verspürte ich nicht den geringsten Wunsch, die Zeit zu verschwenden, welche die Rückkehr nach Dunwich kosten würde. Der Regen fiel noch immer wie ein dichter Vorhang hernieder, und das Lenken war keineswegs einfach. Nach dem Verlassen der Straße befand ich mich auf einem Weg, der nur teilweise einen Kiesbelag aufwies. Straßenarbeiter waren hier tätig gewesen und hatten die Durchfahrt durch das Entfernen überhängender Zweige, die ein Passieren vorher fast unmöglich gemacht hatten, ein wenig erweitert, doch hatten sie wenig für die Straße selbst getan, und ich erkannte bereits nach kurzer Fahrt, daß ich in Schwierigkeiten steckte.

Der Zustand der Straße, auf der ich fuhr, verschlechterte sich in dem Regen rapid. Mein Wagen, obwohl eines der robustesten Ford-Modelle mit relativ hohen, schmalen Rädern, schnitt tiefe Rillen ein, und von Zeit zu Zeit fuhr ich spritzend durch zunehmend tiefer werdende Wasserpfützen, die den Motor zum Knattern und Stottern brachten. Ich wußte, daß es nur eine Frage der Zeit war, ehe das Wasser durch die Kühlerhaube sickern und mein Motor überhaupt absterben würde, und ich begann, nach Leben in der Gegend Ausschau zu halten oder nach einer Art von Unterstand, die mir und dem Wagen Schutz bieten konnten. Da ich die Einsamkeit dieses abgelegenen Tals kannte, hätte ich fürwahr eine verlassene Scheune vorgezogen, doch war, um der Wahrheit die Ehre zu geben, ohne Führer unmöglich ein Gebäude auszumachen. So sah ich zu guter Letzt ein blasses Fensterquadrat aus Licht, das unweit der Straße schien, und durch eine glückliche Fügung fand ich im erlöschenden Strahl meiner Scheinwerfer die Zufahrt.

Ich bog ein, vorbei an einem Briefkasten, auf dem der Name des Besitzers unbeholfen aufgepinselt worden war. Er hob sich zunächst ab, verblaßte aber dann: *Amos Stark*. Der Scheinwerferkegel strich über die Fassade des Gebäudes, und ich merkte, daß es uralt war, in der Tat eines der Häuser, die aus einem Guß gemacht sind – Haus, rechtwinklig angebauter Flügel, Sommerküche, Scheune, alles in einem langen Bau unter Dächern von verschiedener Höhe. Zum Glück stand die Scheune weit offen, und da ich keinen anderen Unterstand erblickte, fuhr ich den Wagen unter dieses Dach in der Erwartung, Rinder und Pferde anzutreffen. Die

Scheune sah jedoch aus, als stehe sie seit langem leer, denn es gab weder Rinder noch Pferde, und das Heu, mit dem sie gefüllt war, mußte nach seinem Geruch vergangener Sommer zu schließen mehrere Jahre alt sein.

Ich hielt mich nicht weiter in der Scheune auf, sondern eilte durch den strömenden Regen zum Haus. Von draußen hatte es, soviel ich sehen konnte, denselben Anschein von Verlassenheit wie die Scheune. Es war ebenerdig, der Vorderfront war eine niedrige Veranda vorgelagert, und der Fußboden dieser Veranda war, wie ich gerade noch rechtzeitig entdeckte, hier und da kaputt, mit dunklen Löchern, die anzeigten, wo einst Bretter gewesen waren.

Ich fand die Tür und trommelte an die Füllung.

Lange Zeit gab es keinen anderen Laut als das Geräusch des Regens, der auf das Verandadach und in die Pfützen, die sich im Hof gesammelt hatten, fiel. Ich klopfte wieder und erhob meine Stimme zu dem Ruf: »Ist da jemand?«

Drinnen war eine zitternde Stimme zu hören: »Wer seid Ihr?«

Ich erklärte, ich sei ein Handlungsreisender, der Obdach suchte. Das Licht begann sich zu bewegen, eine Lampe wurde ergriffen. Das Fenster wurde trüber, und die gelbe Linie unter dem Türspalt verstärkte sich. Das Geräusch von Bolzen und Ketten, die zurückgezogen wurden, waren zu hören, dann wurde geöffnet, und jemand stand in der Tür und hielt eine Lampe in die Höhe. Es war ein verrunzelter alter Mann mit einem zerzausten schütteren Bart, der seinen hageren Hals halb bedeckte. Er trug eine Brille, spähte jedoch über ihren Rand auf mich. Sein Haar war weiß, die Augen schwarz, und als er mich erblickte, zog er die Lippen in einer Art Raubtiergrinsen zurück und zeigte seine Zahnstummel.

»Mr. Stark?« fragte ich.

»Vom Sturm hierhergetrieben, eh?« begrüßte er mich. »Kommen Sie sofort ins Haus und trocknen Sie sich. Glaube nicht, daß der Regen noch lang anhalten wird.«

Ich folgte ihm ins Innere, von wo er gekommen war, doch zuerst schloß und versperrte er sorgfältig die Tür hinter uns, ein Vorgang, der mich mit leichtem Unbehagen erfüllte. Er mußte meinen fragenden Blick bemerkt haben, denn sobald er die Lampe auf einem dicken Band abgesetzt hatte, der auf einem runden Tisch in der Mitte des Raumes lag, zu dem er mich führte, wandte er sich um und erklärte mit heiserem Kichern: »Heute ist Wentworths Tag. Ich hielt Sie für Nahum.«

Sein Kichern steigerte sich zu einem gespenstischen Lachen.
»Nein, Sir. Mein Name ist Fred Hadley. Ich komme aus Boston.«
»War nie in Boston«, sagte Stark. »War noch nicht mal in Arkham. Habe meine Farmarbeit, die mich hier festhält.«
»Ich hoffe, es stört Sie nicht. Ich habe mir erlaubt, meinen Wagen in Ihre Scheune zu stellen.«
»Den Kühen macht das nichts aus.« Er gackerte vor Lachen über seinen schwachen Witz, denn er wußte ganz genau, daß es in der Scheune keine Kuh gab. »Ich würde selbst keine dieser neumodischen Vorrichtungen fahren, aber ihr Stadtleute seid alle gleich. Kommt ohne Autos nicht aus.«
»Ich hätte kaum gedacht, daß ich wie ein Lackaffe aus der Stadt aussehe«, erwiderte ich in dem Versuch, es ihm an Laune gleichzutun.
»Ich erkenne einen Stadtfritzen auf der Stelle – ab und zu zieht jemand in diese Gegend, aber sie ziehen auch schnell wieder fort; vermute, es gefällt ihnen hier nicht. War niemals in einer großen Stadt; glaube auch kaum, daß ich gehen möchte.«
Er brabbelte auf diese Weise eine Weile vor sich hin, daß ich imstande war, mich umzusehen und eine Bestandsaufnahme des Raumes zu machen. In jenen Jahren verbrachte ich die Zeit, die ich nicht unterwegs war, in dem Kaufhaus in Boston, und es gab wenige Kollegen, die mich beim Inventarisieren übertrafen; daher erkannte ich im Nu, daß Amos Starks Wohnzimmer mit allen möglichen Sachen vollgerammelt war, für die Antiquitätensammler gute Preise zahlen würden. Da gab es Möbelstücke, die fast zweihundert Jahre alt waren, sofern ich etwas davon verstand, und prächtige Nippsachen, Etageren, wunderbar geblasenes Glas und auf den Borden und Etageren Haviland-Porzellan. Und es gab eine Menge alter handgearbeiteter Werkzeuge der Neuengland-Farm vor einigen Jahrzehnten – Lichtputzscheren, Tintenfässer aus Kork auf Holzständern, Kerzenformen, eine Buchstütze, eine lederne Truthahnlockpfeife, Pechkiefer und Baumharz, Kalebassen, Stickmustertücher –, so daß eindeutig zu erkennen war, daß das Haus viele Jahre alt war.
»Wohnen Sie allein, Mr. Stark?« fragte ich, als ich ein Wort einwerfen konnte.
»Jetzt schon. Einst gab es noch Molly und Dewey. Abel lief als Kind davon und Ella starb an Lungenfieber. Ich bin jetzt schon fast sieben Jahre allein.«

Selbst beim Sprechen fiel mir an ihm seine abwartende, wachsame Haltung auf. Er schien fortwährend auf ein Geräusch zu lauschen, das durch das Trommeln des Regens drang. Abgesehen von einem leisen Knirschen einer Maus, die irgendwo in dem alten Haus nagte, war aber nichts zu hören – nichts außer diesem Geräusch und dem unaufhörlichen Regenfall. Noch immer lauschte er, den Kopf leicht zur Seite geneigt, die Augen zusammengekniffen, als blicke er in den Lampenschein, und sein Kopf glänzte an der kahlen Krone, die von einer dünnen, strähnigen Tonsur aus weißem Haar umringt war. Er mochte achtzig Jahre alt sein, er mochte aber auch erst sechzig sein, wenn ihn seine beengte, zurückgezogene Lebensweise vorzeitig hatte altern lassen.

»Sie waren allein auf der Straße?« fragte er plötzlich.

»Traf auf dieser Seite von Dunwich keine Menschenseele. Siebzehn Meilen, schätze ich.«

»Eine halbe mehr oder weniger«, stimmte er zu. Dann begann er zu gackern und zu kichern, als könnte er einen Ausbruch von Heiterkeit nicht mehr unterdrücken. »Heute ist Wentworths Tag. Nahum Wentworth.« Seine Augen verengten sich einen Moment. »Sind Sie schon lange als Handlungsreisender in dieser Gegend unterwegs? Sie müssen Nahum Wentworth gekannt haben?«

»Nein, Sir. Ich habe ihn nicht gekannt. Ich verkaufe meist in den Städten. Nur ab und zu auf dem Land.«

»Beinahe jeder kannte Nahum«, fuhr er fort. »Aber keiner kannte ihn so gut wie ich. Sehen Sie das Buch?« Er deutete auf ein abgegriffenes Buch, das ich in dem schlecht beleuchteten Zimmer gerade noch ausmachen konnte. »Das da ist das *Siebente Buch Mosis* – darin gibt es mehr Gelehrsamkeit als in jedem anderen Buch, das ich je gesehen habe. Das dort war Nahums Buch.«

Er kicherte über irgendeine Erinnerung. »Ah, dieser Nahum war schon ein merkwürdiger Kauz, kein Zweifel. Aber auch gemein – und geizig. Verstehe nicht, wie Sie ihn verpassen konnten.«

Ich versicherte ihm, daß ich von Nahum Wentworth nie zuvor gehört hatte, obwohl sich bei mir innerlich einige Neugierde für das Objekt, dem die Gedanken meines Gastgebers galten, regte, insofern als er häufig im *Siebenten Buch Mosis* gelesen hatte, das eine Art Hexenbibel war, da es angeblich alle Arten von Zaubersprüchen, Beschwörungen und Verhexungen für jene Leser enthielt, die leichtgläubig genug waren, daran zu glauben. Ich sah im Kreis des Lampenlichts auch gewisse andere Bücher, die ich erkannte – eine Bibel, so abgenutzt wie das Lehrbuch der Magie, eine umfangreiche Ausgabe der Werke des Cotton Mather und einen gebundenen Jahrgang des *Arkham Advertiser*. Vielleicht hatten auch diese Dinge einst Nahum Wentworth gehört.

»Ich sehe, daß Ihr Blick auf seinen Büchern ruht«, sagte mein Gastgeber, als hätte er wirklich meine Gedanken gelesen. »Er sagte, daß ich sie haben könne; also nahm ich sie. Wirklich gute Bücher. Ich würde sie lesen, wenn ich keine Brille bräuchte. Sie dürfen sie sich jedoch gern ansehen.«

Ich dankte ihm in gesetzten Worten und erinnerte ihn daran, daß er von Nahum Wentworth gesprochen hatte.

»Ach ja, dieser Nahum!« erwiderte er sofort und begann wieder zu kichern. »Ich glaube kaum, daß er mir all das Geld geborgt hätte, wenn er gewußt hätte, was mit ihm passieren würde. Nein, Sir, das glaube ich nicht. Und er hat auch nie eine schriftliche Bestätigung dafür haben wollen. Es waren fünftausend. Und er hat mir noch gesagt, er bräuchte keinen Schuldschein und keine schriftliche Quittung, so gab es keinen Beweis, daß er mir das Geld je gegeben hatte, überhaupt keinen, nur wir zwei wissen es, und er hat einen Tag in fünf Jahren festgelegt, da wollte er seines Geldes und seiner Zinsen wegen kommen. Fünf Jahre, und heute ist dieser Tag, heute ist Wentworths Tag.«

Er hielt inne und warf mir einen verschlagenen Blick zu, aus Augen, die zugleich vor unterdrückter Heiterkeit tanzten und vor unterdrückter Furcht dunkel waren. »Er kann nur nicht kommen, denn in weniger als zwei Monaten nach diesem Tag wurde er auf der Jagd erschossen. Eine Schrotladung in den Hinterkopf. Reiner Zufall. Natürlich gab es welche, die behaupteten, ich hätte es absichtlich getan, aber ich zeigte ihnen, daß sie den Mund halten sollten, denn ich fuhr nach Dunwich und ging geradewegs zur Bank und setzte mein Testament auf, so daß seiner Tochter – das ist Miss Genie – bei meinem Tod alles zufallen sollte, was ich schuldig bin. Habe auch nie ein Geheimnis daraus gemacht. Ich ließ es alle wissen, damit sie sich die Dummköpfe heißreden konnten.«

»Und das geliehene Geld?« konnte ich mich nicht enthalten zu fragen.

»Die Zeit läuft erst heute um Mitternacht ab.« Er grinste und gackerte vor Lachen. »Und es sieht nicht so aus, als könnte Nahum die Verabredung einhalten, nicht wahr? Ich denke, wenn er nicht kommt, gehört es mir. Und er kann nicht kommen. Und es ist gut, daß er nicht kommen kann, denn ich habe es nicht.«

Ich fragte nicht nach Wentworths Tochter und wie es ihr erging. Um die Wahrheit zu sagen, ich begann die Strapazen des Tages und die abendliche Fahrt im strömenden Regen zu spüren. Und das muß für meinen Gastgeber offenkundig gewesen sein, denn er hörte zu reden auf und saß da, mich beobachtend, und sprach erst nach einer, wie es schien, sehr langen Zeit.

»Sie sehen kränklich aus. Sind Sie müde?«

»Ich denke schon. Aber ich fahre weiter, sobald sich der Sturm ein bißchen gelegt hat.«

»Wissen Sie was? Nicht notwendig, daß Sie hier drinnen sitzen und meinem Geschnatter zuhören. Ich gebe Ihnen eine Lampe, und Sie können sich auf die Couch im Nebenzimmer legen. Wenn es zu regnen aufhört, rufe ich Sie.«

»Ich nehme Ihnen doch nicht Ihr Bett weg, Mr. Stark?«

»Ich bleibe nachts lange auf«, sagte er.

Jeder Protest, den ich erhoben hätte, wäre vergeblich gewesen. Er war bereits aufgestanden und zündete eine Petroleumlampe an, und ein paar Augenblicke später führte er mich in das Nebenzimmer und zeigte mir die Couch. Im Vorbeigehen nahm ich das *Siebente Buch Mosis,* getrieben von einer Neugier, die durch Jahrzehnte beflügelt wurde, in denen ich von den mächtigen Wundern zwischen seinen Buchdeckeln hatte reden hören; obwohl er mir einen seltsamen Blick zuwarf, erhob mein Gastgeber keinen Einwand, kehrte in seinen Weiden-Schaukelstuhl im angrenzenden Zimmer zurück und ließ mich allein.

Draußen fiel der Regen noch immer in Strömen. Ich machte es mir auf der Couch bequem, einem altmodischen lederüberzogenen Möbelstück mit hoher Kopflehne, zog die Lampe an mich heran – denn ihr Licht war äußerst schwach – und begann im *Siebenten Buch Mosis* zu lesen, das, wie ich bald entdeckte, ein merkwürdiges Geschwafel von Liedern, Anrufungen und Beschwörungen solcher »Fürsten« der Jenseitswelt wie Aziel, Mephistopheles, Marbuel, Barbuel, Aniquel und anderer war. Die Anrufungen waren von vielerlei Art: einige sollten Krankheiten heilen, andere Wünsche erfüllen, einige sollten den Erfolg von Unternehmungen herbeiführen, andere Rache auf Feinde lenken. Der Leser wurde im Text wiederholt gewarnt, wie entsetzlich einige der Worte wären, so sehr, daß ich mich, vielleicht wegen dieser Ermahnungen, gezwungen sah, die schlimmsten dieser Beschwörungen, die mir ins Auge stachen, abzuschreiben – *Aila himel adonaij amara Zebaoth cadas yeseraije harlius* – was nichts weniger als eine Beschwörung für die Versammlung von Teufeln oder Geistern oder die Erweckung der Toten sein sollte.

Und nachdem ich alles abgeschrieben hatte, schreckte ich nicht davor zurück, die Worte mehrmals laut auszusprechen. Ich erwartete keinen Augenblick, daß sich etwas nicht Geheures ereignen würde. Es geschah auch nichts. Daher legte ich das Buch beiseite und blickte auf meine Uhr. Elf. Es schien mir, als habe die Gewalt des Regens abgenommen, er fiel nicht mehr in Strömen; jenes Schwächerwerden, das immer das baldige Ende eines Regens ankündigt, hatte begonnen. Ich merkte mir die Einrichtung des Zimmers gut, damit ich beim Rückweg zu dem Zimmer, in dem mein Gastgeber wartete, nicht über irgendein Möbelstück stolperte, und löschte das Licht, um mich ein bißchen auszuruhen, ehe ich mich wieder auf die Straße begab.

Aber so müde ich auch war, es fiel mir schwer, Ruhe zu finden. Es lag nicht nur daran, daß die Couch, auf der ich ruhte, hart und kalt war, auch die Atmosphäre des Hauses schien bedrückend zu sein. Wie sein Besitzer verbreitete es eine Art Resignation, einen Hauch des Wartens auf das Unvermeidliche, als ob es wüßte, daß eher früher als später ihre vom Wetter zernagten Mauern sich nach außen wölben und das Dach nach innen fallen würde, um seinem zunehmend bedrohten Dasein ein Ende zu setzen. Aber dieses hatte etwas mehr von der Atmosphäre vieler alter Häuser, eine Resignation mit einem Anflug von Vorahnung – dieselbe Vorahnung, die den alten Amos Stark hatte zögern lassen, bevor er auf mein Klopfen reagierte. Und bald überraschte auch ich mich dabei, daß ich, wie Stark, auf das Geräusch fallender Regentropfen lauschte, das jetzt ständig abnahm, und auf das unaufhörliche Nagen von Mäusen.

Mein Gastgeber saß nicht ruhig da. Alle paar Augenblicke erhob er sich, und ich konnte ihn von einem Platz zum anderen umherschlurfen hören. Jetzt war es das Fenster, jetzt die Tür. Er ging hin, um zu überprüfen, ob sie wirklich verschlossen waren. Dann kam er zurück und setzte sich wieder. Manchmal murmelte er vor sich hin. Vielleicht hatte er zu lange gelebt und war in die Gewohnheit isolierter, zurückgezogener Leute verfallen, Selbstgespräche zu führen. Was er sagte, war größtenteils unverständlich, beinahe unhörbar, aber gelegentlich drangen ein paar Worte durch, und es kam mir so vor, daß eines der Dinge, die seine Gedanken in Anspruch nahmen, die Zinsen betrafen, die für das Geld fällig waren, das er Nahum Wentworth schuldete, wenn es jetzt fällig wäre. »Hundertfünfzig Dollar pro Jahr«, sagte er immer wieder, »läuft auf siebenfünfzig hinaus« – mit etwas wie Ehrfurcht gesprochen. So ging es weiter, und da war noch etwas anderes, das mich mehr beunruhigte, als ich zugeben wollte.

Etwas, was der alte Mann sagte, war verstörend, wenn man es zusammenfügte; er sagte jedoch nichts davon in der richtigen Reihenfolge. »Ich fiel hin«, murmelte er, und es folgte ein Satz oder zwei voller Ungereimtheit. »Und sonst gab es da nichts.« Wieder viele nicht unterscheidbare Worte. »Ging los – sehr rasch.« Wiederum eine Reihe sinnloser oder nicht verständlicher Wörter. »Wußte nicht, daß sie auf Nahum gerichtet war.« Wiederum gefolgt von unverständlichem Gemurmel. Vielleicht plagte den Alten das Gewissen. Die auf dem Haus lastende Resignation reichte hin, um seine dunkelsten Gedanken auszulösen. Warum war er nicht den anderen Bewohnern des Steintals zu einer der Siedlungen gefolgt? Was war es, das ihn davon abhielt wegzugehen? Er behauptete, allein zu sein, und vermutlich war er in der Welt so allein wie in dem Haus, denn hatte er seinen irdischen Besitz nicht Nahum Wentworths Tochter vermacht?

Seine Pantoffeln schlurften über die Dielen, in seinen Fingern raschelte Papier.

Draußen begannen die Ziegenmelker zu rufen, was ein Zeichen war, daß sich der Himmel teilweise aufzuklären begann, und bald betätigte sich ein ganzer Chor von ihnen, der ausgereicht hätte, einen Menschen taub zu machen. »Hört die Ziegenmelker«, vernahm ich das Murmeln meines Gastgebers. »Sie rufen nach einer Seele. Clem Whateley liegt im Sterben.« Sowie die Stimme des Regens langsam verklang, nahmen die Stimmen der Ziegenmelker zu, und bald wurde ich schläfrig und döste ein.

Ich komme jetzt zu jenem Teil meiner Geschichte, der mich an den eigenen Sinnen zweifeln läßt, etwas, das sich, im Rückblick betrachtet, anscheinend unmöglich zugetragen haben kann. Und wirklich habe ich mich im Lauf der Jahre oftmals gefragt, ob ich nicht alles geträumt habe – und doch weiß ich, daß es kein Traum war, und ich besitze noch immer gewisse Zeitungsausschnitte, die ich als Beweis vorzeigen kann, daß ich nicht geträumt habe –

Ausschnitte über Amos Stark, über seine testamentarische Verfügung an Genie Wentworth und – am merkwürdigsten von allem – über die höllische Verwüstung eines Grabes, das halbvergessen an einem Berghang in dem verfluchten Tal liegt.

Ich hatte nicht lange geschlafen, als ich aufwachte. Der Regen hatte aufgehört, aber die Stimmen der Ziegenmelker hatten sich dem Haus genähert und bildeten jetzt einen Donnerchor. Einige der Vögel saßen unmittelbar unter dem Fenster des Zimmers, in dem ich lag, und das Dach der wackligen Veranda muß mit den Nachtvögeln bedeckt gewesen sein. Ich bezweifle nicht, daß es ihr Lärmen war, das mich aus dem leichten Schlaf erweckt hatte, in den ich gesunken war. Ich lag einige Augenblicke da, um mich zu sammeln, und schickte mich dann an aufzustehen, denn da der Regen jetzt aufgehört hatte, war die Fahrt weniger gefährlich, und der Motor lief weniger Gefahr abzusterben.

Gerade aber als ich die Füße von der Couch schwang, ertönte an der Außentür ein Klopfen.

Ich saß regungslos und mucksmäuschenstill – und auch drüben im anderen Zimmer war es mucksmäuschenstill.

Wiederum klopfte es, diesmal ungeduldiger.

»Wer ist da?« rief Stark.

Es kam keine Antwort.

Ich bemerkte, daß sich das Licht bewegte, und ich hörte Starks Triumphgeschrei. »Mitternacht vorbei!« Er hatte auf seine Uhr geblickt, und zur selben Zeit blickte ich auf meine. Seine Uhr ging zehn Minuten vor.

Er ging zur Tür.

Ich konnte feststellen, daß er die Lampe niederstellte, um die Tür zu öffnen. Ob er vorhatte, die Lampe wieder aufzunehmen, wie er es getan hatte, um mich zu mustern, kann ich nicht sagen. Ich hörte, wie die Tür geöffnet wurde – sei es durch seine Hand oder die eines anderen.

Und dann erklang ein entsetzlicher Schrei, ein Schrei aus Amos' Kehle, in dem sich Zorn und Grauen mischten. »Nein! Nein! Zurück! Ich habe es nicht – ich habe es nicht, ich sage es dir. Zurück!« Er stolperte nach hinten und fiel, und beinahe auf der Stelle ertönte danach ein entsetzlicher, erstickter Schrei, das Geräusch mühsamen Atemholens, ein gurgelndes Keuchen...

Ich raffte mich auf und stolperte durch den Durchgang in das Zimmer – und dann, für einen entsetzlichen Augenblick, stand ich wie angewurzelt, unfähig, mich zu bewegen, aufzuschreien, so grausig war der Anblick, der sich mir bot. Amos Stark lag auf dem Fußboden, und auf ihm saß rittlings ein verfaultes Skelett, die knochigen Arme um seinen Hals, die Finger in seine Kehle gekrallt. Und am Hinterkopf die zerschmetterten Knochen, wo eine Schrotladung hindurchgegangen war. Das alles erblickte ich in einem Augenblick des Grauens – und dann verlor ich gnädigerweise das Bewußtsein.

Als ich es ein paar Augenblicke später wiedergewann, war in dem Zimmer alles ruhig. Das Haus war mit dem frischen Moschusgeruch des Regens erfüllt, der durch die offene Eingangstür hereindrang. Draußen schrien die Ziegenmelker noch immer, und das Licht des abnehmenden Mondes lag wie bleicher weißer Wein auf dem Boden. Die Lampe brannte noch immer im Flur, aber mein Gastgeber saß nicht in seinem Stuhl.

Er lag dort, wo ich ihn zuletzt gesehen hatte, auf dem Fußboden ausgestreckt. Ich wollte nichts weiter als mich so rasch wie möglich von dem entsetzlichen Schauplatz entfernen, aber das Anstandsgefühl zwang mich, neben Amos Stark zu verharren, um mich zu vergewissern, daß ihm nicht mehr zu helfen war. Und in dieser schicksalhaften Pause kam es zur Krönung des ganzen Grauens, zu dem Grauen, das mich schreiend in die Nacht hinauslaufen ließ, um diesem Höllenpfuhl zu entkommen, als wären mir alle Dämonen der jenseitigen Gefilde auf den Fersen. Denn als ich mich über Amos Stark beugte, um mich zu vergewissern, daß er wirklich tot war, sah ich eingekrallt im verfärbten Fleisch seines Halses die gebleichten Fingerknochen eines menschlichen Skeletts, und *während ich sie noch anschaute, lösten sich die einzelnen Knochen, sprangen hüpfend von der Leiche weg, den Flur entlang und hinaus in die Nacht, um sich wieder mit dem gespenstischen Besucher zu vereinen, der aus dem Grabe gekommen war, um seine Verabredung mit Amos Stark einzuhalten.*

H. P. Lovecraft und August Derleth
Der Fischer von Falcon Point

An der Küste von Massachusetts, wo er wohnte, flüstert man sich über Enoch Conger so manches zu – und gewisse andere Dinge werden nur mit gesenkter Stimme und hinter vorgehaltener Hand angedeutet – Dinge von unüberbietbarer Fremdartigkeit, die sich in den Worten der Seeleute aus der Hafenstadt Innsmouth die Küste hinauf und hinab verbreiten. Denn er lebte nur ein paar Meilen von jener Stadt entfernt an der Küste in Falcon Point, das so hieß, weil man dort die Wanderfalken und Zwergfalken und manchmal sogar die großen Geierfalken zur Wanderzeit sehen konnte, wie sie an dieser einsamen Landzunge vorbeizogen, die in das Meer hinausragte. Dort lebte er, bis man ihn nicht mehr sah, denn niemand kann behaupten, daß er starb.

Er war ein kräftig gebauter Mann, breitschultrig, mit einem Brustkorb wie ein Faß und langen, muskulösen Armen. Selbst in mittleren Jahren trug er einen Bart, und langes Haar krönte seinen Kopf. Seine Augen waren von kaltblauer Farbe und saßen tief in seinem kantigen Gesicht, und wenn er seinen Regenumhang mit passendem Hut trug, sah er aus wie jemand, der vor einem Jahrhundert von einem alten Schoner abgemustert hatte. Er war ein schweigsamer Mann, der aus Neigung allein in einem Haus aus Stein und Treibholz lebte, das er sich selbst auf dem windumtosten Stück Land erbaut hatte, wo er die Stimmen der Möwen und Seeschwalben, des Windes und der See, und, wenn die Zeit dafür war, die Zugvögel aus fernen Landen hören konnte, die vorbeizogen, manchmal in unsichtbaren Höhen. Es hieß von ihm, daß er ihnen antwortete, daß er mit Möwen und Seeschwalben redete, mit dem Wind und der tosenden See, und mit anderen Geschöpfen, die unsichtbar waren und von denen nur die seltsamen Töne zu hören waren, die klangen wie die gedämpften Geräusche, die große, froschartige Tiere machten, die in den Morasten und Sümpfen des Festlands unbekannt waren.

Conger lebte vom Fischfang, und es war ein karges Leben, doch gab er sich damit zufrieden. Tag und Nacht warf er sein Netz im Meer aus, und was es emporholte, schaffte er nach Innsmouth oder Kingsport oder noch weiter, um es zu verkaufen. Aber eines Nachts, es war mondhell, da brachte er keine Fische nach Innsmouth, sondern kam nur selbst, die Augen weit aufgerissen und starr, als hätte er zu lange in die untergehende Sonne geblickt und wäre erblindet. Er betrat die Taverne am Rand der Stadt, die er aufzusuchen pflegte, saß allein an einem Tisch und trank Bier, bis einige Neugierige, die an sein Erscheinen gewöhnt waren, sich zu ihm an den Tisch gesellten und, mit Hilfe von Alkohol, seine Zunge lösten, auch wenn er redete, als führe er Selbstgespräche und seine Augen sie nicht zu sehen schienen.

Und er erzählte, daß er in jener Nacht ein gewaltiges Wunder erlebt hatte. Er war mit seinem Boot zum Teufelsriff mehr als eine Meile vor Innsmouth hinausgefahren, hatte sein Netz ausgeworfen und viele Fische emporgeholt – und dazu etwas – etwas, das eine Frau war und doch keine Frau, etwas, das zu ihm wie ein Mensch sprach, aber mit den Kehllauten eines Frosches, begleitet von Flötenmusik, wie sie in den Frühlingsmonaten in den Sümpfen angestimmt wurde, etwas, das eine weite Mundöffnung, aber sanfte Augen hatte und das unter dem langen Haar, das vom Kopf wehte, Schlitze aufwies, die Kiemen glichen, etwas, das um sein Leben flehte und ihm das eigene Leben versprach, wenn er einer solchen Hilfe je bedurfte.

»Eine Meerjungfrau«, warf jemand lachend ein.

»Sie war keine Meerjungfrau«, sagte Enoch Conger, »denn sie hatte Beine, auch wenn zwischen ihren Zehen Schwimmhäute saßen, und sie hatte Hände, auch wenn zwischen ihren Fingern Schwimmhäute saßen, und die Haut ihres Gesichts war wie meine, obwohl ihr Körper die Farbe des Meeres zeigte.«

Sie lachten ihn aus und spotteten, aber er hörte sie nicht. Nur einer von ihnen lachte nicht, denn er hatte seltsame Geschichten von gewissen Wesen gehört, die den alten Männern und Frauen von Innsmouth aus den Tagen der Hochseeklipper und des Ostindienhandels bekannt waren, von Heiraten zwischen Männern von Innsmouth und Meerfrauen der Inseln im Südpazifik, von seltsamen Vorfällen im Meer in der Nähe von Innsmouth. Er lachte nicht, sondern lauschte nur und stahl sich später fort und hütete seine Zunge, ohne sich an den Scherzen seiner Gefährten zu beteiligen. Enoch Conger nahm jedoch nicht mehr Notiz von ihm als von den primitiven Herausforderungen seiner Trinkkumpane, und fuhr mit seiner Erzählung fort und schilderte, wie er das Wesen, das er im Netz gefangen hatte, in den Armen gehalten hatte, beschrieb das Gefühl ihrer kalten Haut und die Beschaffenheit ihres Körpers und erzählte, wie er sie freigelassen und ihr zugesehen hatte, wie sie fortschwamm und vor der dunklen Erhebung des Teufelsriffs im Meer verschwand, um später wieder aufzutauchen, die Arme grüßend zu ihm emporgestreckt, und auf immer zu verschwinden.

Nach jener Nacht kam Enoch Conger selten in die Schenke, und wenn er es tat, saß er ganz allein und wich denen aus, die ihm Fragen über seine »Meerjungfrau« stellten und wissen wollten, ob er ihr einen Antrag gemacht hatte, ehe er sie freiließ. Er war wieder schweigsam, sprach wenig, trank nur sein Bier und ging. Es war jedoch bekannt, daß er nicht mehr beim Teufelsriff fischte. Er warf sein Netz anderswo aus, näher bei Falcon Point, und obwohl man einander zuflüsterte, daß er sich fürchtete, jenem Wesen wieder zu begegnen, das er in jener mondhellen Nacht in seinem Netz gefangen hatte, sah man ihn oft, wie er auf der Landzunge stand und aufs Meer hinausblickte, als erwartete er, am Horizont ein Schiff auftauchen zu sehen, oder als sehne er sich nach jenem Morgen, das auf ewig vor uns liegt, aber für die meisten Zukunftssucher nie eintrifft und wahrlich auch nicht für die meisten Menschen, was immer sie vom Leben auch fordern und sich vom Leben erwarten.

Enoch Conger zog sich immer mehr in sich selbst zurück, kam immer seltener in die Schenke am Rand von Innsmouth, und schließlich blieb er ganz fort. Er zog es vor, seine Fische auf dem Markt anzubieten und mit den benötigten Einkäufen nach Hause zu eilen, während sich seine Geschichte von der Meerjungfrau die Küste hinauf und hinunter verbreitete, den Miskatonic entlang ins Landesinnere nach Arkham und Dunwich getragen wurde und selbst weiter bis in die dunklen, bewaldeten Berge, wo Menschen lebten, die weniger dazu neigten, sich über die Geschichte lustig zu machen.

Ein Jahr verging so und noch eines und wieder eines, und dann kam eines Tages die Nachricht nach Innsmouth, daß Enoch Conger bei seiner einsamen Tätigkeit schwer verletzt worden war und daß er seine Rettung nur zwei anderen Fischern verdankte, die vorbeigekommen waren und ihn hilflos in seinem Boot hatten liegen sehen. Sie hatten ihn in sein Haus auf Falcon Point gebracht, denn er wollte nirgend anderswo hin, und waren eilig nach Innsmouth zurückgekehrt, um Dr. Gilman zu holen. Als sie jedoch mit Dr. Gilman zum Haus des Enoch Conger zurückkehrten, war der alte Fischer nirgends zu sehen.

Dr. Gilman behielt seine Meinung für sich, aber die beiden, die ihn geholt hatten, flüsterten in ein Ohr nach dem anderen eine höchst sonderbare Geschichte. Sie erzählten, wie sie das Haus ganz feucht vorgefunden hätten, eine Feuchtigkeit, die den Mauern, der Türklinke, selbst dem Bett anhaftete, in das sie Enoch Conger erst vor kurzem gelegt hatten, während sie eilends den Arzt geholt hatten – und auf dem Fußboden zeichneten sich nasse Fußabdrücke ab, die von Füßen mit Schwimmhäuten zwischen den Zehen stammten – eine Spur, die aus dem Haus hinausführte, zum Meeresstrand hinunter, und während des ganzen Weges waren die Abdrücke tief eingedrückt, als sei etwas Schweres aus dem Haus getragen worden, etwas, das so schwer war wie Enoch.

Aber obwohl die Geschichte die Runde machte, wurden die Fischer ausgelacht und verspottet, denn es gab nur eine Fußspur, und Conger war zu groß, als daß ihn einer allein über eine solche Entfernung hätte tragen können; und überdies hatte Dr. Gilman nichts weiter gesagt, als daß er von Schwimmhäuten bei den Bewohnern Innsmouths wußte, und auch, daß Enoch Congers Zehen so beschaffen waren, wie sie sein sollten, denn er hatte sie untersucht. Und die Neugierigen, die zum Haus auf Falcon Point hinausgefahren waren, um mit eigenen Augen zu sehen, was es da zu sehen gäbe, kehrten enttäuscht zurück, weil sie nichts gesehen hatten, und fügten ihren Spott dem der anderen hinzu. Sie brachten die unglücklichen Fischer zum Schweigen, denn es gab welche, die sie verdächtigten, Enoch Conger ermordet zu haben, und das flüsternd auch landauf, landab verbreiteten.

Wohin er auch immer gegangen sein mochte, Enoch Conger kehrte nicht mehr in das Haus auf Falcon Point zurück, das den Unbilden der Witterung überlassen blieb. Sie rissen da eine Schindel und dort ein Brett los, trugen die Backsteine des Schornsteins ab, zerbrachen eine Scheibe. Und die Möwen und Seeschwalben und Falken flogen vorbei, ohne eine Stimme zu hören, die ihnen geantwortet hätte. Die Küste entlang verstummte das Flüstern, und dunkle Andeutungen tauchten statt dessen auf, verdrängten den Verdacht auf Mord und eine dunkle Tat durch etwas, das noch weitaus größeres Grauen verbreitete.

Denn der ehrwürdige alte Jedediah Harper, der Patriarch der Küstenfischer, kam eines Nachts mit seinen Männern an Land und schwor, daß er draußen vor dem Teufelsriff eine seltsame Gesellschaft von Wesen hatte schwimmen sehen, weder ganz menschlich noch ganz froschartig, amphibische Wesen, die sich halb nach Menschenart und halb nach Froschart im Wasser bewegt hatten, eine Gruppe von über hundert Wesen männlichen und weiblichen Geschlechts. Sie waren nahe an seinem Boot vorbeigezogen, sagte er, und glänzten im Mondlicht, wie Gespensterwesen, die aus den Tiefen des Atlantik heraufgestiegen zu sein schienen. Im Vorbeischwimmen hatten sie anscheinend einen eintönigen Singsang auf Dagon angestimmt, ein Loblied, und unter ihnen, das wollte er beschwören, hatte er Enoch Conger erblickt, der mit den übrigen schwamm, nackt wie sie, und seine Stimme in dunklem Lob erschallen ließ. In seinem Erstaunen hatte er ihm zugerufen, und Enoch hatte sich umgewandt, ihn anzusehen, und da hatte er sein Gesicht erblickt. Dann tauchte der ganze Schwarm – auch Enoch Conger – in die Wellen ein und erschien nicht wieder.

Aber nachdem er dies erzählt hatte und es sich herumsprach, wurde der alte Mann, so hieß es, von einigen Angehörigen des Clans der Marshes und Martins, die im Ruf standen, mit seltsamen Meeresbewohnern im Bunde zu stehen, zum Schweigen gebracht. Und Harpers Boot fuhr nicht mehr hinaus, denn in der Folge mangelte es ihm nicht an Geld, und die Männer, die mit ihm gewesen waren, hielten ebenfalls den Mund.

Lange danach, in einer anderen mondhellen Nacht, kehrte ein junger Mann, der sich an Enoch Conger aus seinen Knabenjahren in Innsmouth erinnerte, in die Hafenstadt zurück und erzählte, daß er mit seinem kleinen Sohn auf dem Meer draußen gewesen und im Mondschein an Falcon Point vorbeigerudert war, als plötzlich ein bis zu den Hüften nackter Mann vor ihm aus dem Meer auftauchte – so nahe, daß er ihn beinahe mit dem Riemen hätte berühren können – ein Mann, der im Wasser stand, als würde er von anderen emporgehalten, und der ihn nicht sah, sondern nur mit großer Sehnsucht in den Augen auf die Ruinen des Hauses auf Falcon Point blickte, ein Mann mit dem Gesicht von Enoch Conger. Das Wasser lief ihm das lange Haar und den Bart hinab und glitzerte auf seinem Körper und war dort dunkel, wo die Haut unter seinen Ohren lange Schlitze aufzuweisen schien. Und dann versank er wieder im Meer, so plötzlich und seltsam, wie er aufgetaucht war.

Und das ist der Grund, warum an der Küste von Massachusetts in der Nähe von Innsmouth so manches über Enoch Conger geflüstert – und so manches andere mit gesenkter Stimme angedeutet wird...

H. P. Lovecraft und August Derleth
Das Hexenloch

Die Bezirksschule Nummer Sieben stand genau am Rand der Wildnis, die sich westlich von Arkham erstreckt. Sie stand in einem kleinen Hain, der hauptsächlich aus Eichen und Ulmen und einem oder zwei Ahornbäumen bestand. In einer Richtung führte die Straße nach Arkham, in der anderen verlor sie sich in dem unwegsamen, bewaldeten Gebiet, das düster am westlichen Horizont aufragt. Als ich, der neue Lehrer, die Schule Anfang September 1920 zuerst erblickte, bot sie mir ein herzerwärmendes, anziehendes Bild, obwohl sie nichts Architektonisches aufwies, was sie ausgezeichnet hätte. Sie war in jeder Hinsicht das genaue Abbild von Tausenden von Landschulen, die über ganz Neu-England verstreut sind, ein festgefügter, konservativer, weißgetünchter Bau, so daß sie sich gleißend von den Bäumen abhob, von denen sie umgeben war.

Damals war sie schon ein altes Gebäude, und zweifellos ist sie inzwischen aufgelassen oder abgerissen worden. Die Schulverwaltung ist inzwischen in Ordnung gebracht, aber zu jener Zeit waren die Mittel für die Erhaltung der Schule höchst mickrig, an allen Ecken und Enden wurde gespart und gestrichen.

Als ich dorthin kam, um zu unterrichten, war *McGuffeys Eclectic Reader* noch immer das Standardlehrbuch, noch dazu in Ausgaben, die aus der Zeit vor der Jahrhundertwende stammten. Ich hatte 27 Schützlinge. Es gab Allens und Whateleys und Perkinsens, Dunlocks und Abbots und Talbots – und Andrew Potter gehörte auch dazu.

Ich kann mich jetzt nicht mehr an die genauen Umstände erinnern, wie Andrew Potter meine Aufmerksamkeit erregte. Für sein Alter war er ein großer Junge, von sehr dunkler Gesichtsfarbe, mit dem Blick eines Gejagten und einem Schopf zerzausten schwarzen Haares. Seine Augen musterten mich mit einer Eigentümlichkeit, die mich zuerst herausforderte, aber schließlich seltsam unbehaglich stimmte. Er war in der fünften Klasse, und ich entdeckte sehr rasch, daß er leicht in die siebente oder achte hätte vorrücken können, er bemühte sich jedoch nicht darum. Seine Schulkameraden schien er gerade noch zu dulden, und sie ihrerseits respektierten ihn, aber nicht so sehr aus Zuneigung, sondern aus Furcht, wie es mir bald schien. Bald danach ging mir auf, daß dieser merkwürdige Junge für mich dieselbe Art amüsierter Duldung zeigte, die er seinen Schulkameraden entgegenbrachte.

Es war wohl unausweichlich, daß die Herausforderung durch diesen Schüler dazu führte, daß ich ihn so verstohlen wie möglich beobachtete und wie es mir die Umstände in einer Schule erlaubten, die aus nur einem Raum bestand. Dabei fiel mir ein vage beunruhigender Umstand auf. Von Zeit zu Zeit reagierte Andrew Potter auf einen Reiz, der die Wahrnehmung meiner Sinne überstieg. Er benahm sich genauso, als habe ihn jemand gerufen, richtete sich auf, wurde wachsam und verhielt sich wie jemand, der auf Geräusche lauschte, die mein eigenes Gehör überstiegen, in der gleichen Haltung, die Tiere zeigen, wenn sie Geräusche hören, die jenseits der Hörschwelle des menschlichen Ohres liegen.

Da meine Neugier stetig gewachsen war, ergriff ich die erste Gelegenheit, darüber Erkundigungen einzuziehen. Einer der Jungen aus der achten Klasse, Wilbur Dunlock, hatte die Gewohnheit, gelegentlich nach der Schule zu bleiben und bei dem allgemeinen Aufräumen zu helfen, das erforderlich war.

»Wilbur«, sagte ich an einem Spätnachmittag zu ihm. »Mir fällt auf, daß ihr euch nicht viel um Andrew Potter zu kümmern scheint, keiner von euch. Warum?«

Er sah mich an, ein bißchen mißtrauisch, und überlegte sich die Antwort, ehe er mit den Schultern zuckte und erwiderte: »Er ist nicht wie wir.«

»Weshalb?«

Er schüttelte den Kopf. »Es ist ihm egal, ob wir ihn mit uns spielen lassen oder nicht. Er will nicht.«

Er schien nur widerstrebend sprechen zu wollen, aber durch hartnäckiges Fragen entlockte ich ihm ein paar spärliche Informationen. Die Potters lebten tief in den Bergen, westlich einer fast aufgegebenen Abzweigung der Hauptstraße, die durch die Berge führte. Ihre Farm stand in einem kleinen Tal, das bei den Einheimischen als »Hexenloch« bekannt war und das Wilbur einen »schlimmen Ort« nannte. Die Potters waren nur zu viert – Andrew, eine ältere Schwester und ihre Eltern. Sie »verkehrten« nicht mit den anderen Leuten des Bezirks, nicht einmal mit den Dunlocks, die ihre nächsten Nachbarn waren und nur eine halbe Meile von der Schule entfernt wohnten, vielleicht vier Meilen vom Hexenloch. Zwischen den beiden Farmen erstreckte sich ein Wald.

Mehr konnte – oder wollte – er nicht sagen.

Etwa eine Woche später bat ich Andrew Potter, nach dem Unterricht zu bleiben. Er erhob keinen Widerspruch, sondern schien meine Bitte für selbstverständlich zu halten. Sobald die anderen Kinder gegangen waren, kam er nach vorn zum Katheder und blieb wartend stehen, die dunklen Augen erwartungsvoll auf mich gerichtet, nur den Schatten eines Lächelns auf den vollen Lippen.

»Ich habe mir deine Noten angesehen, Andrew«, sagte ich, »und es scheint, daß du bei ein bißchen Anstrengung in die sechste Klasse vorrücken könntest, vielleicht sogar in die siebente. Wäre das nicht der Mühe wert?«

Er zuckte die Schultern.

»Was hast du nach der Schule vor?«

Er zuckte wieder die Schultern.

»Wirst du die High School in Arkham besuchen?«

Er betrachtete mich mit Augen, die plötzlich in ihrer Schärfe durchdringend wirkten, alle Lethargie war verschwunden. »Mr. Williams, ich bin hier, weil es ein Gesetz gibt, das besagt, daß ich hier sein muß«, antwortete er. »Es gibt kein Gesetz, das vorschreibt, daß ich die High School besuchen muß.«

»Aber interessiert dich das denn nicht«, hakte ich nach.

»Was mich interessiert, zählt nicht. Es zählt nur, was meine Familie will.«

»Nun, dann werde ich mit deinen Eltern reden«, beschloß ich auf der Stelle. »Komm mit. Ich bringe dich nach Hause.«

Einen Augenblick lang zeigte sich etwas wie Besorgnis in seiner Miene, verschwand aber in Sekundenschnelle und machte einer Miene aufmerksamer Lethargie Platz, die für ihn so typisch war. Er zuckte die Schultern und stand abwartend da, während ich meine Bücher und Schreibutensilien in die Aktenmappe packte, die ich immer bei mir trug. Dann ging er gehorsam mit mir zum Wagen und stieg ein, wobei er mir ein Lächeln zuwarf, das man nur als überlegen beschreiben konnte.

Wir fuhren schweigend durch die Wälder, was der Stimmung entsprach, die mich überkam, sobald wir in die Berge kamen, denn die Bäume standen nahe der Straße, und je tiefer wir hineinfuhren, desto dunkler wurde der Wald, was ebensosehr den späten Oktobertagen wie dem Dichterwerden des Baumbestandes zuzuschreiben war. Aus relativ lichten Schneisen kamen wir in einen uralten Wald, und als wir schließlich in die Abzweigung einbogen – wenig mehr als ein Feldweg –, auf die Andrew schweigend wies, stellte ich fest, daß ich durch einen Bestand sehr alter und merkwürdig mißgebildeter Bäume fuhr. Ich kam nur vorsichtig voran, die Straße wurde so wenig benutzt, daß rechts und links das Unterholz hereinwuchs, und merkwürdigerweise kannte ich, trotz all meiner botanischen Studien, wenig davon, obzwar ich einmal einen merkwürdig mutierten Steinbruch zu erkennen glaubte. Ich fuhr abrupt, ohne Vorwarnung, in den Hof vor dem Potter-Haus.

Die Sonne war jetzt hinter der Baumwand verschwunden, und das Haus stand in einer Art Zwielicht da. Hinter ihm erstreckten sich einige Felder, das Tal entlang aufgereiht. Auf einem standen Kornbündel, ein weiteres war ein Stoppelfeld, auf einem weiteren wuchsen Kürbisse. Das Haus selbst war abschreckend, zu Boden geduckt, mit einem halben Obergeschoß, Walmdächern, mit Läden vor den Fenstern, und die Außengebäude standen finster und öde da und sahen aus, als wären sie nie benutzt worden. Die ganze Farm wirkte verlassen. Das einzige Zeichen von Leben bestand aus ein paar Hühnern, die in der Erde hinter dem Haus scharrten.

Hätte der Weg, den wir gefahren waren, nicht hier geendet, hätte ich nicht gewußt, daß wir am Potter-Haus gelandet waren. Andrew warf mir einen raschen Blick zu, als wollte er mich bei einem Ausdruck ertappen, der ihm verriet, was ich dachte. Dann sprang er leichtfüßig aus dem Wagen und überließ es mir, ihm zu folgen.

Er trat vor mir ins Haus. Ich hörte, wie er mich ankündigte.

»Habe den Lehrer mitgebracht. Mr. Williams.«

Es erfolgte keine Antwort.

Dann stand ich plötzlich in dem Raum, der nur von einer altmodischen Petroleumlampe erhellt war, und dort waren die anderen drei Potters – der Vater, ein großgewachsener Mann mit hängenden Schultern, knorrig und grau, der nicht viel mehr als vierzig zählen konnte, aber weit, weit älter aussah, nicht so sehr physisch als psychisch, die Mutter, eine beinahe obszön fette Frau – und das Mädchen, schlank, groß und mit demselben Hauch aufmerksamen Wartens, der mir an Andrew aufgefallen war.

Andrew übernahm die kurze Vorstellung. Die vier standen oder saßen und warteten darauf, was ich zu sagen hatte. Ihr Verhalten deutete beklemmend an, daß ich mich äußern und dann verschwinden sollte.

»Ich wollte mit Ihnen über Andrew reden«, sagte ich. »Er zeigt große Begabung, und er könnte sich um eine Klasse oder zwei verbessern, wenn er ein wenig mehr lernen würde.«

Meine Worte wurden widerwillig aufgenommen.

»Ich glaube, daß er klug genug für die achte Klasse ist«, fuhr ich fort und hielt dann inne.

»Wenn er in der achten Klasse ist«, sagte sein Vater, »müßte er in die High School gehen, denn er ist alt genug, um draußen in die Schule zu gehen. Das ist Gesetz. Das hat man mir gesagt.«

Unwillkürlich mußte ich daran denken, was mir Wilbur Dunlock von der zurückgezogenen Lebensweise der Potters erzählt hatte, und als ich dem alten Potter zuhörte und daran dachte, was ich gehört hatte, merkte ich plötzlich eine gewisse Spannung unter ihnen und eine leichte Veränderung in ihrer Haltung. Sobald der Vater zu reden aufhörte, gab es eine eigentümliche Harmonie der Haltung – alle vier schienen einer inneren Stimme zu lauschen, und ich bezweifelte, daß sie meine Einwände überhaupt hörten.

»Sie können nicht erwarten, daß ein Junge, der so intelligent ist wie Andrew, einfach hierher zurückkehrt«, sagte ich.

»Das hier reicht«, sagte der alte Potter. »Außerdem, er ist unser Kind. Und fangen Sie jetzt bloß nicht an, über uns zu reden, Mr. Williams.«

Der so bedrohliche Unterton in seiner Stimme verblüffte mich. Gleichzeitig spürte ich einen wachsenden Hauch von Feindschaft, der nicht so sehr von einem oder allen vieren ausging als von dem Haus und seiner Umgebung.

»Danke«, sagte ich. »Ich fahre.«

Ich drehte mich um und ging hinaus. Andrew folgte mir auf den Fersen.

Draußen sagte er leise: »Sie sollten nicht über uns reden, Mr. Williams. Pa wird zornig, wenn er es erfährt. Sie haben mit Wilbur Dunlock gesprochen.«

Ich wollte eben in den Wagen steigen und hielt inne. Einen Fuß auf dem Trittbrett, wandte ich mich um. »Hat er das gesagt?« fragte ich.

Er schüttelte den Kopf. »Sie waren es, Mr. Williams«, sagte er und trat zurück. »Es geht nicht darum, was er glaubt, sondern was er vielleicht tut.«

Ehe ich etwas sagen konnte, war er im Haus verschwunden.

Einen Augenblick lang stand ich unentschlossen da. Die Entscheidung wurde mir jedoch abgenommen. In der Dämmerung schien das Haus plötzlich eine Drohung auszustrahlen, und alle Wälder der Umgebung schienen nur wartend dazustehen, um sich zu mir herunterzubeugen. Ich bemerkte sogar ein Rascheln im ganzen Wald, wie das Flüstern des Windes, obwohl sich kein Lüftchen regte, eine Feindseligkeit, die vom Haus selbst ausging, wirkte wie ein Faustschlag. Ich kletterte in den Wagen und fuhr fort, den Eindruck von Bösartigkeit im Rücken wie der heiße Atem eines rasenden Verfolgers.

Endlich erreichte ich, zutiefst verstört, mein Zimmer in Arkham. Rückblickend hatte ich eine beunruhigende psychische Erfahrung gemacht. Es gab einfach keine andere Erklärung. Ich hatte die unumstößliche Überzeugung, daß ich mich, wenn auch blinden Auges, in weit tiefere Gewässer gestürzt hatte, als mir bewußt war, und gerade das Unerwartete an dem Erlebnis machte die Sache so schauerlich. Vor lauter Verwunderung über die Vorgänge in dem Haus im Hexenloch konnte ich nichts essen, denn ich fragte mich, was die Familie aneinander fesselte, sie an den Platz kettete und in einem begabten Jungen wie Andrew Potter noch den flüchtigsten Wunsch erstickte, das dunkle Tal zu verlassen und in eine hellere Welt hinauszuziehen.

Ich lag in der Nacht größtenteils schlaflos da, erfüllt von namenloser Angst, für die es keine Erklärung gab, und als ich zu guter Letzt einschlief, war mein Schlaf erfüllt von verstörenden Träumen, in denen Wesen, die meine alltägliche Phantasie weit überstiegen, den Schauplatz beherrschten und sich kataklysmische Ereignisse höchsten Grauens und Entsetzens ereigneten. Als ich am nächsten Morgen erwachte, fühlte ich, daß ich auf eine Welt gestoßen war, die mir völlig fremd war.

Ich kam an diesem Morgen früh zur Schule, doch Wilbur Dunlock war schon vor mir da. Seine Augen richteten sich mit anklagender Trauer auf mich. Ich konnte mir nicht vorstellen, was vorgefallen war, um diesen gewöhnlich freundlichen Schüler so aufzubringen.

»Sie hätten Andrew Potter nicht sagen sollen, daß wir über ihn gesprochen haben«, sagte er mit unglücklicher Resignation.

»Das habe ich nicht, Wilbur.«

»Ich war es nicht, das weiß ich. Also müssen Sie es gewesen sein«, sagte er. Und dann: »Sechs von unseren Kühen wurden letzte Nacht getötet, als der Stall, in dem sie standen, über ihnen zusammenstürzte.«

Ich war zu verblüfft, um sogleich zu antworten. »Ein plötzlicher Sturm«, begann ich, doch er unterbrach mich.

»Letzte Nacht gab es keinen Wind, Mr. Williams. Und die Kühe wurden zermalmt.«

»Du wirst doch nicht glauben, daß die Potters irgend etwas damit zu tun haben, Wilbur!« rief ich.

Er warf mir einen müden Blick zu – den Blick eines, der *weiß* und dem Blick eines anderen begegnet, der wissen sollte, aber nichts versteht – und sagte nichts mehr.

Das war noch aufregender als mein Erlebnis in der vergangenen Nacht. Er zumindest war überzeugt, daß es eine Verbindung gab zwischen unserem Gespräch über die Familie Potter und dem Verlust eines halben Dutzends von Kühen bei den Dunlocks. Und er war so tief davon überzeugt, daß ich, ohne den Versuch gemacht zu haben, wußte, daß nichts, was ich einwenden mochte, seine Überzeugung würde erschüttern können.

Als Andrew Potter eintrat, hielt ich vergebens nach einem Anzeichen Ausschau, daß sich seit unserem letzten Zusammentreffen irgend etwas Ungewöhnliches ereignet hatte.

Irgendwie überstand ich den Tag. Unmittelbar nach Unterrichtsschluß eilte ich nach Arkham und begab mich ins Gebäude der *Arkham Gazette*, deren Chefredakteur als Mitglied der örtlichen Bezirksschulbehörde so freundlich gewesen war, mir das Zimmer zu besorgen. Er war ein älterer Mann, beinahe siebzig, und wußte vermutlich, was ich herausfinden wollte.

Meine Aufregung mußte mir anzusehen sein, denn als ich sein Büro betrat, hob er die Brauen und sagte: »Was hat Sie denn so in Harnisch gebracht, Mr. Williams?«

Ich machte einen Versuch, mich zusammenzureißen, da ich nichts Greifbares vorweisen konnte, und, bei nüchternem Tageslicht besehen, hätte das, was ich sagen mochte, für einen unparteiischen Zuhörer beinahe hysterisch geklungen. So sagte ich nur: »Ich würde gerne etwas über eine Familie Potter erfahren, die im Hexenloch wohnt, westlich von der Schule.«

Er warf mir einen geheimnisvollen Blick zu. »Haben Sie nie vom alten Hexenmeister Potter gehört?« fragte er. Und ehe ich antworten konnte, fuhr er fort: »Natürlich nicht, Sie stammen aus Brattleboro. Man kann kaum erwarten, daß Leute aus Vermont wissen, was im Hinterland von Massachusetts vor sich geht. Er hat dort früher gelebt. War schon ein alter Mann, als ich ihn kennenlernte. Und diese Potters waren entfernte Verwandte, lebten im oberen Michigan, erbten den Besitz und zogen hierher, als der Hexenmeister Potter starb.«

»Aber was wissen Sie über sie?« fragte ich beharrlich.

»Nur das, was jeder weiß«, sagte er. »Als sie kamen, waren sie nette, freundliche Leute. Jetzt reden sie mit niemandem und gehen selten aus – und da ist dieses Gerede von verschwundenen Tieren aus Farmen der Umgebung. Die Leute sehen da eine Verbindung.«

Nach diesem Anfang fragte ich ihn nach Strich und Faden aus.

Ich bekam ein erstaunliches Rätsel von unvollständigen Geschichten, Andeutungen, Legenden und Sagen zu hören, das mein Verständnis völlig überstieg. Unleugbar schien eine ferne Verwandtschaft zwischen Hexenmeister Potter und einem gewissen Hexenmeister Whateley aus dem nahen Dunwich zu sein – »ein übler Bursche« nannte ihn der Redakteur; die einzelgängerische Lebensweise des alten Hexenmeisters Potter und die unglaubliche Zeitspanne, die er gelebt hatte; der Umstand, daß die Leute allgemein das Hexenloch mieden. Was reine Auswüchse der Phantasie zu sein schienen, waren die abergläubischen Sagen – daß Hexenmeister Potter etwas »vom Himmel herab beschworen hatte, und es lebte mit ihm oder in ihm, bis er starb«; daß ein später Wanderer, den man sterbend an der Hauptstraße gefunden hatte, etwas hervorgestoßen hatte wie »ein Wesen mit Fühlern – ein schleimiges, gummiartiges Ding mit Saugnäpfen an den Fühlern«, das aus dem Wald herausgekommen war und ihn angegriffen hatte und noch viel mehr abergläubisches Zeug dieser Art.

Als er fertig war, kritzelte der Redakteur eine Mitteilung an den Bibliothekar der Miskatonic Universität in Arkham nieder und reichte sie mir. »Sagen Sie ihm, er soll Ihnen das Buch zeigen. Vielleicht erfahren Sie etwas.« Er zuckte die Schultern. »Oder auch nicht. Die jungen Leute fassen die Welt heute allzu wörtlich auf.«

Ich verzichtete auf das Mittagessen, um das Fachwissen zu erlangen, das ich für nötig hielt, wenn ich Andrew Potter für ein besseres Leben retten wollte. Denn mich trieb eher dieses Motiv an als die Befriedigung meiner Neugier. Ich begab mich also zur Bibliothek der Miskatonic Universität, suchte den Bibliothekar auf und übergab ihm die Mitteilung des Redakteurs.

Der alte Mann warf mir einen scharfen Blick zu, sagte: »Warten Sie hier, Mr. Williams«, und ging mit einem Schlüsselbund fort. Also wurde das Buch, was immer es war, hinter Schloß und Riegel aufbewahrt.

Ich wartete eine, wir mir schien, nie endenwollende Zeit. Ich verspürte jetzt etwas Hunger und begann an meiner unziemlichen Eile zu zweifeln – und doch spürte ich, daß keine Zeit zu verlieren war, obwohl ich mir die Katastrophe, die ich abzuwenden hoffte, nicht vorstellen konnte. Schließlich kam der Bibliothekar zurück. Er trug einen uralten Band, den er für mich auf einen Tisch legte, den er im Auge behalten konnte. Es war ein lateinischer – *Necronomicon* –, obwohl sein Autor offensichtlich ein Araber war, Abdul Alhazred, und der Text war in etwas archaischem Englisch gehalten.

Ich begann mit Interesse zu lesen, doch das Interesse wich bald völliger Verblüffung. Das Buch handelte offensichtlich von uralten, außerirdischen Rassen, Invasoren der Erde, großen mythischen Wesen, genannt die Alten Wesen und die Alten Götter, mit ausgefallenen Namen wie Cthulhu und Hastur, Shub-Niggurath und Azathoth, Dagon und Ithaqua und Wendigo und Cthugha, die alle in eine Art Plan zur Berrschung der Erde verwickelt waren und die von einigen irdischen Völkern unterstützt wurden – den Tcho-Tcho und den Tiefen Wesen und ähnlichen. Es war ein Buch voll kabbalistischer Legenden und Beschwörungen und dessen, was sich als Darstellung eines großen interplanetaren Ringens zwischen den Alten Göttern und den Alten Wesen und dem Überleben von Kulten und Kultdienern in abgeschiedenen und entlegenen Orten unseres Planeten, aber auch auf Schwesterplaneten der Erde ausgab. Was dieses Geschwafel mit meinem unmittelbaren Problem, der einzelgängerischen und seltsamen Familie Potter und ihrer Sehnsucht nach Einsamkeit sowie ihrer antisozialen Lebensweise zu tun hatte, überstieg völlig mein Verständnis.

Ich weiß nicht, wie lange ich weitergelesen habe. Als ich meine Lektüre schließlich unterbrach, lag das daran, daß ich gewahr wurde, von einem Fremden beobachtet zu werden, der nicht weit von mir stand und dessen Augen zwischen dem Buch, das ich so eifrig las, und mir hin und her schweiften. Da er meinen Blick erhascht hatte, nahm er den Mut zusammen, vor mich hin zu treten.

»Entschuldigen Sie«, sagte er, »aber was in diesem Buch interessiert einen Dorfschullehrer?«

»Das frage ich mich auch«, erwiderte ich.

Er stellte sich als Professor Martin Keane vor. »Ich darf sagen, Sir«, fügte er hinzu, »daß ich dieses Buch praktisch auswendig kann.«

»Ein Sammelsurium von Aberglauben.«

»Meinen Sie wirklich?«

»Ganz entschieden.«

»Ihnen ist die Fähigkeit zum Staunen abhanden gekommen, Mr. Williams. Wollen Sie mir verraten, wie Sie auf dieses Buch gestoßen sind?«

Ich zögerte. Professor Keanes Persönlichkeit war jedoch überzeugend und wirkte vertrauenerweckend.

»Vielleicht machen wir einen kleinen Spaziergang«, schlug ich vor.

Er nickte zustimmend.

Ich gab das Buch dem Bibliothekar zurück und schloß mich meinem neugewonnenen Freund an. Zögernd und so klar ich konnte, erzählte ich ihm von Andrew Potter, dem Haus im Hexenloch, meinem außergewöhnlichen psychischen Erlebnis – selbst dem merkwürdigen Zufall von Dunlocks Kühen. All dem lauschte er, ohne mich zu unterbrechen, ja sogar in völliger Versunkenheit. Ich erklärte ihm schließlich, daß nur mein Wunsch, etwas für meinen Schüler zu tun, mich bewogen hatte, nähere Informationen über das Hexenloch einzuholen.

»Schon flüchtige Nachforschungen«, erklärte er, als ich geendet hatte, »hätten Ihnen gezeigt, daß in so entlegenen Orten wie Dunwich und Innsmouth – selbst Arkham und dem Hexenloch – viele merkwürdige Vorfälle passiert sind. Sehen sie sich nur um unter diesen alten Häusern mit ihren fest verrammelten Fensterläden und spärlich erhellten Oberlichtern. Wie viele seltsame Ereignisse haben sich unter diesen Walmdächern zugetragen! Wir werden es nie wissen. Aber lassen wir die Frage des Glaubens außer acht! Man muß die Verkörperung des Bösen nicht unbedingt mit eigenen Augen sehen, um an sie zu glauben, Mr. Williams. Ich würde dem Jungen in dieser Sache gern einen kleinen Dienst erweisen. Darf ich?«

»Selbstverständlich!«

»Es ist vielleicht gefährlich – für Sie wie auch für ihn.«

»Ich fürchte nicht um mich selbst.«

»Ich versichere Ihnen aber, es kann für den Jungen nicht gefährlicher sein als seine gegenwärtige Lage. Selbst der Tod ist ungefährlicher für ihn.«

»Sie sprechen in Rätseln, Professor.«

»Es bleibt besser dabei, Mr. Williams. Aber kommen Sie, wir sind bei meinem Haus angelangt. Bitte treten Sie ein.«

Wir betraten eines jener uralten Häuser, von denen Professor Keane gesprochen hatte. Ich schritt in die modrige Vergangenheit, denn die Räume waren mit Büchern und allen Arten von Antiquitäten angefüllt. Mein Gastgeber führte mich in einen Raum, offensichtlich sein Wohnzimmer, räumte die Bücher von einem Stuhl und lud mich ein zu warten, während er im ersten Stock etwas erledigte.

Er blieb jedoch nicht lange fort – nicht einmal lange genug, daß ich die merkwürdige Atmosphäre des Zimmers, in dem ich wartete, hätte aufnehmen können. Als er zurückkehrte, trug er etwas, was ich sofort als steinerne Objekte erkannte, ungefähr in der Form fünfzackiger Steine. Fünf davon legte er mir in die Hände.

»Morgen nach der Schule – falls der Potter-Junge nicht fehlt – müssen Sie trachten, ihn mit einem dieser Steine zu berühren, und ihm den Stern aufdrücken«, erklärte mein Gastgeber. »Es sind noch zwei weitere Bedingungen zu erfüllen. Sie müssen einen dieser Steine immer bei sich tragen und Sie müssen jeden Gedanken an den Stein und was Sie damit tun sollen aus Ihrem Gemüt verbannen. Diese Wesen haben einen telepathischen Sinn – die Fähigkeit, Ihre Gedanken zu lesen.«

Überrascht erinnerte ich mich an Andrews Beschuldigung, ich hätte mit Wilbur Dunlock über sie geredet.

»Ich möchte gern wissen, worum es sich bei diesen Steinen handelt«, sagte ich.

»Falls Sie Ihren Zweifel vorläufig zurückstellen können«, antwortete mein Gastgeber mit grimmigem Lächeln. »Diese Steine gehören zu den Tausenden, die das Siegel von R'lyeh tragen, mit denen die Kerker der Alten Wesen verschlossen wurden. Es sind die Siegel der Alten Götter.«

»Professor Keane, das Zeitalter des Aberglaubens ist vorbei«, protestierte ich.

»Mr. Williams – das Wunder des Lebens und seine Geheimnisse sind nie vorbei«, erwiderte er. »Wenn der Stein keine Bedeutung hat, hat er auch keine Macht. Wenn er keine Macht hat, hat er keine Wirkung auf den jungen Potter. Und dann kann er auch Sie nicht beschützen.«

»Wovor?«

»Vor der Macht hinter dem bösen Einfluß, den Sie in dem Haus im Hexenloch verspürten«, antwortete er. »Oder war auch das Aberglaube?« Er lächelte. »Sie brauchen nicht zu antworten. Ich kenne Ihre Antwort. Wenn etwas passiert, wenn Sie dem Jungen den Stein auflegen, darf er nicht mehr nach Hause zurückkehren. Sie müssen ihn hierher zu mir bringen. Sind Sie einverstanden?«

»Ja«, antwortete ich.

Der nächste Tag wollte kein Ende nehmen, nicht allein wegen der bevorstehenden Krise, sondern weil es äußerst schwierig war, vor dem neugierigen Blick Andrew Potters meine Miene undurchdringlich zu halten. Darüber hinaus war ich mir wie nie zuvor der Mauer pulsierender Bösartigkeit hinter meinem Rücken bewußt, die von der Wildnis dort ausging, eine greifbare Bedrohung, die in einem Einschnitt in den düsteren Bergen verborgen lag. Die Stunden verstrichen jedoch, wenn auch langsam, und knapp vor Unterrichtsschluß bat ich Andrew Potter zu warten, bis die anderen gegangen waren.

Und wiederum stimmte er zu, mit jenem lässigen Gehabe, das beinahe an Frechheit grenzte, so daß ich mich unwillkürlich fragte, ob er es wert wäre, »gerettet« zu werden, denn tief in meiner Seele hatte ich vor, ihn zu retten.

Ich blieb jedoch hartnäckig. Ich hatte den Stein im Wagen versteckt, und sobald die anderen fort waren, bat ich Andrew, mit mir nach draußen zu kommen.

An diesem Punkt überkam mich ein Gefühl von Hilflosigkeit und Absurdität. Ich, ein College-Absolvent, schickte mich an, etwas zu versuchen, was für mich unleugbar eine Art Zauber zu sein schien, der in den afrikanischen Dschungel gehörte. Und ein paar Augenblicke lang, in denen ich entschlossen vom Schulgebäude zum Wagen ging, wäre ich beinahe weich geworden und hätte Andrew bloß eingeladen, in den Wagen zu steigen, ich würde ihn heimbringen.

Ich tat es jedoch nicht. Ich erreichte den Wagen, Andrew mir auf den Fersen, langte hinein, ergriff einen Stein, den ich in meine Tasche gleiten ließ, dann einen anderen, und wandte mich blitzschnell um, um den Stein an Andrews Stirn zu drücken.

Was immer ich auch erwartete, es ereignete sich etwas ganz anderes.

Denn bei der Berührung des Steines erschien in Andrew Potters Augen ein Ausdruck höchsten Entsetzens, und ein Aufschrei des Grauens brach von seinen Lippen. Er streckte die Arme aus, verstreute seine Bücher, drehte sich weg, so weit er es in meinem Griff konnte, erzitterte und wäre hingefallen, hätte ich ihn nicht aufgefangen und ihn, mit Schaum vor dem Mund, zu Boden sinken lassen. Und dann spürte ich einen gewaltigen kalten Wind, der um uns wirbelte und wieder verschwand, der Gräser und Blumen knickte, den Waldsaum erzittern ließ und die Blätter von der äußersten Baumreihe fegte.

Von meinem eigenen Grauen angetrieben, hob ich Andrew Potter in den Wagen, legte ihm den Stein auf die Brust und fuhr, so schnell ich konnte, in das sieben Meilen entfernte Arkham. Professor Keane erwartete mich bereits, nicht im geringsten von meinem Kommen überrascht. Er hatte auch erwartet, daß ich Potter mitbringen würde, denn er hatte für ihn ein Bett vorbereitet. Zusammen brachten wir Andrew zu Bett. Sodann verabreichte ihm Keane ein Beruhigungsmittel.

Dann wandte er sich mir zu. »Nun denn, es ist keine Zeit zu verlieren. Sie werden nach ihm suchen – das Mädchen vielleicht zuerst. Wir müssen zum Schulgebäude zurückkehren.«

Inzwischen dämmerte mir die volle Bedeutung und das Grauen dessen, was mit Andrew Potter geschehen war, und ich war so erschüttert, daß mich Keane aus dem Zimmer schieben und halb aus dem Haus zerren mußte. Und wiederum, jetzt, da ich diese Worte so lange nach den entsetzlichen Ereignissen jener Nacht zu Papier bringe, zittere ich noch immer vor Vorahnung und Furcht, die Besitz von einem Menschen ergreifen, der zum ersten Mal dem unendlichen Unbekannten von Angesicht zu Angesicht gegenübersteht und erkennt, wie winzig und bedeutungslos er im Vergleich zu dieser kosmischen Unendlichkeit ist. Ich wußte in jenem Moment, daß das, was ich in dem verbotenen Buch in der Miskatonic-Bibliothek gelesen hatte, kein Sammelsurium des Aberglaubens war, sondern der Schlüssel zu einer bisher unerwarteten Offenbarung, die vielleicht weitaus älter war als die Menschheit im Weltall. Ich wagte nicht daran zu denken, was der Hexenmeister Potter aus dem Himmel herabbeschworen hatte.

Ich hörte kaum Professor Keanes Worte, der mich drängte, meine

Gefühlsreaktion zu vergessen und in einer wissenschaftlichen, fast klinischen Weise an das Geschehene zu denken. Schließlich hatte ich jetzt mein Ziel erreicht – Andrew Potter war gerettet. Um seine Rettung abzuschließen, mußte er jedoch von den anderen befreit werden, die ihm sicher folgen und ihn finden würden. Ich dachte nur daran, auf welch lauerndes Grauen dieses Quartett von Landmenschen aus Michigan gestoßen waren, als sie gekommen waren, um die einsame Farm im Hexenloch in Besitz zu nehmen.

Ich fuhr blindlings zur Schule zurück. Dort drehte ich auf Professor Keanes Geheiß das Licht an und saß bei offener Tür in der warmen Nacht, während er sich hinter dem Gebäude verbarg, um ihre Ankunft abzuwarten. Ich mußte mich zusammenreißen, um an nichts zu denken und diese Wache anzutreten.

Bei Anbruch der Nacht kam das Mädchen...

Und nachdem ihr dasselbe widerfahren war wie ihrem Bruder, und sie neben dem Katheder lag, den sternförmigen Stein auf der Brust, zeigte sich der Vater im Eingang. Jetzt war es schon finster geworden, und er trug ein Gewehr. Er brauchte nicht zu fragen, was geschehen war; er *wußte es*. Er stand wortlos da, zeigte auf seine Tochter und den Stein auf ihrer Brust und hob das Gewehr. Seine Absicht war klar – wenn ich den Stein nicht entfernte, würde er schießen. Offensichtlich handelte es sich hier um den Notfall, den der Professor erwartet hatte, denn er schlich von hinten an Potter heran und berührte ihn mit dem Stein.

Anschließend warteten wir zwei Stunden – vergebens – auf Mrs. Potter.

»Sie kommt nicht«, erklärte der Professor schließlich. »In ihr hat die Intelligenz dieses Wesens ihren Sitz – ich hatte geglaubt, es wäre der Mann. Nun denn, wir haben keine Wahl – wir müssen zum Hexenloch fahren. Die zwei da können wir zurücklassen.«

Wir fuhren durch die Dunkelheit, ohne uns zu bemühen, unser Kommen geheimzuhalten, denn der Professor behauptete, das »Wesen« in dem Haus im Hexenloch »wüßte«, daß wir kämen, könne aber den Schutz des steinernen Talismans nicht durchbrechen, um uns etwas anzutun. Wir fuhren durch den dicht herandrängenden Wald, den engen Weg entlang, wo das merkwürdige Unterholz im Licht der Scheinwerfer nach uns zu greifen schien, und in den Hof der Potters.

Das Haus lag im Dunkeln, abgesehen vom schwachen Lampenschimmer in einem einzigen Zimmer.

Professor Keane sprang mit seinem kleinen Sack sternförmiger Steine aus dem Wagen und machte sich daran, das Haus ringsum zu versiegeln – mit einem Stein in jeder der zwei Türen und einem in jedem Fenster. Durch eines der Fenster konnten wir die Frau am Küchentisch sitzen sehen – unerschütterlich, aufmerksam, *klar im Kopf,* nicht mehr nervös. Sie ähnelte gar nicht mehr der kichernden Frau, die ich vor kurzem in diesem Haus gesehen hatte, sondern eher einem großen, intelligenten Raubtier, das gestellt worden war.

Als er fertig war, ging mein Gefährte zur Vorderseite und setzte das Haus mit dem Gestrüpp, das er im Hof gesammelt und vor der Tür angehäuft hatte, in Brand, ohne sich um meine Proteste zu kümmern.

Dann kehrte er zum Fenster zurück, um die Frau zu beobachten. Dabei erklärte er, daß nur das Feuer die elementare Macht zerstören könne, daß er aber noch immer hoffe, Mrs. Potter zu retten. »Sie sehen besser weg, Williams.«

Ich hörte nicht auf ihn. Hätte ich es doch getan – und mir so die Träume erspart, die sich noch immer in meinen Schlaf drängen! Ich stand hinter ihm am Fenster und sah zu, was in jenem Zimmer vor sich ging – denn der Rauchgeruch durchdrang nun das Haus. Mrs. Potter – oder was ihren gewaltigen Leib belebte – stand auf, ging unbeholfen zum Hintereingang, wich zurück, ging zum Fenster, wich von dort zurück und trat wieder in die Mitte des Zimmers, zwischen den Tisch und den Holzofen, der nicht geheizt wurde, da die Kälte noch nicht eingesetzt hatte. Dort fiel sie zuckend und sich windend zu Boden.

Der Raum füllte sich langsam mit Rauch, nebelte die gelbe Lampe ein und ließ das Innere des Zimmers kaum mehr erkennen – aber immerhin nicht so sehr, um zu verhüllen, was im Verlauf dieses entsetzlichen Kampfes am Boden vor sich ging, wo Mrs. Potter sich wand wie in Todeszuckungen und langsam, kaum merklich, etwas anderes Gestalt annahm – eine unglaubliche amorphe Masse, in dem Rauch kaum zu sehen, tentakelbewehrt, schimmernd, mit einer kalten Intelligenz und einer Kälte des Leibes, die ich selbst durch das Fenster verspüren konnte. Das Wesen stieg wie eine Wolke über dem nunmehr bewegungslosen Körper der Mrs. Potter auf, dann senkte es sich auf den Ofen nieder und verschwand wie eine Dampfschwade in ihm!

»Der Ofen!« rief Professor Keane und wich zurück.

Über uns drang aus dem Schornstein eine zunehmende Schwärze, wie Rauch, die sich kurz zusammenballte. Dann raste sie wie der Blitz davon, den Sternen zu, in Richtung Hyaden, zurück zu jenem Ort, von dem sie der alte Hexenmeister Potter zu sich herabbeschworen hatte, weg von dort, wo sie auf die Ankunft der Potters aus Obermichigan gelauert hatte, die ihm auf dem Antlitz der Erde als neuer Wirt dienen sollten.

Es gelang uns, Mrs. Potter aus dem Haus zu schaffen. Sie war jetzt gewaltig zusammengeschrumpft, lebte jedoch noch.

Es ist nicht nötig, sich bei den übrigen Ereignissen jener Nacht aufzuhalten – wie der Professor wartete, bis das Feuer das Haus verzehrt hatte, um seinen Vorrat an sternförmigen Steinen einzusammeln, bei der Wiedervereinigung der Familie Potter – die jetzt vom Fluch des Hexenlochs befreit ist und entschlossen, niemals in das Spuktal zurückzukehren – bei Andrew, der, als wir kamen, um ihn aufzuwecken, im Schlaf von »gewaltigen Winden, die kämpfen und zerren« und »einer Stelle am See Hali, wo sie in ewiger Herrlichkeit leben«, daherredete.

Mir fehlte der Mut, danach zu fragen, was der alte Hexenmeister Potter wohl von den Sternen herabbeschworen hatte, doch ich wußte, daß es an Geheimnisse grenzte, die menschlichen Geschlechtern besser unbekannt geblieben wären, Geheimnisse, von deren Vorhandensein ich nie etwas geahnt hätte, hätte ich nicht zufällig die Bezirksschule Nummer Sieben übernommen und hätte es unter meinen Schülern nicht den merkwürdigen Jungen Andrew Potter gegeben.

H. P. Lovecraft und August Derleth
Innsmouth-Ton

Die Umstände, die mit dem Schicksal meines verblichenen Freundes, des Bildhauers Jeffrey Corey – wenn »verblichen« das richtige Wort ist –, zusammenhängen, müssen mit seiner Rückkehr aus Paris und seinem Entschluß, im Herbst 1927 südlich von Innsmouth eine Strandhütte zu mieten, zusammenhängen. Corey entstammte einer wappentragenden Familie, die entfernt mit dem Geschlecht der Marsh aus Innsmouth verwandt war – jedoch nicht so eng, daß er verpflichtet gewesen wäre, mit seinen Verwandten Umgang zu pflegen. Jedenfalls waren über die zurückgezogen lebenden Marshes merkwürdige Gerüchte im Umlauf. Diese Gerüchte über die Familie aus jener Hafenstadt in Massachusetts waren kaum geeignet, Corey dazu zu bewegen, sich zu melden, wenn er in die Gegend kam.

Ich besuchte ihn einen Monat nach seiner Ankunft im Dezember jenes Jahres. Corey war ein verhältnismäßig junger Mann, noch keine vierzig, zwei Meter groß, mit zarter, frischer Haut, die frei von jeder Haarzierde war, obwohl er sein Haar ziemlich lang trug, wie es damals unter Künstlern im Quartier Latin von Paris der Fall war. Er hatte strahlend blaue Augen, und sein hohlwangiges Gesicht wäre in jeder Menschenansammlung aufgefallen, nicht bloß wegen seines durchdringenden Blicks, sondern ebensosehr wegen der seltsamen, wie ein Flechtwerk aussehenden Haut an einer Stelle hinter dem Kiefer, unter den Ohren und ein kurzes Stück unter den Ohren den Hals hinunter. Er sah nicht schlecht aus, und eine merkwürdige, beinahe hypnotische Eigenheit, welche die feinen Züge seines Gesichts prägte, übte so etwas wie Faszination auf die meisten Leute aus, die ihm begegneten. Er hatte sich, als ich ihn besuchte, bereits gut eingewöhnt und begonnen, an einer Statue von Rima, dem Vogelmädchen, zu arbeiten, die eine seiner gelungensten Arbeiten zu werden versprach.

Er hatte sich Vorräte für einen Monat angelegt, die er selbst aus Innsmouth geholt hatte, und er schien mir mitteilsamer als gewöhnlich zu sein, vor allem, was seine entfernten Verwandten betraf, über die in den Läden von Innsmouth allerlei geredet wurde, wenn auch sehr vorsichtig. Da sie so abgeschieden lebten, zogen die Marshes natürlich einige Neugierde auf sich; und da diese Neugierde unbefriedigt blieb, war ein beeindruckendes Sagen- und Legendengerank um sie gewachsen, das bis eine Generation weit zurückreichte, die sich im Handel im südlichen Pazifik engagiert hatte. Die Gerüchte waren so unbestimmt, daß sie für Corey wenig Sinn ergaben, aber das, was man vernahm, wies auf alle möglichen Arten alchemistischen Grauens hin, von dem er in einer nebulösen Zukunft mehr zu erfahren hoffte, wiewohl er keinen Drang dazu verspürte. Das Thema war in dem Dorf einfach so beherrschend, erklärte er, daß es beinahe unmöglich war, ihm auszuweichen.

Er sprach auch von einer geplanten Ausstellung, erwähnte Freunde in Paris und seine Studienjahre dort, die Kraft von Epsteins Bildhauerarbeiten und die politischen Unruhen, die im Lande kochten. Ich erwähne diese Dinge, um anzudeuten, wie völlig normal Corey anläßlich meines ersten Besuches bei ihm nach seiner Rückkehr aus Europa war. Ich hatte ihn natürlich flüchtig in New York gesehen, als er nach Hause gekommen war, aber kaum lange genug, um irgendein Thema so ausführlich zu besprechen, wie wir es an jenem Dezembertag 1927 tun konnten.

Ehe ich ihn im folgenden März wiedersah, erhielt ich von ihm einen merkwürdigen Brief, dessen Quintessenz im letzten Absatz zu finden war, auf den alles übrige im Brief als Höhepunkt hinauszulaufen schien –

»Vielleicht hast Du etwas von den seltsamen Vorfällen in Innsmouth im Februar gelesen. Ich habe keine klare Information darüber, aber es muß gewiß irgendwo in der Presse zu finden gewesen sein, so zurückhaltend sich auch unsere Zeitungen in Massachusetts in dieser Sache verhalten zu haben scheinen. Mir ist von der Angelegenheit nichts weiter bekannt, als daß eine große Schar von Bundesbeamten die Stadt heimsuchte und einige ihrer Bürger abführte – unter ihnen einige meiner Verwandten, wiewohl ich nicht sagen kann, welche von ihnen, da ich mir nie die Mühe gemacht habe herauszufinden, wie viele von ihnen es gibt – oder gab, je nachdem. Was ich in Innsmouth herausfinden kann, bezieht sich auf den Handel mit dem südlichen Pazifik, an dem gewisse Schiffahrtsinteressen offensichtlich noch immer beteiligt waren, obwohl das ziemlich weit hergeholt scheint, da die Docks einen völlig verlassenen Eindruck machten und überhaupt weitgehend nutzlos waren für die Schiffe, die jetzt den Pazifik durchpflügen und von denen die meisten die größeren und moderneren

Häfen anlaufen. Abgesehen von den Gründen für das Vorgehen der Bundesbehörden – und, wie Du erkennen wirst, von weitaus größerer Wichtigkeit für mich – gibt es den unbestreitbaren Umstand, daß, gleichzeitig mit der Razzia in Innsmouth, einige Marineeinheiten vor der Küste in der Nähe des sogenannten Teufelsriffs auftauchten und dort eine Unmenge von Wasserbomben warfen! Diese lösten in der Tiefe solche Turbulenzen aus, daß in der Folge ein Sturm alle Arten von Treibgut an die Küste schwemmte, darunter einen merkwürdigen blauen Ton, der sich hier an der Wasserlinie ablagerte. Er schien mir dem Modellierton ähnlicher Farbe zu gleichen, den man an manchen Stellen im Innern Amerikas findet und der häufig für die Ziegelherstellung verwendet wurde, vor allem vor Jahren, als den Baumeistern modernere Methoden der Ziegelherstellung noch nicht zur Verfügung standen. Daran ist nur das eine wichtig, daß ich allen Ton sammelte, den ich finden konnte, ehe ihn das Meer wieder zurückholte. Seit einiger Zeit arbeite ich an einer ganz neuen Plastik, die ich vorläufig ›Meeresgöttin‹ nenne – und ich bin ganz begeistert über die Möglichkeiten, die sich da eröffnen. Du wirst sie sehen, wenn Du mich nächste Woche besuchst, und ich bin sicher, daß sie Dir noch besser gefällt als meine ›Rima‹.«

Ganz im Gegensatz zu seinen Erwartungen fühlte ich mich jedoch beim ersten Anblick von Coreys neuer Plastik merkwürdig abgestoßen. Die Gestalt war schlank, abgesehen vom Bau der Hüften, der weit plumper war, als ich es für angemessen hielt, und Corey hatte es vorgezogen, die Füße mit Schwimmhäuten zwischen den Zehen auszustatten.

»Warum?« fragte ich ihn.

»Weiß ich wirklich nicht«, erwiderte er. »Es ist die reine Wahrheit, daß ich es nicht so geplant hatte. Es ist einfach so passiert.«

»Und diese entstellenden Male am Nacken?« Er war in jenem Bereich mit der Arbeit anscheinend noch nicht fertig.

Er stieß ein verlegenes Lachen aus, und ein seltsamer Ausdruck trat in seine Augen. »Ich wünschte, ich könnte mir selbst diese Abdrücke erklären, Ken«, sagte er. »Ich wachte gestern morgen auf und stellte fest, daß ich im Schlaf weitergearbeitet haben muß, denn am Hals unter den Ohren – auf beiden Seiten – waren Schlitze – Schlitze wie – nun ja, wie Kiemen. Ich bessere jetzt die Beschädigung aus.«

»Vielleicht sollte eine ›Meeresgöttin‹ wirklich Kiemen haben«, sagte ich.

»Ich glaube, es hängt mit dem zusammen, was ich gestern in Innsmouth aufgeschnappt habe, als ich dort war, um mir einige Dinge, die ich benötigte, zu besorgen. Weiteres Gerede über das Geschlecht der Marsh. Es lief darauf hinaus, daß die Angehörigen der Familie vielleicht absichtlich so zurückgezogen lebten, weil sie körperlich irgendwie entstellt waren, was mit einer Sage von gewissen Südseebewohnern zusammenhängen sollte. Das ist genau die Art von Märchen, die von Unwissenden aufgegriffen und ausgeschmückt wird – wiewohl ich zugeben muß, daß dieses Märchen interessanter ist als die, die man gewöhnlich zu hören bekommt, weil es in Beziehung steht zu den judäo-christlichen Moralvorstellungen. Ich habe in jener Nacht davon geträumt – und habe offensichtlich schlafgewandelt und einen Teil des Traums an meiner ›Meeresgöttin‹ abreagiert.«

So seltsam mir das auch vorkam, enthielt ich mich jeder weiteren Bemerkung über den Vorfall. Seine Worte hatten eine gewisse Logik, und ich muß zugeben, daß mich die Gerüchte von Innsmouth verständlicherweise mehr interessierten als die Entstellung der ›Meeresgöttin‹.

Außerdem fühlte ich mich von Coreys offenkundiger Obsession etwas abgestoßen. Im Gespräch war er zwar lebhaft, ganz gleich welches Thema angeschnitten wurde, aber unweigerlich fiel mir ein Hauch von Entrückung auf, wenn wir uns nicht unterhielten – als laste etwas auf seinem Gemüt, von dem er nicht sprechen wollte, etwas, was ihm unterschwellig Sorge bereitete, was er aber nicht genau kannte, nicht so gut kannte, daß es ihm darüber zu sprechen erlaubte. Das zeigte sich auf verschiedene Art – einem abwesenden Blick, einem gelegentlichen Ausdruck der Verwirrung, einem Starren ins Leere, auf das Meer hinaus, und ab und zu schweifte er im Gespräch ab, kam vom Thema ab, als dränge sich ein Gedanke in das erörterte Thema, der ihn stärker in Anspruch nahm.

Seit damals habe ich mir überlegt, daß ich die Initiative ergreifen und jener Obsession hätte nachgehen sollen, die für mich so offenkundig war. Ich sah davon ab, weil ich der Meinung war, daß mich das nichts anginge und mir das als Eindringen in Coreys Privatsphäre erschienen wäre. Obwohl wir seit langem Freunde waren, schien es mir nicht meine Pflicht zu sein, mich in Angelegenheiten einzumischen, die augenscheinlich ihn allein angingen, und da er keine Anstalten traf, das Thema von sich aus anzuschneiden, war ich der Meinung, daß auch ich es nicht tun durfte.

Wenn ich hier dennoch abschweifen und zu jener Zeitspanne nach Coreys Verschwinden vorauseilen darf, als ich in den Besitz seines Erbes gekommen war – wie von ihm in einem formellen Dokument verfügt –, war es ungefähr zu dieser Zeit, daß Corey in einem Journal oder Tagebuch, das er angelegt hatte, verstörende Anmerkungen niederzuschreiben begann. In einem Notizheft, in dem er allein sein schöpferisches Leben aufzeichnete. Chronologisch passen diese Anmerkungen hier in die Darstellung der Umstände, unter denen Jeffrey Corey seine letzten Monate verbrachte.

»7. März. Ein recht seltsamer Traum letzte Nacht. Etwas zwang mich, die Meeresgöttin zu taufen. Am Morgen stellte ich fest, daß die Plastik um Kopf und Schulter *feucht* war, als hätte ich es wirklich getan. Ich beseitigte die Beschädigung, als ob mir keine Alternative offenstünde, obwohl ich geplant hatte, Rima zu verpacken. Der *Zwang* macht mir Sorgen.

8. März. Im Traum geschwommen, begleitet von schattenhaften Männern und Frauen. Die Gesichter sind erschreckend vertraut – wie aus einem alten Photoalbum. Das hing sicher mit den grotesken Andeutungen und hinterhältigen Anspielungen zusammen, die ich heute in Hammonds Drugstore hörte – über die Marshes, wie gewöhnlich. Eine Geschichte vom Urgroßvater Jethro, der im Meer *gelebt* haben soll. Mit Kiemen! Dasselbe behauptet man von einigen Angehörigen der Familie Waite, Gilman und Eliot. Vernahm dasselbe Zeug, als ich anhielt, um an der Bahnstation eine Auskunft einzuholen. Die Einheimischen lassen sich schon seit Jahrzehnten darüber aus.

10. März. Offenkundig bin ich in der Nacht schlafgewandelt, denn an der Meeresgöttin wurden einige kleine Änderungen angebracht. Merkwürdige Dellen sind zu sehen, als hätte jemand seine Arme um die Plastik gelegt, die gestern viel zu hart war, als daß man einen Abdruck ohne Meißel oder ein ähnliches Werkzeug hätte anbringen können. Die Zeichen sahen aus, als wären *sie in weichen Ton eingepreßt worden*. Das ganze Objekt war heute morgen *feucht*.

11. März. Ein wirklich außerordentliches Erlebnis in der Nacht. Vielleicht der lebendigste Traum, den ich je hatte, gewiß der ero-

tischste. Selbst jetzt kann ich kaum an ihn denken, ohne sexuell erregt zu werden. Ich träumte, daß eine Frau, *nackt*, zu mir ins Bett schlüpfte, nachdem ich eingeschlafen war, und die ganze Nacht bei mir blieb. Ich träumte, daß die ganze Nacht von Liebe erfüllt war – oder vielleicht sollte ich Lust sagen. Habe seit Paris nichts derartiges mehr erlebt! Und so wirklich wie die vielen Nächte im Quartier Latin! Vielleicht zu echt, denn ich erwachte ganz erschöpft. Und ich hatte unzweifelhaft eine ruhelose Nacht verbracht, denn das Bett war in völliger Unordnung.

12. März. Der gleiche Traum. Erschöpft.

13. März. Wieder der Traum vom Schwimmen. In Meerestiefen. Tief unten eine Art Stadt. Ryeh oder R'lyeh? Etwas namens ›Großer Thulu‹?«

Von diesen Dingen, diesen merkwürdigen Träumen, verriet Corey bei meinem Besuch im März sehr wenig. Sein Aussehen schien mir damals etwas verändert, er kam mir abgezehrt vor. Er sprach von gewissen Schlafschwierigkeiten; er konnte sich, sagte er, nicht »ausruhen« – ganz gleich, wann er zu Bett ging. Er fragte mich, ob ich die Namen »Ryeh« oder »Thulu« je gehört hatte; natürlich nicht, aber am zweiten Tag meines Besuchs konnten wir sie hören.

Wir fuhren an diesem Tag nach Innsmouth – eine kurze Strecke von weniger als fünf Meilen –, und es wurde mir bald klar, daß die Einkäufe, die Corey machen mußte, wie er behauptete, nicht der Hauptgrund für seinen Besuch in Innsmouth waren. Corey war eindeutig auf einen ›Fischzug‹ aus; er war in der Absicht gekommen, über seine Familie herauszufinden, was er konnte, und zu diesem Zweck führte sein Weg von einem Ort zum anderen, von Ferrand's Drug Store zur öffentlichen Bibliothek, wo der uralte Bibliothekar bei dem Thema, das die alten Familien von Innsmouth und Umgebung betraf, bemerkenswert zurückhaltend war, auch wenn er zu guter Letzt die Namen zweier alter Männer erwähnte, die sich vielleicht an einige der Marshes und Gilmans und Waites erinnerten und die vielleicht an ihrem üblichen Aufenthaltsort, einem Saloon auf der Washington Street, zu finden sein mochten.

So sehr Innsmouth heruntergekommen war, es war doch ein Ort, der jeden archäologisch oder architektonisch Interessierten unausweichlich faszinieren mußte, denn er war gut ein Jahrhundert alt, und die Mehrzahl seiner Gebäude – abgesehen von denen im

Geschäftsviertel – waren Jahrzehnte vor der Jahrhundertwende erbaut worden. Auch wenn viele jetzt verlassen dalagen und in einigen Fällen zu Ruinen verfallen waren, spiegelten die architektonischen Züge der Häuser eine Kultur, die seit langem aus der amerikanischen Landschaft verschwunden ist.

Als wir uns auf der Washington Street dem Hafenviertel näherten, zeigten sich überall Anzeichen einer Katastrophe. Gebäude lagen in Ruinen – »Gesprengt«, sagte Corey, »von den Bundesbeamten, wie es heißt« –, und man hatte sich kaum die Mühe gemacht aufzuräumen, denn einige Nebenstraßen waren noch immer durch Trümmerhaufen unpassierbar. An einer Stelle schien eine ganze Straße zerstört worden zu sein, ebenso hatte man all die alten Gebäude rund um das Hafenbecken, die einst als Lagerräume gedient hatten und seit langem aufgelassen worden waren, gesprengt. Als wir uns der Küste näherten, machte sich ein ekelerregender, durchdringend widerlicher Geruch nach Fisch bemerkbar; er überstieg noch den Fischgestank, den man oft an toten Gewässern entlang der Küste oder auch an Binnenseen antrifft.

Die meisten Lagerhäuser, sagte Corey, hatten einst den Marshes gehört. Das hatte er in Ferrand's Drug Store erfahren. Die verbliebenen Angehörigen der Familien Waite und Gilman und Eliot hatten nur geringe Verluste erlitten. Die staatliche Macht hatte sich fast ausschließlich gegen die Marshes und ihren Besitz in Innsmouth gerichtet, wenn auch die Marsh Refining Company, die allerdings nicht mehr der Marsh-Familie gehörte und noch immer einigen Dorfbewohnern, die nicht auf Fischfang gingen, Arbeit bot, nicht betroffen gewesen war.

Der Saloon, den wir schließlich erreichten, stammte eindeutig aus dem 19. Jahrhundert; und es war gleichermaßen deutlich, daß das Gebäude von innen und von außen seit der Errichtung nicht mehr renoviert worden war, denn alles sah unglaublich verwahrlost und verkommen aus. Ein schlampiger Mann mittleren Alters saß hinter dem Tresen und las im *Arkham Advertiser*, außerdem saßen noch, weit voneinander entfernt, zwei alte Männer da, einer von ihnen schlafend.

Corey bestellte ein Glas Brandy, ich desgleichen.

Der Barkeeper machte sich nicht die Mühe, sein vorsichtiges Interesse an uns zu verbergen.

»Seth Akins?« fragte Corey schließlich.

Der Barkeeper zeigte nickend auf den Kunden, der am Tresen schlief.

»Was trinkt er?« fragte Corey.

»Alles.«

»Einen Brandy für ihn.«

Der Barkeeper goß einen Schuß Brandy in ein schmutziges Glas und stellte es auf den Tresen. Corey trug es zu dem alten Mann hinunter, setzte sich neben den Schlafenden und stieß ihn an, bis er erwachte.

»Ich lade Sie ein«, sagte er.

Der alte Mann blickte auf und zeigte dabei ein gegerbtes Gesicht und Triefaugen unter zerzaustem grauen Haar. Er sah den Brandy, grapschte nach ihm, grinste unsicher und schüttete ihn hinunter.

Corey begann ihn auszufragen, wobei er zunächst nur bemerkte, daß er ein alter Einwohner Innsmouths sei. Er sprach ganz allgemein über das Dorf und das Umland bis Arkham und Newburyport. Akins antwortete ziemlich freimütig, und Corey bestellte ihm noch ein Glas und dann noch eins.

Akins' Redefluß verstummte jedoch sofort, als Corey die alten Familien erwähnte, vor allem die Marshes. Der Alte wurde spürbar vorsichtiger, seine Augen huschten sehnsüchtig zur Tür, als wäre er gern entkommen. Corey setzte ihm jedoch hart zu, und Akins gab nach.

»Vermutlich schadet's nicht, jetzt zu reden«, meinte er schließlich. »Die meisten Marshes sind fort, seit die Regierung letzten Monat eingegriffen hat. Niemand weiß, wohin sie verschwunden sind, aber sie kommen nicht mehr zurück.« Er schweifte ein bißchen ab. Nachdem er jedoch das Thema einige Zeit umkreist hatte, kam er schließlich auf den »Ostindienhandel« und »Käptn Obed Marsh« zu sprechen – »der mit allem begann. Er hatte eine Art Vereinbarung mit den Ostindern – brachte einige ihrer Frauen mit und hielt sie in dem großen Haus, das er gebaut hatte. Nachher bekamen die jungen Marshes den seltsamen Blick und begannen draußen beim Teufelsriff herumzuschwimmen. Sie blieben lange Zeit fort – stundenlang –, und es war nicht normal, so lange unter Wasser zu bleiben. Käptn Obed heiratete eine dieser Frauen – und einige der jungen Marshes fuhren nach Ostindien und brachten weitere mit. Der Handel der Marshes ging nie so zurück wie der der anderen. Alle drei von Käptn Obeds Schiffen – die Brigg *Columby*, die Barke *Sumatry Queen* und eine weitere Brigg, *Hetty*, segelten im Ostindien- und Pazifikhandel, ohne je einen Unfall zu erleiden. Und diese Leute – die Ostinder der Marshes – fingen mit einer neuen Religion an – sie nannten sie den Orden von Dagon – und es wurde über diese Treffen viel geredet, geflüstert, wo niemand mithörte, und die jungen Leute – also vielleicht gingen sie zugrunde, aber niemand sah sie wieder, und all dieses Gerede über Opfer – *Menschen*opfer – ungefähr zur gleichen Zeit, wo die jungen Leute verschwanden – aber keiner von den Marshes oder Gilmans oder Waites oder Eliots, niemand von diesen Leuten verschwand je. Und all dieses Geraune von einem Ort namens ›Ryeh‹ und etwas namens ›Thulu‹ – irgendein Verwandter Dagons, scheint's...«

An dieser Stelle unterbrach ihn Corey mit einer Frage, in der Absicht, Akins' Erwähnung erläutert zu bekommen, doch wußte der Alte nichts, und ich verstand den Grund für Coreys plötzliches Interesse erst später.

Akins fuhr fort: »Die Leute hielten sich von den Marshes fern – und auch von den anderen. Aber zum Großteil waren es die Marshes, die dieses merkwürdige Aussehen hatten. Es wurde so schlimm, daß einige von ihnen nie das Haus verließen, außer des Nachts, und dann meistens nur, um im Ozean schwimmen zu gehen. Sie konnten wie Fische schwimmen, hieß es – ich habe es nie selbst gesehen, und niemand redete viel, denn uns fiel auf, daß jedesmal, wenn einer viel daherredete, er bald nicht mehr zu sehen war – wie die jungen Leute – und man nichts mehr von ihm hörte.

Käptn Obed lernte eine ganze Menge in Ponape und von den Kanaken – alles über die Leute, die man die ›Tiefen Wesen‹ nannte, die unter Wasser lebten – und er brachte alle Arten von Schnitzwerk zurück, merkwürdige Fischwesen und Unterwasserwesen, die keine Fischwesen waren – Gott weiß, was für Wesen das waren!«

»Was hat er mit diesem Schnitzwerk gemacht?« unterbrach ihn Corey.

»Ein paar, die nicht in die Halle Dagons kamen, hat er verkauft – und für 'nen guten Preis, 'nen wirklich guten Preis hat er dafür bekommen. Aber jetzt sind alle fort, alle fort – und mit dem Orden Dagons ist es aus, und die Marshes hat man hier nicht mehr gesehen, seit die Lagerhäuser mit Dynamit in die Luft gesprengt wurden. Es wurden auch nicht alle verhaftet – nein, Sir, man sagt, daß die Marshes, die übrigblieben, bloß zur Küste hinabwanderten und ins Wasser gingen und sich selbst umbrachten.« An dieser Stelle lachte er höhnisch. »Aber niemand hat eine der Leichen der Marshes gesehen, an der ganzen Küste nicht.«

Er hatte gerade diesen Punkt in seiner Erzählung erreicht, als es zu einem höchst merkwürdigen Vorfall kam. Er starrte meinen Gefährten plötzlich mit weit aufgerissenen Augen an, das Kinn fiel ihm herab, und seine Hände begannen zu zittern. Einen Augenblick oder zwei wirkte er wie erstarrt in dieser Stellung, dann riß er sich zusammen, glitt vom Barhocker, drehte sich um und rannte stolpernd aus dem Haus auf die Straße hinaus, und ein langer Verzweiflungsschrei drang gräßlich durch die Winterluft zu uns.

Zu sagen, daß wir erstaunt waren, hieße, es milde auszudrücken. Seth Akins' plötzliche Flucht vor Corey kam so völlig unerwartet, daß wir uns erstaunt anblickten. Erst später fiel mir ein, daß Akins' abergläubisches Gemüt vom Anblick der merkwürdigen Runzeln auf Coreys Hals unter seinen Ohren erschüttert gewesen sein mußte – denn im Verlauf unseres Gesprächs mit dem Alten hatte sich Coreys dicker Schal, der seinen Hals vor der rauhen kalten Märzluft geschützt hatte, gelöst, war in einer kurzen Schlaufe über seine Brust gefallen und hatte die Vertiefungen und die rauhe Haut enthüllt, die Coreys Hals immer gezeigt hatte, die Kehllappen, die auf Alter und Verbrauchtheit hinwiesen.

Keine andere Erklärung bot sich an, und ich sagte Corey nichts davon, um ihn nicht weiter zu erregen, denn er war sichtlich beunruhigt, und es brachte nichts, wenn man ihn noch mehr aufregte.

»Was für ein Geschwätz!« rief ich aus, sobald wir uns wieder auf der Washington Street befanden.

Er nickte abwesend, doch konnte ich deutlich erkennen, daß einige Aspekte der Erzählung des alten Burschen meinen Gefährten irgendwie beeindruckt hatten – und nicht gerade angenehm. Er rang sich ein Lächeln ab, aber ein ziemlich gezwungenes, und auf meine weiteren Einwürfe zuckte er bloß mit den Schultern, als wünschte er nicht von den Dingen zu sprechen, die wir von Akins gehört hatten.

Den ganzen Abend über war er bemerkenswert schweigsam und ganz offenkundig in Gedanken versunken, weit stärker noch als zuvor. Ich erinnerte mich, daß ich ihm seine mangelnde Bereitschaft übelnahm, die Gedanken, die sein Gemüt bedrückten, mit mir zu teilen, aber natürlich lag diese Entscheidung bei ihm und nicht bei mir, und ich hege den Verdacht, daß das, was an jenem Abend seine Gedanken bewegte, ihm so weit hergeholt und ausgefallen erschienen sein muß, daß er sich den Spott ersparen wollte, den er sich offensichtlich von mir erwartete. Darum kam ich nach mehreren Anläufen, die er abwehrte, nicht mehr auf das Thema Seth Akins und die Sagen von Innsmouth zurück.

Am Morgen kehrte ich nach New York zurück.

Weitere Auszüge aus Jeffrey Coreys *Tagebuch*.

»18. März. Erwachte am Morgen mit der Überzeugung, daß ich letzte Nacht nicht allein geschlafen hatte. Eindrücke auf dem Kissen und im Bett. Zimmer und Bett sehr *feucht*, als hätte neben mir etwas Feuchtes gelegen. Intuitiv weiß ich, daß es sich um eine Frau handelte. Aber *wie*? Beunruhigung bei dem Gedanken, daß der Marsh-Irrsinn sich vielleicht bei mir zu zeigen beginnt. *Fußspuren* auf dem Boden.

19. März. ›Meeresgöttin‹ verschwunden! Die Tür ist offen. Jemand muß sich während der Nacht eingeschlichen und sie mitgenommen haben. Man kann kaum behaupten, daß ihr Verkaufswert das Risiko lohnt! Sonst fehlt nichts.

20. März. Träumte die ganze Nacht davon, was Seth Akins sagte. Erblickte Käptn Obed Marsh unter Wasser! Uralt. *Mit Kiemen!* Schwamm vor dem Teufelsriff weit unter der Oberfläche des Atlantiks. Viele andere, Männer wie Frauen. Das merkwürdige Marsh-Aussehen! Oh, die Macht und die Herrlichkeit.

21. März. Nacht des Frühlingsbeginns. Mein Nacken pochte die ganze Nacht vor Schmerz. Konnte nicht schlafen. Stand auf und ging zur Küste hinunter. Wie mich das Meer anzieht! War mir zuvor nie bewußt, aber jetzt erinnere ich mich, wie ich mir als Kind immer einbildete, *ich hörte* – weit von der Küste entfernt, mitten auf dem Festland – das Geräusch des Meeres, der Gezeiten und der windgepeitschten Wellen! – Die ganze Nacht erfüllte mich ein furchtgetränktes Gefühl, daß etwas geschehen würde.«

Unter demselben Datum – 21. März – schrieb Corey seinen letzten Brief an mich. Er erwähnte darin seine Träume nicht, aber er schrieb mir über seine Halsschmerzen.

»Es ist nicht die Kehle – das ist klar. Das Schlucken bereitet mir keine Beschwerden. Der Schmerz scheint in dem entstellten Hautbereich unter den Ohren zu sitzen – den Kehllappen oder Warzen oder Runzeln, wie immer man es nennen will. Ich kann es nicht beschreiben, es ist nicht der Schmerz, den man mit Starre oder Verspanntheit oder einer Schwellung verbindet. Es ist, als wolle die Haut nach außen aufbrechen, und es reicht tief hinein. Gleichzeitig kann ich mich nicht des Eindrucks erwehren, daß etwas unmittelbar bevorsteht – etwas, was ich ebenso fürchte wie ich mich darauf freue, und *Stammeserinnerungen* aller Arten – so mangelhaft ich es auch ausdrücke – halten mich gefangen!«

Ich riet ihm in meiner Antwort, einen Arzt aufzusuchen, und versprach ihm, ihn Anfang April zu besuchen.

Zu dieser Zeit aber war Corey verschwunden.

Es gab einige Hinweise, daß er zum Atlantik gegangen und hineingestiegen war – ob in der Absicht zu schwimmen oder Selbstmord zu begehen, ließ sich nicht feststellen. Die Abdrücke seiner bloßen Sohlen wurden in den Überresten des merkwürdigen Tons entdeckt, den das Meer im Februar an den Strand gespült hatte, doch gab es keine Abdrücke, die auf seine Rückkehr schließen ließen. Es gab keinen Abschiedsbrief gleich welcher Art, doch hatte er Anweisungen hinterlassen, in denen er Verfügungen über seinen Besitz traf und mich zum Nachlaßverwalter einsetzte, was darauf hinwies, daß er etwas vorausgeahnt hatte.

Eine, wenn auch bestenfalls oberflächliche Suche nach Coreys Leiche wurde an der Küste und unterhalb Innsmouths durchgeführt, doch erwies sie sich als ergebnislos, und das Gericht kam unschwer zu dem Schluß, daß Corey einem Unglück zum Opfer gefallen war.

Keine Aufzeichnung der Umstände, die für das Geheimnis seines Verschwindens bedeutsam schienen, könnte ohne kurze Darstellung dessen bleiben, was ich draußen vor dem Teufelsriff in der Abenddämmerung des 17. April sah.

Es war ein friedlicher Abend, das Meer war wie aus Glas, und kein Windhauch bewegte die Abendluft. Ich stand vor dem Abschluß der Verfügungen über Coreys Besitz und hatte mich entschlossen, in einiger Entfernung vor Innsmouth hinauszurudern. Was ich vom Teufelsriff vernommen hatte, zog mich unausweichlich zu seinen Überresten hin – ein paar gezackte und zerborstene Steine, die bei Ebbe gut eine Meile vor dem Dorf aus dem Wasser emporragten. Die Sonne war jetzt untergegangen, ein schönes Nachglühen lag am westlichen Horizont, und das Meer war, so weit der Blick reichte, von tiefem Kobaltblau.

Ich hatte gerade erst das Riff erreicht, als es im Wasser großen

Aufruhr gab. Die Oberfläche wurde an vielen Stellen aufgewühlt. Ich hielt inne und saß ganz still da, denn ich vermutete, daß vielleicht ein Schwarm Delphine an die Oberfläche kam, und spürte eine gewisse Vorfreude auf den Anblick, der sich mir bieten mochte.

Es handelte sich jedoch keinesfalls um Delphine. Es war eine Art von Meeresbewohnern, von denen ich keine Kenntnis hatte. In dem schwindenden Licht glichen die Schwimmer sowohl Fischen wie auch beschuppten Menschen. Alle bis auf ein Paar von ihnen blieben dem Boot fern, in dem ich saß.

Das Paar – eines davon eindeutig ein weibliches Wesen von merkwürdig tonartiger Farbe, das andere ein Mann – kam dem Boot, in dem ich saß und ihm mit gemischten Gefühlen entgegensah, die nicht frei von der Art von Grauen waren, das aus einer tiefen Furcht vor dem Unbekannten erwächst, ganz nahe. Die beiden schwammen vorbei, stießen an die Oberfläche und tauchten wieder, und nachdem sie vorbeigeschwommen waren, wandte sich das hellhäutigere der beiden Wesen um und warf mir unzweifelhaft einen Blick zu, wobei es einen seltsamen gutturalen Laut von sich gab, der einem halberstickten Aufschrei meines Namens nicht unähnlich war: »Jack!« und mich mit der klaren und unverkennbaren Überzeugung zurückließ, *daß das kiemenbewehrte Meereswesen die Züge Jeffrey Coreys trug!*

Das verfolgt mich heute noch in meinen Träumen.

Fragmente

Diese unter Lovecrafts Papieren aufgefundenen Fragmente sind vermutlich Versuche, in rudimentärer Form, als Vorstufe zur Ausarbeitung längerer Erzählungen, einige seiner Träume niederzulegen. Keines wurde je zu einer Geschichte erweitert. Einen Schlüssel zu den Traumquellen einiger dieser Fragmente findet man in Lovecrafts Briefen.

Azathoth

Als das Alter die Welt traf und das Staunen das Gemüt der Menschen verließ; als graue Städte dem verrauchten Himmel ebenso grimmige wie häßliche Riesentürme entgegenstreckten, in deren Schatten niemand von der Sonne oder blühenden Frühlingswiesen träumte; als das Wissen die Erde ihres schönen Kleides beraubte und die Dichter nurmehr von verzerrten Phantomen sangen, die sie mit trüben und nach innen gewendeten Augen erblickten; als es zu all dem gekommen war und die kindischen Hoffnungen auf ewig vergangen waren, da gab es einen Mann, der aus dem Leben aufbrach zu einer Suchfahrt in die Räume, in welche die Träume der Welt entwichen waren.

Vom Namen und von der Behausung dieses Mannes steht wenig geschrieben, denn sie gehörten allein der Wachwelt an, doch heißt es auch, daß beide im Dunklen lagen. Es genügt zu wissen, daß er in einer Stadt mit hohen Mauern wohnte, wo ein steriles Zwielicht regierte, und daß er den ganzen Tag zwischen Schatten und Aufruhr geschuftet hatte und am Abend in einen Raum heimgekommen war, dessen einziges Fenster sich nicht auf die Felder und Haine hinaus öffnete, sondern auf einen finsteren Hof, auf den andere Fenster in stumpfer Verzweiflung hinausstarrten. Von diesem Keller aus sah man nur Wände und Fenster, außer gelegentlich, wenn man sich weit hinauslehnte und zu den kleinen Sternen emporspähte, die hoch oben vorbeizogen. Und da Mauern und Fenster allein jemanden, der viel träumt und viel liest, bald in den Wahnsinn treiben müssen, pflegte der Bewohner jenes Raumes sich Nacht um Nacht hinauszulehnen und hinaufzuspähen, um einen Blick auf einen Ausschnitt der Dinge jenseits der Wachwelt und des Graus der hohen Städte zu erhaschen. Nach Jahren fing er an, die langsam dahinziehenden Sterne beim Namen zu nennen und ihnen im Geiste zu folgen, wenn sie ihm zu seinem Kummer aus dem Blick schwanden; bis sich seinem Auge schließlich viele geheime Ansichten auftaten, die kein gewöhnliches Auge zu schauen vermutet. Und eines Nachts wurde eine Brücke über einen mächtigen Abgrund geschlagen, und der Himmel der Traumgeister wallte zum Fenster des einsamen Beobachters herein, um in der dumpfen Luft seines Zimmers aufzugehen und ihn zu einem Teil seines Fabelwunders zu machen.

In diesem Zimmer trafen ungebärdige Ströme violetter Mitternacht ein, die vor Goldstaub glitzerten, Strudel von Staub und Feuer, die aus dem entlegensten Weltraum herbeiwirbelten, befrachtet mit Wohlgerüchen von jenseits der Welten. Betäubende Ozeane ergossen sich hier, erleuchtet von Sonnen, die das Auge nie erblicken wird und in deren Wirbeln sich seltsame Delphine und Meeresnymphen aus Tiefen, die sich dem Gedächtnis entziehen, tummelten. Lautlose Unendlichkeit umströmte den Träumer und führte ihn mit sich fort, ohne auch nur den Körper zu berühren, der steif aus dem einsamen Fenster lehnte. Und an vielen Tagen, die die Kalender des Menschen nicht zählen, trugen ihn die Gezeiten ferner Himmelskugeln sanft dahin, damit er sich mit den Träumen vereinige, nach denen er sich sehnte, jene Träume, die dem Menschen verlorengegangen sind. Und als die Himmelsbahn mehrmals durchlaufen war, setzten sie ihn sanft schlummernd an einer grünen Sonnenaufgangsküste ab, einer grünen Küste mit wohlriechenden Lotosblüten, übersät mit den Sternen roter Camalaten...

(etwa 1922)

Der Sproß

Ich schreibe, den Worten meines Arztes zufolge, auf dem Totenbett, und meine schrecklichste Befürchtung ist, daß er sich irrt. Ich nehme an, man wird mich nächste Woche zu Grabe tragen, aber...

In London gibt es einen Mann, der schreit, wenn die Kirchenglocken läuten. Er haust mit seiner gestreiften Katze in Gray's Inn, und die Leute sagen, er sei ein harmloser Irrer. Sein Zimmer ist vollgestopft mit Büchern der zahmsten und kindischsten Sorte, und Stunde um Stunde versucht er, sich in ihren einfältigen Seiten zu verlieren. Er hat nur den einen Wunsch, ans Leben nicht denken zu müssen. Aus einem bestimmten Grund ist das Denken für ihn etwas Entsetzliches, und alles, was die Phantasie anregt, flieht er wie die Pest. Er ist unwahrscheinlich dünn und grau und verrunzelt, aber manche Leute behaupten, er sei bei weitem nicht so alt, wie er aussehe. Die Furcht hält ihn in ihren grausamen Klauen, und jedes Geräusch läßt ihn auffahren, seine Augen werden starr und auf seiner Stirn bilden sich Schweißtropfen. Freunde und Gefährten meidet er, denn er will keine Antwort auf Fragen geben. Jene, die ihn einst als Gelehrten und Schöngeist kannten, sagen, daß er jetzt bemitleidenswert aussieht. Er hat vor Jahren den Kontakt mit ihnen abgebrochen, und keiner von ihnen kann mit Sicherheit sagen, ob er das Land verlassen hat oder ihnen bloß auf einem verborgenen Nebenweg aus den Augen geraten ist. Seit einem Jahrzehnt wohnt er nun im Gray's Inn, und wo er sich zuvor aufgehalten hatte, darüber ließ er kein Wort verlauten bis zu der Nacht, da der junge Williams das *Necronomicon* kaufte.

Williams war ein Träumer, erst dreiundzwanzig, und als er in das uralte Haus einzog, spürte er etwas Wunderliches, einen Hauch kosmischen Windes um den grauen verrunzelten Mann im Nebenzimmer. Er zwang ihm seine Freundschaft auf, wo alte Freunde es nicht wagten, und wunderte sich über die Furcht, die diesem hageren, abgezehrten Beobachter und Lauscher im Nacken saß. Denn daß der Alte stets beobachtete und lauschte, daran konnte kein Zweifel sein. Er beobachtete und lauschte mehr mit seinem Gemüt als mit Augen und Ohren und trachtete unentwegt, irgend etwas zu übertäuben, indem er ständig über heiteren, abgeschmackten Romanen brütete. Und wenn die Kirchenglocken läuteten, dann hielt er sich die Ohren zu und schrie, und die graue Katze, die bei ihm hauste, heulte im Gleichklang mit ihm, bis der letzte Glockenschlag widerhallend verklang.

Aber so sehr sich Williams auch bemühte, er konnte seinen Nachbarn nicht dazu bringen, von etwas Belangvollem oder Verborgenem zu sprechen. Der Alte wurde seinem Aussehen und seinem Gebaren nicht gerecht, er tat so, als stimme er lächelnd zu, und plauderte aufgeregt und wie gehetzt von fröhlichen Banalitäten. Seine Stimme schwoll dabei von Augenblick zu Augenblick an und wurde immer lauter, bis sie zuletzt in einem pfeifenden und abgerissenen Falsett auseinanderfiel. Daß seine Kenntnisse tief und gründlich waren, ging selbst aus seinen allerbanalsten Bemerkungen zur Genüge hervor, und Williams war keineswegs überrascht, als er erfuhr, daß er in Harrow und Oxford studiert hatte. Später stellte sich heraus, daß er kein Geringerer als Lord Northam war, von dessen uraltem Stammschloß an der Küste Yorkshires man sich so viele Seltsamkeiten erzählte. Als Williams jedoch versuchte, das Gespräch auf das Schloß und seine angeblich römischen Ursprünge zu bringen, weigerte er sich zuzugeben, daß an ihm etwas Ungewöhnliches war. Er kicherte sogar durchdringend, wenn das Gespräch auf die angeblichen tiefen Gewölbe kam, die aus dem massiven Felsen, der auf die Nordsee hinabblickt, herausgehauen worden sein sollen.

So standen die Dinge bis zu der Nacht, da Williams das berüchtigte *Necronomicon* des verrückten Arabers Abdul Alhazred nach Hause brachte. Er hatte von diesem gefürchteten Band seit seinem sechzehnten Jahr gewußt, als seine aufkommende Vorliebe für das Bizarre ihn veranlaßt hatte, einem buckligen alten Buchhändler in der Chandos Street ausgefallene Fragen zu stellen. Und er hatte sich immer gewundert, daß die Menschen erblaßten, wenn sie davon sprachen. Der alten Buchhändler hatte ihm verraten, daß, soweit man wußte, lediglich fünf Exemplare die von Entsetzen ausgelösten Bannflüche der Priester und Gesetzgeber gegen das Buch überstanden hatten, und alle fünf wurden mit ängstlicher Sorgfalt von Wächtern unter Verschluß gehalten, die sich angeschickt hatten, die verhaßte Fraktur zu lesen. Zu guter Letzt aber hatte er nicht nur ein verfügbares Exemplar entdeckt, sondern hatte es auch um einen lächerlich geringen Betrag erworben. Und zwar in einem jüdischen Laden in der heruntergekommenen Gegend um Clare Market, wo er schon früher öfter kuriose Sachen erworben hatte. Er glaubte zu sehen, daß der knorrige alte Levit in seine Bartzotteln lächelte, als er die gewaltige Entdeckung gemacht hatte. Der voluminöse Ledereinband mit dem Messingschloß war so ins Auge fallend und der Preis absurd niedrig.

Der eine Blick, den er hatte auf den Titel werfen dürfen, hatte genügt, um ihn heftig zu erregen, und einige der Abbildungen, die in den oberflächlich nach Latein aussehenden Text eingestreut waren, lösten die dichtesten und beunruhigendsten Erinnerungen in seinem Geist aus. Er fühlte, daß er das ungeschlachte Ding umgehend nach Hause schaffen mußte, um es zu entziffern, und trug es mit solch unmäßiger Eile aus dem Laden, daß der alte Jude beunruhigend hinter ihm glucste. Als er aber endlich sicher in seinem Zimmer angekommen war, erwies es sich, daß die Verbindung von Fraktur und verfälschtem Idiom seine Fähigkeiten als Sprachforscher überstieg, und widerwillig wandte er sich an seinen wunderlichen, erschreckten Freund um Hilfe bei dem entstellten, mittelalterlichen Latein. Lord Northam flüsterte seiner gescheckten Katze Torheiten ins Ohr und fuhr heftig zusammen, als der junge Mann eintrat. Dann erblickte er den Band, fing heftig an zu zittern und fiel in tiefe Ohnmacht, als Williams den Titel nannte. Als er seine Sinne wiedererlangt hatte, erzählte er seine Geschichte, erzählte stoßweise flüsternd von seinem phantastischen Wahngebilde, damit sein Freund nicht versäume, das verfluchte Buch unverzüglich zu verbrennen und seine Asche in alle Winde zu zerstreuen.

Von Anfang an, flüsterte Lord Northam, mußte etwas falsch gelaufen sein, es wäre jedoch nie zum Ausbruch gekommen, wenn er seine Forschungen nicht zu weit getrieben hätte. Er war der neunzehnte Baron einer Linie, deren Anfänge beunruhigend weit in die Vergangenheit zurückreichten – unglaublich weit, wenn man einer vagen Überlieferung Glauben schenken durfte, denn es gab Familiengeschichten, die von einer Abkunft aus der Zeit vor den Sachsen zu berichten wußten, da ein gewisser Luneus Gabinius Capito, der Militärtribun der Dritten Legion des Augustus, die damals in Lindum im römischen Britannien stationiert war, auf schnellstem Wege seines Kommandos enthoben worden war, weil er an gewissen Zeremonien teilgenommen hatte, die mit keiner bekannten Religion zu tun hatten. Gabinius war, so wußte das Gerücht zu berichten, auf eine Höhle im Kliff gestoßen, in der seltsame Leute zusammentrafen und im Dunkeln das Alte Zeichen machten, ein seltsames Völkchen, von dem die Britannier nur voller Furcht sprachen, die letzten Überlebenden eines gewaltigen Landes im Westen, das untergegangen war und nur Inseln zurückgelassen hatte, mit Steinen und Ringen und Schreinen, von denen Stonehenge der größte war. Man konnte natürlich nicht sicher sein, daß die Legende stimmte, derzufolge Gabinius über der verbotenen Höhle eine unbezwingbare Festung erbaut und ein Geschlecht gegründet hatte, das weder Pikten noch Sachsen, auch nicht Dänen und Normannen auslöschen konnten, oder die stillschweigende Vermutung, daß diesem Geschlecht der kühne Gefährte und Unterführer des Schwarzen Prinzen entsprang, den Eduard der Dritte zum Baron von Northam erhob. All das war keineswegs gesichert, doch wurde oft davon erzählt; und wirklich sahen die Steinbauten von Schloß Northam beunruhigenderweise wie das Mauerwerk von Hadrians Wall aus. Als Kind hatte Lord Northam merkwürdige Träume gehabt, wenn er in den älteren Teilen der Burg schlief, und hatte sich angewöhnt, durch sein Gedächtnis hindurch auf halbverschwommene Szenen, Muster und Eindrücke zurückzublicken, die an seinen Erlebnissen im Wachzustand keinen Anteil hatten. Er wurde ein Träumer, der das Leben fade und unbefriedigend fand, ein Erkunder seltsamer Reiche und einst vertrauter Beziehungen, die allerdings der sichtbaren Welt verborgen waren.

In dem Gefühl, daß die Welt des Greifbaren nur ein Atom in einem unermeßlichen und bedeutungsschweren Gewebe ist und daß unbekannte Kräfte die Sphäre des Bekannten an jedem Punkt bedrängen und durchdringen, lernte Northam als Knabe und als junger Mann nacheinander die Quellen der herkömmlichen Religion und der okkulten Geheimlehren kennen. Nirgends jedoch konnte er Ruhe und Zufriedenheit finden, und je älter er wurde, desto aufreizender wurden für ihn Schalheit und Begrenztheit des Lebens. In den neunziger Jahren hatte er sich mit dem Satanismus eingelassen, und zu allen Zeiten nahm er gierig jede Lehre und Theorie in sich auf, die ein Entkommen aus den engen Perspektiven der Wissenschaft und den stumpfsinnigen unveränderlichen Naturgesetzen zu versprechen schienen. Bücher wie Ignatius Donnellys visionäre Darstellung von Atlantis verschlang er mit Lust, und ein Dutzend zweifelhafter Vorläufer des Charles Fort zogen ihn in den Bann ihrer Phantastereien. Er reiste meilenweit, um einer flüchtigen Dorferzählung von einem abnormen Wunder nachzugehen, und einmal zog er in die Wüste Arabiens, um eine

Stadt ohne Namen zu suchen, von der er verschwommen gehört hatte und die niemand je mit eigenen Augen gesehen hat. In ihm regte sich quälend die Überzeugung, irgendwo gäbe es einen leichten Zugang, der ihm, wenn er ihn fand, unschwer Eintritt in jene äußersten Tiefen verschaffen würde, deren Nachhall so düster in seinem Hinterkopf pochte. Vielleicht existierte das Tor in der sichtbaren Welt, vielleicht aber auch nur in seinem Gemüt und in seiner Seele. Vielleicht gab es in seinem eigenen halberforschten Gehirn jenes kryptische Bindeglied, das ihn für uralte und zukünftige Lebensspannen in vergessenen Dimensionen erwecken, das ihn mit den Sternen und den Unendlichkeiten und Ewigkeiten hinter ihnen verbinden würde...

(ungefähr um 1926)

Das Buch

Meine Erinnerungen sind völlig durcheinander. Ich kann nicht einmal sagen, wo sie einsetzen, denn zuweilen tauchen bedrükkende Bilder von Jahren, die hinter mir liegen, auf, und dann wieder scheint es, als sei der Augenblick nur ein isolierter Punkt in einer grauen, gestaltlosen Unendlichkeit. Ich weiß nicht einmal sicher, wie ich diese Botschaften verständlich machen soll. Zwar weiß ich, daß ich spreche, aber ich habe den vagen Eindruck, daß irgendeine seltsame und vielleicht entsetzliche Art der Vermittlung nötig sein wird, um das, was ich sage, bis zu dem Punkt, da ich gehört werden will, zu ertragen. Auch meine Identität liegt in irritierendem Dunkel. Ich scheine einen gewaltigen Schock erlitten zu haben – vielleicht nach einer absolut monströsen Übersteigerung einer Serie einzigartiger, unglaublicher Erlebnisse.

Die Serie von Erlebnissen hängt natürlich mit jenem wurmstichigen Buch zusammen. Ich erinnere mich, wann ich es fand – an einer düsteren Stätte, über die ständig wallende Nebel hinziehen, in der Nähe eines ölig-schwarzen Flusses. Die Stätte war sehr alt, sah ziemlich heruntergekommen aus, und die bis zur Decke reichenden Bücherregale voller modriger Bände erstreckten sich endlos weiter in fensterlose Innenräume und Nischen. Überdies lagen große, ungeordnete Bücherstapel auf dem Fußboden und in primitiven Kisten. Auf einem solchen Stapel hatte ich das Zeug gefunden. Ich erfuhr nie seinen Titel, denn die Anfangsseiten fehlten, aber die letzten Seiten lagen aufgeschlagen da und lenkten meinen flüchtigen Blick auf etwas, das meine Sinne schwindeln ließ.

Ich wußte von einer Art Formel – einer Aufstellung, was man sagen und tun sollte –, in der ich etwas Unheilvolles und Verbotenes erkannte, etwas, von dem ich zuvor in versteckten Artikeln gelesen hatte, in denen sich Abscheu und Faszination mischten, niedergeschrieben von jenen seltsamen, uralten Erforschern der wohlgehüteten Geheimnisse des Universums, deren vermodernde Texte ich in mich aufzunehmen liebte. Sie war ein Schlüssel – eine Art Führer – zu gewissen Toren und Übergängen, von denen Mystiker geträumt und geraunt haben seit der Jugend der Spezies, und die zu Freiheiten und Entdeckungen außerhalb der drei Dimensionen und Lebens- und Materiebereiche, die wir kennen, führte. Seit Jahrhunderten hatte sich niemand an ihre lebensspendende Substanz erinnert oder gewußt, wo sie zu finden sei, aber dieses Buch war wirklich sehr alt. Keine Druckerpresse, sondern die Hand eines halbverrückten Mönchs hatte diese unheimlichen lateinischen Formulierungen in Unzialen von ehrfurchtgebietendem Alter gezogen. Ich erinnere mich an den höhnischen Blick des alten Mannes, sein Kichern, und daß er mit der Hand ein seltsames Zeichen machte, als ich es forttrug. Er hatte sich geweigert, eine Bezahlung anzunehmen, und erst viel später erriet ich den Grund. Als ich durch diese engen, gewundenen, in Nebel gehüllten Straßen der Hafengegend nach Hause eilte, hatte ich den beängstigenden Eindruck, daß mir leise trippelnde Schritte beharrlich folgten. Die jahrhundertealten, verfallenden Häuser rechts und links schienen neu belebt durch eine schauerliche Bösartigkeit – als ob ein bisher aufgestauter Kanal teuflischer Intelligenz plötzlich geöffnet zu fließen begänne. Ich fühlte, daß diese Wände und überhängenden Giebel aus schimmelbedeckten Ziegeln und schwammigem Mörtel und Holz – mit augenähnlichen, rautenförmigen Fenstern, die höhnisch blickten – drauf und dran waren, sich vorzuschieben und mich zu erdrücken... und doch hatte ich nur das unbedeutendste Bruchstück jenes gotteslästerlichen Liedes gelesen, bevor ich das Buch zuklappte und einsteckte.

Ich erinnere mich, wie ich schließlich das Buch las – mit bleichem Gesicht, eingeschlossen in dem Giebelzimmer, das ich seit langem seltsamen Forschungen gewidmet hatte. In dem großen Haus war es ganz still, denn ich war erst nach oben gegangen, als Mitternacht vorbei war. Ich glaube, ich hatte damals eine Familie – obwohl die Einzelheiten völlig verschwommen sind –, und ich weiß, daß es zahlreiche Dienstboten gab. In welchem Jahr das war, vermag ich nicht zu sagen, denn seit damals habe ich viele Zeitalter und Dimensionen erlebt, und mein ganzer Zeitbegriff hat sich aufgelöst und verändert. Ich las bei Kerzenschein – ich erinnere mich noch an das unbarmherzige Tropfen des Wachses –, und von fernen Glockentürmen erklang ab und zu Glockengeläut. Ich schien dieses Glockengeläut mit merkwürdiger Spannung zu verfolgen, als fürchtete ich, darunter einen fernen, störenden Klang zu vernehmen.

Dann war das erste Mal Kratzen und Tappen am Giebelfenster zu hören, das hoch über die anderen Dächer der Stadt hinwegblickte. Es war zu vernehmen, als ich laut den neunten Vers dieses Urliedes vor mich hin sprach, und unter Schaudern war mir klar, was es bedeutete. Denn derjenige, der die Tore passiert, erwirbt sich immer einen Schatten, und hinfort ist er nie mehr allein. Ich hatte die Geister heraufbeschworen – und das Buch enthüllte wirklich alles, was ich vermutet hatte. In jener Nacht schritt ich durch das Tor, hinein in einen Wirbel aus verzerrter Zeit und Vorstellung, und als ich mich am Morgen in dem Dachzimmer fand, erblickte ich an Wänden und Borden und Einrichtungen etwas, was ich nie zuvor gesehen hatte.

Auch nachher konnte ich die Welt nie mehr so wahrnehmen, wie ich sie gekannt hatte. In die augenblickliche Szene mischte sich immer ein wenig Vergangenheit und ein wenig Zukunft, und jeder einst vertraute Gegenstand ragte fremdartig in die neue Perspektive hinein, zu der meine erweiterte Sicht geführt hatte. Von da an wandelte ich in einem phantastischen Traum unbekannter und halbbekannter Formen, und mit jedem neuen Tor, das ich durchschritt, verloren die Dinge der eingeschränkten Sphäre, an die ich so lang gebunden gewesen war, an Schärfe. Was ich um mich sah, konnte niemand sonst sehen, und ich wurde doppelt so schweigsam und reserviert, damit man mich nicht für verrückt hielt. Hunde fürchteten mich, denn sie spürten den äußeren Schatten, der nie von meiner Seite wich. Ich las jedoch noch immer weiter – in verborgenen, vergessenen Büchern und Schriftrollen, zu denen mich meine neue Sicht führte – und drängte vorwärts durch neue Tore des Weltraums und Seins und der Lebensformen auf den Kern des unbekannten Kosmos zu.

Ich erinnere mich an die Nacht, da ich die fünf konzentrischen Feuerkreise auf dem Fußboden zog und im Innersten stand und jene ungeheuerliche Litanei anstimmte, die der Sendbote aus der Tartarei mitgebracht hatte. Die Mauern schmolzen hinweg, und ich wurde von einem schwarzen Wind durch Abgründe von bodenlosem Grau mitgerissen, Meilen unter mir die nadelscharfen Spitzen unbekannter Berge. Nach einiger Zeit herrschte völlige Schwärze, und dann bildete das Licht von Abermillionen Sternen seltsame, fremdartige Sternbilder. Schließlich erblickte ich unter mir eine grün beleuchtete Ebene, und darauf unterschied ich die verzerrten Türme einer Stadt, in einem Stil erbaut, der mir nie zu Gesicht gekommen war, der mir nie bei meiner Lektüre oder im Traum begegnet war. Als ich näher an diese Stadt heranschwebte, erblickte ich ein großes quadratisches Gebäude aus Stein auf einem offenen Platz und spürte, wie eine entsetzliche Furcht mich in ihre Fänge nahm. Ich schrie und kämpfte, und nach einer Zeit der

Bewußtlosigkeit fand ich mich in meiner Dachkammer wieder, der Länge nach ausgestreckt über fünf leuchtenden Kreisen auf dem Boden. Die Wanderungen jener Nacht hatten nichts Seltsameres an sich als die Wanderungen vieler früherer Nächte, doch war das Grauen größer, denn ich wußte, daß ich diesen Abgründen und Welten draußen näher war als je zuvor. In der Folge war ich bei meinen Beschwörungen vorsichtiger, denn ich verspürte nicht den Wunsch, vom Körper und von der Erde in unbekannten Abgründen, aus denen ich niemals zurückkehren könnte, abgeschnitten zu werden...

(ungefähr um 1934)

Das Ding im Mondlicht

Morgan ist kein Literat. Die Wahrheit sieht vielmehr so aus, daß er nicht einmal zusammenhängend Englisch sprechen kann. Das ist der Grund, warum ich über die Worte staune, die er geschrieben hat, auch wenn andere gelacht haben.

An dem Abend, als es passierte, war er allein. Unvermutet überkam ihn ein unüberwindbarer Drang zu schreiben, er griff zur Feder und schrieb folgendes:

Mein Name ist Howard Phillips. Ich lebe in der College Street 66 in Providence, Rhode Island. Am 24. November 1927 – ich weiß nicht einmal, welches Jahr jetzt sein mag – versank ich in Schlaf und träumte, und seit damals bin ich nicht imstande, wieder wach zu werden.

Mein Traum setzte ein in einem naßkalten, vom Schilf überwachsenen Sumpf, der unter einem grauen Herbsthimmel lag. Gegen Norden zu ragte ein Kliff aus flechtenüberzogenem Gestein auf. Von einem unklaren Drang getrieben, stieg ich eine Spalte oder Rinne in dieser überhängenden Steilwand empor, und beim Klettern bemerkte ich zahllose furchterregende Höhlen, zur Rechten und zur Linken, bis in die Tiefen des Felsplateaus aufgesperrte schwarze Rachen.

An mehreren Stellen war der Durchgang überdacht, weil die Felsen über der engen Spalte ganz nahe zusammentraten; diese Stellen waren stockdunkel, so daß man unmöglich irgendwelche Höhlen erkennen konnte, die dort vorhanden sein mochten. In einem solchen dunklen Abschnitt überkam mich eine einzigartige Furcht, als verschlängen feine, körperlose Ausdünstungen aus dem Abgrund meinen Geist. Es war jedoch zu dunkel, als daß ich die Quelle meiner Beunruhigung entdeckt hätte.

Schließlich gelangte ich auf eine Hochebene mit moosbewachsenem Fels und kargem Boden, erhellt von einem schwachen Mondlicht, das das erlöschende Tagesgestirn abgelöst hatte. Als ich mich umblickte, gewahrte ich kein lebendes Wesen, aber ich spürte eine höchst merkwürdige Bewegung weit unter mir, unter den flüsternden Binsen des Pestsumpfes, den ich erst vor kurzem hinter mir gelassen hatte.

Nachdem ich eine Strecke gegangen war, stieß ich auf die rostigen Schienen einer Straßenbahn und die wurmzerfressenen Pfosten, die noch immer die schlaff durchhängende Oberleitung hielten. Als ich diesen Gleisen folgte, traf ich bald auf einen gelben Waggon mit Plattform und der Nummer 1852 – ein gewöhnlicher, vorn und hinten steuerbarer Typ, wie er von 1900 bis 1910 üblich war. Es saß niemand darin, doch stand er offensichtlich zur Abfahrt bereit, der Stromabnehmer war ausgefahren, und die Druckluftbremse pochte ab und zu unter dem Boden. Ich stieg ein und sah mich vergebens nach dem Lichtschalter um – und dabei fiel mir auf, daß der Steuerhebel fehlte, was darauf hindeutete, daß sich der Wagenführer für kurze Zeit entfernt hatte. Ich setzte mich auf einen der Quersitze des Fahrzeugs. Bald hörte ich in dem spärlichen Gras zur Linken ein Schwirren und sah die dunklen Gestalten zweier Menschen im Mondlicht aufragen. Sie trugen die Uniformmützen einer Eisenbahngesellschaft, es handelte sich zweifellos um den Fahrer und den Schaffner. Dann *schnüffelte* einer von ihnen auffallend heftig und wandte sein Gesicht dem Mond zu, um ihn anzuheulen. Der andere ließ sich auf alle viere nieder und lief auf den Wagen zu.

Ich sprang sofort auf, stürzte wie verrückt aus dem Wagen und rannte über endlose Meilen des Plateaus, bis ich vor Erschöpfung nicht weiterkonnte – und zwar nicht deswegen, weil sich der Schaffner auf alle Viere niedergelassen hatte, sondern weil das Gesicht des Wagenführers lediglich ein weißer Kegel war, der in einem blutroten Saugarm auslief.

...

Ich wußte natürlich, daß ich nur träumte, aber dieses Wissen war keineswegs angenehm.

Seit jener furchtbaren Nacht bete ich nur, ich möge erwachen – ich bin aber nicht erwacht!

Vielmehr stelle ich fest, daß ich ein *Bewohner* dieser entsetzlichen Traumwelt bin! Die erste Nacht wich der Morgenröte, und ich schlenderte ziellos durch die einsame Sumpflandschaft. Als die Nacht hereinbrach, wanderte ich noch immer umher, in der Hoffnung, wach zu werden. Plötzlich jedoch teilte ich das Schilf und erblickte vor mir einen uralten Eisenbahnwaggon – und auf einer Seite ein kegelgesichtiges Wesen, das den Kopf hob und seltsam in dem herabfließenden Mondlicht heulte.

Tag für Tag war es dasselbe. Jede Nacht führte mich wieder an jenen Schreckensort. Ich habe versucht, mich bei Anbruch der Nacht nicht zu bewegen, aber ich muß wohl schlafwandeln, denn ich erwache stets, sowie das Schreckenswesen vor mir im bleichen

Mondschein heult, und ich drehe mich um und fliehe wie von Sinnen.

Guter Gott! Wann werde ich erwachen?

Das ist es, was Morgans niederschrieb! Ich würde schon in die College Street 66 in Providence gehen, aber ich fürchte das, was ich dort vielleicht vorfinde.

(1934)

Das uralte Volk

Providence, 2. November 1927

Lieber Melmoth:
... Du beschäftigst Dich also damit, in die zwielichte Vergangenheit dieses unausstehlichen jungen Asiaten Varius Avitus Bassianus einzudringen? Ach! Es gibt nur wenige Personen, die ich mehr verabscheue als diese verfluchte kleine syrische Ratte!

Mich hat kürzlich die Lektüre von James Rhoades' *Aeneis*[1] in die Zeit der Römer zurückgeführt, eine Übersetzung, die ich zuvor nie gelesen hatte und die P. Maro gerechter wird als jede andere Fassung, die ich kenne – darunter die meines verstorbenen Onkels Dr. Clark, die unveröffentlicht ist. Dieser Vergilische Zeitvertreib, im Verein mit den gespenstischen Gedanken, die mit dem Vorabend von Allerheiligen mit seinen Hexensabbaten auf den Hügeln zusammenhängen, rief in mir letzte Montagnacht einen römischen Traum von solch übernatürlicher Klarheit und Lebendigkeit und solch titanischen Andeutungen verborgenen Grauens hervor, daß ich wahrhaft glaube, ich werde mich seiner eines Tages in meiner erzählenden Prosa bedienen. Träume von Rom waren in meiner Jugend nichts Ungewöhnliches – ich pflegte dem göttlichen Julius als ein Tribunus Militum der Nacht durch ganz Gallien zu folgen –, aber seit langem hatte ich keinen Traum von solch außerordentlich beeindruckender Kraft mehr gehabt.

Es war ein flammender Sonnenuntergang oder Spätnachmittag in dem winzigen Provinzstädtchen Pompelo, am Fuß der Pyrenäen im spanischen Citerior.[2] Es muß in einem späten Jahr der Republik[3] gewesen sein, denn die Provinz wurde noch immer von einem Prokonsul des Senats und nicht von einem prätorianischen Unterfeldherrn des Augustus regiert, und der Tag war der erste vor den Kalenden des November.[4] Die Berge erhoben sich scharlachrot und golden im Norden der Kleinstadt, und die nach Westen eilende Sonne schien rötlich und mystisch auf die rohen neuen, aus Stein und Mörtel zusammengefügten Gebäude des staubigen Forums herab und auf die Holzwände des in einiger Entfernung weiter östlich gelegenen Zirkus. Gruppen von Bürgern – breitstirnige römische Kolonisten und grobhaarige romanisierte Einheimische neben offenkundigen Kreuzungen beider Rassen, alle gleichermaßen in billige Wolltogen gekleidet – und Beimischungen von behelmten Legionären und in grobe Mäntel gekleidete, schwarzbärtige Stammesangehörige der ringsum siedelnden Vaskonen –, sie alle tummelten sich auf den wenigen gepflasterten Straßen und dem Forum, angetrieben von einer unbestimmten und unbenennbaren Besorgnis. Ich selbst war gerade aus einer Sänfte gestiegen, welche illyrische Träger ziemlich eilig aus Calagurris, von der anderen Seite des Iberus im Süden, hergetragen zu haben schienen. Es hatte den Anschein, als sei ich ein Provinzquästor namens L. Caelius Rufus, und als sei ich vom Prokonsul P. Scribonius Libo hierherzitiert worden, der erst vor einigen Tagen aus Tarraco[5] angekommen war. Bei den Soldaten handelte es sich um die fünfte Kohorte der XII. Legion unter dem Militärtribunen Sex. Asellius; und der Unterfeldherr des ganzen Gebietes, Cr. Balbutius, war ebenfalls aus Calagurris gekommen, dem ständigen Stationierungsort.

Die Sitzung war einberufen worden wegen des Schreckens, der die Berge in Bann schlug. Die Stadtbewohner wurden von Furcht gepeinigt und hatten um die Entsendung einer Kohorte aus Calagurris gebeten. Die entsetzliche Zeit des Herbstes war angebrochen, und das wilde Bergvolk traf Vorbereitungen für die grausigen Zeremonien, die in den Städten nur gerüchteweise bekannt waren. Es handelte sich um einen uralten Volksschlag, der weiter oben in den Bergen wohnte und eine abgehackte Sprache sprach, die den Vaskonen unverständlich war. Sie ließen sich selten sehen. Ein paarmal im Jahr jedoch sandten sie kleine gelbe, schielende Sendboten herab (die wie Skythen[6] aussahen), um mit den Kaufleuten mittels Zeichensprache Handel zu treiben. Und jeden Frühling und Herbst hielten sie ihre berüchtigten Zeremonien auf den Gipfeln ab. Ihr Heulen und ihre Altarfeuer versetzten dann die Dörfer in Schrekken. Immer dasselbe – die Nacht vor den Kalenden des Mai und die Nacht vor den Kalenden des November. Knapp vor diesen Nächten pflegten Stadtbewohner zu verschwinden, und man hörte nie mehr von ihnen. Und es liefen Gerüchte um, daß die einheimischen Hirten und Bauern dem uralten Volk nicht übel gesinnt waren – daß mehr als eine strohgedeckte Hütte an den beiden entsetzlichen Sabbaten vor Mitternacht leer stand.

In diesem Jahr war die Furcht größer als sonst, denn die Leute wußten, daß Pompelo den Zorn des uralten Volks erregt hatte. Vor drei Monaten waren fünf der kleinen schielenden Händler von den Bergen herabgekommen, und bei einer Rauferei auf dem

Markt waren drei von ihnen erschlagen worden. Die übrigen beiden waren wortlos in ihre Berge zurückgekehrt – *und in diesem Herbst war kein einziger Dorfbewohner verschwunden.* In dieser Ausnahme lag eine Bedrohung. Es sah dem uralten Volk überhaupt nicht ähnlich, am Sabbat seine Opfer zu verschonen. Das war zu schön, um normal zu sein, und die Dorfbewohner warteten in Angst und Schrecken.

Seit vielen Nächten war aus den Bergen ein dumpfes Trommeln zu hören gewesen, und schließlich hatte Tib. Annaes aus Stilpo (der halb eingeborener Abstammung war) zu Balbutius in Calagurris senden lassen, mit der Bitte um eine Kohorte, die dem Sabbat in der entsetzlichen Nacht ein Ende bereiten sollte. Balbutius hatte sich gedankenlos geweigert mit der Begründung, daß die Befürchtungen der Dorfbewohner grundlos waren und daß die schaurigen Riten der Bergbewohner römische Bürger nicht zu kümmern brauchten, solange die eigenen Leute nicht bedroht waren. Ich jedoch, der ich als enger Freund des Balbutius galt, konnte seine Meinung nicht teilen, denn ich behauptete, daß ich tief in die schwarze, verbotene Überlieferung eingedrungen war und daß ich das uralte Volk für imstande hielt, über die Stadt so gut wie jedes unsägliche Verhängnis zu bringen. Nicht zuletzt war die Stadt eine römische Siedlung mit einer großen Anzahl römischer Bürger. Helvia, die leibliche Mutter des Beschwerde führenden Aedilen, war eine reinrassige Römerin, die Tochter des M. Helvius Cinna, der mit Scipios Heer hierher gezogen war. Deshalb hatte ich einen Sklaven – einen behenden kleinen Griechen namens Antipater – mit Briefen zu dem Prokonsul gesandt, und Scribonius war meinem Ersuchen nachgekommen und hatte Balbutius befohlen, seine fünfte Kohorte unter Asellius nach Pompelo zu entsenden, um am Vorabend der Kalenden des November in der Dämmerung in die Berge einzumarschieren und jedweder der unsäglichen Orgien ein für allemal ein Ende zu bereiten – und allfällige Gefangene für den nächsten Gerichtstag des Proprätors nach Tarraco zu schaffen. Balbutius hatte jedoch Einspruch dagegen erhoben, so daß ein weiterer Briefwechsel folgte.

Ich hatte dem Prokonsul so ausführlich geschrieben, daß er sich ernsthaft interessiert gezeigt und entschlossen hatte, persönlich zu untersuchen, was es mit diesen Schrecken auf sich hatte. Schließlich hatte er sich mit seinen Liktoren und Dienern nach Pompelo begeben, wo er genügend von den Gerüchten vernommen hatte, um im höchsten Maß beeindruckt und besorgt zu sein und fest auf seinem Befehl zu bestehen, den Sabbat auszumerzen. Da er wünschte, sich mit jemandem beraten zu können, der die Sache studiert hatte, befahl er mir, mich der Kohorte des Asellius anzuschließen – und Balbutius war ebenfalls mitgekommen, um seine gegenteiligen Ansichten weiter zu vertreten, denn er war aufrichtig überzeugt, daß drastische militärische Aktionen unter den Vaskonen eine gefährliche Stimmung der Unruhe auslösen würden, sowohl bei den mit ihren Stämmen lebenden wie den angesiedelten. Also waren wir hier alle in dem mystischen herbstlichen Sonnenuntergang der Berge versammelt – der alte Scribonius Libo in einer Toga Praetexta, das goldene Licht spiegelte sich auf seinem Glatzkopf und in seinem faltigen Habichtsgesicht, Balbutius in schimmerndem Helm und Brustpanzer, die blaurasierten Lippen zusammengepreßt in bewußt hartnäckiger Widersetzung, der junge Asellius mit seinen Beinschienen und seinem herablassenden Lächeln und die merkwürdige Menge von Stadtbewohnern, Legionären, Stammesangehörigen, Bauern, Liktoren, Sklaven und Dienern. Ich selbst trug offensichtlich eine gewöhnliche Toga und hob mich durch kein Merkmal besonders hervor.

Und überall herrschte brütendes Entsetzen. Die Stadt- und Umlandbewohner wagten kaum die Stimme zu erheben, und die Männer aus Libos Gefolge, die seit fast einer Woche hier waren, schienen ein wenig von dem namenlosen Furchtgefühl angesteckt worden zu sein. Der alte Scribonius selbst sah sehr ernst drein, und den scharfen Stimmen von uns Spätergekommenen schien eine merkwürdige Unangemessenheit zu eignen, als befänden wir uns an einer Stätte des Todes oder im Tempel eines mystischen Gottes. Wir betraten das Prätorium und hielten ernste Beratungen ab. Balbutius brachte nachdrücklich seine Einwände vor und wurde von Asellius unterstützt, der alle Einheimischen aufs äußerste zu verachten schien, es aber gleichzeitig für inopportun hielt, Aufruhr unter ihnen auszulösen. Beide Soldaten vertraten den Standpunkt, daß wir es uns eher leisten konnten, die Minderheit von Kolonisten und zivilisierten Einheimischen durch Untätigkeit vor den Kopf zu stoßen, als uns höchstwahrscheinlich eine Mehrheit von Stammesangehörigen und Hüttenbewohnern zu Feinden zu machen, indem wir die gefürchteten Zeremonien ausrotteten. Ich andererseits erneuerte meine Forderung, hart durchzugreifen, und bot mich an, die Kohorte auf jeder Strafexpedition zu begleiten, zu der sie aufbrechen mochte. Ich wies darauf hin, daß die barbarischen Vaskonen bestenfalls Unruhe zeigten und wir ihrer Loyalität nicht sicher sein konnten, so daß Zusammenstöße mit ihnen früher oder später unausweichlich waren, welchen Kurs wir auch einschlugen, daß sie sich in der Vergangenheit nicht als ernsthafte Gegner für unsere Legionen erwiesen hatten und daß es den Vertretern des römischen Volks schlecht anstünde, es Barbaren zu gestatten, sich in eine Politik einzumischen, wie sie Gerechtigkeit und Ansehen der Republik erforderten. Daß andererseits auch die reibungslose Verwaltung einer Provinz in erster Linie von der Sicherheit und dem guten Willen des zivilisierten Elements abhing, in dessen Händen der lokale Ablauf von Handel und Wohlstand lag und in dessen Adern eine beträchtliche Beimischung unseres eigenen italienischen Blutes zirkulierte. Es war, obwohl es der Zahl nach eine Minderheit bilden mochte, das stabile Element, auf dessen Zuverlässigkeit man bauen konnte und dessen Mitarbeit die Provinz am festesten mit dem Imperium des Senats und des römischen Volkes verbinden würde. Es war zugleich unsere Pflicht und unser Vorteil, ihm den Schutz zu bieten, der Bürgern Roms zustand, selbst (und an dieser Stelle warf ich Balbutius und Asellius einen sarkastischen Blick zu) wenn es einige Mühe kostete durchzugreifen und Würfelspiel und Hahnenkämpfe im Lager Calagurris kurz unterbrochen würden.

Daß die Gefahr für die Stadt und die Bewohner Pompelos keine Einbildung war, stand für mich nach Studien unzweifelhaft fest. Ich hatte zahlreiche Schriftrollen aus Syrien, Ägypten und den kryptischen Städten Etruriens[7] gelesen und hatte ausführlich Zwiegespräche mit dem blutrünstigen Priester der Diana Aricina in seinem Tempel in den Wäldern, die an den Lacus Nemorensis[8] grenzten, gehalten. Entsetzlich Verhängnisvolles konnte am Sabbat aus den Bergen herabbeschworen werden, Verhängnisse, die man auf einem Territorium des römischen Volkes einfach nicht dulden durfte, und Orgien von der Art zuzulassen, wie sie bekanntlich am Sabbat gefeiert werden, wäre kaum mit den Gepflogenheiten jener vereinbar, deren Vorväter zur Zeit des Konsuls A. Postumius so viele römische Bürger wegen Ausübung der Bacchanalien hatten hinrichten lassen – ein Vorfall, der auf ewige Zeiten in Erinnerung gerufen wurde durch das Senatus Consultum de Bacchanalibus, in Bronze graviert und für jedes Auge sichtbar.

Rechtzeitig unter Kontrolle gehalten, ehe die Ausbreitung der Riten womöglich etwas auslöste, womit das Eisen eines römischen Pilums nicht mehr fertig wurde, würde der Sabbat die Stärke einer einzigen Kohorte nicht überfordern. Nur Teilnehmer sollten festgenommen werden, und wenn man die große Anzahl bloßer Zuschauer verschonte, ließe sich die Verstimmung bei dem sympathisierenden Teil der Landbevölkerung weitgehend in Grenzen halten. Kurzum, sowohl aus prinzipiellen wie aus politischen Gründen war entschlossenes Handeln angezeigt, und ich konnte nicht daran zweifeln, daß Publius Scribonius in Anbetracht der Würde und Verpflichtungen des Volkes von Rom seinen Plan aufrecht halten würde, die Kohorte zu entsenden und mich mit ihr, aller Einwände zum Trotz, die Balbutius und Asellius – die wahrhaftig mehr als Provinzbewohner denn als Römer sprachen – in wachsender Zahl noch vorbringen mochten.

Die sinkende Sonne stand jetzt schon sehr niedrig, und die ganze Stadt schien in einen unwirklichen und unheilvollen Glanz getaucht. Dann bekundete der Prokonsul P. Scribonius seine Zustimmung zu meinen Worten und teilte mich der Kohorte in der vorübergehenden Funktion eines Centurio primipilus zu. Balbutius und Asellius beugten sich dem, der eine bereitwilliger als der andere.

Als die Dämmerung an den wilden Herbsthängen niedersank, schwebte ein getragenes, schauriges Gedröhn fremdartiger Trommeln in gräßlichen Rhythmen von ferne herab. Einige wenige Legionäre zeigten sich furchtsam, aber scharfe Befehle stellten die Ordnung her, und die ganze Kohorte nahm bald auf der offenen Ebene östlich des Zirkus Aufstellung. Libo selbst, aber auch Balbutius bestanden darauf, die Kohorte zu begleiten. Es bereitete jedoch große Schwierigkeiten, einen einheimischen Führer zu finden, der den Weg zu den Bergen weisen konnte. Schließlich erklärte sich ein junger Mann namens Vercellius, der Sohn reinrassiger römischer Eltern, bereit, uns zumindest über die Ausläufer hinaus zu führen. Wir marschierten in der einsetzenden Dämmerung los, die schwache Silbersichel des Neumonds zitterte über den Wäldern zu unserer Linken.

Das, was uns am meisten in Unruhe versetzte, war *die Frage, ob der Sabbat überhaupt abgehalten wurde*. Berichte vom Anmarsch der Kohorte mußten die Berge erreicht haben, und selbst die Tatsache, daß eine endgültige Entscheidung noch ausstand, konnte dem Gerücht nichts von seiner beunruhigenden Wirkung nehmen – und doch ließen sich die unheimlichen Trommeln von gestern vernehmen, als ob die Feiernden einen besonderen Grund hätten, sich nicht darum zu kümmern, ob Streitkräfte des Römischen Volkes gegen sie marschierten oder nicht.

Die Geräusche schwollen an, als wir in einer Schlucht aufwärts in die Berge marschierten. Bewaldete Steilhänge schlossen uns rechts und links ein, und im flackernden Licht unserer Fackeln zeigten sich merkwürdig phantastische Baumstämme. Wir waren alle zu Fuß unterwegs, mit Ausnahme von Libo, Balbutius, Asellius, zwei oder drei Zenturionen und mir selbst. Schließlich wurde der Pfad so steil und eng, daß die Berittenen gezwungen waren, die Pferde zurückzulassen. Eine Abteilung von zehn Mann wurde zu ihrer Bewachung abgestellt, obwohl es wenig wahrscheinlich war, daß in einer solchen Schreckensnacht Räuberbanden unterwegs waren. Ab und zu schien es, als verberge sich eine zusammengekauerte Gestalt in den nahen Wäldern. Nach halbstündigem Klettern machten Steilheit und Enge des Weges den Vormarsch einer so großen Truppe – zusammen insgesamt über 300 Mann – außergewöhnlich mühsam und beschwerlich.

Dann, völlig überraschend und erschreckend plötzlich, hörten wir von unten einen furchtbaren Laut. Er stammte von den angepflockten Pferden – sie hatten *gebrüllt*... nicht gewiehert, sondern *gebrüllt*... und dort unten war kein Licht, auch nicht ein Geräusch von Menschen, das angezeigt hätte, warum sie gebrüllt hatten. Im selben Augenblick begannen auf allen Gipfeln Signalfeuer zu brennen, so daß das Grauen gleichermaßen vor wie hinter uns zu lauern schien. Als wir uns nach dem jungen Vercellius, unserem Führer, umblickten, entdeckten wir nur eine zusammengesunkene Gestalt, die in einer Blutlache lag. In der Hand hielt er ein Kurzschwert, das er aus dem Gürtel des D. Vinulanus, eines Subzenturions, gerissen hatte. Sein Gesicht zeigte einen Ausdruck von solchem Entsetzen, daß sogar die abgebrühtesten Veteranen bei diesem Anblick erbleichten. Er hatte sich selbst getötet, als die Pferde brüllten... er, der aus dieser Gegend stammte, sein ganzes Leben hier verbracht hatte und wußte, was man sich über die Berge zuflüsterte.

Das Licht der Fackeln wurde schwächer, und die Schreie der in Furcht und Schrecken versetzten Legionäre mischten sich mit dem unaufhörlichen Gebrüll der angepflockten Pferde. Die Luft wurde merklich kälter, und zwar weit plötzlicher, als es Anfang November der Fall zu sein pflegt. Sie schien von entsetzlichen Wallungen aufgewirbelt zu werden, die ich nur mit dem Schlag riesiger Flügel in Verbindung bringen konnte. Die ganze Kohorte war wie festgebannt. Als das Licht der Fackeln abnahm, sah ich etwas, was ich für phantastische Schatten hielt, die sich am Himmel vor dem gespenstischen Leuchten der Via Lactea abzeichneten, dort wo sie durch Perseus, Cassiopeia, Cepheus und Cygnus floß.

Plötzlich versanken alle Sterne am Himmel in Dunkelheit – selbst die hellen Deneb und Vega, und die einsamen Altair und Fomalhaut hinter uns. Als die Fackeln völlig erloschen, blieben über der schreckensstarren, brüllenden Kohorte nur die abscheulichen, grauenerregenden Altarflammen auf den hochragenden Gipfeln, höllenrot, vor denen sich jetzt die Umrisse der wahnsinnigen, ungeheuerlichen Gestalten namenloser hüpfender Untiere abzeichneten, von denen kein phrygischer Priester und keine campanische Großmutter je in ihren wildesten Geschichten geraunt haben.

Und über dem Gebrüll von Mensch und Tier in der Dunkelheit schwoll das dämonische Trommeln laut an, während plötzlich ein eiskalter Wind mit entsetzlicher Lebhaftigkeit und Entschlossenheit von diesen unwirtlichen Höhen herabfuhr und jeden Mann einzeln umklammerte, bis die ganze Kohorte sich im Dunkeln wehrte und schrie, als müßte sie das Schicksal des Laokoon und seiner Söhne nachvollziehen.[9] Nur der alte Scribonius Libo schien sich mit seinem Schicksal abzufinden. Er stieß unter all dem Gebrüll Worte hervor, die noch immer in meinen Ohren nachhallen. »*Malibia vetus – malibia vetus est... venit... tandem venit...*«[10]

Und dann wachte ich auf. Es war der lebhafteste Traum seit langem, der Quellen des Unbewußten erschloß, die seit langer Zeit unberührt und vergessen waren. Über das Schicksal jener Kohorte hat sich kein Bericht erhalten, zumindest aber wurde die Stadt gerettet – denn die Konversationslexika berichten, daß sich Pompelo bis auf den heutigen Tag erhalten hat, unter dem heutigen spanischen Namen Pompelona...

    Mit vorzüglicher Hochachtung in gothischer Überlegenheit
                          G. Julius Vernus Maximinus

Anmerkungen

1 Rhoades' Übersetzung von Vergils Epos ist gereimt und wurde erstmals um die Jahrhundertwende veröffentlicht.
2 Das weist darauf hin, daß die Stadt ungefähr nordwestlich vom heutigen Barcelona lag.
3 Mit dem Sieg des Augustus (d.h. Oktavians) über Antonius in der Schlacht von Aktium (2. September 31 v. Chr.) war praktisch das Ende der Republik gekommen, aber Augustus nahm den Titel Princeps erst am 16. Januar 27 v. Chr. an.
4 D.h. 31. Oktober, die Kalenden waren der Monatserste.
5 Das heutige Tarragona, ungefähr südlich von Barcelona an der Küste.
6 Das sind die Bewohner auf dem Gebiet der heutigen Krim und ihrer Umgebung, die seit der Zeit der Griechen (vgl. Herodot III. 1 ff.) für ihr Barbarentum bekannt waren.
7 D.h. Norditalien. Für die Menschen des Altertums wie der heutigen Zeit waren und sind die Etrusker ein Geheimnis: niemand kann mit Sicherheit sagen, woher sie kamen (Herodot I. 94 hat möglicherweise recht, wenn er anmerkt, daß sie vielleicht eine Kolonie waren, die von Lydien in Kleinasien ausgeschickt wurde, vielleicht im 8. vorchristlichen Jahrhundert); ihre Sprache – die wir noch nicht entziffert haben – gehört nicht zur indoeuropäischen Sprachenfamilie.
8 Dieser Tempel, dessen Ruinen noch immr erhalten sind, liegt rund 18 Meilen südöstlich von Rom.
9 Ein trojanischer Fürst und Priester, der, nachdem er sich vergeblich der Aufnahme des Trojanischen Pferdes in die Mauern Trojas widersetzt hatte, mit seinen zwei jungen Söhnen auf entsetzliche Weise starb, als zwei riesige Schlangen aus dem Meer stiegen und sie erdrückten und vergifteten. In seiner *Aeneis* liefert Vergil eine höchst anschauliche Darstellung, II. 40-56, 199-233.
10 »Die Arglist – die Arglist ist alt... Sie kommt... sie kommt nun doch...«

Frühe Geschichten

Die Dichtkunst und die Götter

An einem feuchten, düsteren Aprilnachmittag, kurz nach dem Ende des Ersten Weltkriegs, war Marcia allein mit ihren merkwürdigen Gedanken und Wünschen, seltsamen Sehnsüchten, die aus dem geräumigen, im Stil des 20. Jahrhunderts eingerichteten Wohnzimmer aufstiegen, durch die Luft, weiter ostwärts zu Olivenhainen im fernen Arkadien, das sie nur in ihren Träumen erblickt hatte. Sie hatte den Raum gedankenverloren betreten, die grellen Lüster abgeschaltet und ruhte nun auf einem weichen Diwan neben einer Stehlampe, die einen grünen Schimmer über das Lesetischchen breitete, so anheimelnd wie der Mondschein, der durch das Blätterwerk eines uralten geweihten Ortes dringt.

Einfach gekleidet in ein tiefausgeschnittenes schwarzes Abendkleid, schien sie nach außen hin ein typisches Produkt der heutigen Zivilisation zu sein. In dieser Nacht jedoch spürte sie den maßlosen Abgrund, der sich zwischen ihrer Seele und der ganzen prosaischen Umgebung auftat. Lag es an ihrem merkwürdigen Zuhause, diesem Hort der Kälte, wo die Beziehungen stets angespannt waren und die Bewohner kaum mehr als Fremde? War es das, oder war es eine gewichtigere und nicht so leicht erklärbare Verzerrung in Zeit und Raum, der zufolge sie zu spät geboren worden war – oder zu früh und zu weit weg von den Reichen ihres Gemüts, um je mit der häßlichen Realität von heute harmonieren zu können? Um die Stimmung zu vertreiben, die sie mit jedem Augenblick tiefer in den Abgrund stürzte, griff sie nach einer Zeitschrift auf dem Tischchen und blätterte sie auf der Suche nach einem tröstlichen Gedicht durch. Die Dichtkunst hatte auf ihr aufgewühltes Gemüt immer beruhigender als alles andere gewirkt, auch wenn manche Eigenheiten der ihr zugänglichen Lyrik nicht so ganz beruhigend waren. Manches auch in den erhabensten Versen lag unter einem eisigen Dunst steriler Häßlichkeit und Zurückhaltung, wie Staub auf einer Fensterscheibe, durch die man einen prachtvollen Sonnenuntergang betrachtet.

Beim lustlosen Blättern in der Zeitschrift, wie auf der Suche nach einem trügerischen Schatz, stieß sie plötzlich auf etwas, was ihre

Mattigkeit verscheuchte. Hätte sie jemand beobachtet, hätte er vielleicht ihre Gedanken gelesen und ihr verraten können, daß sie auf ein Bild oder einen Traum gestoßen war, der sie ihrem unerreichten Ziel näher gebracht hatte als jedes Bild oder jeder Traum, den sie bisher gesehen. Es war nur ein Stückchen ungebundener Lyrik, der klägliche Kompromiß des Dichters, der die Prosa überspringt, aber die göttliche Melodik des Metrums verfehlt. Und doch war es erfüllt von all der ungekünstelten Musik eines Barden, der lebt und fühlt und ekstatisch nach der entschleierten Schönheit greift. Ohne Regelmaß hatte es die Harmonie beflügelter, spontaner Worte, eine Harmonie, die den herkömmlichen, konventionellen Reimen, die sie bis dahin gekannt hatte, fehlte. Beim Weiterlesen versank ihre Umwelt allmählich, und bald umfingen sie nur noch traumhafte Nebelschleier, purpurrote, sterngesprenkelte Nebel jenseits der Zeit, wo einzig und allein Götter und Träumer wandeln.

> Mond über Japan,
> Weißer Schmetterlingsmond!
> Wo der schwerlidrige Buddha träumt
> Zum Klang des Kuckucksrufes...
> Die weißen Flügel der Mondschmetterlinge
> Flattern die Straßen der Stadt entlang
> Lassen die nutzlosen Dochte der klingenden Laternen
>   in Mädchenhänden in Vergessenheit versinken
> Mond über den Tropen
> Weißgeschweifte Knospe
> Die ihre Blüten langsam in der Wärme des Himmels
>   öffnet...
> Die Luft ist voller Düfte
> Und matter warmer Klänge...
> Eine Flöte läßt ihre Insektenmusik in die Nacht erklingen
> Unter den geschwungenen Mondblüten des Himmels
> Mond über China
> Müder Mond des Himmelstroms
> Das Aufblitzen von Licht in den Weiden ähnelt dem
>   Zucken von tausend silbernen Elritzen
> Durch dunkle Untiefen;
> Die Platten auf Gräbern und verfallenden Tempeln
>   blitzen auf die Wellen

Der Himmel ist wolkengefleckt wie die Schuppen eines
Drachen.

Umhüllt von Traumnebeln rief die Leserin die rhythmischen
Sterne an, verkündete ihre Freude über die Heraufkunft eines
neuen Zeitalters des Gesangs, einer Wiedergeburt des Pan. Mit
halbgeschlossenen Augen wiederholte sie Worte, deren Melodie
verborgen lag wie Kristalle auf dem Grund eines Flusses vor der
Dämmerung, verborgen, aber nur, um bei der Geburt des Tages
glänzend zu schimmern.

> Mond über Japan,
> Weißer Schmetterlingsmond!
> Mond über den Tropen
> Weißgeschweifte Knospe,
> Die ihre Blüten langsam in der Wärme des Himmels
> öffnet...
> Die Luft ist voller Düfte
> Und matter warmer Klänge...
> Mond über China,
> Müder Mond des Himmelstroms...

Aus dem Nebel drang gottähnlich glitzernd die Gestalt eines Jünglings in Flügelhelm und Sandalen, den Merkurstab in der Hand, von einer Schönheit, die mit nichts auf Erden zu vergleichen war. Vor dem Gesicht der Schläferin schwenkte er dreimal den Stab, den Apollo ihm im Tausch gegen die neunsaitige Muschel der Melodie gegeben hatte, und auf ihre Stirn legte er einen Kranz von Myrten und Rosen. Dann sprach Hermes bewundernd:
»O Nymphe, die du schöner bist als die goldhaarigen Schwestern der Dyene oder die im Himmel wohnenden Atlantiden, Liebling der Aphrodite und Gesegnete der Pallas, du hast wahrhaftig das Geheimnis der Götter entdeckt, nämlich Schönheit und Gesang. O Prophetin, die du lieblicher bist als die Sybille von Cumae, als Apollo sie kennenlernte, du hast wahrhaftig von einem neuen Zeitalter gesprochen, denn eben jetzt seufzt Pan und reckt sich im Schlaf auf Maenalus, um zu erwachen, und erblickt rings um sich die kleinen rosenbekränzten Faune und die uralten Satyre. In deiner Sehnsucht hast du entdeckt, woran sich kein Sterblicher mit Ausnahme einiger weniger, die die Welt verschmäht, erinnert:

daß die Götter niemals tot waren, sondern einfach den Schlaf schliefen und Götterträume in lotosgeschmückten Hesperiden-Gärten jenseits des goldenen Sonnenuntergangs träumten. Und jetzt kommt die Zeit ihres Erwachens, wenn Kälte und Häßlichkeit untergehen werden und Zeus wieder auf dem Olymp thronen wird. Das Meer rings um Paphos erzittert bereits in einer Gischt, auf die der Himmel des Altertums schon einmal herabgeblickt hat, und des Nachts auf Helikon hören die Hirten merkwürdiges Gemurmel und halbvergessene Töne. Wälder und Felder erzittern im Zwielicht unter dem schimmernden Weiß tanzender Gestalten, und der zeitlose Ozean bringt seltsame Einblicke unter dünnen Monden hervor. Die Götter sind geduldig und haben lange geschlafen, aber weder Mensch noch Riese soll sich den Göttern auf ewig widersetzen. Im Tartarus winden sich die Titanen, und unter dem feurig-wilden Ätna stöhnen die Kinder von Uranus und Gaea. Jetzt bricht der Tag an, da der Mensch Rede und Antwort stehen muß für Jahrhunderte der Verleugnung, aber ihr Schlaf hat die Götter milde gestimmt, und sie werden ihn nicht in den Abgrund für Gottesleugner schleudern. Statt dessen wird ihre Rache das Dunkel, die Täuschung und die Häßlichkeit zerschmettern, die den menschlichen Geist auf Abwege gebracht haben, und unter der Herrschaft des bärtigen Saturn werden die Sterblichen, ihm neuerlich Opfer darbietend, in Schönheit und Freude ihr Leben verbringen. Noch diese Nacht sollst du die Gnade der Götter erfahren und auf dem Parnaß jene Träume von Angesicht zu Angesicht sehen, welche die Götter durch die Zeiten hindurch zur Erde gesandt haben, um zu zeigen, daß sie nicht tot sind. Denn Dichter sind die Traumgestalten der Götter, und in jedem Zeitalter hat jemand, ohne es zu ahnen, die Botschaft und die Verheißungen auf den Lotosgärten jenseits des Sonnenuntergangs verkündet.«

Nach diesen Worten trug Hermes die träumende Jungfrau durch den Himmel. Sanfte Brisen vom Turm des Äolus führten sie hoch empor über warme, wohlriechende Meere, bis sie plötzlich auf Zeus stießen, der auf dem doppelköpfigen Parnaß Hof hielt, sein goldener Thron flankiert von Apollo und den Musen zur Rechten, und dem efeubekränzten Dionysos und den von Lust geröteten Bacchanten zur Linken. Solch eine Pracht hatte Marcia nie zuvor gesehen, weder wachend noch träumend, aber ihr Strahlenglanz fügte ihr kein Leid zu, wie es der Glanz des hohen Olymps getan

hätte, denn in diesem kleinen Hofstaat hatte der Göttervater seine Glorie für die Augen der Sterblichen gedämpft. Vor der lorbeerumwundenen Öffnung der corycianischen Höhle saßen aufgereiht sechs edle Gestalten, dem Aussehen nach Sterbliche, aber der Miene nach Götter. Die Träumerin erkannte sie nach Abbildungen, die sie gesehen hatte, und sie wußte, daß sie niemand anders waren als der göttliche Mäonier, der vogelgleiche Dante, der mehr als bloß sterbliche Shakespeare, der das Chaos erforschende Milton, der kosmische Goethe und der musenbegnadete Keats. Sie waren die Sendboten, welche die Götter ausgeschickt hatten, um den Menschen mitzuteilen, daß Pan nicht tot war, sondern nur schlief, denn in der Dichtkunst sprechen die Götter zu den Menschen. Dann sprach der Donnerer:
»O Tochter – denn da du meiner nie endenden Ahnenreihe angehörst, bist du wahrhaftig meine Tochter –, erblicke auf Elfenbeinthronen der Ehre die ehrwürdigen Sendboten, welche die Götter hinabgesandt haben, damit Worte und Schriften des Menschen gewisser Spuren göttlicher Schönheit nicht entbehren müssen. Andere Barden sind gerechterweise von den Menschen mit ewigem Lorbeer gekrönt worden, aber diese hier hat Apollo gekrönt, und ihnen habe ich einen besonderen Platz gegeben, denn es sind Sterbliche, welche die Sprache der Götter gesprochen haben. Lange haben wir in Lotosgärten jenseits des Sonnenuntergangs geträumt und uns nur in Träumen verständlich gemacht; aber die Zeit rückt heran, da unsere Stimmen nicht länger schweigen werden. Es ist eine Zeit des Erwachens und des Wandels. Wieder einmal hat Phaeton seinen Wagen zu tief hinabgelenkt, hat die Felder verbrannt und die Flüsse versiegen lassen. In Gallien weinen einsame Nymphen mit zerrauftem Haar neben Brunnen, die vertrocknet sind, trauern über Flüssen, rot gefärbt vom Blut der Sterblichen. Ares und seine Scharen sind mit Götterwahnsinn ausgezogen und zurückgekehrt, Daimos und Phöbus haben ihre unnatürliche Lust gestillt. Tellus irrt voll Trauer umher, und die Gesichter der Menschen gleichen denen der Erinnyen, wie damals, als Asträa in den Himmel flüchtete und die uns zu Gebote stehenden Wasser alles Land mit Ausnahme eines einzigen hohen Gipfels bedeckten. Inmitten dieses Chaos, bereit, sein Kommen anzukündigen und seine Ankunft doch zu verhüllen, müht sich jetzt unser letztgeborener Sendbote ab, in dessen Träumen all die Bilder enthalten sind, die andere Sendboten vor ihm geträumt haben. Er ist

derjenige, den wir als Verschmelzung aller Schönheit, welche die Welt zuvor gekannt hat, dazu auserwählt haben, in ein einziges prächtiges Ganzes aufzugehen und Worte niederzuschreiben, in denen all die Weisheit und Lieblichkeit der Vergangenheit nachhallt. Er ist derjenige, der unsere Rückkehr verkündigen und von künftigen Tagen singen soll, da Faune und Dryaden in Anmut wie gewohnt die Haine bevölkern. Jene lenkten unsere Wahl, die jetzt auf elfenbeinernen Thronen vor der Corycianischen Grotte sitzen und in deren Liedern du die erhabenen Töne vernimmst, an denen du in Zukunft den größeren Sendboten erkennen sollst. Lausche ihren Stimmen, wenn sie dir einer nach dem anderen hier ihr Lied singen. Jeden Ton sollst du künftig wieder in der Dichtkunst vernehmen, jener Dichtkunst, die deiner Seele Frieden und Freude bringen wird, obwohl du in trüben Jahren nach ihr suchen mußt. Lausche aufmerksam, denn jede Saite, die verklingt, wird dir wieder erscheinen, wenn du zur Erde zurückkehrst, sobald Alpheus, der seine Gewässer in die Seele von Hellas versenkt, als die kristallene Arethusa im fernen Sizilien wieder erscheint.«

Nach diesen Worten Apollos erhob sich Homer, der älteste unter den Barden, ergriff seine Leier und schlug eine Hymne auf Aphrodite an.

Marcia verstand kein Wort Griechisch, und doch traf die Botschaft nicht auf verständnislose Ohren, denn der rätselhafte Rhythmus enthielt etwas, das alle Sterblichen und Götter ansprach und keiner Übersetzung bedurfte.

So war es auch mit den Liedern Dantes und Goethes, deren unbekannte Worte den Äther mit Melodien durchdrangen, die unschwer zu verstehen und zu bewundern sind. Aber zuletzt erklangen Töne vor der Lauscherin, an die sie sich erinnerte. Es war der Schwan von Avon, einst ein Gott unter Menschen, und noch immer ein Gott unter Göttern:

> Schreibt Eurem Sohn, schreibt meinem liebsten Herrn,
>   Daß er aus blut'ger Schlacht zur Heimat kehre;
> Ihn segne Frieden hier, indes ich fern
>   Mit heißer Andacht seinen Namen ehre.

Noch vertrautere Töne erhoben sich, als Milton, nicht mehr blind, die unsterbliche Harmonie verkündete:

... oder laß meine Lampe zur mitternächtlichen Stunde gesehen werden auf einem hohen einsamen Turm, wo ich möge oft überwachen des Bärs Gestirn mit dem übergroßen Hermes, oder zu folgen Platos Geist, um zu entdecken, welche Welt oder was für weite Felder aufhalten die unsterbliche Seele, wenn sie verläßt ihre Wohnung im fleischernen Behälter...

Zuweilen komme die prächtige Tragödie mit ihrem königlichen schleppenden Mantel, vorstellend Thebens oder Pelops Haus, oder des göttlichen Trojas Wundergeschichte...

Schließlich erklang die jünglingshafte Stimme von Keats, der von allen Sendboten dem lieblichen Faunenvolk am ähnlichsten war:

> Erlauschter Klang ist süß; noch Süßres sagt
> Der stumme: Linde Pfeifen, stimmet an!
>
> Verdirbt auch dies Geschlecht in kurzer Frist,
> Du überdauerst Leid und Zeit und Tod,
> Freundin des Menschen, lehre mein Gedicht:
> ›Schönes ist wahr und Wahres schön – dies ist,
> Was ihr auf Erden wißt, mehr frommt euch nicht.‹

Als der Sänger geendet hatte, trug der Wind einen Klang aus dem fernen Ägypten herüber, wo nachts Aurora am Nil um ihren erschlagenen Memnon trauert. Die rosenfingrige Göttin stürzte sich dem Donnerer zu Füßen und rief kniend: »Meister, es ist an der Zeit, daß ich die Tore des Sonnenaufgangs öffne.«

Und Phoebus reichte seine Leier Calliope, seiner Braut unter den Musen, und schickte sich an, nach dem juwelenbesetzten und auf Säulen ruhenden Palast der Sonne aufzubrechen, wo die an den goldenen Wagen des Tages geschirrten Rosse bereits unruhig tänzelten. Also stieg Zeus von seinem geschnitzten Thron herab und legte seine Hand auf Marcias Kopf, wobei er sprach:

»Tochter, die Dämmerung naht, und es ist gut, daß du vor dem Erwachen der Sterblichen in dein Heim zurückkehrst. Weine nicht über die Freudlosigkeit deines Lebens, denn der Schatten irriger Überzeugungen wird bald verschwunden sein und die Götter werden aufs neue unter den Menschen wandeln. Suche ohne Unterlaß nach unserem Sendboten, denn in ihm wirst du Frieden und Trost finden. Sein Wort wird deine Schritte zum Glück leiten, und in seinen Träumen von Schönheit soll dein Gemüt finden, wonach es sich sehnt.«

Nachdem Zeus geendet hatte, ergriff der junge Hermes sanft die Jungfrau und trug sie zu den verblassenden Sternen empor, hinauf und westwärts über unsichtbare Meere.

Viele Jahre sind verstrichen, seit Marcia von den Göttern und ihrer Zusammenkunft auf dem Parnaß geträumt hat. Heute nacht sitzt sie in demselben geräumigen Wohnzimmer, aber nicht allein. Verschwunden ist der alte Geist der Unrast, denn an ihrer Seite ist jemand, dessen Name vor Ruhm leuchtet: der junge Dichter aller Dichter, dem die ganze Welt zu Füßen liegt. Er liest Worte aus einem Manuskript, die niemand je zuvor gehört hat, die aber, wenn man sie hört, den Menschen die Träume und Phantasien zurückbringen werden, die sie vor vielen Jahrhunderten verloren haben, als Pan sich in Arkadien zum Schlummer niederließ und die gewaltigen Götter sich zurückzogen, um sich unter den Lotosblüten jenseits des Gartens der Hesperiden zur Ruhe zu begeben. In den zarten Kadenzen und verborgenen Melodien des Sängers hatte das Gemüt der Jungfrau endlich Ruhe gefunden, denn dort hallen die göttlichsten Töne des thrakischen Orpheus wider, Töne, die selbst Felsen und Bäume an Hebrus' Ufern bewegten. Der Sänger endet und verlangt mit Eifer nach einem Urteil, und doch, was kann Marcia schon sagen, als daß der Gesang »der Götter würdig sei«?

Und während sie spricht, kommt ihr neuerlich eine Vision vom Parnaß und der weit entfernten, mächtigen Stimme, die sagt: »Sein Wort wird deine Schritte zum Glück lenken, und in seinen Träumen von Schönheit wird deinem Gemüt alles zuteil werden, wonach es sich sehnt.«

Die Straße

Es gibt Leute, die behaupten, daß Dinge und Plätze Seelen haben, und es gibt Leute, die behaupten, sie hätten keine; ich wage es nicht, mich dazu zu äußern, aber ich will gern etwas von einer Straße erzählen.

Menschen von Macht und Ehre haben die Straße geprägt: gute, tatkräftige Männer von gleicher Herkunft wie wir, die von den Glücklichen Inseln jenseits des Meeres gekommen waren. Zunächst war sie nur ein Pfad, ausgetreten von Wasserträgern, die vom Waldesrand zu der Ansammlung von Häusern an der Küste gingen. Dann, als mehr Menschen zu der wachsenden Ansiedlung stießen und nach Plätzen Ausschau hielten, wo sie wohnen konnten, bauten sie entlang der Nordseite Hütten aus festgefügten Eichenklötzen, mit Mauerwerk zur Waldseite hin, denn dort lauerten viele Indianer mit Feuerpfeilen. Und einige Jahre später wurden Hütten auf der Südseite der Straße gebaut.

Die Straße hinauf und hinunter spazierten ernste Männer, die zumeist Musketen oder Vogelflinten trugen, mit spitzen Hüten. Und man traf dort auch ihre haubentragenden Frauen und die artigen Kinder. Abends pflegten diese Männer mit ihren Frauen und Kindern bei dem riesigen Herde zu sitzen und zu lesen und zu plaudern. Die Dinge, von denen sie lasen und über die sie plauderten, waren sehr einfach, aber doch Dinge, die ihnen Mut und Güte verliehen und die tagsüber halfen, den Wald zu bezwingen und die Felder zu pflügen. Und die Kinder hörten zu und erfuhren von den Gesetzen und Taten aus alter Zeit, und von jenem trauten England, das sie nie gesehen hatten oder an das sie sich nicht erinnern konnten.

Ein Krieg brach aus, und als er vorbei war, bedrohten Indianer die Straße nicht mehr. Die Menschen, die eifrig ihrer Arbeit nachgingen, wurden so wohlhabend und glücklich, wie sie es nur zu sein verstanden. Die Kinder wuchsen in Geborgenheit auf, und weitere Familien kamen aus dem Mutterland, um in der Straße zu wohnen. Und die Kinder der Kinder und die Kinder der Neuankömmlinge wuchsen ebenfalls heran. Aus dem Städtchen war eine Stadt geworden, und nach und nach wichen die Hütten Häusern – einfachen, schönen Häusern aus Ziegeln und Holz, mit steinernen Treppen und eisernen Geländern und Lampen über den Türen. Diese Häuser waren keine Behelfsbauten, denn sie waren für viele

Generationen geplant. In ihrem Inneren gab es gemeißelte Simse und anmutige Stiegen und vernünftige, behagliche Möbel, Porzellan und aus dem Mutterland mitgebrachtes Silber.

Auf diese Weise sog die Straße die Träume der Jugend in sich auf und freute sich mit den Bewohnern, als sie anmutiger und glücklicher wurden. Wo es einst nur Macht und Ehre gegeben hatte, waren jetzt auch guter Geschmack und Gelehrsamkeit eingezogen. Bücher und Gemälde und Musik hielten Einzug in die Häuser, und die jungen Männer besuchten die Universität, die sich im Norden über die Ebene erhob. Anstelle von spitzen Hüten und Degen, von Spitzen und schneeweißen Perücken gab es nun Kopfsteinpflaster, über das so manches Vollblutpferd klapperte und manche schöne Kutsche ratterte, und gepflasterte Gehsteige mit Aufsteigeblöcken und Pfosten zum Anbinden der Pferde.

In jener Straße gab es viele Bäume: würdige Ulmen, Eichen und Ahorn, so daß im Sommer die Szenerie ganz aus sanftem Grün und Vogelgezwitscher bestand. Und hinter den Häusern befanden sich eingezäunte Rosengärten mit heckengesäumten Wegen und Sonnenuhren, wo des Nachts Mond und Sterne verführerisch herabschienen, während zarte Blumen im Tau glitzerten.

Und so träumte die Straße weiter, über Kriege, Unglücksfälle und Veränderungen hinweg. Wieder einmal mußten die jungen Männer fort, und einige kamen nicht mehr zurück. Das war, als man die alte Flagge einholte und ein neues Banner aus Streifen und Sternen hißte. Aber wenn auch die Menschen von großen Veränderungen redeten, die Straße verspürte nichts davon, denn ihre Bewohner waren noch immer dieselben, die von den alten, vertrauten Dingen in der alten, vertrauten Weise sprachen. Und in den Bäumen nisteten noch immer Singvögel, und des Nachts blickten Mond und Sterne auf taubedeckte Blüten in die eingezäunten Rosengärtlein herab.

Mit der Zeit gab es keine Degen, keine Dreispitze und Perücken mehr in der Straße. Wie seltsam wirkten die Bewohner mit ihren Spazierstöcken, hohen Zylinderhüten und kurzgeschnittenem Haar! Neue Klänge drangen aus der Ferne – zuerst ein seltsames Keuchen und Schreien von dem eine Meile entfernten Fluß, und dann, viele Jahre später, ein seltsames Keuchen und Schreien und Gemurmel aus anderen Richtungen. Die Luft war nicht mehr ganz so rein wie früher, aber der Geist des Ortes hatte sich nicht geändert. Abstammung und Seele der Vorfahren hatten die Straße geprägt. Dieser Geist änderte sich auch nicht, als man die Erde aufriß, um merkwürdige Rohre zu verlegen, oder als hohe Stangen aufgerichtet wurden, die unheimliche Drähte trugen. Jene Straße kündete von so vielen alten Überlieferungen, daß die Vergangenheit nicht so leicht in Vergessenheit geraten konnte.

Dann kamen böse Tage, da viele, die die Straße in alten Zeiten gekannt hatten, sie nicht wiedererkannten, und viele sie kennenlernten, die sie zuvor nicht gekannt hatten, und fortzogen, denn ihre Aussprache war grob und grell und ihre Mienen und Gesichter abstoßend. Auch ihre Gedanken lagen mit dem weisen, aufrechten Geist der Straße in Fehde, so daß die Straße sich schweigend abhärmte, als ihre Häuser verfielen und ihre Bäume einer nach dem anderen abstarben und ihre Rosengärtlein von Schilf und Unkraut überwuchert wurden. Aber eines Tages verspürte sie wieder eine Regung von Stolz, als die jungen Männer neuerlich fortmarschierten, von denen einige nicht mehr zurückkehrten. Diese jungen Männer waren blau gekleidet.

Im Lauf der Jahre befiel die Straße ein noch schlimmeres Mißgeschick. Ihre Bäume waren jetzt alle verschwunden und ihre Rosengärten ersetzt durch die Rückseiten häßlicher Neubauten in Parallelstraßen. Und doch blieben die Häuser, trotz des Zahns der Zeit und der Stürme und Würmer bestehen, denn sie waren so gebaut worden, daß sie vielen Generationen dienen konnten. Neue Gesichter zeigten sich auf der Straße, dunkelhäutige, unheimliche Gesichter mit verschlagenen Augen und sonderbaren Zügen, deren Besitzer fremdartige Worte sprachen und Schilder mit bekannten und unbekannten Buchstaben auf den meisten der feuchten Häuser anbrachten. In den Rinnsteinen stand ein Handwagen am anderen. Ein scheußlicher, undefinierbarer Gestank lag über dem Ort, und der uralte Geist schlief.

Über die Straße kam wieder einmal große Aufregung. Krieg und Revolution tobten jenseits der Meere. Eine Dynastie war verjagt worden, und ihre degenerierten Untertanen strömten aus zweifelhaften Beweggründen in das Land des Westens. Viele von ihnen schlugen ihre Heimstatt in den heruntergekommenen Häusern auf, die einst Vogelgesang und Rosenduft gekannt hatten. Dann erwachte das Land des Westens selbst und schloß sich dem Mutterland in seinem Titanenkampf um die Zivilisation an. Über den Städten flatterte wieder einmal die alte Flagge, begleitet von der neuen Flagge und einer einfacheren und doch glorreichen Trikolore. Über der Straße aber flatterten nicht viele Flaggen, denn in ihr brüteten nur Furcht und Haß und Unwissenheit. Wiederum zogen junge Männer hinaus, aber nicht ganz so wie die jungen Männer der früheren Tage. Es fehlte etwas. Und die Söhne dieser jungen Männer von einst in eintönigem Oliv, beseelt vom wahren Geist ihrer Vorfahren, brachen aus allen Himmelsrichtungen auf und wußten nichts von der Straße und ihrem uralten Geist.

Jenseits der Meere kam es zu einem großen Sieg, und die meisten der jungen Leute kehrten in Triumph zurück. Jenen, denen etwas gefehlt hatte, fehlte nichts mehr, und dennoch hingen Furcht und Haß und Unwissenheit noch immer drückend über der Straße, denn viele waren nicht zurückgekommen, und viele Fremde aus der Ferne waren in die uralten Häuser eingezogen. Und die jungen Männer, die zurückgekehrt waren, wohnten dort nicht mehr. Die meisten der Fremden waren dunkelhäutig und unheimlich, doch waren unter ihnen auch einige wenige Gesichter zu finden, die jenen ähnelten, die die Straße geprägt und ihren Geist geformt hatten. Ähnlich und doch nicht ähnlich, denn in den Augen aller gab es ein unheimliches, ungesundes Glitzern wie von Neid, Ehrgeiz, Rachsucht oder irregeleitetem Fanatismus. Unruhe und Verrat herrschten im Ausland unter einigen wenigen Bösen, die sich verschworen, um dem Land des Westens den Todesstoß zu versetzen, auf daß sie über seinen Ruinen zur Macht gelangen könnten, so wie in jenem unglücklichen, eisigen Land, aus dem die meisten gekommen waren, Meuchelmörder die Macht ergriffen hatten. Und das Herz dieser Verschwörung schlug in der Straße, deren verfallene Häuser von ausländischen Unruhestiftern wimmelten und von Ideen und Reden jener widerhallten, die den vorherbestimmten Tag aus Blut, Feuer und Verbrechen herbeisehnten.

Über verschiedene merkwürdige Ansammlungen auf der Straße vermochten Vertreter des Rechts viel zu berichten, aber sie hatten wenig zu beweisen. Äußerst vorsichtig schlichen Männer mit versteckten Dienstabzeichen um solche Orte wie Petrovitch' Bäckerei, die verwahrloste Rifkin-Schule für Moderne Wirtschaft, den Zirkel Sozialer Klub und das Freiheits-Café herum. Dort fanden sich verdächtige Personen in großer Zahl ein, doch hüteten sie stets ihre Zunge oder redeten in einer fremden Sprache. Und noch immer standen die alten Häuser, mit ihrer vergessenen Überlieferung von besseren vergangenen Jahrhunderten, von kräftigen Neusiedlern und taubedeckten Rosengärten im Mondlicht. Manchmal kam ein einsamer Dichter oder Reisender, um sie zu besichtigen, und versuchte, sie sich in ihrer verschwundenen Pracht auszumalen. Doch solche Reisende und Dichter gab es nur wenige.

Nun verbreitete sich landauf, landab das Gerücht, daß sich in diesen Häusern die Anführer einer verzweigten Terroristen-Bande verbargen, die an einem bestimmten Tag ein Gemetzel anstellen würden, mit dem Ziel, Amerika und all die prächtigen alten Überlieferungen, die die Straße noch immer liebte, auszulöschen. Flugblätter und Schriftstücke flatterten über der schmutzigen Gosse, Flugblätter und Schriftstücke, die in vielen Sprachen und mit vielen Buchstaben gedruckt waren, doch trugen sie alle Botschaften des Verbrechens und der Rebellion. In diesen Schriften drängte man die Leute, Gesetze und Tugenden, die unsere Väter hochgehalten hatten, niederzureißen, die Seele des alten Amerika mit Füßen zu treten – jene Seele, die durch tausendfünfhundert Jahre angelsächsischer Freiheit, Gerechtigkeit und Mäßigung als Erbe weitergegeben worden war. Es hieß, daß die dunkelhäutigen Männer, die in der Straße hausten und sich in ihren verrottenden Gebäuden zusammenfanden, die Gehirne einer schrecklichen Revolution waren, daß auf ihr Befehlswort hin viele Millionen hirnloser, verblendeter Bestien ihre widerlichen Klauen aus den Slums von tausend Städten ausstrecken würden, brandschatzend, mordend und vernichtend, bis es das Land unserer Väter nicht mehr gab. All das wurde behauptet und weitergetragen, und viele blickten voller Furcht dem vierten Juli entgegen, auf den die seltsamen Schriften oft hinwiesen. Und doch ließ sich nichts finden, womit eine Schuld nachzuweisen war. Niemand vermochte zu sagen, wer zu verhaften sei, um die ruchlose Verschwörung mit der Wurzel auszurotten. Viele Male kamen Abteilungen blauuniformierter Polizei, um die baufälligen Häuser zu durchsuchen, aber schließlich blieben sie aus, denn auch sie waren müde geworden, auf Ruhe und Ordnung zu achten, und hatten die Stadt ihrem Geschick überlassen. Die Männer in Olivgrün kamen, mit Gewehren bewaffnet, bis es so aussah, als ob die traurig vor sich hinschlafende Straße einen spukhaften Traum an jene vergangene Tage hätte, als musketenbewaffnete Männer in spitzen Hüten auf ihr paradierten, von der Waldesquelle bis zu der Häuseransammlung am Strand. Doch nichts konnte der drohenden Katastrophe Einhalt gebieten, denn die dunkelhäutigen, unheimlichen Männer waren seit Alters her verschlagen.

Und so schlief die Straße unruhig weiter, bis sich eines Nachts in Petrovitch' Bäckerei und der Rifkin-Schule für Moderne Wirtschaft, dem Zirkel Sozialer Klub und dem Freiheits-Café und auch an anderen Orten riesige Menschenhorden versammelten, deren Augen vor entsetzlichem Triumph und Erwartung glühten. Über verborgene Drähte liefen merkwürdige Botschaften, und viel wurde geredet über noch merkwürdigere Botschaften, die erst noch kommen sollten. Das meiste davon wurde aber erst später entdeckt, als das Land des Westens von der Gefahr befreit war. Die Männer in Olivgrün konnten nicht sagen, was geschah oder was sie tun sollten, denn die dunkelhäutigen, unheimlichen Männer waren geübt in Hinterhältigkeit und Heimlichtuerei.

Und doch werden sich die Männer in Olivgrün immer an diese Nacht erinnern und von der Straße sprechen, wenn sie ihren Enkeln davon erzählen, denn viele von ihnen wurden gegen Morgen mit einem Auftrag dorthin entsandt, der überhaupt nicht dem glich, den sie erwartet hatten. Es war bekannt, daß es diese Brutstätte der Anarchie schon lange gab und daß die Häuser durch die Verheerungen der Jahre und der Stürme und Würmer nahezu zusammenbrachen, und doch waren die Ereignisse jener Sommernacht durch ihre eigenartige Gleichförmigkeit eine Überraschung. Es handelte sich wahrhaftig um einen einzigartigen Vorfall, wenn auch schließlich einen recht simplen. Denn ohne jede Warnung erreichten die Verheerungen der Jahre und der Stürme und Würmer einen fürchterlichen Höhepunkt in einer jener frühen Nachtstunden, und nach dem Zusammenbruch blieb in der Straße nichts stehen außer zwei uralten Schornsteinen und einem Teil einer dauerhaften Ziegelmauer. Auch nichts von dem, was lebendig gewesen war, blieb unter den Ruinen am Leben. Ein Dichter und ein Reisender, die in der Menge waren, die den Schauplatz aufsuchte, haben seltsame Geschichten zu erzählen. Der Dichter behauptet, daß er während der Nachtstunden vor der Dämmerung im Schein der Bogenlampen undeutlich die schäbigen Ruinen wahrnahm, daß über der Zerstörung ein anderes Bild aufstieg, auf dem er Mondschein und schöne Häuser und Ulmen und Eichen und würdige Ahornbäume ausmachen konnte. Und der Reisende behauptet, daß in der Luft anstelle des üblichen Gestanks ein lieblicher Duft wie von Rosen in voller Blüte schwebte. Aber sind nicht die Träume von Dichtern und die Erzählungen von Reisenden notorische Lügen?

Es gibt Leute, die behaupten, daß Dinge und Plätze Seelen haben, und es gibt Leute, die behaupten, sie hätten keine; ich wage es nicht, mich dazu zu äußern, aber ich habe Ihnen von der Straße erzählt.

Das Verschwinden des Juan Romero

Ich habe kein Verlangen, über die Ereignisse, die sich am 18. und 19. Oktober 1894 im Bergwerk Norton zutrugen, zu sprechen. Lediglich das Pflichtgefühl der Wissenschaft gegenüber zwingt mich dazu, mich in den letzten Jahren meines Lebens an Szenen und Vorfälle zu erinnern, die mit einem Grauen beladen sind, das doppelt heftig ist, weil ich es nicht ganz genau erklären kann. Ich glaube jedoch, daß ich, bevor ich sterbe, berichten soll, was ich von dem – soll ich sagen Vergehen? – des Juan Romero weiß.

Mein Name und meine Herkunft brauchen der Nachwelt nicht überliefert zu werden. Wahrhaftig, ich glaube, es ist besser, wenn es nicht geschieht, denn wenn jemand plötzlich in die Vereinigten Staaten oder die Kolonien auswandert, läßt er seine Vergangenheit hinter sich. Außerdem ist das, was ich einst war, für meine Erzählung von keinerlei Belang, ausgenommen vielleicht der Umstand, daß ich während meiner Dienstzeit in Indien mehr unter weißbärtigen Eingeborenen-Lehrern als unter meinen Offizierskameraden zu Hause war. Ich hatte mich nicht im geringsten mit seltsamen orientalischen Lehren beschäftigt, als jenes Unheil mich befiel, das zu meinem neuen Leben in Amerikas grenzenlosem Westen geführt hat – ein Leben, in dem ich es für geraten hielt, einen Namen anzunehmen – meinen gegenwärtigen –, der weit verbreitet ist und dem keinerlei Bedeutung zukommt.

Im Sommer und Herbst des Jahres 1894 wohnte ich in den trostlosen Weiten der Kaktus-Berge und war als Hilfsarbeiter im berühmten Norton-Bergwerk beschäftigt, dessen Entdeckung durch einen Schatzsucher fortgeschrittenen Alters die Umgebung aus einer nahezu unbewohnten Wüste in einen brodelnden Schmelzkessel garstigen Lebens verwandelt hatte. Eine Höhle voll Gold, die tief unter einem Bergsee lag, hatte ihren ehrwürdigen Entdecker über seine wildesten Träume hinaus reich gemacht und bildete jetzt den Sitz ausgedehnter Stollenbauarbeiten seitens der Firma, an die sie schließlich verkauft worden war. Man hatte noch weitere Grotten gefunden, und die Ausbeute des gelben Metalls war überaus groß, so daß eine mächtige und bunt zusammengewürfelte Armee von Bergarbeitern Tag und Nacht in den unzähligen Stollen und Felsenhöhlen schuftete. Der Direktor, ein gewisser Mr. Arthur, sprach oft von der Einzigartigkeit der örtlichen geologischen Formationen, spekulierte über die mögliche Ausdehnung der Höhlenkette und stellte Schätzungen über die Zukunft der gigantischen Bergwerksunternehmungen an. Er hielt die goldhaltigen Höhlen für das Ergebnis von Wassereinwirkung und glaubte, daß bald die letzte von ihnen erschlossen sein würde.

Nicht lange nach meiner Ankunft und Anstellung kam Juan Romero in das Norton-Bergwerk. Als einer aus einer großen Schar ungepflegter Mexikaner, die aus dem Nachbarland hierhergelockt worden waren, hatte er zunächst nur durch seine Gesichtszüge Aufmerksamkeit erregt. Obwohl offenkundig vom Typus des Indianers, waren sie nichtsdestoweniger wegen ihrer hellen Farbe und verfeinerten Ausbildung bemerkenswert und glichen überhaupt nicht denen des durchschnittlichen Mexikaners oder Piuten jener Gegend. Es ist merkwürdig, daß Romero, so sehr er sich von der Masse der spanischen Mischlinge und Stammesindianer unterschied, nicht im geringsten den Eindruck kaukasischen Blutes machte. Wenn sich der schweigende Peon am Frühmorgen erhob und fasziniert die Sonne anstarrte, die über die östlichen Hügel kroch, wobei er die Arme dem Ball entgegenstreckte, als vollführe er eine Zeremonie, deren Natur er selbst nicht erfaßte, ließ einen die Phantasie nicht an den kastilianischen Konquistador oder den amerikanischen Pionier denken, sondern an den uralten, edlen Azteken. Abgesehen von seinem Gesicht jedoch wies nichts an Romero auf adelige Abstammung hin. Unwissend und schmutzig fühlte er sich unter den anderen braunhäutigen Mexikanern daheim, denn er stammte (wie ich später erfuhr) aus der allerniedrigsten Umwelt. Als Kind hatte man ihn in einer primitiven Berghütte gefunden, der einzige Überlebende einer Epidemie, welche die Gegend todbringend heimgesucht hatte. In der Nähe der Hütte, an einer ungewöhnlichen Felsenkluft, hatten zwei Skelette, eben erst von Aasvögeln saubergepickt, gelegen, vermutlich die sterblichen Überreste seiner Eltern. Niemand erinnerte sich daran, wer sie waren, und die meisten hatten sie bald vergessen. Als die Adobe-Hütte verfiel und die Felsenspalte durch eine Lawine zugeschüttet wurde, war die Erinnerung an den Vorfall selbst gelöscht. Aufgezogen von einem mexikanischen Viehdieb, der ihm seinen Namen gegeben hatte, unterschied sich Juan nur wenig von seinen Gefährten.

Die Zuneigung, die Romero mir gegenüber bewies, hatte ihren Ursprung unzweifelhaft in dem altmodischen und uralten Hindu-Ring, den ich trug, wenn ich nicht arbeitete. Wie er beschaffen war und wie er in meinen Besitz kam, darf ich nicht verraten, denn er war meine letzte Verbindung mit einem auf immer abgeschlossenen Kapitel meines Lebens, und ich hielt ihn in hohen Ehren. Bald fiel mir auf, daß der seltsam aussehende Mexikaner gleichermaßen interessiert war. Er betrachtete den Ring mit einem Ausdruck, der jeden Verdacht, er hätte es bloß auf seinen Besitz abgesehen, ausschloß. Seine ungefügen Hieroglyphen schienen in seinem unausgebildeten, aber lebhaften Geist eine schwache Erinnerung wachzurufen, obwohl er ihn unmöglich zuvor je gesehen haben konnte. Wenige Wochen schon nach seiner Ankunft verhielt sich Romero wie ein treuer Diener, und dies trotz des Umstands, daß ich nur ein gewöhnlicher Bergmann war. Unser Gespräch beschränkte sich natürlich nur auf die wenigen Worte Englisch, die er beherrschte, und ich mußte feststellen, daß sich mein Oxford-Spanisch völlig von dem Patois des Peons in Neu-Spanien unterschied.

Der Zwischenfall, den ich schildern will, wurde durch keinerlei Vorzeichen angekündigt. Obwohl mich Romero als Mensch interessiert und ihn mein Ring seltsam beeinflußt hatte, glaube ich, daß keiner von uns beiden irgendeine Vorstellung hatte, was nach der großen Sprengung passieren würde. Geologische Erwägungen hatten eine Erweiterung der Mine vom tiefsten Teil des unterirdischen Gebietes abwärts erforderlich gemacht, und die Auffassung des Direktors, daß man nur auf massives Gestein stoßen würde, hatte zur Folge, daß man eine Dynamitladung von beträchtlicher Sprengkraft angebracht hatte. Romero und ich hatten mit dieser Arbeit nichts zu tun, weshalb unsere erste Information, daß Außergewöhnliches geschehen war, von anderen herrührte. Die Sprengung, die vielleicht heftiger als geschätzt ausgefallen war, hatte anscheinend den ganzen Berg erschüttert. Barackenfenster auf dem Hang draußen wurden von der Schockwelle zerschmettert, und in den näheren Stollen wurden die Bergleute zu Boden gefegt. Der über dem Schauplatz der Explosion gelegene Jewel Lake erzitterte wie unter einem Sturm. Nachforschungen zeigten, daß unterhalb der Explosionsstelle ein neuer bodenloser Abgrund gähnte; ein Abgrund, der so ungeheuerlich war, daß kein bereitliegendes Seil reichte, ihn auszuloten, noch konnte ihn eine Lampe erhellen. Die verwirrten Grubenarbeiter berieten sich mit dem Bergwerksdirektor, der befahl, große Seilrollen zur Grube zu bringen und sie so lange zusammenzuspleißen und hinabzulassen, bis der Grund erreicht war.

Bald darauf unterrichteten die bleichen Arbeiter den Direktor vom Fehlschlag ihrer Bemühungen. Fest, aber respektvoll teilten sie ihre Weigerung mit, den Abgrund noch einmal aufzusuchen oder auch in der Mine weiterzuarbeiten, solange er nicht dicht verschlossen war. Hier standen sie offenbar vor etwas, was ihre Erfahrung überstieg, denn soviel sie feststellen konnten, war die Leere unten unendlich. Der Direktor korrigierte sie nicht. Vielmehr überlegte er gründlich und traf für den nächsten Tag seine Pläne. Die Nachtschicht ging an jenem Abend nicht an die Arbeit.

Um zwei Uhr morgens begann auf dem Berg ein einsamer Coyote erbärmlich zu heulen. Von irgendwo innerhalb des Werkes bellte ein Hund zur Antwort, entweder als Reaktion auf den Coyoten – oder auf jemand anderen. Ein Sturm braute sich um die Gipfel der Bergkette zusammen, und unheimlich geformte Wolken zogen schaurig über den verwischten Fleck himmlischen Lichts, das die Versuche eines auf beiden Seiten konvexen Mondes markierte, die vielen Dunstschichten der Schleierwolken zu durchdringen. Romeros Stimme, die aus der Schlafstatt über mir kam, weckte mich, eine Stimme, die vor einer vagen Erwartung, die ich nicht verstehen konnte, erregt und angespannt war;

»¡Madre de Dios! – El sonido – ese sonido – ¡orga Vd!
¿lo oyte Vd? ¡Señor, DIESER KLANG!«

Ich lauschte und fragte mich, welchen Klang er meinte. Der Coyote, der Hund, der Sturm, sie alle waren zu hören. Lezterer gewann nun die Oberhand, denn der Wind kreischte immer heftiger. Aufzuckende Blitze waren durch das Fenster der Unterkunft zu sehen. Ich befragte den nervösen Mexikaner und führte die Geräusche an, die ich gehört hatte:

»¿El coyote? – el perro? – el viento?«

Romero antwortete jedoch nicht. Dann fing er an, voll ehrfürchtiger Scheu zu flüstern:

»¡El ritmo, Señor – el ritmo de la tierra – DIESES POCHEN TIEF IM BODEN!«

Und jetzt hörte ich es ebenfalls, hörte es und erzitterte, ohne zu wissen, warum. Tief, tief unten war ein Klang – ein Rhythmus, genau wie es der Peon gesagt hatte –, der, wiewohl außergewöhnlich schwach, doch selbst den Hund, den Coyoten und den zunehmenden Sturm übertönte. Ihn beschreiben zu wollen wäre sinnlos – ein rhythmischer Klang jenseits jeglicher Beschreibung.

Vielleicht glich er dem Pulsieren von Motoren tief unten im Rumpf eines großen Linienschiffs, wie man es vom Deck aus spürt, doch klang es nicht so mechanisch, nicht so lebensfremd und bewußtlos. Von allen Eigenschaften der Erde beeindruckte mich *Ferne* am meisten. Bruchstücke einer Stelle aus Joseph Glanvil, die Poe mit ungeheurer Wirkung zitiert hat, drängten sich in meinen Sinn.

»– die Großartigkeit, Unermeßlichkeit und Unerforschlichkeit seiner Werke, welche eine Tiefe in sich haben, die großartiger ist als der Brunnen des Demokritos.«

Plötzlich sprang Romero aus seiner Koje und stand vor mir, um den seltsamen Ring auf meiner Hand anzustarren, der bei jedem Blitzschlag merkwürdig glitzerte, und blickte dann gespannt in Richtung Bergwerksschacht. Ich erhob mich ebenfalls. Wir standen eine Zeitlang bewegungslos da und lauschten angestrengt, als der unheimliche Rhythmus immer lebhafter wurde. Dann begannen wir uns, anscheinend unwillentlich, auf die Tür zu zu bewegen, in deren Rütteln im Sturm eine irdische Realität sich tröstlich andeutete. Der eintönige Singsang in der Tiefe – denn so hörte sich der Klang jetzt an – nahm an Stärke und Deutlichkeit zu, und uns zwang eine unwiderstehliche Macht dazu, in den Sturm hinaus und zu der klaffenden Schwärze des Schachtes zu gehen.

Uns begegnete kein Lebewesen, denn die Männer der Nachtschicht waren vom Dienst freigestellt worden und hielten sich zweifellos in der Siedlung Dry Gulch auf, wo sie einem schläfrigen Bartender die Ohren mit unheimlichen Gerüchten vollsangen. In der Hütte des Wachtpostens jedoch glänzte ein kleines Quadrat gelben Lichts wie ein Wächterauge. Ich fragte mich unwillkürlich, wie das rhythmische Geräusch auf den Wachtposten gewirkt hatte, aber Romero schritt jetzt schneller aus, und ich folgte ihm, ohne innezuhalten.

Als wir in den Schacht hinabstiegen, wurde der Klang von unten unzweifelhaft deutlicher. Mir kam er so entsetzlich vor wie eine Art orientalischer Zeremonie, bei der Trommeln geschlagen wurden und viele Stimmen einen Singsang anstimmten. Ich habe, wie Sie ja wissen, lange Zeit in Indien verbracht. Romero und ich bewegten uns, ohne zu zögern, durch Stollen und über abwärts führende Leitern, immer auf das Wesen zu, das uns anzog, doch ständig erfüllt von einer erbärmlich hilflosen Furcht und Abneigung. Einmal glaubte ich fast, verrückt geworden zu sein – und zwar, als ich überlegte, wodurch unser Weg ohne Lampe oder

Kerze erhellt wurde, und merkte, daß der uralte Ring an meinem Finger mit unheimlichen Strahlen glühte und durch die feuchte, schwere Luft um uns einen bleichen Lichtschein verströmte.

Nachdem wir eine der vielen breiten Leitern hinabgeklettert waren, begann Romero mit einem Mal zu laufen und ließ mich allein zurück. Ein neuer und wilder Ton in dem Trommelschlag und Singsang, für mich bloß unmerklich wahrnehmbar, hatte auf ihn eine überraschende Wirkung. Mit einem wilden Aufschrei stürmte er blindlings in die Düsternis der Höhle hinein. Ich hörte vor mir seine wiederholten Schreie, als er unbeholfen die waagerechten Gänge entlangstolperte und wie wahnsinnig die wackligen Leitern hinunterkletterte. Und so erschreckt ich auch war, bewahrte ich doch genug Auffassungsvermögen, um zu bemerken, daß seine Rede, wenn sie zu verstehen war, nicht irgendeiner mir bekannten Sprache angehörte. Strenge, aber eindrucksvolle Viersilbenwörter hatten die gewohnte Mischung von schlechtem Spanisch und noch schlechterem Englisch abgelöst, und davon schien mir nur der oft wiederholte Schrei »Huitzilopochtli« ein wenig vertraut zu sein. Später fand ich das Wort in den Werken eines großen Historikers wieder (Prescott, *Conquest of Mexico*) – und mich schauderte, als mir der Zusammenhang klar wurde.

Der Höhepunkt dieser entsetzlichen Nacht umfaßte mehrere Stufen, war aber ziemlich kurz und setzte gerade ein, als ich die letzte Höhle der Reise erreichte. Aus der Dunkelheit unmittelbar vor uns erklang ein Aufschrei des Mexikaners, dem sich solch ein Chor unheimlicher Geräusche anschloß, den ich nie mehr ertragen könnte, ohne zu sterben. In diesem Augenblick schien es, als hätten all die verborgenen Schrecken und Ungeheuerlichkeiten der Erde eine Stimme bekommen bei dem Versuch, das Menschengeschlecht zu überwältigen. Gleichzeitig erlosch das Licht in meinem Ring, und ich sah ein neues Licht, das aus dem tieferen Raum nur ein paar Meter vor mir aufglomm. Ich war an dem Abgrund angelangt, der jetzt rötlich glühte und offensichtlich den unglücklichen Romero verschlungen hatte. Ich trat näher und spähte über den Rand der Kluft, die kein Seil ausloten konnte und die jetzt ein Pandämonium zuckender Flammen und Höllenlärms war. Zuerst erblickte ich nichts als einen brodelnden Fleck von etwas Leuchtendem. Aber dann begannen sich Formen, alle unendlich fern, aus dem Durcheinander zu lösen, und ich erblickte ihn – war es Juan Romero? – *aber bei Gott! Ich wage nicht, Ihnen zu erzählen, was ich sah!* ... Eine Himmelsmacht, die mir zu Hilfe eilte, löschte beides, Anblick und Klänge, in einem Krachen aus, wie man es nur vernimmt, wenn zwei Welten im All zusammenstoßen. Das Chaos trat ein, und mir wurde der Frieden der Auslöschung zuteil.

Ich weiß kaum, wie ich fortfahren soll, geht es doch um einzigartige Vorgänge. Ich werde jedoch mein Bestes tun und nicht einmal zwischen dem Realen und dem Scheinbaren zu unterscheiden versuchen. Als ich erwachte, lag ich sicher in meiner Koje, und am Fenster war das rote Glühen der Morgendämmerung sichtbar. In einiger Entfernung lag der leblose Körper des Juan Romero auf einem Tisch, umgeben von einer Gruppe von Männern, darunter der Lagerarzt. Die Männer erörterten den seltsamen Tod des Mexikaners, während er schlafend dagelegen hatte, ein Tod, der anscheinend irgendwie mit dem entsetzlichen Blitz zusammenhing, der den Berg getroffen und erschüttert hatte. Keine unmittelbare Todesursache war ihm anzusehen, und auch eine Autopsie erbrachte kein Ergebnis. Aus Gesprächsfetzen ging zweifelsfrei hervor, daß weder Romero noch ich die Unterkunft in der Nacht verlassen hatten, daß keiner von uns beiden während des entsetzlichen Sturmes wach war, der über die Kaktus-Gebirgskette dahinzog. Jener Sturm, erklärten Männer, die sich in den Bergwerksschacht hinuntergewagt hatten, hatte ausgedehnte Einstürze verursacht und den tiefen Abgrund verschlossen, der am Vortag solche Befürchtungen ausgelöst hatte. Als ich den Wachtposten fragte, welche Geräusche er vor dem mächtigen Blitzschlag gehört hatte, erwähnte er einen Coyoten, einen Hund und den fauchenden Bergwind – sonst nichts. Ich zweifle nicht an seinem Wort.

Nach Wiederaufnahme der Arbeit ordnete Direktor Arthur an, daß einige besonders zuverlässige Männer in der Nähe der Stelle, wo der Abgrund sich aufgetan hatte, Nachforschungen anstellen sollten. Die Männer gehorchten, wenn auch ohne große Begeisterung, und es wurde eine Tiefenbohrung vorgetrieben. Die Ergebnisse waren recht merkwürdig. Die Decke über der Leere, bei offenem Zustand gesehen, war keineswegs dick gewesen; und doch stießen die Männer auf eine Stelle, wo sich massives Gestein grenzenlos auszudehnen schien. Da sie sonst nichts fanden, nicht einmal Gold, stellte der Bergwerksdirektor die Versuche ein. Wenn er nachdenklich an seinem Schreibtisch sitzt, überzieht jedoch zuweilen ein verblüffter Ausdruck sein Antlitz.

Eine andere Sache ist höchst merkwürdig. Kurz nach meinem

Erwachen an dem fraglichen Morgen nach dem Sturm fiel mir das unerklärliche Fehlen meines Hindurings am Finger auf. Ich hatte ihn sehr geschätzt, aber trotzdem empfand ich ein Gefühl der Erleichterung über sein Verschwinden. Wenn ihn einer meiner Bergarbeiter-Kameraden an sich gebracht hatte, mußte er sich seiner Beute höchst schlau entledigt haben, denn trotz Anzeigen und polizeilichen Nachforschungen wurde der Ring nie wiedergefunden. Irgendwie bezweifle ich, daß er von sterblichen Händen gestohlen wurde, denn in Indien sind mir viele Merkwürdigkeiten begegnet.

    Meine Meinung zu diesem Erlebnis schwankt von Zeit zu Zeit. Bei hellem Tageslicht und die meiste Zeit des Jahres neige ich dazu, es zum Großteil für einen bloßen Traum zu halten. Manchmal im Herbst jedoch, so um zwei Uhr morgens, wenn die Winde und die Tiere erbärmlich heulen, dann dringt aus unvorstellbaren Tiefen eine verwünschte Andeutung eines rhythmischen Pochens..., und ich spüre, daß das Dahinschwinden des Juan Romero wahrhaft entsetzlich war.

16. September 1919

Prosagedichte

Erinnerung

Im Tal Nis scheint der verfluchte abnehmende Mond schwach, er bricht durch das tödliche Laubwerk eines gewaltigen Upas-Baumes mit den kraftlosen Spitzen seiner Sichel einen Pfad für sein Licht. In den Tiefen des Tales, dort, wohin das Licht nicht mehr reicht, bewegen sich Gestalten, deren Anblick kein Auge erträgt. Auf den Hängen rechts und links wächst üppiges Grün, dort schlängeln sich böse Ranken und Kriechpflanzen zwischen den Steinen verfallener Paläste, schlingen sich fest um zerborstene Säulen und fremdartige Monolithe, kriechen Marmorfliesen hinauf, die von längst vergessenen Hilfskräften verlegt wurden. Auf Bäumen, die in verwahrlosten Höfen zu gigantischen Höhen emporwachsen, hüpfen Äffchen umher, während sich in und vor den tiefen Schatzgewölben Giftschlangen und namenlose Schuppenwesen tummeln.

Ungeheuerlich sind die Steine, die unter einer Decke feuchten Moses schlafen, und gewaltig waren die Mauern, von denen sie herabstürzten. Ihre Erbauer errichteten sie für die Ewigkeit, und fürwahr, sie erfüllen noch immer vornehm ihren Zweck, denn unter ihnen hat die graue Kröte ihre Behausung aufgeschlagen.

Am tiefsten Punkt des Tals liegt der Fluß Tensch, dessen Gewässer schleimig und schilfbestanden sind. Er entspringt verborgenen Quellen und fließt in unterirdische Grotten weiter, damit der Dämon des Tals nicht weiß, warum sein Wasser rot ist, und ebensowenig, wohin es fließt.

Der Geist, der in den Mondstrahlen haust, sprach zum Dämon des Tals, und zwar so: »Ich bin alt und habe viel vergessen. Berichte mir von den Taten, dem Aussehen und dem Namen derer, welche die steinernen Gebäude errichtet haben.« Und der Dämon erwiderte: »Ich bin die Erinnerung und besitze großes Wissen um die Überlieferung der Vergangenheit, aber ich bin gleichfalls alt. Diese Wesen glichen den Gewässern des Flusses Tensch, sie waren nicht zu verstehen. An ihre Taten erinnere ich mich nicht, denn sie dauerten nur einen Augenblick. An ihr Aussehen erinnere ich mich schwach, denn es glich dem der Äffchen auf den Bäumen. An ihren Namen erinnere ich mich deutlich, denn er reimte sich auf den des Flusses. Diese Wesen von gestern wurden Mensch genannt.«

Und so flog der Geist zu dem schwachen, sichelförmigen Mond

zurück, und der Dämon sah konzentriert einem Äffchen zu, das sich auf einem Baum tummelte, der in einem verfallenen Hof wuchs.

Ex Oblivione

Als meine letzten Tage gekommen waren und die nichtigen Widrigkeiten des Daseins begannen, mich in den Wahnsinn zu treiben wie die kleinen Wassertropfen, die Folterer unaufhörlich auf einen bestimmten Punkt des Körpers ihres Opfers fallen lassen, liebte ich besonders die verklärende Zuflucht des Schlafes. In meinen Träumen fand ich ein wenig von der Schönheit, die ich im Leben vergebens gesucht hatte, und wanderte durch alte Gärten und verzauberte Wälder.

Einmal, als der Wind mild und voller Düfte war, hörte ich den Ruf des Südens, und segelte endlos und schlaff unter fremdartigen Sternen dahin.

Einmal, als sanfter Regen fiel, glitt ich in einer Barke einen lichtlosen unterirdischen Strom hinab, bis ich in eine andere Welt aus purpurroter Dämmerung, irisierenden Bäumen und niemals welkenden Rosen gelangte.

Und einmal schlenderte ich durch ein goldenes Tal, das zu verschatteten Hainen und Ruinen führte und in einer mächtigen Mauer endete, die von uralten Schlingpflanzen überwuchert und einem kleinen Bronzetor durchbrochen war.

Viele Male schritt ich durch jenes Tal, und immer länger hielt ich in dem gespenstischen Halbdämmer inne, in dem sich die gigantischen Bäume grotesk wanden und schlängelten, der graue Boden feucht sich von Stamm zu Stamm erstreckte und manchmal die schimmelbefleckten Steine vergrabener Tempel freigab. Das Ziel meiner Phantasievorstellungen war immer die mächtige, von Schlingpflanzen überwucherte Mauer, in die das kleine Bronzetor eingelassen war.

Nach einer Weile, als die Tage des Wachseins in ihrer grauen Gleichförmigkeit kaum mehr zu ertragen waren, schwebte ich oft im Opiumfrieden durch das Tal und die verschatteten Haine und fragte mich, wie ich sie zum ewigen Wohnort gewinnen konnte, damit ich nicht mehr in eine stumpfsinnige Welt zurückzukriechen brauchte, die jedes Interesse und jeder neuen Farbe bar war. Und als ich auf die kleine Pforte in der mächtigen Mauer blickte, fühlte ich, daß hinter ihr ein Traumland lag, aus dem es, sobald man es betreten hatte, keine Rückkehr mehr gab.

So suchte ich jede Nacht im Schlaf den verborgenen Riegel zu dem Tor in der efeuüberwucherten alten Mauer zu finden, obwohl er außerordentlich geschickt versteckt war. Und ich redete mir ein, daß das Reich hinter der Mauer nicht nur von größerer Dauer sei, sondern auch lieblicher und prächtiger.

Und dann stieß ich eines Nachts in der Traumstadt Zakarion auf einen vergilbten Papyrus, beschriftet mit den Gedanken der Traumweisen, die seit alters her in der Stadt wohnten, und die zu weise waren, als daß sie je in die Wachwelt hineingeboren würden. Darin stand so manches über die Traumwelt geschrieben, darunter auch die Sage von einem goldenen Tal und einem heiligen Hain mit Tempeln sowie einer hohen Mauer, die von einer kleinen Bronzepforte durchbrochen wurde. Als ich auf diese Sage stieß, erkannte ich, daß sie sich auf die Schauplätze bezog, die ich immer wieder aufgesucht hatte, und daher blieb ich lange an dem vergilbten Papyrus hängen. Einige der Traumweisen berichteten von den großartigen Wundern hinter der unpassierbaren Pforte, andere jedoch schrieben von Grauen und Enttäuschung. Ich war im Zweifel, wem ich Glauben schenken sollte, doch verlangte mich mehr und mehr, für allezeit in das unbekannte Land hinüberzuwechseln, denn Ungewißheit und Geheimnistuerei sind die Essenz aller Verlockungen, und kein neues Grauen kann entsetzlicher sein als die alltägliche Folter des Gewöhnlichen. Als ich daher von dem Rauschmittel erfuhr, welches das Tor öffnen und mich einlassen konnte, beschloß ich, dieses Mittel einzunehmen, wenn ich das nächste Mal erwachte.

Letzte Nacht schluckte ich das Mittel und entschwebte träumend in das goldene Tal und die verschatteten Haine. Und als ich diesmal zu der uralten Mauer kam, erkannte ich, daß die kleine Bronzepforte offenstand. Von Ferne drang ein Schein heran, der auf unheimliche Weise die riesigen knorrigen Bäume und die Spitzen der versunkenen Tempel beleuchtete. Ich schwebte freudig weiter, in Erwartung der Pracht des Landes, aus dem ich nie mehr zurückkehren würde.

Als sich die Pforte jedoch weiter öffnete und die Zauberkraft aus Rauschmittel und Traum mich hindurchdrängte, erkannte ich, daß es zu Ende war mit dem Einblick und der Pracht, denn weder Land noch Meer gab es in dem neuen Reich, sondern nur unbewohnten und unermeßlichen Weltraum in seiner weißen Leere. Und auf diese Weise, glücklicher als ich je zu hoffen gewagt hatte, löste ich mich wieder in die ursprünglich angeborene Unendlichkeit kristallischer Auslöschung auf, aus der mich der Dämon Leben für eine kurze und leidvolle Stunde abberufen hatte.

Was der Mond bringt

Ich hasse den Mond – ich fürchte ihn –, denn wenn er auf bestimmte vertraute und geliebte Szenerien herabscheint, verwandelt er sie manchmal in etwas Unvertrautes und Entsetzliches.

In jenem geisterhaften Sommer schien der Mond auf den alten Garten herab, in dem ich umherging, dem geisterhaften Sommer betäubend duftender Blumen und feuchter Meere von Laubwerk, der wilde und vielfarbene Träume bringt. Und als ich den seichten Kristallfluß entlangging, sah ich seltsame Wellen mit gelben Lichtkrönchen so, als würden diese geruhsamen Gewässer widerstandslos in Strömen von seltsamen Ozeanen angezogen, die nicht von dieser Welt sind. Ruhig und glitzernd, strahlend und unheilvoll eilten diese mondverfluchten Gewässer dahin, ich wußte nicht wohin, während Lotosblüten von den Böschungen am Ufer eine nach der anderen in den betäubenden Nachtwind flatterten und traurig in den Strom fielen, unter der behauenen Bogenbrücke schauerlich dahinwirbelten und wie reglose Totengesichter in Abschiedsdüsternis zurückstarrten.

Und als ich den Strand entlanglief, schlafende Blumen mit den Füßen achtlos zertrampelte, immer verwirrter von der Furcht vor dem Unbekannten und der Verlockung der Totengesichter, merkte ich, daß der Garten unter dem Mond kein Ende hatte, denn wo tagsüber Mauern standen, war jetzt nichts weiter zu erkennen, als neue Ausblicke auf Bäume, Blumen und Sträucher, steinerne Idole und Pagoden und die Windungen des gelb beleuchteten Bachs, wie er zwischen grasbewachsenen Ufern und unter grotesken Marmorbrücken hindurch dahinfloß. Und die Lippen der toten Lotosgesichter flüsterten traurig und befahlen mir, ihnen zu folgen. Ich hielt erst inne, als aus dem Bach ein Fluß wurde, der in einer Gegend aus Sumpfland, von schwankendem Schilf umstanden, und Stränden aus gleißendem Sand in ein ungeheures und namenloses Meer mündete.

Auf dieses Meer schien der verhaßte Mond herab, und über seinen lautlosen Wellen schwebend sammelten sich unheimliche Wohlgerüche. Als ich die Lotosgesichter darin verschwinden sah, wünschte ich mir Netze herbei, damit ich sie fangen und die Geheimnisse erfahren könne, die der Mond für die Nacht mitgebracht hatte. Als aber der Mond weiter nach Westen wanderte und die lautlosen Gezeiten von der düsteren See zurückebbten, erblickte ich im Licht alte Türmchen, die die Wellen beinahe freigegeben hatten, und weiße Säulen, geschmückt mit Girlanden aus grünem Seetang. Und da ich wußte, daß an diesem versunkenen Ort alle Toten gekommen waren, überkam mich ein Zittern, und es verlangte mich nicht mehr danach, mit den Lotosgesichtern zu reden.

Als ich jedoch sah, wie weit draußen auf dem Meer ein schwarzer Kondor vom Himmel herabsank, um sich auf einem ungeheuren Riff auszuruhen, hätte ich ihn gern befragt und mich bei ihm nach jenen erkundigt, die ich als Lebende gekannt hatte. Das hätte ich ihn gefragt, wäre er nicht so weit weg gewesen, er war jedoch sehr ferne und überhaupt nicht mehr zu sehen, als er sich dem gigantischen Riff näherte.

Und so verfolgte ich, wie die Ebbe unter dem sinkenden Mond zurückwich, und erblickte die Turmspitzen, die Türme und die Dächer jener toten, triefenden Stadt. Und während ich das beobachtete, suchte sich meine Nase gegen den Gestank der Toten der Welt zu verschließen, der den Wohlgeruch verdrängte, denn wahrlich, auf diesem nicht lokalisierten und vergessenen Fleck hatte sich alles Fleisch der Friedhöfe versammelt, damit aufgeblähtes Meeresgewürm daran nagen und sich mästen konnte.

Über diesem Grauen hing der böse Mond jetzt sehr tief, aber das aufgeblähte Meeresgewürm brauchte den Mond nicht zum Fressen. Und als ich die Wellen verfolgte, die das Gewimmel der Würmer unter der Oberfläche anzeigten, verspürte ich neuerlich einen kalten Hauch von dorther, wohin der Kondor geflogen war, als hätte mein Fleisch ein neues Entsetzen wahrgenommen, bevor ich es mit den Augen erblickt hatte.

Und wirklich hatte mein Fleisch nicht grundlos gezittert, denn als ich die Augen hob, sah ich, daß die Gewässer sehr weit zurückgewichen waren und viel von dem weit ausgedehnten Riff freigelegt hatten, dessen Rand ich zuvor erblickt hatte. Und als ich erkannte, daß dieses Riff nur der schwarze Basaltschädel eines schreckeneinflößenden Hengstes war, dessen ungeheuerliche Stirn nun im trüben Mondlicht erglänzte und dessen ekelhaften Hufe auf dem höllischen Schleim Meilen entfernt herumtrampeln mußten, schrieb ich und schrie ich, damit das verborgene Gesicht nicht über den Wasserspiegel aufstiege und damit mich die verborgenen Augen nicht anstarren konnten, nachdem der höhnisch grinsende und verräterische gelbe Mond sich davongeschlichen hatte.

Und um diesem unbarmherzigen Wesen zu entgehen, stürzte ich mich freudig und ohne zu zögern in die stinkende Untiefe, wo inmitten schilfbewachsener Mauern und versunkener Straßen fettes Meeresgewürm an den Toten der Welt seinen Festschmaus hält.

Essays

Autobiographie. Einige Anmerkungen zu einer Null
Mit Fußnoten von August W. Derleth

[*Der verstorbene H. P. Lovecraft hat zahlreiche autobiographische Äußerungen zu Papier gebracht – seine Briefe wimmeln davon –, doch sind seine »Anmerkungen zu einer Null« die längste und einer förmlichen Autobiographie am nächsten kommende Darstellung, die er je abfaßte. Sie ist mit dem 23. November 1933 datiert, weniger als vier Jahre vor seinem Tod also. Damals hatte Lovecraft bereits den Großteil seines schöpferischen Werkes abgeschlossen; und wirklich wurde ja nur eine einzige seiner wichtigsten Geschichten – »Der leuchtende Trapezoeder« – nach diesem autobiographischen Zeugnis verfaßt, wiewohl auch die gemeinsam mit Kenneth Sterling geschriebene Erzählung »In den Mauern von Eryx« wie »Der leuchtende Trapezoeder« aus dem Jahre 1935 stammt. Was nach der Autobiographie unter Lovecrafts Namen gedruckt wurde, sind bis dahin unveröffentlichte frühere Erzählungen; dazu gehören »Berge des Wahnsinns«, »Der Fall Charles Dexter Ward«, »Psychopompos«, »Der Schatten aus der Zeit«, »Schatten über Innsmouth« und »Das Ding auf der Schwelle«. »Einige Anmerkungen zu einer Null« ist folglich eine ziemlich abgeschlossene Darstellung. Meine Anmerkungen folgen der Darstellung in Form von Fußnoten. A. W. D.*]

Für mich liegt die Hauptschwierigkeit beim Schreiben einer Autobiographie darin, etwas von genügender Wichtigkeit aufzuspüren, das sich lohnt, festgehalten zu werden.[1] Mein Leben ist so still, so ereignislos und so unauffällig verlaufen, daß es, zu Papier gebracht, bestenfalls erbärmlich glanzlos und fade erscheinen muß.

Ich wurde am 20. August 1890 in Providence, Rhode Island, geboren, und dort habe ich auch, von zwei kleineren Unterbrechungen abgesehen, mein ganzes Leben verbracht. Mütterlicherseits stamme ich aus einer alten Familie in Rhode Island, väterlicherseits von Einwanderern aus Devonshire, die seit 1827 im Staat New York ansässig waren.[2]

Die Interessen, die mich zur phantastischen Literatur hinführten, traten schon frühzeitig zutage, denn so weit ich mich klar zurückerinnern kann, haben seltsame Erzählungen und Einfälle mich stets sehr angezogen, desgleichen der Anblick uralter Gegenstände. Niemals hat mich wohl etwas stärker fasziniert als der Gedanke an merkwürdige Störungen alltäglicher Naturgesetze oder an das ungeheuerliche Eindringen unbekannter Wesen aus einem grenzenlosen Draußen in unsere Welt.[3]

Als ich etwa drei Jahre alt war, lauschte ich begierig den bekannten Kindermärchen. Die Märchen der Gebrüder Grimm gehörten zu meiner ersten Lektüre im Alter von vier Jahren. Im Alter von fünf Jahren geriet ich in den Bann von »Tausendundeine Nacht«, und stundenlang konnte ich Araber spielen – ich nannte mich »Abdul Alhazred«, weil mir ein netter Erwachsener erklärt hatte, das sei ein typisch sarazenischer Name. Erst Jahre später kam mir der Einfall, Abdul Alhazred in das Milieu des 8. Jahrhunderts zu verpflanzen und ihm das gefürchtete und unaussprechliche *Necronomicon* zuzuschreiben!

Aber nicht nur Bücher und Sagen beschäftigten meine Phantasie. In den alten hügeligen Straßen meiner Heimatstadt, wo mit gefächerten Oberlichtern ausgestattete Türen im Kolonialstil, winzige Fenster und anmutige Dachfirste aus der Zeit König Georgs den Glanz des achtzehnten Jahrhunderts lebendig erhalten, verspürte ich einen Zauber, der damals wie heute schwer zu erklären ist. Der Sonnenuntergang über den weithingebreiteten Dächern, wie er sich von der Aussicht des größten Hügels aus bot, besaß für mich eine besondere Bedeutung.[4] Ehe es mir noch zu Bewußtsein gekommen war, hatte mich das achtzehnte Jahrhundert unwiderstehlicher gefangengenommen, als es dem Held von *Berkeley Square* je passiert war, und darum auch hockte ich auf dem Dachboden stundenlang über den längst aus der Bibliothek unten verbannten Büchern mit den alten, langen »s« und machte mir ganz unbewußt den Stil Popes und Dr. Johnsons als natürliche Ausdrucksweise zu eigen. Diese Versenkung wirkte um so nachhaltiger, als mein schlechter Gesundheitszustand mir den Schulbesuch nur selten und unregelmäßig erlaubte. Dadurch fühlte ich mich als Zeitgenosse irgendwie fehl am Platze und stellte mir folglich die Zeit als mystisches, verheißungsvolles Etwas vor, das alle möglichen unerwarteten Wunder in sich bergen mochte.[5]

Auch die Natur sprach meinen Sinn für das Phantastische lebhaft an. Unser Haus lag nahe am damaligen Rand des bewohnten Gebietes, so daß mir die wogenden Felder, Steingemäuer, riesigen Ulmen, gedrungenen Bauernhäuser und weiten Wälder des ländlichen Neuengland ebenso vertraut waren wie die alte Stadtlandschaft. Diese dumpfe, einfache Landschaft schien mir eine unausgelotete, umfassende Bedeutung zu bergen, und manche finstere bewaldete Niederungen in der Nähe des Seekonk Rivers erlangten für mich eine Aura der Seltsamkeit, die sich mit einem verschwommenen Grauen mischte. Sie beherrschten meine Träume, besonders die Alpträume, in denen mir. düstere, geflügelte biegsame Geschöpfe erschienen, die ich »Nachtgespenster« nannte.

Als ich sechs Jahre alt war, kam ich durch verschiedene leichtverständlich gehaltene Jugendschriften mit der griechischen und römischen Mythologie in Berührung, die mich tief prägte. Ich war kein Araber mehr, sondern wurde zu einem Römer. Übrigens kam mir das alte Rom seltsam vertraut vor, und ich identifizierte mich mit ihm, allerdings nicht ganz so stark wie mit dem achtzehnten Jahrhundert. In gewisser Hinsicht ging beides Hand in Hand, denn als ich die Klassiker im Original entdeckte, denen die Kindergeschichten entnommen worden waren, las ich sie überwiegend in Übersetzungen aus dem späten 17. und dem 18. Jahrhundert. Meine Phantasie wurde ungeheuer beflügelt, und eine Zeitlang kam es mir in der Tat so vor, als könnte ich in gewissen altehrwürdigen Hainen Faune und Dryaden mit dem Blick erhaschen. Ich pflegte Altäre zu errichten und Pan, Apollo und Minerva Opfer darzubringen.[6]

Ungefähr zu dieser Zeit wirkten die unheimlichen Illustrationen von Gustave Doré – die ich in Dante- und Milton-Ausgaben und im »Alten Matrosen« fand – tief auf mich ein. Zum erstenmal begann ich, selbst zu schreiben. Den ersten Versuch, an den ich mich erinnern kann – die Erzählung von einer entsetzlichen Höhle –, verbrach ich im Alter von sieben Jahren und nannte ihn »Der edle Lauscher«. Die Geschichte ist nicht erhalten, doch besitze ich noch immer zwei lächerlich infantile literarische Gehversuche aus dem folgenden Jahr: »Das geheimnisvolle Schiff« und »Das Geheimnis des Grabes«, deren Titel meine Geschmacksrichtung hinreichend verraten.

Im Alter von acht Jahren zeigte ich starkes Interesse an den Wissenschaften, das zweifellos durch die geheimnisvoll anmutenden Abbildungen »philosophisch-naturwissenschaftlicher Instrumente« im Anhang von Websters *Unabridged Dictionary* geweckt wurde. Zuerst kam die Chemie, und bald nannte ich ein verlockendes kleines Labor im Keller unseres Hauses mein eigen. Dann kam die Geographie, die auf mich eine unheimliche Faszination ausübte und sich auf die Antarktis und die unwegsamen Gefilde ferner Wunder konzentrierte. Schließlich erwachte in mir das Interesse für die Astronomie, und die Verlockung anderer Welten und undenkbarer kosmischer Abgründe überschattete lange Zeit nach meinem zwölften Geburtstag alle anderen Interessen. Ich gab eine kleine hektographierte Zeitschrift heraus, das »Rhode Island Journal of Astronomy«, und endlich – im Alter von sechzehn Jahren – schaffte ich tatsächlich den Durchbruch und wurde in einer Zeitung gedruckt. Ich veröffentlichte Aufsätze zu astronomischen Fragen, steuerte für eine Lokalzeitung monatliche Artikel über Himmelserscheinungen bei und bombardierte die ländliche Wochenzeitungen mit umfangreicheren vermischten Beiträgen.[7]

In der High School – die ich einigermaßen regelmäßig besuchen konnte – begann ich, unheimliche Geschichten von gewisser Stimmigkeit und Ernsthaftigkeit zu verfassen. Der größte Teil davon war Schund, und mit achtzehn vernichtete ich die meisten. Ein bis zwei erreichten vielleicht das Durchschnittsniveau der Groschenhefte. Von allem habe ich mir nur »Das Tier in der Höhle« (1905) und »Der Alchimist« (1908) aufgehoben. In diesem Stadium hatten Wissenschaft und Klassik den Hauptanteil an meiner unermüdlichen, umfangreichen schriftstellerischen Tätigkeit. Unheimliche Geschichten spielten lediglich eine relativ unbedeutende Rolle. Die Wissenschaft hatte mir den Glauben an das Übernatürliche genommen, und im Augenblick fesselte mich die Wahrheit stärker als alle Träume. Philosophisch bin ich noch immer mechanistischer Materialist. Was meine Lektüre anging, las ich Wissenschaftliches, Historisches, schöngeistige Literatur, unheimliche Geschichten und völlig wertlosen Schund auf gänzlich unkonventionelle Weise bunt durcheinander.[8]

Gleichzeitig mit diesem Interesse am Lesen und Schreiben genoß ich eine sorglose Kindheit. Die frühen Jahre gestalteten mir Spielzeug und Streifzüge in der Natur lebendig, und in der Zeit nach meinem zehnten Geburtstag erschloß ich mir die nähere Umgebung durch ausdauerndes Herumradeln. Diese Streifzüge brachten mir die pittoresken, die Phantasie befeuernden Entwicklungsphasen der Dörfer und ländlichen Gebiete in Neuengland nahe. Auch war ich keinesfalls ein Einsiedler; ich schloß mich gleich mehreren Gruppen von Jugendlichen an.[9]

Mein Gesundheitszustand machte mir den Besuch eines Colleges unmöglich, aber unsystematisches Lernen daheim und der Einfluß eines bemerkenswert gebildeten Onkels, eines Arztes, halfen mir, einige der ärgsten Folgen dieses Mangels auszugleichen. In den Jahren, die ich hätte auf dem College verbringen sollen, wechselte ich zwischen Wissenschaft und Literatur hin und her und erwarb mir ein fundiertes Wissen in allem, was das achtzehnte Jahrhundert anging, dem ich mich seltsam zugehörig fühlte. Mit dem Schreiben unheimlicher Geschichten hatte ich zeitweilig ausgesetzt, doch las ich alle Gespenstergeschichten, die mir in die Hand fielen – einschließlich der ausgefallenen Beiträge in billigen Magazinen wie *The All-Story* und *The Black Cat*. Mein eigenes Schaffen bestand hauptsächlich aus Gedichten und Essays – alle gleichermaßen wertlos, und ich habe sie in Vergessenheit geraten lassen.

Im Jahre 1914 entdeckte ich die United Amateur Press Association und trat ihr bei. Das war eine von mehreren im ganzen Lande verbreiteten Korrespondenz-Organisationen von literarischen Neulingen, die ihre eigenen Blätter publizierten und eine verschworene Gemeinschaft, ein Miniaturnetz aus hilfreicher, gegenseitiger Kritik und Ermunterung bildeten. Die Vorteile, die ich aus dieser Verbindung zog, lassen sich kaum überschätzen, denn der Kontakt zu den verschiedenen Mitgliedern und Kritikern ermöglichte es mir, die schlimmsten archaischen Züge und Unbeholfenheiten meines Stils zu mildern. Von diesem organisierten Liebhabertum kam auch der erste Anstoß, mit dem Schreiben unheimlicher Geschichten fortzufahren. Und wirklich, im Juli 1917 schrieb ich »Das Grab« und kurz darauf »Dagon«. Diese Liebhaberkreise haben mir auch die Kontakte ermöglicht, die zur ersten professionellen Publikation einer meiner Geschichten führten. Das war im Jahre 1922, als *Home Brew* eine Reihe schauriger Geschichten druckte, die sich »Herbert West – der Wiedererwecker« nannten. Derselbe Kreis führte darüber hinaus zu meiner Bekanntschaft mit Clark Ashton Smith, Frank Belknap Long, Wilfried B. Talman und anderen, die sich inzwischen auf dem Gebiet ungewöhnlicher Geschichten einen Namen gemacht haben.[10]

Im Jahre 1919 gab meine Entdeckung Lord Dunsanys – durch den mir die Idee eines künstlichen Pantheons und einer Mythenwelt, vertreten durch Cthulhu, Yog-Sothoth, Yuggoth usw., kam – meiner Schriftstellerei auf dem Gebiet der Gruselgeschichte gewaltigen Auftrieb. Solche Geschichten schrieb ich jetzt in größerem Umfang als jemals zuvor oder danach. Zu jener Zeit dachte ich weder an eine professionelle Veröffentlichung, noch erhoffte ich sie, aber die Gründung von *Weird Tales* im Jahre 1923 eröffnete einen einigermaßen beständigen Absatzmarkt. Meine Geschichten aus den zwanziger Jahren zeigen zum Gutteil den Einfluß meiner zwei Hauptvorbilder – Poe und Dunsany – und neigen im allgemeinen zu sehr zu Maßlosigkeit und Kitsch, als daß sie ernsten literarischen Wert hätten.[11]

Indessen hatte sich seit 1920 mein Gesundheitszustand radikal gebessert, so daß ich mein ziemlich geruhsames Dasein durch bescheidene Reisen bereicherte, die meinem stark ausgeprägten Interesse für alles Alte eine freiere Entfaltung ermöglichten. Die Suche nach architektonischen und landschaftlichen Schönheiten in alten Kolonialstädten und auf Nebenwegen der ältesten Siedlungsgebiete Amerikas wurde neben der Literatur zu meiner Hauptbeschäftigung. Im Verlauf dieser Suche nach einer Wiedererweckung der Vergangenheit glückte es mir, beträchtliche Teile des Landes kennenzulernen, vom bezaubernden Quebec im Norden bis zum tropischen Key West im Süden und dem farbenprächtigen Natchez und New Orleans im Westen. Quebec zählte neben Providence zu meinen Lieblingsstädten, des weiteren Portsmouth, New Hampshire, in Massachusetts Salem und Marblehead, in meinem Heimatstaat Newport, Philadelphia, Annapolis, Richmond mit seinen reichen Erinnerungen an Poe, Charleston aus dem 18. Jahrhundert, St. Augustine aus dem 16. und das schläfrige Natchez auf schwindelnder steiler Felsenküste in der wunderbaren subtropischen Umgebung. Die Städte »Arkham« und »Kingsport«, die in einigen meiner Erzählungen vorkommen, sind ein mehr oder weniger verändertes Salem und Marblehead. Neuengland, wo ich herstamme, und seine alte Überlieferung haben sich meiner Einbildungskraft tief eingeprägt und kommen in meiner Prosa häufig vor. Gegenwärtig wohne ich in einem hundertdreißig Jahre alten Haus auf einem alten Bergrücken in Providence. Von meinem Schreibtisch aus bietet sich mir ein unvergeßliches Panorama altehrwürdiger Dächer und Zweige.[12]

Es ist mir inzwischen klar, daß sich jegliches echte literarische Verdienst, das ich haben mag, auf Erzählungen vom Traumleben, von seltsamen Schatten und kosmischer »Außenseitigkeit« beschränkt, obwohl ich an anderen Lebensbereichen regen Anteil nehme und gegen Bezahlung die stilistische Überarbeitung erzählerischer Prosa und selbst von Lyrik anderer übernehme.[13] Ich habe nicht die leiseste Ahnung, warum dem so ist. Ich mache mir keine Illusionen über den prekären Status meiner Erzählungen, und ich erwarte nicht, mich jemals ernstlich mit meinen Lieblingsautoren unheimlicher Erzählungen messen zu können – Poe, Arthur Machen, Dunsany, Algernon Blackwood, Walter de la Mare und Montague Rhodes James. Für mein Werk kann ich nichts weiter vorbringen als seine Redlichkeit. Ich weigere mich, den mechanischen Konventionen der Unterhaltungsliteratur Tribut zu zollen oder meine Erzählungen mit Klischeefiguren und abgedroschenen Situationen vollzustopfen. Ich lege Wert darauf, echte Gemütsäußerungen und Eindrücke so gut zu schildern, wie ich es nur vermag. Die Ergebnisse mögen armselig sein, doch ringe ich lieber weiter hartnäckig um echten literarischen Ausdruck, als die künstlichen Maßstäbe wohlfeiler Schnulzen zu akzeptieren.

Im Laufe der Jahre habe ich versucht, meine Erzählungen zu verfeinern und subtiler anzulegen. Das ist mir jedoch nicht in dem Maße gelungen, wie ich mir hätte wünschen mögen. Einige meiner Versuche sind in den Jahrbüchern von O'Brien und O'Henry lobend erwähnt worden (»Das Grauen von Dunwich«, »Die Farbe aus dem All« und so weiter), und einigen wurde die Ehre zuteil, in Anthologien nachgedruckt zu werden. Aber aus allen Vorschlägen, eine Sammlung meiner Geschichten zu veranstalten, ist nichts geworden.[14] Ich schreibe nie, wenn mir der spontane Ausdruck verwehrt ist. Ich schreibe nur, um eine bereits vorhandene Gemütsverfassung auszudrücken, die es zur Kristallisation drängt. Einige meiner Geschichten drehen sich um Träume, die ich selbst gehabt habe. Tempo und Art meines Schreibens sind von Fall zu Fall sehr verschieden, doch fällt mir das Schreiben in der Nacht immer am leichtesten. Von allen meinen Werken sind mir »Die Farbe aus dem All« und »Die Musik des Erich Zann« – in dieser Reihenfolge – am liebsten.[15] Ich bezweifle, daß ich mit der gewöhnlichen Science-fiction jemals Erfolg haben könnte.

Ich bin der Ansicht, daß die unheimliche Literatur ein ernst zu nehmendes Genre darstellt, das der besten literarischen Künstler wert ist, obwohl sie zumeist ein ziemlich eng begrenztes Gebiet ist, das nur einen kleinen Ausschnitt der unendlich vielfältigen Gemütsverfassungen des Menschen spiegelt. Gespenstergeschichten sollen realistisch und stimmungsvoll sein – sie sollen ihre Abweichung von der Natur auf die eine ausgewählte übernatürliche Bahn beschränken und nie aus dem Auge verlieren, daß Szenenschilderung, Stimmung und Naturerscheinungen bei der Vermittlung des zu Vermittelnden weit wesentlicher sind als Charaktere und Handlung. Die »Wucht« einer wahrhaft unheimlichen Geschichte ist einfach die Aufhebung oder Überschreitung eines unumstößlichen kosmischen Gesetzes – eine phantasievolle Flucht aus der erdrückenden Wirklichkeit. Denn Naturerscheinungen, nicht aber Personen sind ihre logischen »Helden«.[16] Das Grauen sollte originell sein – der Rückgriff auf alltägliche Mythen und Legenden mindert nur seine Wirkung. Die derzeitigen Geschichten in den Zeitschriften, die zu einem hoffnungslos gefühlsduseligen, konventionellen Standpunkt und einem flotten, unbekümmerten Stil neigen und zu gekünstelten Fabeln voller Handlungsreichtum, haben keinen sehr hohen literarischen Rang. Algernon Blackwoods »Die Weiden« ist vielleicht die bedeutendste unheimliche Geschichte, die je geschrieben wurde.[17]

H. P. Lovecraft

Anmerkungen von August Derleth

1 Das ist eine typisch bescheidene Bemerkung Lovecrafts; man sollte sie nicht mit falscher Bescheidenheit verwechseln, denn Lovecraft hatte vom eigenen Werk eine sehr schlechte Meinung und ließ sich nicht träumen, daß er oder irgend etwas, was er tat, auch nur die geringste Bedeutung haben könnte.

2 Lovecraft hat immer höchst ungern von seinen Eltern gesprochen, und selbst wenn er scheinbar offen war, konnte man unmöglich herausfinden, ob er ehrlich überzeugt oder ob er zu zurückhaltend war, um Tatsachen anzuführen. Tatsache ist, daß Lovecraft häufig schrieb, sein Vater habe »einen völligen Zusammenbruch« erlitten, wohingegen Winfield Lovecraft an Parese litt. Möglicherweise – und sogar höchst wahrscheinlich – kannte Lovecraft die Umstände der »Probleme« seines Vaters nicht und erfuhr auch nie, daß dieser als Syphilitiker an fortgeschrittener Parese starb. Bemerkungen wie »Im Jahre 1893 erlitt mein Vater einen Schlaganfall, der auf Schlaflosigkeit und ein überreiztes Nervensystem zurückzuführen war und ihn völlig lähmte, so daß er den Rest seines Lebens im Krankenhaus verbringen mußte«, die er 1915 in einem Brief an Maurice W. Moe machte, sind typisch für die Art, wie Lovecraft von seinem Vater sprach. Die Krankengeschichte bestätigt den Sohn jedoch nicht: in ihr erscheint Winfield Lovecraft als Paretiker. Seine Mutter war depressiv, herrschsüchtig und hilflos, eine Neurotikerin hart an der Grenze des Wahnsinns, die schließlich im

März 1919 im Butler Hospital Aufnahme fand, wo sie zwei Jahre später an geistiger und physischer Erschöpfung starb.

3 In seinem kürzlich erschienenen Buch *The Strength to Dream* schreibt Colin Wilson von Lovecrafts »Versuch, den Materialismus zu untergraben«, und behauptet von ihm, daß er »völlig in sich verschlossen war« und sich von der »›Wirklichkeit‹ losgesagt hatte« – eine Meinung, die von denen, die Lovecraft kannten oder mit ihm korrespondierten, nicht geteilt wird. In Wahrheit verbrachte Lovecraft eine äußerst einsame Kindheit. Zweifellos fehlte in dem Haus, wo er mit seiner Mutter und zwei Tanten lebte, der Vater, denn sein Großvater und ein Onkel überlebten seinen Vater nicht lange. In seiner Einsamkeit fand er Trost in manchen Phantasievorstellungen, nicht allein in denen des Grauens, obwohl er nur diesem Aspekt dichterischen Ausdruck gab, nicht aber den griechisch-arabischen Träumen.

4 Die Beschreibung einer solchen Szene, die einem Brief Lovecrafts entnommen ist, habe ich, allerdings mit geändertem Pronomen, in die posthume »Zusammenarbeit« »Die Lampe des Alhazred« eingefügt.

5 So faszinierend diese Versenkung ins achtzehnte Jahrhundert ist, so bedauerliche und nachteilige Wirkungen hatte sie auf sein schöpferisches Werk. Er vergeudete Unmengen von Papier und noch mehr Schweiß auf das Schreiben von Lehrgedichten in der Manier von Dichtern des achtzehnten Jahrhunderts. Die meisten davon sind heute unlesbar.

6 Das spielte sich in den ländlichen Gebieten entlang des Rivers Seekonk ab, wie man sich vorstellen kann, in Einsamkeit, denn die Kinder der Nachbarschaft hatten das übliche Interesse an Kampfspielen und waren an der Dramatisierung von Mythologie oder Geschichte nicht interessiert. In einem sehr weit gefaßten Sinn lehnte er sie ab, und sie lehnten ihn ab, was zum Teil die Einsamkeit seiner Jugend erklärt, wiewohl er einige sehr enge Freunde hatte, die sich ihm anschlossen, als er später die Abenteuer Nick Carters, Sherlock Holmes' und der Bradys las und die »Detektivagentur Providence« gründete.

7 Lovecrafts Spalte erschien in der *Tribune* von Providence.

8 Er merkte sich jedoch fast alles, was er las. Auf dem Höhepunkt seiner Aktivität als Briefschreiber erstaunte er seine Briefpartner häufig durch sein Wissen, das er spontan verfügbar hatte oder das er aus den Erinnerungen an seine umfangreiche Lektüre ausgrub. Während unserer zwölf Jahre andauernden Briefverbindung, während der er bis zu seinem Verfall gegen Ende seiner tödlichen Krankheit im Durchschnitt einen Brief pro Woche schrieb, war ich häufig tief beeindruckt, wie leicht es ihm fiel, die verschiedensten Themen zu erörtern.

9 Diese Aussage ist strittig und muß relativiert werden. Es gibt keine Beweise, die dafür sprechen, und wenn Lovecraft tatsächlich gleich »mehreren« Gruppen von Jugendlichen angehörte, muß man annehmen, daß er nur ein Mitläufer war, aber selten aktiv mitgemacht haben

kann. Die unternehmungslustige Bande, der er angehörte, war die Detektivagentur Providence. Bezeichnenderweise war er ihr Anführer. Keiner der Gefährten seiner Kindheit hat sich als Zeuge gemeldet, und eine Dame, die ihn aus der Kinderzeit kannte, hat ihre Erinnerungen an ihn niedergeschrieben. Clara L. Hess hat uns ein höchst eindeutiges Bild eines Knaben hinterlassen, der sich merkwürdig benahm und ein Sonderling war, der sich absonderte und vor anderen Kindern versteckte. Sie erinnert sich, daß sie ihn häufig sah, wie er »den Angell Hill hinaufging, ohne etwas zu sagen, den Blick geradeaus gerichtet, den Mantelkragen hochgeschlagen und das Kinn gesenkt«, eine Schilderung, die von einem anderen Zeitgenossen, Carlos G. Wright, bestätigt wird. Miss Hess ging einmal auf ihn zu, als er auf einem Feld durch sein Teleskop die Sterne beobachtete, »aber seine Sprache war so vom Fach, daß ich ihn nicht zu verstehen vermochte«. Das erklärt teilweise Lovecrafts Einsamkeit, denn die Jugend meidet einen überdurchschnittlich intelligenten Jungen ebenso wie einen unterdurchschnittlich begabten.

10 Es kann keinen Zweifel daran geben, daß diese Bekanntschaften Lovecraft reichlich für den Mangel an Freundschaft in seiner häuslichen Umgebung entschädigten. Er war ein enthusiastisches Mitglied der Amateurpressevereinigung. Mir fällt ein, daß er mich schon für die United Amateur Press Association geworben hatte, als unsere Korrespondenz noch kaum begonnen hatte. Er lieferte nicht nur Beiträge für die meisten Amateurpublikationen, sondern redigierte und publizierte eine Zeitlang sogar eine eigene Zeitschrift, *The Conservative*.

11 Lovecraft war Zeit seines Lebens sein eigener strengster Kritiker. Das ist auch die richtige Einstellung für einen Schriftsteller, denn ein selbstzufriedener Autor bleibt in seiner Entwicklung stecken. Von 1923 an war *Weird Tales* sein hauptsächlicher Markt; nur relativ wenige seiner Geschichten – insgesamt vier – wurden anderswo veröffentlicht.

12 Lebenslang war die Vergangenheit für Lovecraft sehr wichtig. Das läßt sich nicht leugnen. Veränderungen flößten ihm mehr Abscheu ein als dem Durchschnittsmenschen. Jeder von uns weigert sich bis zu einem gewissen Grade, den Wandel zu akzeptieren, und dieser Widerwille nimmt mit steigendem Alter zu. Vielleicht war für ihn die Vergangenheit mit ihren Familienbanden – der beschirmenden Mutter, dem Großvater mütterlicherseits und dem Onkel – eine Art Sicherheit, eine Absicherung, die ins Wanken geriet durch den beschleunigten Schritt der heutigen Welt und die rasante Geschwindigkeit des Wandels, der die Zerstörung der alten Gebäude und Straßen, die Lovecraft so sehr liebte, mit sich brachte. Mit ihnen verbanden sich Erinnerungen an die Kindheit und die noch ältere Vergangenheit. Nicht lange nach dieser autobiographischen Darstellung verfiel Lovecrafts Gesundheit langsam, und am 15. März 1937 starb er.

13 Lovecraft nahm gründliche Überarbeitungen von Werken anderer Autoren vor. Ob ihm das mehr Zeit raubte als seine Riesenkorrespondenz, ist ungewiß. Den Briefwechsel brauchte er, denn das war seine Verbindung mit der Welt. Die Überarbeitungen mußte er machen, denn er brauchte dieses Einkommen, um sein Dasein zu fristen, und seine Lebensführung würden die meisten von uns heute als weit unter dem Existenzminimum liegend betrachten. Ohne Abnehmermarkt jedoch fehlte Lovecraft der Antrieb zum Schreiben, und wann immer eine seiner Geschichten abgelehnt wurde – und Farnsworth Wright lehnte seine Geschichten häufig aus einem unglaublichen Mangel an Urteilsvermögen ab –, war er gezwungen, solche Arbeiten anzunehmen. Unter den abgelehnten Erzählungen befanden sich »Die Farbe aus dem All«, »Schatten über Innsmouth«, »Der Schatten aus der Zeit«, »Berge des Wahnsinns« und andere, die erst angenommen wurden, als er sie zum zweiten oder dritten Mal vorlegte. Man darf also vermuten, daß Lovecraft mehr geschrieben hätte, wäre er gezwungen gewesen, seinen Lebensunterhalt ohne diese Überarbeiter-Tätigkeit zu verdienen. Angesichts der schlechten Meinung, die Lovecraft von seinem eigenen Werk hatte, berührt jedoch der Gedanke ironisch, daß seine Geschichten mit um so größerer Regelmäßigkeit abgelehnt wurden, je überzeugender sie wurden und je besser in Stil und Darstellung.

14 Die Dummheit der Herausgeber in dieser Beziehung hielt aber noch an, nachdem Donald Wandrei und ich *The Outsider and Others* zusammengestellt hatten. Dieses Buch wurde sowohl Simon & Schuster als auch Charles Scribner's Sons vorgelegt, und dann wurde aus meiner Ungeduld heraus – denn ich mußte meine eigenen Bücher schreiben, so wie ich heute meine Schriftstellerei noch immer betreibe, trotz der Ausweitung der Arkham-House-Agenden – Arkham House geboren. Wenn ich mich recht erinnere, kam die Anregung, wir sollten den Lovecraft-Sammelband selber verlegen, von einem Lektor bei Scribner's, meinem damaligen Verleger. Das beste Werk Lovecrafts ist nun in beinahe jedem europäischen Land erschienen, einschließlich einiger hinter dem Eisernen Vorhang, sowie in ganz Lateinamerika.

15 Lovecraft war darin nicht sehr konsequent. Gelegentlich kehrte er die Reihenfolge um. Ein anderes Mal nannte er »Das Grauen von Dunwich« und »Die Ratten im Gemäuer«.

16 Colin Wilson ist der Meinung, daß Lovecrafts ganzes Leben eine Flucht vor der Wirklichkeit war, ein einziger Rückzug. Siehe sein Buch *The Strength to Dream*.

17 Seit Lovecrafts Tod im Jahre 1937 ist die Lage auf dem amerikanischen Zeitschriftenmarkt für den Schriftsteller ganz anders geworden. Die Pulps gehören der Vergangenheit an, die Flut an Science-fiction ist

zurückgegangen, und der Markt für phantastische Literatur hat sich seit dem niedrigen Stand, den er mit der Einstellung von *Weird Tales* im Jahre 1954 erreichte, niemals wesentlich erweitert. Zu keiner Zeit seines Lebens gab sich Lovecraft je dazu her, für die Groschenmagazine konventionelle, handlungsreiche Geschichten zu schreiben.

Anmerkungen zum Schreiben unheimlicher Erzählungen

Der Grund, warum ich Erzählungen schreibe, ist der, daß ich mir selbst die Befriedigung verschaffen möchte, klarer, eingehender und bleibender mir die vagen, flüchtigen und bruchstückhaften Eindrücke des Staunens, der Schönheit und der erwartungsvollen Abenteuerlichkeit vor Augen zu führen, die mir durch gewisse Anblicke (szenischer, architektonischer, stimmungsvoller Art usw.), Einfälle, Ereignisse oder Bilder vermittelt werden, auf die ich in Kunst und Literatur stoße. Auf unheimliche Erzählungen habe ich mich deswegen verlegt, weil sie meiner Neigung am ehesten entsprechen – einer meiner stärksten und nachhaltigsten Wünsche ist es, die Illusion wenigstens vorübergehend einmal zu erreichen, daß die ärgerlichen Beschränkungen von Zeit, Raum und Naturgesetz, die uns ständig einkerkern und unsere Wißbegier über die unendlichen kosmischen Räume jenseits unseres Blickfeldes und unserer analytischen Fähigkeiten zunichte machen, aufgehoben oder gesprengt sind. Geschichten betonen häufig das Element des Grauens, denn Furcht ist unser tiefstes und stärkstes Gefühl und dasjenige, mit dem sich am besten Illusionen hervorbringen lassen, die sich über die Naturgesetze hinwegsetzen. Grauen und das Unbekannte oder Seltsame sind stets eng miteinander verknüpft, so daß es schwer fällt, die Zerschlagung von Naturgesetzen oder kosmische Fremdartigkeit oder »das Außenseitige« überzeugend zu schildern, ohne das Gefühl der Furcht hervorzuheben. Die *Zeit* spielt in so vielen meiner Erzählungen eine wichtige Rolle, weil diese Erscheinung meiner Meinung nach eine zutiefst dramatische und grimmig-entsetzliche Angelegenheit im Weltall darstellt. *Die Auseinandersetzung mit der Zeit* scheint mir das mächtigste und ergiebigste Thema im Rahmen menschlichen Ausdrucksvermögens zu sein.

Wenn die Art und Weise, wie ich Geschichten schreibe, auch unstrittig ausgefallen und vielleicht eingeengt ist, so ist sie nichtsdestoweniger eine beständige und bleibende Ausdrucksform, so alt wie die Literatur selbst. Stets wird es einen kleinen Prozentsatz von Personen geben, der von brennender Neugierde auf den unbekannten Weltraum erfüllt ist, und auch von einem brennenden Verlangen, aus dem Gefängnis des Bekannten und Wirklichen in jene verzauberten Länder unglaublicher Abenteuer und unendlicher Möglichkeiten zu entfliehen, die sich uns in Träumen auftun und die etwa tiefe Wälder, phantastische Stadttürme, flammende Sonnenuntergänge und dergleichen augenblicklich vor das Auge stellen. Zu diesen Menschen gehören bedeutende Autoren ebenso wie unbedeutende Amateure wie ich – Dusany, Poe, Arthur Machen, M. R. James, Algernon Blackwood und Walter de la Mare sind typische Meister auf diesem Gebiet.

Wie ich nun eine Geschichte schreibe – da gibt es keine ausschließliche Methode. Jede meiner Erzählungen hat eine andere Entstehungsgeschichte. Ein- oder zweimal habe ich buchstäblich einen Traum ausgeschmückt und niedergeschrieben, aber gewöhnlich gehe ich von einer Stimmung oder einem Einfall oder einem Bild aus, etwas, das ich ausdrücken möchte, und wälze sie in meinem Geist herum, bis mir eine gute Darstellungsweise einfällt, wie ich sie in einer Kette dramatischer Ereignisse ausdrücken kann, die sich ganz konkret schildern lassen. Meistens gehe ich im Geist eine Liste von Ausgangssituationen oder Zuständen durch, die sich für eine solche Stimmung oder einen Einfall oder ein solches Bild am besten eignen, und dann beginne ich zu überlegen, wie ich die besagte Stimmung, den Einfall oder das Bild je nach Ausgangslage oder Ausgangssituation am besten logisch und natürlich motivieren und begründen kann.

Der tatsächliche Schreibprozeß ist natürlich von Fall zu Fall so grundverschieden wie die Wahl des Themas oder des ursprünglichen Konzeptes. Würde man jedoch die Entstehungsgeschichte aller meiner Erzählungen untersuchen, ist es gut möglich, daß man aus der allgemeinen Arbeitsweise folgende Regeln ableiten könnte:

1. Herstellung einer Zusammenfassung oder eines Szenarios der Ereignisse in der Reihenfolge ihres tatsächlichen *Auftretens* – nicht in der Reihenfolge, in der sie erzählt werden. Die Beschreibung sei ausführlich genug, damit alle wesentlichen Punkte erfaßt und alle vorgesehenen Ereignisse erklärt werden. Weitergehende Einzelheiten, Kommentare und Einschätzungen der Folgewirkungen sind bei diesem zeitlichen Rahmen zuweilen wünschenswert.

2. Anfertigung einer zweiten Zusammenfassung oder eines Szenarios der Ereignisse – diesmal in der Reihenfolge, wie sie erzählt werden (nicht in der tatsächlichen Abfolge), hinreichend eingehend und mit allen Einzelheiten, ferner mit Anmerkungen über Wechsel der Perspektive, Hervorhebungen und dramatischen Hö-

hepunkten, Abänderung und Angleichung der ursprünglichen Zusammenfassung, wenn dadurch die dramatische Kraft oder die allgemeine Wirkung der Geschichte gesteigert wird. Ereignisse werden beliebig eingefügt oder gestrichen – man fühle sich keineswegs an das ursprüngliche Konzept gebunden, selbst wenn die Endfassung der Geschichte ganz und gar nichts mehr mit der ursprünglich geplanten zu tun hat. Hinzufügungen oder Änderungen sollten stets durchgeführt werden, wann immer sie sich im Prozeß des Ausformulierens ergeben.

3. Niederschreiben der Geschichte – schnell, flüssig und nicht allzu kritisch – und zwar in der Reihenfolge der *zweiten* oder erzähltechnisch geordneten Zusammenfassung. Abänderung der Ereignisse und der Fabel, wann immer der Entwicklungsprozeß eine solche Änderung geboten erscheinen läßt, und ohne daß man sich an die frühere Planung gebunden fühlt. Ergibt die Entwicklung plötzliche neue Möglichkeiten für dramatische Wirkungen oder lebendiges Erzählen, füge man hinzu, was immer vorteilhaft erscheint – dann gehe man zurück, um die vorhergehenden Teile dem neuen Plan anzupassen. Ganze Absätze und Abschnitte können hinzugefügt oder gestrichen werden, wenn es notwendig oder wünschenswert erscheint. Verschiedene Anfänge und Abschlüsse können erprobt werden, bis die beste Kombination gefunden ist. Es ist aber darauf zu achten, daß alle Bezugnahmen und Anspielungen in der ganzen Geschichte durchgehend auf den endgültigen Plan abgestimmt werden, um Widersprüche zu vermeiden. Man streiche alles, was möglicherweise überflüssig ist – Worte, Sätze, Absätze, auch ganze Episoden oder Erzählelemente, wobei wie üblich auf die innere Stimmigkeit aller Teile zu achten ist.

5. Anfertigung eines sauber getippten Manuskripts, wobei man nicht davor zurückscheuen soll, Schlußkorrekturen dort anzubringen, wo sie geboten erscheinen.

Das erste dieser Stadien ist oft ein rein geistiges – eine Fülle von Ausgangsbedingungen und Ereignissen, die ich im Geiste ausprobiere und erst dann zu Papier bringe, wenn ich soweit bin, eine genaue Zusammenfassung der Ereignisse in der Reihenfolge, in der sie erzählt werden, anzufertigen. Manchmal aber fange ich schon mit der Niederschrift an, ehe ich weiß, wie ich die Idee entwickeln soll – dieser Beginn ergibt ein Problem, für das erste eine Begründung und eine erzählerische Verwertung gefunden werden muß.

Meiner Meinung nach gibt es vier deutlich unterschiedene Typen unheimlicher Geschichten: einen, welcher *eine Stimmung oder ein Gefühl* ausdrückt; einen anderen, der ein *bildliches Konzept*, einen dritten, welcher eine *allgemeine Situation, einen Zustand, eine Erläuterung oder ein intellektuelles Konzept* ausdrückt; und einen vierten, welcher eine bestimmte *dramatische Szene, eine spezifische dramatische Situation oder einen dramatischen Höhepunkt* erklärt. Anders gesagt, man kann unheimliche Geschichten grob in zwei Kategorien einteilen – diejenigen, in denen sich das Wunder oder das Grauen auf einen *Zustand* oder eine *Naturerscheinung* bezieht, und diejenigen, in denen es sich auf ein *Handeln von Personen* im Zusammenhang mit einem ausgefallenen Zustand oder einer Naturerscheinung bezieht.

Jede unheimliche Geschichte – speziell die Gruselgeschichte – scheint fünf bestimmte Elemente zu umfassen: (a) ein fundamentales Grauen oder eine Abnormität – eine Situation, ein Wesen usw. –, (b) die allgemeinen Auswirkungen oder die Tragweite des Grauens, (c) die Art und Weise, wie es sich manifestiert – das Objekt, welches das Grauen und die beobachteten Naturerscheinungen verkörpert –, (d) die Typen der Furchtreaktion, die sich auf das Grauen beziehen, und (e) die spezifischen Auswirkungen des Grauens in bezug auf die jeweilige Situation.

Beim Verfassen einer unheimlichen Geschichte achte ich stets darauf, die richtige Stimmung und Atmosphäre zu erzielen und das hervorzuheben, was hervorgehoben werden soll. Außer in infantiler schwindelhafter Groschenheftliteratur läßt sich die Schilderung unmöglicher, unwahrscheinlicher oder undenkbarer Naturerscheinungen nicht als alltägliche Erzählung objektiver Handlungen und konventioneller Gefühle darbieten. Unvorstellbare Ereignisse und Umstände müssen nämlich ein besonderes Handikap überwinden, und das läßt sich nur erreichen, wenn man in jedem Stadium der Geschichte *außer* einem, das das eine als gegeben genommene Wunder anbelangt, auf striktesten Realismus achtet. Dieses Wunder jedoch muß sehr eindrücklich und wohlbedacht behandelt werden – mit einem sorgfältigen, gefühlsmäßigen ›Aufbau‹ –, andernfalls wirkt es flach und wenig überzeugend. Da es in der Geschichte die Hauptsache ist, sollte sein bloßes Vorhandensein die Charaktere und Ereignisse überschatten. Die Charaktere und Ereignisse müssen jedoch stimmig und natürlich sein außer dort, wo sie mit dem einen Wunder zu tun haben. In bezug auf das zentrale Wunder sollten die Charaktere dieselbe überwältigende Gemütsbewegung zeigen, die ähnliche Charaktere für ein solches Wunder im wirklichen Leben zeigen würden. Ein Wunder darf nie als selbstverständlich genommen werden. Selbst wenn anzunehmen ist, daß die Gestalten an das Wunder gewöhnt sind, versuche ich, eine Atmosphäre von Ehrfurcht und Eindrücklichkeit zu weben, die dem entspricht, was der Leser empfinden soll. Ein beiläufiger Stil ist der Ruin jedweder ernsthaften Phantastik.

Atmosphäre, nicht die Handlung ist das große Desiderat in der unheimlichen Literatur. Eine Geschichte von einem Wunder kann fürwahr nie etwas anderes sein als ein *lebendiges Bild einer bestimmten Art menschlicher Stimmung*. Sobald sie etwas anderes zu sein versucht, wird sie billig, infantil, ohne Überzeugungskraft. Der Nachdruck sollte primär auf *raffinierte Andeutung* gelegt werden – kaum wahrnehmbare Andeutungen und ein Hauch sparsamer assoziativer Einzelheiten, die Stimmungsschattierungen ausdrücken und eine vage Illusion der seltsamen Wirklichkeit des Unwirklichen aufbauen. Man vermeide bloße Kataloge unglaublicher Ereignisse, die weder Substanz noch Bedeutung haben können, abgesehen von einem alles überziehenden Schleier von Farbe und Symbolik.

Das sind die Regeln oder Normen, denen ich – bewußt oder unbewußt – seit der Zeit gefolgt bin, da ich ernsthaft begann, phantastische Literatur zu schreiben. Daß meine Anstrengungen von Erfolg gekrönt sind, mag man bezweifeln – doch bin ich mir sicher, daß sie, hätte ich die Überlegungen außer acht gelassen, die ich in den letzten Absätzen anführe, weit schlimmer ausgefallen wären, als es der Fall ist.

Einige Anmerkungen zu interplanetarischen Erzählungen

Trotz der derzeitigen Flut von Geschichten, die sich mit anderen Welten und Universen befassen und mit wagemutigen Flügen durch kosmische Weiten zu und von ihnen, ist es wohl keine Übertreibung zu behaupten, daß nicht mehr als ein halbes Dutzend dieser Erzeugnisse, einschließend der Romane von H.G. Wells, auch nur den geringsten Schatten eines Anspruchs auf künstlerischen Ernst oder literarischen Rang erheben können. Unehrlichkeit, Konventionalität, Abgedroschenheit, Künstlichkeit, Gefühlsduselei und kindisches Über-die-Stränge-Schlagen feiern in diesem übervölkerten *Genre* Triumphe, so daß lediglich einige äußerst seltene Ausnahmen wahrhaft reif genannt zu werden verdienen. Und die Darbietung solch unverbesserlicher Hohlheit hat so manchen zu der Frage veranlaßt, ob aus diesem Stoff je das Gewebe wirklicher Literatur entstehen kann.

Der Autor dieser Zeilen glaubt nicht, daß die Idee von Raumfahrt und anderen Welten an sich für eine literarische Darstellung ungeeignet wäre. Er ist vielmehr der Meinung, daß die allgegenwärtige Verkitschung und der Mißbrauch dieser Idee Folge einer weitverbreiteten irrigen Auffassung sind, eines Mißverständnisses, das sich auch auf andere Zweige der unheimlichen Literatur und der Science-fiction erstreckt. Dieser Irrtum liegt in der Vorstellung, daß die Schilderung unmöglicher, unwahrscheinlicher oder unvorstellbarer Erscheinungen mit Erfolg als alltägliche Erzählung von objektiven Ereignissen und herkömmlichen Gefühlen in der gewohnten Färbung und Manier der Unterhaltungsliteratur dargeboten werden kann. Unreife Leser mögen eine solche Darstellung oft »durchgehen« lassen, doch wird ihr ein ästhetischer Wert nie auch nur im entferntesten beigemessen werden.

Unfaßliche Ereignisse und Umstände sind eine Kategorie für sich, die mit allen anderen Elementen, die eine Geschichte ausmachen, nichts zu tun hat, und durch den bloßen Prozeß beiläufigen Erzählens können sie nicht überzeugend gestaltet werden. Sie müssen das Handikap der Unglaublichkeit überwinden, und das ist nur durch *sorgfältigen Realismus* in allen *anderen* Abschnitten der Geschichte erreichbar, in Verbindung mit einer *allmählich dichter werdenden Atmosphäre* oder einem Gefühlsaufbau von größter Raffinesse. Ferner muß die Betonung richtig placiert werden – sie muß ständig das *Wunder der zentralen Abnormität selbst* umschweben. Man darf nicht vergessen, daß jede Übertretung dessen, was wir als Naturgesetz kennen, *an sich* schon eine ungeheuerlichere Sache ist als jedes andere Ereignis oder Gefühl, das auf einen Menschen einwirken könnte. Daher darf man nicht erwarten, daß eine Geschichte, die sich mit derlei beschäftigt, ein Gefühl der Lebensnähe oder einen Eindruck von Wirklichkeit weckt, wenn das Wunder beiläufig behandelt wird und die Charaktere aus gewohntem Antrieb handeln. Die Charaktere sollen, auch wenn sie sich natürlich verhalten, dem zentralen Wunder untergeordnet sein, um das herum sie angeordnet sind. Der wahre »Held« einer phantastischen Erzählung ist nicht ein beliebiger Mensch, sondern einfach eine *Reihe von Erscheinungen*.

In erster Linie sollte die mächtige, empörende, ungeheure Abweichung von der Natur, auf die es ankommt, alles überragen. Die Charaktere sollen darauf so reagieren, wie wirkliche Menschen reagieren würden, stieße ihnen so etwas plötzlich im alltäglichen Leben zu. Sie müssen das nahezu seelenzerstörerische Erstaunen zeigen, das natürlich jeder an den Tag legen würde, anstatt milde, zahme, rasch zugängliche Gemütsäußerungen, die die Konvention der billigen Unterhaltungsliteratur vorschreibt. Selbst wenn es sich um ein Wunder handelt, mit dem die Gestalten angeblich vertraut sind, muß das Gefühl des Staunens, des Wunderns und der Seltsamkeit, das der Leser angesichts einer solchen Sache empfinden würde, vom Autor irgendwie angedeutet werden. Wenn eine wunderbare Reise ohne die entsprechende Gefühlsfärbung geschildert wird, fehlt jede Spur von Anschaulichkeit. Es entsteht nicht die gruselige Illusion, daß sich so etwas möglicherweise zugetragen haben könnte, sondern man hat den Eindruck, daß da jemand nur einige ausgefallene Wörter von sich gegeben hat. Ganz allgemein sollte man auf alle populären Zeilenschinderkonventionen billiger Literatur verzichten und bemüht sein, aus der Geschichte einen perfekten Ausschnitt aus dem wirklichen Leben zu machen mit der einen Ausnahme, wo es um das Wunder, auf das es ankommt, geht. Man sollte so vorgehen, als inszenierte man einen Jux und bemühte sich, daß die ausgefallene Lüge für bare Münze genommen werde.

Atmosphäre, nicht Handlung muß in einer Wundergeschichte gepflegt werden. Man kann den Nachdruck nicht auf die reinen Ereignisse legen; denn die unnatürliche Überspanntheit dieser Ereignisse läßt sie hohl und absurd erscheinen, wenn sie zu sehr hervortreten. Solche Ereignisse, selbst wenn sie in Zukunft theoretisch möglich oder vorstellbar sind, haben keine Entsprechung und keine Grundlage im tatsächlichen Leben und in der menschlichen Erfahrung, daher können sie niemals das Fundament einer ausgereiften Geschichte bilden. Alles, was eine Wundergeschichte auf ernsthafte Weise je sein kann, ist *das lebendige Bild einer bestimmten menschlichen Stimmung.* Sobald sie versucht, etwas anderes zu sein, gleitet sie ab ins Billige, Kindische, dem jegliche Überzeugungskraft fehlt. Daher sollte der Autor phantastischer Literatur darauf achten, daß die treibende Kraft die raffinierte Andeutung ist – die kaum wahrnehmbaren Andeutungen und Züge ausgesuchter und assoziationsreicher Einzelheiten, die Gefühlsschattierungen ausdrücken und die vage Illusion der seltsamen Wirklichkeit des Unwirklichen aufbauen – und nicht reine Häufungen unglaublicher Ereignisse, die abgesehen von dem sie bestimmenden Kolorit und den Stimmungssymbolismen weder Substanz noch Bedeutung haben. Eine ernsthafte, ausgereifte Geschichte muß in einem bestimmten Aspekt lebenswahr sein. Da Wundergeschichten nicht in bezug auf die *Ereignisse* lebenswahr sein können, müssen sie einen Aspekt betonen, den sie als wahr schildern *können*, nämlich gewisse sehnsüchtige oder rastlose *Stimmungen* des Menschengeistes, in denen er sich aus Fäden des Altweibersommers Fluchtleitern aus der quälenden Tyrannei von Zeit, Raum und Naturgesetz zu weben sucht.

Und wie lassen sich diese allgemeinen Prinzipien einer ausgereiften Literatur des Wunders auf die interplanetarische Geschichte im besonderen anwenden? Daß man sie anwenden *kann*, daran läßt sich nicht zweifeln. Die wichtigen Faktoren sind hier wie an anderer Stelle ein entsprechender Sinn für das Wunder, entsprechende Gemütsäußerungen bei den handelnden Personen, Realismus im Milieu und in den Rahmenereignissen, Sorgsamkeit bei der Auswahl entscheidender Einzelheiten und die gewissenhafte Vermeidung abgedroschener künstlicher Charaktere und dummer konventioneller Ereignisse und Situationen, die auf der Stelle die Lebensfähigkeit einer Geschichte zerstören, indem sie sie als Produkt ausgeleierter Massenproduktion ausweisen. Es ist die ironische Wahrheit, daß keine künstlerische Geschichte dieser Art: aufrichtig, ehrlich und unkonventionell geschrieben, eine Chance hätte, von den Lektoren der gewöhnlichen Groschenheftrichtung angenommen zu werden. Das wird jedoch den wirklich entschlossenen Künstler, der etwas Ausgereiftes schaffen will, nicht abschrecken können. Es ist besser, redlich für eine Zeitschrift zu schreiben, die keine Honorare zahlt, als für Geld wertloses Zeug zusammenzuschustern. Eines Tages werden die Anforderungen der Herausgeber billiger Zeitschriften vielleicht weniger flagrant absurd in ihrer antikünstlerischen Starrheit.

Die Ereignisse einer interplanetarischen Geschichte – abgesehen von Geschichten, bei denen es sich um rein dichterische Phantasieflüge handelt – spielen am besten in der Gegenwart oder werden so dargeboten, als hätten sie sich insgeheim oder in prähistorischen Zeiten in der Vergangenheit zugetragen. Die Zukunft ist für die Darstellung eine heikle Zeitspanne, denn es ist nahezu unmöglich, bei der Schilderung zukünftiger Lebensweise nicht ins Groteske und Absurde zu geraten, und die Gestalten büßen immer stark an Empfindsamkeit ein, wenn man sie als mit den geschilderten Wundern vertraut darstellt. Die Personen einer Geschichte sind im Grunde Projektionen unserer selbst, und es ist ein unleugbarer Nachteil, wenn sie nicht unser eigenes Nichtwissen und unser Staunen über die Ereignisse teilen können. Damit sei nicht gesagt, daß Geschichten von der Zukunft nicht künstlerisch sein können, sondern bloß, daß es schwieriger ist, sie künstlerisch anzulegen.

In einer guten interplanetarischen Geschichte muß es realistische menschliche Gestalten geben, nicht die Klischee-Wissenschaftler, schurkischen Assistenten, unbesiegbaren Helden und die liebliche Heldin, des Wissenschaftlers Töchterlein, wie im üblichen Schund dieser Art. Wahrhaftig, es gibt keinen Grund, warum es überhaupt einen »Schurken«, »Helden« oder eine »Heldin« geben sollte. Diese künstlichen Charaktertypen gehören völlig künstlichen Fabelformen an und haben in ernster Literatur gleich welcher Art nichts zu suchen. Die Funktion der Geschichte liegt darin, einer bestimmten menschlichen Stimmung des Staunens und der Befreiung Ausdruck zu geben, und jedes wohlfeile Hereinziehen der Theatralik der Groschenhefte ist ebenso fehl am Platz wie abträglich. Die üblichen romanhaften Verwicklungen sind unerwünscht. Man darf nur solche Charaktere auswählen (nicht notwendigerweise stramme oder schneidige oder jugendliche oder malerische Kerle), die ganz natürlich in die zu schildernden Ereignisse verwickelt werden würden, und sie müssen sich genau so verhalten, wie sich wirkliche Personen verhalten würden, wenn sie es mit den gegebenen Wundern zu tun bekämen. Der Tonfall der ganzen Sache muß realistisch, nicht romanhaft sein.

Der entscheidende und heikle Punkt, wie die Gestalten die Erde verlassen, muß sorgfältig gelöst werden. Das ist vielleicht auch das größte Einzelproblem der Geschichte. Die Abreise muß plausibel begründet und eindrucksvoll beschrieben werden. Liegt die geschilderte Zeit nicht in der Vorgeschichte, ist es besser, wenn das Mittel für die Abreise eine geheime Erfindung ist. Die Gestalten müssen auf diese Erfindung mit dem geziemenden Sinn völligen, nahezu lähmenden Staunens reagieren und die Tendenz der Groschenhefte vermeiden, solche Dinge halb selbstverständlich zu nehmen. Um Irrtümer bei komplexen Problemen der Physik zu vermeiden, empfiehlt es sich, sich bei der Beschreibung der Erfindung nicht allzu sehr auf Einzelheiten einzulassen.

Kaum weniger heikel ist das Problem der Beschreibung der Fahrt durch den Weltraum und der Landung auf einer anderen Welt. Hier ist der Nachdruck zu allererst auf überwältigende Gefühlsäußerungen zu legen – das unüberwindliche Erstaunen, das die Reisenden empfinden, wenn sie erkennen, daß sie die *einheimische Erde tatsächlich verlassen* haben, oder das sie angesichts kosmischer Abgründe oder auf einer fremden Welt verspüren. Selbstverständlich ist es unerläßlich, sich bei der Darstellung der mechanischen, astronomischen und anderen Aspekte der Reise strikt an wissenschaftliche Tatsachen zu halten. Viele Leser kennen sich in den Naturwissenschaften aus, und eine flagrante Verletzung der Wahrheit ruiniert die Geschichte für jeden, der imstande ist, sie zu entdecken.

Die gleiche wissenschaftliche Sorgfalt muß der Darstellung der Ereignisse auf dem fremden Planeten gewidmet werden. Alles muß völlig mit der bekannten oder postulierten Natur des fraglichen Himmelskörpers übereinstimmen – Oberflächenschwerkraft, Achsenneigung, Länge von Tag und Jahr, das Aussehen des Himmels usw. –, und die Atmosphäre muß mit entscheidenden Einzelheiten aufgebaut werden, die der Geschichte Glaubwürdigkeit und Realismus verleihen. Abgedroschene Hilfsgriffe wie etwa der Empfang der Reisenden durch die Bewohner des Planeten sollten strikt ausgeschlossen werden. Weiterhin sollte es kein allzu leichtes Erlernen fremder Sprachen geben, keine telepathische Verständigung, keine Verehrung der Reisenden als Götter, keine

Teilnahme an den Angelegenheiten pseudomenschlicher Königreiche, keine Heiraten mit schönen anthropomorphen Prinzessinnen, keine stereotypen Armageddons mit Strahlpistolen und Raumschiffen, keine Hofintrigen und eifersüchtigen Hexenmeister, keine Bedrohung durch behaarte Affenmenschen von den Polarkappen, und so weiter und so fort. Gesellschaftliche und politische Satire ist immer unerwünscht, da jede intellektuelle und äußerliche Vorgabe der Kraft der Geschichte als Auskristallisation einer Stimmung abträglich ist. Was stets in höchstem Maße vorhanden sein sollte, ist ein tiefes, überzeugendes Gefühl der *Fremdartigkeit* – der völligen, unverständlichen *Fremdartigkeit* einer Welt, die mit unserer nichts gemein hat.

Es ist nicht nötig, daß der fremde Planet überhaupt bewohnt ist – oder zur Zeit der Reise bewohnt ist. Ist er bewohnt, müssen seine Bewohner dem Aussehen, der Geisteshaltung, den Gefühlen und dem Sprachgebrauch nach entschieden nicht-menschlich sein, es sei denn, sie sind augenscheinlich Abkömmlinge einer vorhistorischen Kolonisierungsexpedition von der Erde. Das menschenähnliche Aussehen, die menschenähnliche Psychologie und die Eigennamen, die die Masse billiger Autoren den Bewohnern anderer Planeten von gewöhnlich andichtet, sind gleichzeitig lachhaft und pathetisch. Eine weitere absurde Gewohnheit der Zeilenschinder besteht darin, daß sie die wichtigsten Bewohner anderer Planeten immer als wissenschaftlich und technisch fortgeschrittener als uns schildern. Und sie führen stets vor einem Hintergrund kubistischer Tempel und Paläste spektakuläre Opferhandlungen aus, und stets werden sie von einer ungeheuerlichen und dramatischen Gefahr bedroht. Dieser Schmus muß durch einen ausgereiften Realismus ersetzt werden, in dem die Planetenbewohner, je nach den künstlerischen Anforderungen, sich in allen möglichen Entwicklungsstadien befinden – manchmal hohen, manchmal niedrigen und manchmal ganz unpittoresk mittelmäßigen. Königlicher und religiöser Pomp sollte nicht willkürlich überbetont werden. Es ist überhaupt höchst unwahrscheinlich, daß mehr als ein Bruchteil der exotischen Rassen auf so ausgefallene Volksgebräuche wie Königtum und Religion verfallen sein sollte. Man muß sich vor Augen halten, daß nichtmenschliche Lebewesen mit menschlichen Motiven und Perspektiven überhaupt nichts gemein hätten.

Der wirkliche Kern der Geschichte sollte jedoch etwas sein, was von dem spezifischen Aussehen und den Gebräuchen einer jeden hypothetischen außerirdischen Rasse weit entfernt ist, wahrhaftig, nichts Geringeres als die *einfache Empfindung des Staunens darüber, daß man nicht mehr auf der Erde ist*. Das Interesse bliebe am besten durch Darstellungen bizarrer und unirdischer Naturbedingungen gefesselt, und nicht durch künstlich dramatische Handlungen menschlicher oder exotischer Gestalten. Abenteuer dürfen sehr wohl eingeführt werden, doch sollten sie dem Realismus gebührend untergeordnet werden – und unausweichliche Folge der beschriebenen Zustände sein und nicht synthetischer Kitzel, der um seiner selbst willen zusammengebraut wird.

Klimax und Schluß müssen sorgsam angelegt werden, um Überspanntheit und Künstlichkeit zu vermeiden. Im Interesse der Überzeugungskraft sollte man den Umstand der Reise vorzugsweise so schildern, als sei er der breiten Öffentlichkeit unbekannt – oder man verlegt die Reise in die Vorgeschichte und gibt vor, die Menschheit hätte sie vergessen und die Wiederentdeckung sei ein Geheimnis geblieben. Die Idee einer allgemeinen Enthüllung, die eine verbreitete Veränderung im menschlichen Denken, der menschlichen Geschichte oder der menschlichen Zielsetzung impliziert, gerät leicht in Widerspruch mit Ereignissen der Umwelt, stößt mit wirklichen künftigen Wahrscheinlichkeiten radikal zusammen, als daß der Leser den Eindruck des Natürlichen gewänne. Es ist weit wirkungsvoller, die Wahrheit der Geschichte nicht von einer Bedingung abhängig zu machen, die augenscheinlich dem widerspricht, was wir wissen – denn der Leser kann vergnüglich mit der Vorstellung spielen, daß sich diese Wunder *vielleicht doch* ereignet haben!

Inzwischen hält die Sintflut an albernem interplanetarem Zeug weiter an. Der Autor wagt nicht vorauszusagen, ob je eine qualitative Aufwärtsentwicklung in größerem Maßstab einsetzen wird. Auf jeden Fall hat er gesagt, was er für die hauptsächlichen Aspekte des Problems hält. Ernsthaft gestaltet, birgt die astronomische Erzählung zweifellos große Möglichkeiten in sich, wie einige wenige Fast-Klassiker wie *Der Krieg der Welten, Die letzten und die Ersten Menschen, Station X,* »The Red Brain« und Clark Ashton Smiths beste Arbeiten beweisen. Aber die Pioniere des Genres müssen bereit sein, ohne finanziellen Erfolg, berufliche Anerkennung oder die Ermutigung durch die Mehrheit der Leserschaft, deren Geschmack ernsthaft durch den Schund, den sie verschlungen hat, verdorben worden ist, zu wirken. Zum Glück ist redliches künstlerisches Schaffen sein eigener Antrieb und seine eigene Belohnung, so daß wir trotz aller Hindernisse nicht an der Zukunft einer unverbrauchten literarischen Form verzweifeln müssen, deren gegenwärtig unentwickelter Zustand nur um so mehr Raum für brillantes und fruchtbares Experimentieren offenläßt.

Anmerkungs- und Notizbuch

I. Vorschläge zum Geschichtenschreiben

(Vorläufige Festlegung von *Einfall* und Handlung.)

1. Man fertige eine Zusammenfassung oder ein Szenario der Ereignisse in der Reihenfolge ihres *Vorkommens* an – nicht in der Reihenfolge, in der sie erzählt werden. Die Beschreibung sei hinreichend ausführlich, damit alle wesentlichen Punkte erfaßt und alle vorgesehenen Ereignisse begründet sind. Genaue Einzelheiten, Bemerkungen dazu und die Beurteilung ihrer Konsequenzen sind manchmal wünschenswert.

2. Man fertige eine Zusammenfassung oder ein Szenario der Ereignisse in der Reihenfolge an, in der sie *erzählt* werden, hinreichend ausführlich und mit allen Einzelheiten und mit Anmerkungen in bezug auf Perspektivenwechsel, Bedeutungen und dramatischen Höhepunkt. Man ändere die ursprüngliche Zusammenfassung um der Stimmigkeit willen, wenn eine Abänderung die dramatische Wirkung oder die allgemeine Kraft der Geschichte steigert. Man schiebe einzelne Vorfälle nach Belieben ein oder streiche sie und fühle sich keineswegs an die ursprüngliche Konzeption gebunden, selbst wenn das Endergebnis eine Erzählung ist, die mit der ursprünglich konzipierten gar nichts mehr gemein hat. Hinzufügungen und Abänderungen sind vorzunehmen, wann immer sie sich im Verlauf der Ausarbeitung ergeben.

3. Man schreibe die Geschichte nieder, rasch, in einem Zuge und nicht allzu kritisch, indem man der zweiten Zusammenfassung folgt. Man ändere Handlung und Ereignisse ab, wann immer der Entwicklungsprozeß eine solche Änderung geraten erscheinen läßt, und fühle sich keineswegs an einen Entwurf gebunden. Wenn sich im Zuge der Ausarbeitung neue Möglichkeiten für dramatische Wirkungen oder lebendigeres Erzählen ergeben, füge man ein, was immer man für vorteilhaft hält – und gehe zurück und stimme die früheren Teile mit dem neuen Konzept ab. Man füge ganze Abschnitte ein oder streiche sie, wenn es notwendig oder wünschenswert ist, und erprobe verschiedene Anfänge und Abschlüsse, bis die beste Lösung gefunden ist. Man

überzeuge sich, daß alle Anspielungen und Bezugnahmen in der Geschichte gründlich auf das endgültige Konzept abgestimmt sind. Man streiche alles Überflüssige – Worte, Sätze, Abschnitte, auch ganze Episoden oder Handlungselemente –, wobei man mit der gebotenen Vorsicht vorgehe, was die Stimmigkeit aller Teile anbelangt.

4. Man überarbeite den ganzen Text, wobei man auf Wortschatz achte, auf Grammatik, Rhythmus der Prosa, Proportionierung der Teile, Feinheiten des Tons, Anmut und Überzeugungskraft der Übergänge (von Szene zu Szene, behäbiger und eingehend geschilderter Handlung zu schnell und skizzenhaft gezeichneter, größere Zeiträume umfassender Handlung und vice versa etc.), Wirksamkeit von Anfang und Ende, Höhepunkte usw. usf., dramatische Spannung und dramatisches Interesse, Plausibilität, Atmosphäre und verschiedene andere Elemente.

5. Man fertige ein sauber getipptes endgültiges Manuskript an.

In manchen Fällen empfiehlt es sich, die Geschichte ohne Zusammenfassung oder auch ohne jegliche Vorstellung, wie sie entwickelt und abgeschlossen werden soll, zu beginnen. Das ist dann der Fall, wenn man die Notwendigkeit verspürt, eine besonders packende und eindringliche Stimmung oder ein Bild bis in die letzten Einzelheiten niederzuschreiben und auszuschöpfen. Bei diesem Vorgehen kann der so entstandene Beginn zu einem Problem werden, das der Begründung und Erklärung bedarf. Natürlich kann es sich im Verlauf der Ausarbeitung dieser Begründung und Erklärung als vorteilhaft erweisen, den ursprünglich entstandenen Beginn abzuändern oder abzuwandeln, bis zur Unkenntlichkeit umzugestalten oder sogar völlig auf ihn zu verzichten.

Ab und zu, wenn ein Schriftsteller einen charakteristischen Stil hat, voller Rhythmen und Kadenzen, die eng mit phantasievollen Assoziationen verbunden sind, ist es möglich, mit charakteristischen Abschnitten eine *Stimmung zu weben*, so daß auf diese Weise die Stimmung einen Großteil der Erzählung bestimmt.

Ab und zu ist es wirkungsvoll, sich einen eindringlichen Titel oder eine Reihe von Titeln – von der Art und Weise, die ergreifende Gedankenassoziationen auslösen – im voraus auszudenken und die Geschichte dann um diesen Titel oder diese Titel herum zu schreiben. Nach Abschluß der Arbeit kann der Titel durchaus geändert werden.

In sehr seltenen Fällen kann man eine wirkungsvolle Geschichte auch anhand eines Bildes schreiben.

Oft ist es von Vorteil, sich eine Erzählung ausführlich im Kopf zurechtzulegen – mit Anmerkungen –, ehe man sie tatsächlich niederschreibt. Man träume sie gemächlich – langsam – mit allen möglichen Abänderungen.

Unheimliche Geschichten gehören zwei verschiedenen Arten an – die eine, in denen sich das Grauen oder das Wunder auf einen *Zustand* oder eine *Erscheinung* bezieht, und die andere, wo es sich auf ein Handeln von Personen in Verbindung mit einem bizarren Zustand oder einer bizarren Erscheinung bezieht.

Wenn man sich für eine Stimmung, ein Bild, eine Situation, eine Erklärung, eine dramatische Szene oder einen dramatischen Höhepunkt entschieden hat, denen man Ausdruck geben will, empfiehlt es sich für den Autor häufig, den Katalog grundlegender Erscheinungsformen des Grauens gründlich durchzumustern, um eine zu finden, die sich für den gegebenen Rahmen besonders eignet. Sobald das geschehen ist, muß man seine ganze Erfindungskraft aufwenden, um die gegebene Wirkung anhand des ausgewählten grundlegenden Grauens auf logische und natürliche Weise zu begründen und zu erklären.

Man halte alle ausgefallenen Einfälle, Stimmungen, Bilder, Träume, Konzepte etc. für die zukünftige Verwendung fest. Man gerate nicht in Verzweiflung, falls sie keine logischen Entwicklungsmöglichkeiten zu bieten scheinen. Man kann sich mit ihnen nach und nach befassen – Anmerkungen und Zusammenfassungen um sie als Kern gruppieren und sie schließlich in eine zusammenhängende Erklärungsstruktur einbauen, die sich für eine literarische Verwendung eignet. Man habe es niemals eilig. Gerade die besten Geschichten wachsen manchmal sehr langsam heran – über lange Zeiträume und mit Unterbrechungen bei ihrer Abfassung.

In einer Erzählung, in der es um komplexe philosophische und wissenschaftliche Grundsätze geht, versuche man, alle Erklärungen am Anfang, bei der Aufstellung der These, anzudeuten (wie in Machens »Die weißen Gestalten«), was die Erzählung selbst und die dramatischen Höhepunkte davon frei hält.

Man muß bereit sein, ebenso viel Zeit und Mühe für die Formulierung der Zusammenfassung wie für das Schreiben des tatsächlichen Textes aufzuwenden – *denn* die Zusammenfassung ist das wahre Herz der Geschichte. Die wirklich schöpferische Arbeit beim Schreiben erzählender Prosa liegt im Erschaffen und Ausformen einer Geschichte in der synoptischen Kurzform.

Man habe keine Bedenken gegen die Einführung von zwei oder mehr grundlegenden Arten des Grauens, vorausgesetzt, die natürliche und innere Logik der Geschichte erfordert es. Man achte jedoch darauf, daß die Geschichte absolut nichts an Logik und Realismus verliert, mit Ausnahme der Richtung, die man sich für die Abweichung von der Realität ausgewählt hat.

Gelegentlich ist es nützlich, sich eine Geschichte halb unverantwortlich und spontan aus einem gegebenen Element des Grauens zusammenzubrauen, das man im Verlauf der Handlung sich entwickeln läßt, das man abändert, wenn es wünschenswert erscheint, und das man in Form einer losen, weitschweifigen synoptischen Zusammenfassung aufzeichnen kann. Aus so einem unbekümmerten Entwurf läßt sich oft eine echte Geschichte machen.

Um einen entsprechenden dramatischen Höhepunkt zu erreichen, empfiehlt es sich manchmal, zuerst einen Höhepunkt bis in die kleinste Einzelheit niederzuschreiben und ihn dann in einer großen Zusammenfassung zu erklären. Manchmal kann auch ein ganz und gar ausgefallenes und verblüffendes Verfahren angebracht sein. Eine Zeit, eine Szene oder andere Elemente, die völlig fremdartig und nicht-menschlich sind.

II. Elemente der unheimlichen Geschichte und Typen der unheimlichen Geschichte

a) Elemente der unheimlichen Geschichte
   A) Ein grundlegendes, in der Geschichte verwurzeltes Grauen oder eine Abnormität – ein Zustand, ein Wesen etc.
   B) Allgemeine Auswirkungen oder Verhalten des Grauens.
   C) Art seines Auftretens – Objekt als Träger des Grauens und der beobachteten Naturerscheinungen.
   D) Typen der Angstreaktionen auf das Grauen.
   E) Spezifische Auswirkungen des Grauens in bezug auf die jeweiligen Ausgangsbedingungen.

b) Typen der unheimlichen Geschichte
   A) Ausdruck einer Stimmung oder eines Gefühls.
   B) Ausdruck einer bildhaften Vorstellung.
   C) Ausdruck einer allgemeinen Situation, eines Zustands, einer Erklärung oder einer intellektuellen Vorstellung.
   D) Erklärung einer bestimmten dramatischen Szene, einer dramatischen Situation oder eines dramatischen Höhepunktes.

III. Eine Aufstellung gewisser Grundformen des Grauens, die in unheimlicher Literatur wirkungsvolle Verwendung finden

Unnatürliches Leben in einem Haus und die unnatürliche Verkettung des Lebens entfernt voneinander lebender Persönlichkeiten.

Scheintot begraben.

Lauschen auf ein sich näherndes Grauen.

Seelenwanderung – ein totes Wesen zwingt den Lebenden seine Persönlichkeit auf.

Ausgeburten von Sterblichem und Dämon.

Jeder geheimnisvolle und unaufhaltsame Marsch in den Untergang.

Unnatürliches Leben auf einem Bild – Verpflanzung des Lebens eines Menschen in das Bild.

Verlängerung oder Fortbestand einer abnormen Belebung bei Toten.

Persönlichkeitsverdoppelung.

Verwüstung eines Grabes – Entdeckung, daß der anscheinend Tote lebt.

Unnatürlicher Zusammenhang zwischen einem Gegenstand und dem Abbild dieses Gegenstandes.

Mitgliedschaft bei Teufelskult von Hexerei oder Dämonenverehrung.

Existenz einer grauenvollen verborgen lebenden Rasse in entlegenem Gebiet.

Die schockierende Verwandlung oder der Verfall von lebenden Menschen, ausgelöst durch Einnahme eines unbekannten und bösen Rauschmittels. Vorstellung eines ungeheuerlichen Begleiters.

Tiere, die sich gegen den Menschen empören.

Unsichtbare kosmische Wesen in einem bestimmten Gebiet – Vorstellung des Genius loci.

Psychisches Residuum in einem alten Haus – Gespenst.

Dorf, dessen Einwohner sämtlich an ungeheuerlichen geheimen Zeremonien teilnehmen.

Ein Elementargeist macht sich bemerkbar oder wird beschworen.

Eine fromme Gesellschaft geht insgeheim zur Teufelsanbetung über.

Kaum merkliches vampirisches Raubtierverhalten eines Lebewesens gegenüber einem anderen.

Entsetzlicher Einsiedler an einsamer Stelle – saugt gewissermaßen Reisenden das Blut aus.

Mächte der Dunkelheit (oder kosmischer Fremdartigkeit) belagern geweihtes Gebäude oder ergreifen von ihm Besitz.

Entsetzlicher Dämon, der sich an einen bestimmten Menschen heftet (und nach dessen Tod an bestimmte Gegenstände, die mit diesem Menschen verknüpft sind), sei es durch einen Sündenfall, durch Beschwörungen usw.

Abscheuliche Opfer, ausgeführt durch längst vergangene heidnische Gebräuche. Gespenstische Rache.

Veränderungen auf einem Bild, die tatsächlichen Ereignissen – gegenwärtigen oder vergangenen – bei der dargestellten Szenerie entsprechen.

Böser Zauberer bedient sich der Seelenwanderung, um in Tiergestalt zu überleben und Rache zu üben.

Gespenstisches Zimmer in einem Haus – verschwindet zeitweilig.

Hexenmeister, der bei einer Reise in ein fremdartiges Gebiet des Grauens einen bösen Gefährten gewinnt.

Ein Verfolger*wesen*, das durch eine unbedachte Beschwörung aus dem Grab erweckt wird.

Das Blasen auf einer ausgegrabenen Pfeife unbekannten Alters ruft ein höllisches Wesen unbekannter Natur aus der Tiefe herbei.

Ungeheuerlicher übernatürlicher *Wächter*, der einen Schatz oder ein Buch bewacht, beides in uralten Ruinen versteckt.

Ein Toter steigt aus dem Grab, um seinen Mörder fortzuschleppen oder zu bestrafen.

Ein unbelebter Gegenstand verhält sich wie ein Lebewesen, um ein Verbrechen zu rächen.

Gespenst des Opfers überführt den Mörder.

Die Störung eines uralten Grabes läßt ein ungeheuerliches Wesen auf die Welt los.

Magisches Teleskop (oder ein anderes wissenschaftliches Instrument) zeigt die *Vergangenheit*.

Bei Ausgrabung eines uralten und verbotenen Wesens heftet sich ein feindlicher Schatten an den Grabenden und vernichtet ihn schließlich.

Eine Familie in gewaltigem Schrecken vor der Ankunft eines unbekannten Verderbens.

Ein Sakrileg gegenüber einer uralten Religionsgemeinschaft ruft aus dem Weltraum oder aus dem Meer ein rächendes Ungeheuer herbei, das den Frevler verschlingt.

Die Lektüre eines entsetzlichen Buches oder der Besitz eines abscheulichen Talismans bringt jemanden in Berührung mit schokkierenden Träumen oder einer Welt der Erinnerung, die ihm schließlich den Untergang bringt.

Ein Mensch, der auf abnorme Weise mit niederen Tieren verwandt ist. Sie rächen seine Ermordung.

Insekt hypnotisiert einen Menschen und lockt ihn in den Tod.

Gespensterfahrzeug. Ein Mensch besteigt es und wird in eine unwirkliche Welt entführt.

Ein Schlafwandler kommt einem entsetzlichen Ort immer näher. Rendezvous mit den Toten usw.

Im Keller vergrabene Leiche hetzt den Mörder (oder Totenbeschwörer) in den Tod.

In einem Land der Wilden bewacht ein einsiedlerisch lebender Priester einen alten Schrein, der ein höchst seltsames uraltes Wesen enthält. Ein Zufall setzt das Wesen frei, und der Verantwortliche kommt zu Schaden.

Fernes Inselgebiet am äußersten Ende der Welt, am Rand eines Abgrunds. Dort tritt ein seltsames Grauen in Erscheinung.

Maritime Ghule kommen in Verkleidung von *Robben* an Land und suchen die Menschheit heim!

Der Wiederaufbau eines uralten Tempels oder die Umwidmung eines uralten Altars setzen gefährliche, unkörperliche Mächte frei.

Ein böser Forscher belebt eine viertausend Jahre alte Mumie und zwingt sie, seine Mordbefehle auszuführen.

Ein Mensch versucht, mit Hilfe von Drogen und Musik, die auf das Gedächtnis einwirken, seine *komplette* Vergangenheit wiederzugewinnen. Erstreckt den Prozeß auf das *Erb*gedächtnis – bis auf vormenschliche Zeiten. Diese Erinnerungen der Vorfahren zeigen sich in Träumen. Plant die ungeheuerliche Wiedergewinnung der Urzeit – wird jedoch untermenschlich, entwickelt einen entsetzlichen Primatengeruch, flüchtet in die Wälder und wird vom eigenen Hund zerrissen.

Ein Reisender stößt an einem seltsamen Ort auf etwas Entsetzliches – als Grauen in einer Hütte mit erleuchteten Fenstern, die er im tiefsten Wald entdeckt.

Traum- und Wachwelt gehen ineinander über.

Ein Grauen aus der Vergangenheit (oder der Zukunft), knapp außerhalb der Erinnerung (oder der Vorahnung).

Komplette Schauplätze und Ereignisfolgen werden durch Hypnose hervorgerufen – die entweder von einem lebenden Menschen oder einer Leiche oder einem anderen Träger restlicher psychischer Kräfte ausgeht.

Man gelangt an einen unbekannten Ort und stellt fest, daß man eine bislang latente Erinnerung daran oder eine entsetzliche Verbindung damit hat.

IV. Aufstellung erster Einfälle, die denkbaren unheimlichen Geschichten als Motivation dienen können

Verdinglichung von Produkten der Einbildungskraft
Seelenwanderung
Rückkehr der Seele
Rückkehr des Körpers – Vampir
Erbgedächtnis
Abnormer Blick in die Zukunft
Ankunft eines außerirdischen Wesens auf der Welt
Durch Zeremonie beschworener Dämon
Vision, die sich durch ein übles Buch auftut
Dämonischer Wächter eines Ortes
Von Rauschmittel herbeigeführte Veränderung oder Vision
Ghul
Ungeheuerliche Geburt
Fortlebender Einfluß im Haus
Fortlebender Einfluß im Grab
Turm oder ein anderer Überrest der Vormenschen

Welt unter dem Meer
Bewohnter Dämonenturm an fernem Ort
Haus des Grauens in alter Stadt
Bewußtseinsveränderung
Eingriff auf die Zeit
Archäologisches Grauen wird ausgegraben
Böse Macht dringt in Form von Fledermaus in Häuser ein
Befall – Fortschleppen – eines Menschen durch jenseitige Kräfte
Parasit läßt sein Gedächtnis in jemanden einströmen, von dem er sich nährt.
Materialisation eines Wesens durch Kult- oder Zauberhandlung.
Deutliche Töne: intensives, beklemmendes, fiebriges Grauen; feinsinnige traumgleiche Phantastik; realistisches, wissenschaftliches Grauen; höchst raffinierte Andeutung.

Lovecrafts Notizbuch

Dieses Buch besteht aus Einfällen, Bildern und Zitaten, hastig niedergeschrieben für die denkbare zukünftige Verwertung in unheimlichen Geschichten. Nur zum geringen Teil handelt es sich um wirklich entwickelte Fabeln – zum größten Teil sind es bloß Andeutungen oder zufällige Eindrücke, die das Gedächtnis oder die Phantasie anregen sollen. Ihre Quellen sind vielfältig – Träume, Gelesenes, zufällige Wahrnehmungen, Gedankenblitze und so weiter.

Gewidmet R. H. Barlow, Esq., am 7. Mai 1934 im Tausch für ein bewunderungswürdig sauber getipptes Exemplar von seiner geschickten Hand.

H. P. Lovecraft

Notizbuch

[1919]

Demophon erzitterte, als ihn die Sonne beschien (Liebhaber der Finsternis – Unwissen).

Die Bewohner *Zinges*, über denen der Stern Canopus jede Nacht aufgeht, sind immer fröhlich und ohne Sorgen.

Die Küsten Attikas reagieren mit Gesang auf die Wellen der Ägäis.

Gruselgeschichte – ein Mann träumt vom Fallen – wird auf dem Fußboden zerschmettert aufgefunden, als sei er aus ungeheurer Höhe herabgestürzt.

Der Erzähler geht eine Landstraße entlang, die er nicht kennt – gelangt in ein seltsames Gebiet des Unwirklichen.

In Lord Dunsanys »Idle Days on the Yann«: Die Bewohner des altehrwürdigen Astahahn am Yann verrichten alles und jedes anhand eines uralten Zeremoniells. Dort gibt es nie etwas Neues. »Hier haben wir der Zeit Fuß- und Handfesseln angelegt, die sonst die Götter töten würde.«

Horrorgeschichte – die aus Stein gemeißelte Hand – oder eine andere künstliche Hand –, die ihren Schöpfer erwürgt.

Horrorgeschichte – ein Mann verabredet sich mit einem alten Feind. Stirbt – die Leiche hält die Verabredung ein.

Dr. Eben-Spencer-Fabel.

Traum, über eine Stadt zu fliegen. *Celephais*.

Merkwürdige nächtliche Zeremonie. Wilde Tiere tanzen und bewegen sich im Takt der Musik.

Ereignisse in der Zeitspanne zwischen dem Ankündigungsgeräusch und dem Schlagen der Uhr – endet mit – »es waren die Klänge der Uhr, die drei schlug«.

Haus und Garten – alt – Assoziationen. Der Anblick bekommt einen Anstrich des Seltsamen.

Entsetzliches Geräusch in der Dunkelheit.

Brücke und schleimig-schwarze Gewässer. *Fungi – The Canal*.

Die wandelnden Toten – anscheinend lebendig, jedoch –.

Türen, die geheimnisvollerweise mal offen und dann wieder geschlossen vorgefunden werden etc. – erwecken Schauder.

Kalamander-Holz – ein wertvolles Tischlermaterial aus Ceylon und Südindien, das dem Rosenholz ähnelt.

Überarbeite Erzählung aus 1907 – ein Gemälde äußersten Grauens.

Ein Mensch reist in die Vergangenheit – oder ein Phantasieland – und läßt die körperliche Hülle zurück.

Ein uralter Koloß in einer uralten Wüste. Antlitz fehlt – kein Mensch hat es je gesehen.

Sage von der Meerjungfrau – *Ency. Britt.* XVI, 40.

Der Mensch, der nicht schlafen wollte – nicht einzuschlafen wagte –, nimmt Rauschmittel, um sich wach zu halten. Schläft schließlich ein – und es passiert *etwas*. Motto aus Baudelaire, Seite 214. *Hypnos*.

Dunsany – *Go-By Street*. Jemand stößt auf eine Traumwelt – kehrt zur Erde zurück – versucht zurückzukehren – es gelingt ihm, aber er findet die Traumwelt uralt und verfallen vor, als seien Tausende von Jahren verstrichen.

Ein Mann besucht ein Museum der Antike – verlangt, daß dort ein Bas-Relief angenommen wird, das er gerade angefertigt hat – der alte und gelehrte Kurator lacht und erklärt, daß er nichts so Modernes akzeptieren kann. Der Mann erklärt, daß »Träume älter sind als das brütend daliegende Ägypten oder die in Nachdenken versunkene Sphinx oder das gartenumgürtete Babylonien«, und daß er die Skulptur im Traum hergestellt habe. Der Kurator fordert ihn auf, sein Werk vorzuzeigen, und als dieser dem Verlangen nachkommt, weicht der Kurator entsetzt zurück und fragt, wer der Mann sein mag. Er nennt einen heutigen Namen. »Nein, *vor diesem*«, sagt der Kurator. Der Mann erinnert sich nicht, außer im Traum. Dann bietet ihm der Kurator einen hohen Preis, aber der Mann hat das Empfinden, daß er die Skulptur zerstören will. Verlangt einen märchenhaften Preis – der Kurator wird beim Direktorium Rückfrage halten.

Füge eine gute Entwicklung hinzu und beschreibe die Natur des Bas-Relief. *Cthulhu*.

Traum von uralten Schloßtreppen – schlafende Wachen, schmales Fenster – Schlacht auf einer Ebene zwischen Engländern und Männern in gelben Wappenröcken mit roten Drachen. Der Anführer der Engländer fordert den Anführer des Feindes zum Zweikampf. Sie kämpfen. Der Feind verliert den Helm, *aber kein Kopf wird sichtbar*. Die ganze Armee des Feindes schwindet im Nebel dahin, und der Beobachter entdeckt, daß er der berittene englische Ritter auf der Ebene ist. Blickt zur Burg hin und erkennt eine eigenartige Zusammenballung phantastischer Wolken über den höchsten Zinnen.

Leben und Tod. Tod – seine Trostlosigkeit und sein Grauen – düstere Räume – Meeresgrund – tote Städte. Das Leben jedoch – das größere Grauen! Ungeheure, unerhörte Reptilien und Leviathane – entsetzliche wilde Tiere des prähistorischen Dschungels – üppige schleimige Vegetation – böse Instinkte der Urmenschen. Das Leben ist entsetzlicher als der Tod.

Die Katze ist die Seele des antiken Ägypten und der Träger von Berichten aus vergessenen (Reichen von) Städten in Meroe und Ophir. Sie ist mit dem Herrn des Dschungels verwandt und Erbe der Geheimnisse des ehrwürdigen Afrika. Die Sphinx ist ihre Base, und sie spricht ihre Sprache; doch ist sie weit älter als die Sphinx und erinnert sich an das, was jene vergessen hat. *Die Katzen von Ulthar.*

Traum von Seekonk – Ebbe – Blitz aus dem Himmel – Exodus aus Providence – Einsturz des Rathauses.

Seltsamer nächtlicher Besuch an einem Ort – Mondschein – Burg von großer Pracht etc. Das Tageslicht zeigt entweder eine verlassene Stelle oder unkenntliche Ruinen – vielleicht von unermeßlichem Alter.

Urmensch, erhalten geblieben im sibirischen Eis. (Siehe Winchell – *Walks and Talks in the Geological Field*, S. 156 ff.)

So wie die Dinosaurier einst von den Säugetieren abgelöst wurden, so werden Mensch und Säugetiere von den Insekten oder den Vögeln abgelöst werden. Sturz des Menschen vor der neuen Rasse.

Determinismus und Prophetie.

Fortbewegung von der Erde, schneller als das Licht. Die Vergangenheit wird allmählich enthüllt. Entsetzliche Enthüllungen.

Besondere Wesen mit besonderen Sinnen aus fernen Welten. Sichtbarwerden eines äußeren Universums.

Die Auflösung aller Materie zu Elektronen und schließlich dem leeren Raum ist sicher, ebenso wie bekannt ist, daß die Energie zu Strahlungswärme herabsinkt. Fall von *Beschleunigung* – Mensch geht im Weltraum auf.

Eigenartiger Geruch von Buch aus Kindheit führt zur Wiederholung kindlicher Phantasie.

Gefühl zu ertrinken. Unterseeische Städte, Schiffe, Seelen der Toten. Ertrinken ist ein entsetzlicher Tod.

Klänge, möglicherweise musikalische, werden des Nachts aus anderen Welten oder Seinsbereichen gehört.

Warnung, daß ein bestimmter Boden heilig oder verflucht ist; daß auf ihm kein Haus und keine Stadt errrichtet werden dürfen; oder, wenn sie schon gebaut worden sind, aufgegeben oder zerstört werden müssen; sonst droht Katastrophe.

Die Italiener nennen die *Angst La Figlia della Morte* – die Tochter des Todes.

Furcht vor *Spiegeln* – Erinnerung an Traum, in dem sich der Anblick verändert und der dramatische Höhepunkt eine entsetzliche Überraschung bringt, wenn man sich selbst im Wasser oder in einem Spiegel erblickt. Identität? *Der Außenseiter?*

Lebend geborene Ungeheuer – wühlen sich in die Erde und vermehren sich, bilden eine Rasse unvermuteter Dämonen.

Burg am See oder Fluß – Spiegelbild, im Verlauf der Jahrhunderte fixiert. Burg zerstört, Spiegelbild lebt weiter, um sich an den Zerstörern grausig zu rächen.

Rasse unsterblicher Pharaonen, die in ungeheuren unterirdischen Hallen unter den Pyramiden hausen, zu denen schwarze Treppen hinabführen.

Hawthorne – nicht aufgezeichnete Fabel. Besucher aus dem Grab. Ein Fremder bei einer öffentlichen Veranstaltung wird um Mitternacht bis zum Friedhof verfolgt, wo er in die Erde hinuntersteigt.

Aus *Arabien*, Ency. Britt. II, 255. Prähistorische sagenumwitterte Stämme von Ad im Süden, Thamud im Norden und Tasm und Jadis im Inneren der Halbinsel. »Überaus prächtig sind die Schilderungen, die von Irem, der Stadt der Säulen (wie der Koran sie nennt), gegeben werden, die angeblich von Shedad, dem letzten Tyrannen Ads im Gebiet von Hudramant, errichtet worden ist und die doch, nach der Vernichtung ihrer Bewohner, völlig erhalten ist, behaupten die Araber, gewöhnlichen Augen unsichtbar, aber gelegentlich, und zwar in weiten Abständen, sich einem vom Himmel ausgezeichneten Reisenden enthüllt.« Felsenausgrabungen in N. W. Hejaz, die dem Stamm Thamud zugeschrieben werden.

Städte, ausgelöscht von übernatürlichem Zorn.

AZATHOTH – ein entsetzlicher Name.

Phleg-e-thon – ein Fluß aus flüssigem Feuer im Hades.

Zaubergarten, in dem der Mond den Schatten eines Gegenstandes oder Gespenstes wirft, der für das menschliche Auge unsichtbar ist.

Totenbeschwörung – eine Stimme oder ein vertrautes Geräusch im angrenzenden Zimmer.

Die Hand eines Toten schreibt.

Identitätsveränderung.

Mensch wird von unsichtbarem *Wesen* verfolgt.

Buch oder MS, das zu entsetzlich ist, als daß man es lesen könnte – Warnung vor seiner Lektüre. Jemand liest es und wird tot aufgefunden. Haverhill-Unglück.

Segeln oder rudern auf See im Mondenschein – man segelt ins Unsichtbare.

Ein merkwürdiges Dorf, ein Tal, erreichbar durch eine lange Straße und vom Kamm des Berges sichtbar, von dem aus die Straße hinunterführt – oder nahe an einem dichten und uralten Wald.

Mann in seltsamer unterirdischer Kammer – bemüht sich, Bronzetür aufzuzwängen – wird von einströmendem Wasser überwältigt.

Fischer wirft bei Mondschein Netz im Meer aus – was er fängt.

Eine entsetzliche Pilgerfahrt zum umnachteten Thron des weit entfernt hausenden Dämonen-Sultans *Azathoth*.

Jemand, der aus Aberglauben lebend in Brücke eingemauert wird – oder schwarze Katze.

Unheimliche Namen – (Kaman-thoh del).

Identität. Rekonstruktion der Persönlichkeit – jemand stellt ein Duplikat von sich her.

Rileys Furcht vor Totengräbern – Tür nach dem Tod von innen verriegelt.

Unter einer Stadt werden Katakomben entdeckt. In Amerika?

Ein Eindruck. Bedrohte Stadt – tote Stadt, Pferdestatue, Mensch in verschlossenem Zimmer, von draußen hört man das Klappern von Hufen. Als er hinausschaut, wird das Wunder sichtbar. *Zwiespältiger* Schluß.

Ein Mord wird entdeckt, die Leiche von einem psychologischen Dektektiv gefunden, der behauptet, er habe die Wände des Zimmers durchsichtig gemacht. Rechnet mit der Angst des Mörders.

Mensch mit unnatürlichem Gesicht, seltsame Eigenart beim Sprechen. Stellt sich als *Maske* heraus – Auflösung.

Tonfall extremer Phantastik. Mensch wird in Insel oder Berg verwandelt.

Jemand hat seine Seele dem Teufel verkauft – kehrt von Reise zu seiner Familie zurück. Das Leben nachher – Angst, wachsendes Grauen. Vom Umfang eines Romans.

Vorfall zu Halloween. Spiegel im Keller – darin gesehenes Gesicht – Tod (Klauenabdrücke?).

Ratten vermehren sich und vernichten zuerst eine Stadt und dann die ganze Menschheit. Zunahme an Größe und Intelligenz.

Italienische Rache – tötendes Ich in Zelle, während Feind vor der Burg steht.

Schwarze Messe unter antiker Kirche.

Uralte Kathedrale, entsetzliche Wasserspeier. Jemand versucht einen Einbruch – wird tot aufgefunden, Kiefer des Wasserspeiers blutig.

Unbeschreiblicher Tanz der Wasserspeier; am Morgen wird entdeckt, daß mehrere Wasserspeier auf der alten Kathedrale die Plätze vertauscht haben.

Als er durch ein Labyrinth enger Slumstraßen schlendert, stößt jemand auf ein fernes Licht. Unerhörte Opferhandlungen von Bettlerschwärmen, wie der Hof der Wunder in *Notre Dame de Paris*.

Entsetzliches Geheimnis im Grabgewölbe eines uralten Schlosses – entdeckt von einem Bewohner.

Formloses Lebewesen bildet den Kern eines uralten Gebäudes.

Marmorkopf. Traum – Grabhügel – Abend, Unwirklichkeit. Ein *Fest*?

Macht eines Hexenmeisters, die Träume anderer zu beeinflussen.

[1920]

Zitat: »Ein verreckter Alptraum, der an seiner eigenen Bösartigkeit zugrunde gegangen war und seinen schlaffen Leichnam auf der Brust des Gequälten zurückgelassen hatte, damit der da zusehe, wie er sich seiner nach besten Kräften entledige.« Hawthorne.

Entsetzliche abgerissene Baß-Dissonanzen der kaputten Orgel in einem leerstehenden Kloster oder einer Kathedrale. *Red Hook*.

»Denn weist nicht auch die Natur ihre Groteskerien auf – einen auseinanderklaffenden Felsen, das verzerrende Abendlicht auf einsamen Straßen, die unverschleierte Struktur des Menschen im Embryo oder im Skelett?« Pater – *Renaissance* (da Vinci).

Etwas Entsetzliches in einem vielleicht vertrauten Buch zu finden und es dann nicht mehr finden zu können.

(Charles Dexter Ward) *Borrelus* behauptet, »daß die wesentlichen Salze von Tieren so zubereitet und aufbewahrt werden können, daß ein erfindungsreicher Kopf die ganze Arche Noah in seinem Studierzimmer haben und die ganze edle Gestalt eines Tieres nach Belieben aus seiner Asche auferstehen lassen kann; und daß ein Philosoph mittels derselben Methode aus den wesentlichen Salzen des menschlichen Staubes, ohne jede verbrecherische Nekromantie, die Gestalt eines beliebigen toten Vorfahren aus dem Staub heraufbeschwören kann, in den sein Leichnam zerfallen ist.«

Einsamer Philosoph liebt Katze – hypnotisiert sie sozusagen, indem er wiederholt zu ihr spricht und sie ansieht. Nach seinem Tode zeigt die Katze Anzeichen, daß sie seine Persönlichkeit hat. P. S. Er hat eine Katze dressiert und vererbt sie einem Freund mit der Auflage, an ihrer rechten Vorderpfote mit Hilfe einer speziellen Stützapparatur eine Feder anzubringen. Später schreibt sie mit der Handschrift des Verstorbenen.

Einsame Lagunen und Sümpfe in Louisiana – Todesdämon – uralte Häuser und Gärten – moosbewachsene Bäume – Girlanden spanischen Mooses.

[1921]

Anenceophalous oder gehirnloses Ungeheuer, das überlebt und eine gewaltige Größe erreicht.

Verlorener Wintertag – den ganzen Tag verschlafen. Zwanzig Jahre später. Schlaf im Stuhl an Sommerabend. Falscher Sonnenaufgang – alte Szenerie und Empfinden – kalt – alte Leute jetzt tot. Grauen – erfroren?

Der Körper eines Menschen stirbt, aber die Leiche erwacht wieder zum Leben. Schleicht herum – versucht Verwesungsgeruch zu verbergen – wird irgendwo aufbewahrt. Entsetzlicher Höhepunkt. *Kühle Luft*.

Ein Ort, an dem man gewesen ist (eine schöne Aussicht auf ein Dorf oder ein mit Bauernhäusern gesprenkeltes Tal bei Sonnenuntergang), den man weder wiederfinden noch im Gedächtnis festmachen kann.

Eine Veränderung überkommt die Sonne – zeigt Gegenstände in

seltsamer Form, vielleicht durch Wiederherstellung einer vergangenen Landschaft.

Entsetzliches Farmhaus im Kolonialstil und dichter Garten auf Berghang bei Stadt, völlig verwachsen. Gedicht »The House« als Grundlage der Geschichte.

Unbekannte Feuer, die des Nachts in den Bergen erblickt werden.

Blinde Furcht vor einem bestimmten Tal in Waldgegend, wo sich unter krummen Wurzeln Bächlein schlängeln und wo sich auf einem vergrabenen Altar entsetzliche Opfer ereignet haben. Leuchten abgestorbener Baumstämme. Vom Boden steigen Blasen auf.

Entsetzliches altes Haus auf einem steilen Berghang in Stadt, Bowen Street, lockt in der Nacht. Schwarze Fenster, namenloses Grauen. Kalte Berührung und Stimme; das Willkommen der Toten.

[1923]

Salem-Geschichte. Hütte einer betagten Hexe, worin man nach ihrem Tod verschiedene entsetzliche Gegenstände findet.

Unterirdisches Gebiet unter geruhsamem Neuengland-Dorf, bewohnt von (lebenden oder ausgestorbenen) Wesen aus prähistorischer Zeit und äußerster Fremdartigkeit.

Entsetzliche Geheimgesellschaft – weit verbreitet – entsetzliche Zeremonien in Höhlen unter vertrauten Anblicken. Der eigene Nachbar gehört vielleicht dazu.

Leiche in Zimmer führt eine Handlung aus, die durch Gespräche in seiner Anwesenheit herausgefordert wird. Zerreißt oder versteckt das Testament usw.

Versiegelter Raum, zumindest ist in ihm keine Lampe erlaubt. Schatten an der Wand.

Alte Meerestaverne, jetzt weit im Landesinneren auf Schwemmland. Seltsame Vorfälle – Geräusch von Wellenschlag.

Vampir sucht Menschen an uraltem Wohnsitz der Vorfahren heim; ist der eigene Vater.

Ein *Ding*, das auf der Brust eines Schläfers saß. Am Morgen verschwunden, aber etwas bleibt zurück.

Tapete löst sich in unheimlichen Mustern ab; jemand stirbt vor Angst. *Die Ratten im Gemäuer.*

Gebildeter Mulatte sucht die Persönlichkeit eines Weißen zu verdrängen und seinen Körper in Besitz zu nehmen.

Uralter Wudu-Negerhexenmeister in Sumpf; bemächtigt sich eines Weißen.

Vorsintflutliche zyklopische Ruinen auf einsamer Pazifikinsel. Zentrum eines die Erde umspannenden unterirdischen Hexenkultes.

Uralte Ruine in Sumpf in Alabama. Wudu.

Jemand wohnt neben Friedhof. Wovon lebt er? Nimmt keine Nahrung zu sich.

Biologische Erberinnerungen an andere Welten und Universen. Butler, *Gods Known and Unknown*, S. 59.

Todeslichter tanzen über Salzsumpf.

Uraltes Schloß, in dessen Inneren der Klang eines unheimlichen Wasserfalls zu vernehmen ist. Das Geräusch hört zeitweilig unter seltsamen Umständen auf.

Nächtliches Herumschleichen um unbeleuchtete Burg inmitten seltsamer Umgebung.

Ein verborgen gehaltenes Lebewesen, das in einem Haus gefüttert wird.

[1924]

Etwas wird im Erkerfenster eines verbotenen Raumes in einem alten Herrenhaus gesehen.

Kunstkommentar – phantastische Dämonen von Salvator Rosa oder Füßli (Rumpf – Rüssel).

Sprechender Vogel von großer Langlebigkeit. Erzählt lange nachher ein Geheimnis.

Photius berichtet von einem ›verschollenen‹ Schriftsteller namens Damascius, der »Unglaubliche Geschichten«, »Erzählungen von Dämonen« und »Wundersame Geschichten von Totenerscheinungen« schrieb.

Entsetzliche Dinge werden in den Zeilen des Gauthier du Metz, 13. Jahrhundert, »Image du Monde« angedeutet.

Vertrockneter Mensch lebt jahrhundertelang in kataleptischem Zustand in uraltem Grab.

Abscheuliche nächtliche Geheimversammlung in uraltem Gäßchen. Einer nach dem anderen entfernt sich verstohlen. Einer wird beobachtet, wie er etwas fallenläßt – eine Menschenhand.

Von Schiff Ausgesetzter – schwimmt im Meer – wird Stunden später aufgefischt und erzählt merkwürdige Geschichte von einem unterseeischen Gebiet, das er besucht hat. Verrückt?

Auf Insel Ausgesetzte essen unbekannte Vegetation und werden seltsam verwandelt.

Uralte und unbekannte Ruinen. Seltsamer, unsterblicher Vogel, der in einer Sprache *spricht*, die für die Forscher entsetzlich und aufschlußreich ist.

Individuum wandert durch eine seltsame Entwicklung den Pfad der Evolution zurück und wird zum Amphibium.

Ein Arzt versteift sich darauf, daß das bestimmte Amphibium, von dem der *Mensch* abstammt, keinem der Paläontologie bekannten gleicht. Um es zu beweisen, führt er ein seltsames Experiment durch oder erzählt von einem.

[1925]

Marmorfaun, S. 346: seltsame prähistorische italienische Stadt aus Stein.

N. O. Gebiet namens »Hexenloch« – entlang des Flußlaufes. Gerüchte von Hexensabbats und Indianertrommeln auf einem ausgedehnten Hügel, der sich aus der Ebene erhebt, wo alte Schierlingstannen und Buchen einen dunklen Hain oder dämonischen Tempel bildeten. Schwer erklärliche Legenden. Holmes – *Guardian Angel*.

Leuchten verfaulenden Holzes, in Neuengland »Fuchsfeuer« genannt.

Übergeschnappter Maler in uraltem, unheimlichen Haus zeichnet *Wesen*. Wer stand ihm Modell? Flüchtiger Blick. *Pickmans Modell*.

HSW. – *Cassius*. Ein Mann hat einen gestaltlosen winzigen siamesischen Zwilling – ausgestellt im Zirkus. Zwilling wird operativ entfernt – stellt mit bösartigem Eigenleben Entsetzliches an.

Roman vom Hexenloch? In einer Privatschule angestellter Lehrer verfährt sich beim ersten Mal – trifft auf ein dunkles Tal mit unnatürlich angeschwollenen Bäumen und einer kleinen Hütte (Licht im Fenster?). Erreicht die Schule und hört, daß den Jungen verboten ist, das Tal aufzusuchen. Ein Junge ist seltsam – Lehrer beobachtet ihn, wie er Tal besucht. Seltsame Vorgänge – geheimnisvolles Verschwinden oder entsetzliches Schicksal.

Eine abscheuliche Welt überlagert die sichtbare. Durchgang – eine Macht führt den Erzähler zu einem uralten und verbotenen Buch, das Anweisungen für den Zutritt enthält.

Eine Geheimsprache, die von einigen wenigen alten Menschen in einem wilden Land gesprochen wird, führt zu verborgenen Wundern und grausigen Dingen, die sich erhalten haben.

Ein seltsamer Mensch wird an einer einsamen Bergstelle gesehen, wie er mit einem großen geflügelten Wesen spricht, das fortfliegt, als sich andere nähern.

Jemand oder etwas weint beim Anblick des aufgehenden Mondes vor Furcht, als handele es sich um eine merkwürdige Sache.

DELRIO stellt die Frage: »*An Sint unquam daemones incubi et succubae et an ex tali congressu proles nasci queat?*« Red Hook.

Ein Forscher kommt in ein seltsames Land, wo eine atmosphärische Besonderheit den Himmel buchstäblich bis zur Schwärze verdunkelt – was es dort an Wundern gibt.

[1926]

Anmerkung von Haggard oder Lang in »The World's Desire«: »Die geheimnisvollen und unentzifferbaren Bücher, die man im alten Ägypten gelegentlich ausgrub, waren möglicherweise in der toten Sprache eines weitaus älteren und nunmehr vergessenen Volkes abgefaßt. Das war der Fall mit dem in Coptos im dortigen Heiligtum von dem Priester der Göttin entdeckten Buch. ›Die ganze Erde war von Dunkelheit bedeckt, aber rings um das Buch schien der Mond.‹ Mit diesen Worten erwähnt ein Schreiber aus der Zeit der Ramsesiden ein anderes Buch in der unentzifferbaren uralten Schrift. ›Ihr erklärt mir, Ihr verstündet kein Wörtchen davon, weder ein gutes noch ein schlechtes. Es ist sozusagen von einem Wall umgeben, den niemand überklettern kann. Ihr werdet belehrt, aber Ihr wisset es nicht, und das versetzt mich in Angst und Schrecken.‹ *Birch Zeitschrift* 1871, S. 61–64, *Papyrus Anastisi* I, Rolle X, I, 8, Rolle X, 1–4. Maspero, *Hist. Anc.* S. 66–67.«

Mitglieder eines Hexenkults wurden mit dem Gesicht nach unten begraben. Jemand stellt über einen Vorfahren im Familiengrab Nachforschungen an und findet einen beunruhigenden Zustand vor.

Seltsamer Brunnen im Bezirk Arkham – das Grundwasser ist versiegt (oder wurde nie erreicht – seit der Ausschachtung blieb das Loch fest mit einem Stein verschlossen) – bodenlos – gemieden und gefürchtet – was lag darunter (entweder ein unheiliger Tempel oder etwas anderes sehr Altes oder eine große Höhlenwelt). *Fungi – The Well.*
Entsetzliches Buch wird flüchtig in uraltem Laden erblickt – dann nie mehr gesehen.
Entsetzliche Pension – geschlossene Tür wird nie geöffnet.
In Grab wird antike Lampe gefunden – mit Öl gefüllt und entzündet zeigt ihr Schein eine seltsame Welt. *Fungi.*
Jeder beliebige uralte, unbekannte oder prähistorische Gegenstand – seine Macht der Beeinflussung – verbotene Erinnerungen.
Vampirischer *Hund.*
Böses Gäßchen oder umschlossener Hof in uralter Stadt – Union oder Wilson Street. *Fungi.*
Besuch bei jemandem in einem wildromantischen, weit entfernt liegenden Haus – Fahrt von der Station durch die Nacht – in die Berge, in denen es spukt. Haus an Waldrand oder am Wasser – dort leben entsetzliche Wesen.
Jemand sieht sich gezwungen, in einem seltsamen Haus Zuflucht zu suchen. Gastgeber trägt dicken Bart und dunkle Brillen. Zieht sich zurück. In der Nacht steht der Gast auf und sieht die Kleider des Gastgebers herumliegen, auch eine Maske, die das angebliche Gesicht des Gastgebers war, *was immer* dieser war. Flucht.
Das autonome Nervensystem und das Unterbewußtsein haben ihren Sitz nicht im Kopf. Ein verrückter Arzt köpft einen Menschen, hält ihn jedoch unter unbewußter Kontrolle am Leben. Man achte darauf, nicht bloß die Geschichte W.C. Morrows nachzuahmen.

[1928]

Schwarze Katze auf einem Berg in der Nähe einer dunklen Spalte im Hof eines alten Gasthauses. Miaut heiser – lockt Künstler in die dunklen Geheimnisse von drüben. Stirbt schließlich in hohem Alter. Spukt in den Träumen des Künstlers herum – lockt ihn, ihr zu folgen. Seltsames Ergebnis (erwacht nie? oder macht die bizarre Entdeckung einer alten Welt außerhalb des dreidimensionalen Raums?).

Trophonious – Höhle von. Siehe Class. Dict. und Artikel im Atlantic.

Stadt mit Walmdächern, die man im Sonnenuntergang von weitem sieht – bleibt in der Nacht unbeleuchtet. Man sah ein Segel, das aufs Meer hinausfuhr. *Fungi*.

Abenteuer eines körperlosen Geistes – in düsteren, halbvertrauten Städten und über seltsamen Mooren; durch Raum und Zeit – schließlich andere Planeten und Universen.

Verschwommene Lichter, geometrische Figuren etc., die bei geschlossenen Augen auf der Retina zu sehen sind. Ausgelöst von Strahlen aus *anderen Dimensionen*, die auf den Sehnerv einwirken? Von *anderen Planeten*! Verknüpft mit einem Leben oder einer Daseinsstufe, in denen ein Mensch leben könnte, wüßte er nur, wie dorthin zu gelangen? Jemand fürchtet sich, die Augen zu schließen – er war irgendwo auf einer entsetzlichen Pilgerfahrt, und dieses angsteinflößende Sehvermögen ist ihm geblieben.

Jemand hat einen entsetzlichen Hexenmeister zum Freund, der Einfluß auf ihn gewinnt. Er tötet ihn in Verteidigung seiner Seele; mauert die Leiche in einem alten Keller ein – JEDOCH – der tote Hexenmeister (der Seltsames über die länger im Körper verweilende Seele gesagt hat) *tauscht mit ihm den Körper*... er bleibt als denkender Leichnam im Keller zurück. *Das Ding auf der Schwelle*.

Gewisse Arten von tiefer, feierlicher Musik aus den siebziger und achtziger Jahren des 19. Jahrhunderts rufen bestimmte Visionen dieser Zeit in Erinnerung – gasbeleuchtete Salons der Toten, Mondenschein auf alten Fußböden, verfallende Geschäftsstraßen mit Gaslampen etc. – unter entsetzlichen Umständen.

Buch, das beim Lesen einschläfernd wirkt – man kann es nicht lesen. Ein Entschlossener liest es – wird verrückt. Von betagtem Eingeweihten werden Vorsichtsmaßnahmen getroffen, der als Autor und Übersetzer weiß, wie er sich durch Beschwörung schützt.

Zeit und Raum. Vergangenes Ereignis, vor 150 Jahren, ungeklärt. Heutige Zeit. Jemand, der sich intensiv nach der Vergangenheit sehnt, sagt oder tut etwas, das körperlich in der Zeit zurückwirkt und das vergangene Ereignis *tatsächlich herbeiführt*.

Krone des Grauens. Großvater kehrt von seltsamer Reise zurück... Geheimnis im Haus... Wind und Dunkelheit... Großvater und Mutter verschlungen... verbotene Fragen... Schlaflosigkeit... Untersuchung... Katastrophe... Schreie von oben...

Jemand, der seinen Reichtum auf *dunkle Weise* erwarb, verliert ihn. Erklärt seiner Familie, er müsse den ORT erneut aufsuchen (entsetzlich und unheimlich und außerdimensional), wo er zu seinem Gold kam. Andeutungen von möglichen Verfolgern oder der möglichen Nicht-Rückkehr. Er bricht auf. Aufzeichnung, was mit ihm passiert: oder was in seinem Haus passiert, wenn er zurückkehrt. Vielleicht mit vorhergehendem Thema verbunden. Behandelt auf phantastische, an Dunsany erinnernde Weise.

Jemand wird an einem öffentlichen Ort mit den Zügen oder dem Ring oder dem Schmuck eines Mannes gesehen, der schon lange, vielleicht seit Generationen im Grab liegt.

Entsetzliche Reise zu einem uralten und vergessenen Grab.

Abscheuliche Familie lebt im Schatten einer uralten Burg am Rand eines Waldes nächst schwarzen Klippen und einem ungeheuren Wasserfall.

Ein Junge wächst in einer Atmosphäre dräuenden Geheimnisses auf. Hält seinen Vater für tot. Plötzlich erfährt er, daß sein Vater bald zurückkehren wird. Absonderliche Vorbereitungen – Folgen.

Einsame, düstere Inseln vor der Küste Neuenglands. Das Grauen, das sie beherbergen – Vorposten kosmischer Einflüsse.

Was aus einem Urei ausschlüpft.

Ein seltsamer Kauz im verschatteten Bezirk einer uralten Stadt besitzt ein bestimmtes unvordenklich archaisches Grauen.

[1930]

Abscheuliches altes Buch wird entdeckt – Anweisungen für schokkierende Beschwörungen.

In der Wüste findet man ein vormenschliches Götzenbild.

Götzenbild in Museum *bewegt* sich auf bestimmte Weise.

Zug der Lemminge – Atlantis.

Kleine, grüne keltische Statuen, die in einem alten irischen Moor ausgegraben werden.

Jemandem werden die Augen verbunden, und er wird in einem verschlossenen Taxi oder Wagen an einen uralten und geheimen Ort gebracht.

Die *Träume* eines Menschen *schaffen* tatsächlich eine halbverrückte Welt gleichsam materieller Substanz in einer anderen Dimension. Ein *anderer Mann*, ebenfalls ein Träumer, gerät im

Traum zufällig in diese Welt. Was er dort findet. Nachrichten von den Bewohnern. Ihre Abhängigkeit vom ersten Träumer. Was bei seinem Tod passiert.

Ein uraltes Grabmal im tiefen Wald nächst einer Stelle, wo sich ein Landhaus aus dem siebzehnten Jahrhundert befand. Das unverweste, angeschwollene Wesen, das darin vorgefunden wurde.

Erscheinen eines uralten Gottes an einer einsamen und archaischen Stelle – möglicherweise eine Tempelruine. Die Atmosphäre der Schönheit und nicht des Grauens. Raffinierte Darstellung – Anwesenheit wird durch ein schwaches Geräusch oder einen Schatten enthüllt. Die Landschaft verändert sich? Aus der Sicht eines Kindes? Unmöglich, den Ort je wieder zu erreichen oder zu identifizieren?

Ein gewöhnliches Haus des Grauens... namenloses Verbrechen... Geräusche... spätere Bewohner (Flammarion) ein Roman?

Bewohner einer anderen Welt – Gesicht maskiert, vielleicht mit Menschenhaut oder operativ an die menschliche Gestalt angepaßt, Körper unter der Kleidung außerirdisch. Nach der Ankunft auf der Erde versucht er, sich unter die Menschen zu mischen. Entsetzliche Aufklärung. *Von Clark Ashton Smith vorgeschlagen.*

In einer uralten versunkenen Stadt findet jemand ein zerfallenes prähistorisches Dokument *in englischer Sprache und in seiner eigenen Handschrift*, das eine unglaubliche Geschichte berichtet. Angedeutet wird eine Reise von der Gegenwart in die Vergangenheit. Mögliche Aktualisierung dieses Einfalls. *1935 verwendet.*

Anspielungen in einem ägyptischen Papyrus auf ein Geheimnis oder Geheimnisse unter dem Grab des Hohepriesters Ka-Nefer. Das Grab wird schließlich gefunden und identifiziert – Falltür in Steinboden – Treppen und die bodenlose schwarze Tiefe.

In der Antarktis oder an einem anderen unheimlichen Ort verirrte Expedition. Skelette und Gebrauchsgegenstände werden Jahre danach gefunden. Filme verbraucht, aber nicht entwickelt. Die Finder entwickeln sie – und entdecken ein seltsames Grauen.

Anblick städtischen Grauens – Sous le Cap oder Champlain Street, Quebec – zerklüftete Felsenklippe – Moos, Schimmel, Feuchtigkeit – ein Haus, halb in die Klippe hineingebaut.

[1931]

Wesen aus dem Meer – in einem dunklen Haus entdeckt jemand, daß die Türklinken usw. *feucht* sind, etwa so, als wären sie von *etwas* berührt worden. Er war Hochseekapitän und fand einmal einen merkwürdigen Tempel auf einer Insel, die vulkanisch aus dem Meer aufgetaucht war.

Traum, in einer ungeheuren Halle seltsamer Architektur zu erwachen, wo unter Tüchern Gestalten auf Steinplatten liegen, eine Lage, die der eigenen gleicht. Andeutungen von verstörend nichtmenschlichen Umrissen unter dem Laken. Eines der Objekte bewegt sich und wirft das Laken ab – ein außerirdisches Wesen zeigt sich. Andeutung, daß man selbst solch ein Wesen ist – der Geist ist in einen Körper auf einem anderen Planeten versetzt worden.

Felsenwüste – prähistorische Tür in Klippe, in dem Tal ringsum liegen die Gebeine von ungezählten Milliarden von Tieren, sowohl aus der heutigen Zeit wie aus der Vorgeschichte, einige von ihnen bedenklich angenagt.

[1932]

Uralte Nekropole; eine Bronzetür, die aufgeht, als der Mondenschein darauf fällt. Gebündelt von einer uralten Linse in der gegenüberstehenden Säule?

Vorzeitliche Mumie im Museum ... erwacht und tauscht mit dem Besucher Platz.

[1933]

Auf der Hand eines Mannes zeigt sich plötzlich eine merkwürdige Wunde, urplötzlich und scheinbar ohne Ursache. Breitet sich aus. Folgen.

Tibetanischer ROLANG-Zauberer (oder NGAGSPA) ruft eine Leiche ins Leben zurück, indem er sie in einem dunklen Raum aufbewahrt, sie von Mund zu Mund beatmet und eine Zauberformel wiederholt, ohne an etwas anderes zu denken. Die Leiche erwacht langsam zum Leben und erhebt sich. Versucht zu entkommen; zuckt, ruckt und kämpft; der Hexenmeister hält sie jedoch fest. Fährt mit seiner Zauberformel fort. Die Leiche streckt die Zunge heraus, und der Hexenmeister beißt sie ab. Dann sinkt der

Leichnam in sich zusammen. Die Zunge dient als wertvoller magischer Talisman. Entkommt die Leiche – entsetzliche Folge und Tod für den Hexenmeister.

Seltsames Buch des Grauens wird in alter Bibliothek entdeckt. Abschnitte von entsetzlicher Bedeutung werden abgeschrieben. Später unmöglich, Buch zu finden und Text zu verifizieren. Vielleicht entdeckt man einen Körper oder ein Bild oder ein Zaubermittel unter dem Boden, in einem Geheimfach oder sonstwo. Einfall, daß das Buch lediglich eine hypnotische Täuschung war, herbeigeführt durch totes Gehirn oder uralten Zauber.

Jemand betritt in pechschwarzer Dunkelheit Gebäude, das er für sein eigenes Haus hält. Tastet sich in sein Zimmer vor und schließt hinter sich die Tür. Seltsames Grauen... oder dreht Licht an und findet einen fremdartigen Ort oder ein fremdartiges Wesen. Oder findet die wiederhergestellte Vergangenheit oder eine angedeutete Zukunft.

Merkwürdig aussehende Glasscheibe aus verfallenem Kloster, das im Ruf steht, in seinen Mauern Teufelsanbeter beherbergt zu haben, wird in einem heutigen Haus am Rand einer wildromantischen Landschaft eingesetzt. Durch sie sieht die Landschaft auf unbestimmte und nicht genau definierbare Weise *falsch* aus. Sie hat eine unbekannte, die Zeit verzerrende Eigenschaft und stammt aus einer urzeitlichen, untergegangenen *Kultur*. Schließlich sieht man durch sie abscheuliche Wesen aus einer anderen Welt.

Wenn Dämonen zu bösen Zwecken Menschengestalt annehmen wollen, übernehmen sie die Körper Gehenkter.

[1934]

Verlust der Erinnerung und Eintritt in eine bewölkte Welt seltsamer Anblicke und Erlebnisse nach einem Schock, Unfall, der Lektüre eines merkwürdigen Buches, der Teilnahme an einer merkwürdigen Zeremonie, dem Trinken eines seltsamen Gebräus usw. Das Gesehene wirkt auf vage und beunruhigende Weise vertraut. Auftauchen. Unfähigkeit, den Weg zurück zu verfolgen.

Ein ferner Turm ist von einem Fenster am Berghang aus sichtbar. Des Nachts scharen sich die Fledermäuse in dichten Scharen um ihn. Beobachter ist fasziniert. Eines Nachts erwacht er und findet sich auf einer unbekannten schwarzen Wendeltreppe. Im Turm? Entsetzliches Ziel.

Schwarze geflügelte Wesen fliegen des Nachts in das Haus. Sie sind nicht aufzufinden oder zuzuordnen, aber daraus ergeben sich raffinierte Entwicklungen.

Jemand spürt ein unsichtbares Wesen – oder sieht es, wie es Fußabdrücke hinterläßt – auf einem Berggipfel oder an einem anderen, unzugänglichen Ort.

Planeten, die aus unsichtbarer Materie bestehen.

Aus einem späteren Notizbuch

Ein ungeheuerliches Wrack – gefunden und bestiegen von einem überlebenden Ausgesetzten oder Schiffbrüchigen.

Eine Rückkehr an einen Ort unter traumähnlichen, entsetzlichen und nur dunkel begriffenen Umständen. Tod und Verfall regieren. In Stadt flammen am Abend keine Lichter auf – Enthüllung.

Verstörende Überzeugung, daß jedwedes Leben nur ein täuschender Traum ist, hinter dem sich ein gräßliches oder unheimliches Grauen verbirgt.

Jemand blickt aus dem Fenster und entdeckt, daß die Stadt und die Welt draußen finster und tot (oder merkwürdig verändert) sind.

Ein Versuch, die fernen Anblicke festzumachen und aufzusuchen, die man vom Fenster aus sieht – bizarre Fogen.

Etwas wird einem in der Nacht entrissen – an einem einsamen, uralten und allgemein gemiedenen Ort.

(Traum von) einem Fahrzeug – einem Eisenbahnwaggon, einer Kutsche etc. – die man betäubt oder im Fieber besteigt, und die ein Bruchstück einer vergangenen oder außerdimensionalen Welt sind – die den Reisenden aus der Wirklichkeit in verschwommene, vom Alter niedergedrückte Gebiete oder unglaubliche Abgründe des Wunders entführt.

Sondermeldung der *N. Y. Times*, 3. März 1935: »Halifax, N. S. – tief eingeätzt in die Umrisse einer Insel, die vor der Südküste Nova Scotias, zwanzig Meilen von Halifax entfernt, aus der Atlantikbrandung aufragt, befindet sich die seltsamste Gesteinsformation, deren sich Kanada rühmen kann. Stürme, Meer und Frost haben in die feste Klippe der sogenannten Virgin's Island die nahezu vollkommenen Umrisse der Madonna mit dem Christuskind auf dem Arm eingegraben.

Die Insel weist steil abfallende und umbrandete Küsten auf,

bildet eine Gefahr für die Schiffahrt und ist völlig unbewohnt. *Soviel bekannt ist, hat kein Mensch je den Fuß auf ihre Küsten gesetzt.*

Ein altes Haus mit geschwärzten Gemälden an den Wänden – so verdunkelt, daß man ihr Sujet nicht mehr enträtseln kann. Restaurierung und eine Enthüllung. Vgl. Hawthorne – Edw. Rand. Port.

Beginne die Geschichte mit der Anwesenheit des Erzählers – ihm selbst unerklärlich – in völlig fremdartiger und furchteinflößender Umgebung.

Merkwürdiger Mensch oder merkwürdige Menschen leben in einem uralten Haus oder in Ruinen, weit von allen bevölkerten Gebieten entfernt – entweder in Neuengland oder in einem fernen exotischen Land. Verdacht, gestützt auf Aussehen und Gewohnheiten, daß sie nicht *ganz* menschlich sind.

Alte Wälder im Winter... Moos – ... große Baumstämme... verkrüppelte Zweige... dunkel... gerippte Wurzeln... es tropft immer...

Sprechendes Gestein aus Afrika – unvorstellbar alter Felskreis in verfallenen Dschungelruinen, der mit äonenalter Stimme *spricht*.

Jemand mit Gedächtnisverlust in einer seltsamen, nur teilweise verstandenen Umwelt. Angst, die Erinnerung wiederzuerlangen ... ein flüchtiger Blick...

Jemand formt träge ein merkwürdiges Abbild – eine Macht zwingt ihn dazu, es merkwürdiger zu machen, als er es tun könnte. Wirft es voll Abscheu fort, jedoch – etwas geht in der Nacht um.

Uralte (römische? prähistorische) Steinbrücke, die von einem (plötzlichen und unerklärlichen?) Sturm hinweggeschwemmt wird. Etwas wird freigesetzt, das vor Tausenden von Jahren im Mauerwerk eingemauert worden war. Es passiert einiges.

Spiegelbild in der Zeit – das Abbild einer längst vergangenen vormenschlichen Stadt.

Nebel oder Rauch – nimmt unter Beschwörungen Form an.

Glocke einer alten Kirche oder eines Schlosses wird von unbekannter Hand geläutet – einem Wesen ... oder einer unsichtbaren Präsenz.

Insekten oder andere Wesen aus dem Weltraum stürzen sich auf den Kopf eines Menschen und dringen in ihn ein, was dazu führt, daß er sich an fremdartige und exotische Dinge erinnert – mögliche Persönlichkeitsverdrängung.

Diese letzte Eintragung kann man ziemlich exakt datieren, denn am 11. Mai 1935 schrieb H.P. Lovecraft an einen Freund folgendes:

»Ihr Traum von *Chobey-Maam* war gewiß eine tolle Sache – würdig, neben dem gewaltigen Wallaru zu bestehen! Können Sie eine Vermutung wagen, auf welchem Planeten Sie sich befanden? Ich hatte erst letzte Nacht ein sehr lebendiges Bruchstück von einem Traum – vielleicht teilweise abgeleitet von der äußerst raffinierten Idee für eine Geschichtenhandlung, die Sie gegen Ende Ihres Briefes entwerfen. Sie erwähnen einen Schädel, der anstelle des Gehirns eine merkwürdige metallische Vorrichtung enthält – wobei Sie andeuten, daß letztere entweder selbst ein außerirdisches und mit Bewußtsein begabtes Wesen ist oder aber eine Art Empfänger, durch den weit entfernte Wesen von *draußen* den Körper, in dem er eingepflanzt ist, lenken können. Nun also – in meinem Traum wurde ich, während ich in vertrauter ländlicher Gegend spazierenging, plötzlich von einem Schwarm schnell aus dem Himmel herabschießender Insekten angegriffen. Sie waren winzig und stromlinienförmig und schienen imstande zu sein, meine Schädeldecke zu durchdringen und ins Gehirn einzudringen, als wäre ihre Substanz nicht völlig materiell. Kaum waren sie in meinen Kopf eingedrungen, schienen meine *Identität und Lage* höchst zweifelhaft zu werden. Ich *erinnerte mich* an außerirdische und unglaubliche Szenen – Klippen und Felsnadel, die von violetten Sonnen erhellt wurden, phantastische Säulen aus zyklopischem Mauerwerk, vielfarbige Pilzvegetation, halb formlose Gestalten, die über grenzenlose Ebenen scharwenzelten, bizarre Reihen von Wasserfallstaffeln, oben offene Steinzylinder, zu denen Strickleitern hinaufführten wie die Weberleinen von Schiffen, labyrinthische Korridore und geometrisch mit Fresken ausgemalte Räume, merkwürdige Gärten mit unerkennbaren Pflanzen, in Roben gekleidete amorphe Wesen, die mit einem nichtvokalen Pfeifen sprachen – und unzählige Vorfälle unbestimmter Natur und unnützlichen Wirkungen. Ich wußte überhaupt nicht, wo genau ich war – es gab jedoch die bedrückende Empfindung unendlicher Ferne und völliger Fremdartigkeit im Vergleich zur Erde und zum Menschengeschlecht. Zu keinem Zeitpunkt geschah wirklich etwas – und ich *merkte*, daß ich vor dem tatsächlichen Erwachen beträchtliche Zeit geträumt hatte. Nach dem Aufstehen machte ich in meinem Schwarzen Buch (dessen derzeitige Ausgabe Sie so beharrlich angeregt haben) eine Notiz von dem Traum, und eines Tages verwende ich vielleicht diesen Traum oder ihre Anregung unverfälscht in einer Geschichte. Danke für die Idee – ob sie jetzt den Traum verursacht hat oder nicht.«

Geschichte und Chronologie des Necronomicons

Originaltitel *Al Azif* – *Azif* ist das Wort, das von den Arabern verwendet wird, um das (von Insekten hervorgerufene) nächtliche Geräusch zu bezeichnen, das angeblich vom Geheul der Dämonen herrührt.

Verfaßt von Abdul Alhazred, einem verrückten Dichter aus Sanaa im Yemen, der während der Zeit der Omaijaden-Kaliphen, um 700 n. Chr., wirkte. Er suchte die Ruinen von Babylon und die unterirdischen Geheimnisse von Memphis auf und hielt sich zehn Jahre mutterseelenallein in der großen südarabischen Wüste auf, dem Roba El Khaliyeh oder »Leeren Raum« der antiken oder der »Dahna« oder »Karmesinroten Wüste« der heutigen Araber, die von bösen Schutzgeistern und Ungeheuern des Todes bewohnt sein soll. Von dieser Wüste erzählt man sich unter denen, die so tun, als wären sie bis zu ihr vorgedrungen, viele seltsame und unglaubliche Wunder. In seinen letzten Lebensjahren ließ sich Alhazred in Damaskus nieder, wo das *Necronomicon (Al Azif)* geschrieben wurde, und von seinem schließlichen Tod oder Verschwinden (738 A.D.) erzählt man sich die entsetzlichsten und widersprüchlichsten Dinge. Ebn Challikan (ein Biograph aus dem zwölften Jahrhundert) behauptet, er sei bei hellichtem Tag von einem unsichtbaren Ungeheuer ergriffen und vor den Augen einer großen Zahl vor Schreck erstarrter Zeugen verschlungen worden. Über seinen Wahnsinn ist so manches in Umlauf. Er behauptet, das märchenhafte Irem oder die Stadt der Säulen gesehen und in den Ruinen einer gewissen Stadt ohne Namen in der Wüste die erschreckenden Annalen und Geheimnisse einer Rasse entdeckt zu haben, die älter ist als die Menschheit. Er war nur ein indifferenter Moslem und verehrte unbekannte Wesenheiten, die er Yog-Sothoth und Cthulhu nannte.

950 n. Chr. wurde das *Azif*, das unter den Philosophen der Zeit beträchtliche, wenn auch heimliche Verbreitung gefunden hatte, von Theodorus Philetas in Konstantinopel unter dem Titel *Necronomicon* heimlich ins Griechische übersetzt. Ein Jahrhundert lang regte es gewisse Schwarzkünstler zu entsetzlichen Versuchen an, bis es von dem Kirchenvater Michael unterdrückt und verbrannt wurde. Danach hörte man nur verstohlen von ihm, doch fertigte Olas Wormius in der Folge im Mittelalter (1228) eine lateinische Übersetzung an, und der lateinische Text wurde zweimal ge-

druckt – einmal im fünfzehnten Jahrhundert in Fraktur (offenkundig in Deutschland) und einmal im siebzehnten (vielleicht spanischen Ursprungs). Beide Ausgaben enthalten keine bibliographischen Angaben und lassen sich nur anhand typographischer Merkmale im Innern in Ort und Zeit festlegen. Das Werk, sowohl die lateinische wie die griechische Ausgabe, wurde 1232 von Papst Gregor IX. unmittelbar nach der Übersetzung ins Lateinische auf den Index gesetzt, was Aufmerksamkeit auf das Buch lenkte. Schon zur Zeit des Wormius ging das arabische Original verloren, worauf er in seiner einleitenden Erklärung hinweist (es gibt jedoch eine vage Darstellung, daß in unserem Jahrhundert ein geheimes Exemplar in San Francisco auftauchte, aber später bei einem Brand zerstört wurde), und von der griechischen Ausgabe – die zwischen 1500 und 1550 in Italien gedruckt wurde – hat man nicht gehört, daß sie irgendwo aufgetaucht wäre, seit 1692 die Bibliothek eines bestimmten Einwohners Salems verbrannt wurde. Eine von Dr. Dee angefertigte Übersetzung blieb ungedruckt und ist nur in Bruchstücken erhalten, die von dem ursprünglichen Manuskript gerettet wurden. Von den noch jetzt existierenden lateinischen Texten weiß man, daß sich ein Exemplar (aus dem fünfzehnten Jahrhundert) im Giftschrank des British Museum befindet, und ein weiteres (aus dem siebzehnten Jahrhundert) wird in der Bibliothèque Nationale in Paris aufbewahrt. Exemplare aus dem siebzehnten Jahrhundert befinden sich in der Widener Bibliothek in Harvard und in der Bibliothek der Miskatonic Universität in Arkham; auch in der Bibliothek der Universität von Buenos Aires gibt es eines. Unzählige andere Exemplare existieren versteckt, und das Gerücht hält sich hartnäckig, daß eines aus dem fünfzehnten Jahrhundert in der Sammlung eines berühmten amerikanischen Millionärs vorhanden ist. Ein bislang noch vages Gerücht behauptet, daß sich ein griechisches Exemplar in der Familie Pickman aus Salem erhalten hat; wenn es jedoch dort eines gab, so ging es mit dem Maler R. U. Pickman zugrunde, der 1926 spurlos verschwand. Das Buch wird von den Behörden der meisten Staaten unbarmherzig unterdrückt, ebenso von allen organisierten Religionsgemeinschaften. Seine Lektüre führt zu entsetzlichen Folgen. Aus den Gerüchten über dieses Buch (von denen in der breiten Öffentlichkeit relativ wenige wissen) soll Robert W. Chambers den Einfall zu seinem frühen Roman *The King in Yellow* bezogen haben.

Lord Dunsany und sein Werk

Die relativ geringe Anerkennung, die Lord Dunsany, dem vielleicht einzigartigsten, originellsten und phantasievollsten unter den derzeit* lebenden Autoren, zuteil geworden ist, bildet einen erheiternden Kommentar zur natürlichen Dummheit des Menschengeschlechts. Konservative Kreise betrachten ihn mit väterlicher Herablassung, denn er kümmert sich nicht um die schwerwiegenden Irrtümer und künstlichen Konstruktionen, die ihre höchsten Werte ausmachen. Die Radikalen schätzen ihn gering, denn sein Werk zeigt nicht jene chaotische Herausforderung des guten Geschmacks, die für sie das einzige Kennzeichen authentischer moderner Desillusionierung ist. Und doch ginge man mit der Behauptung kaum fehl, daß ihn eher beide Richtungen ehren sollten als keine von ihnen. Denn wenn jemand die Überreste der wahren Kunst der alten wie der neuen Schule abgewonnen und miteinander verknüpft hat, dann dieser alleinstehende Riese, in dem die klassische, die jüdische, die nordische und die irische ästhetische Tradition auf so eigentümliche und bewunderungswürdige Weise eine Verbindung eingegangen sind.

Das allgemeine Wissen über Dunsany scheint sich auf den verschwommenen Eindruck zu beschränken, daß er jener Gruppe angehört, die sich die Wiederbelebung des Keltischen zum Ziel gesetzt hat und merkwürdige Theaterstücke schreibt. Wie das meiste allgemein verbreitete Wissen ist auch dieses bedauerlich bruchstückhaft und unvollständig, in vieler Hinsicht auch irreführend. Genau genommen gehört Dunsany überhaupt keiner Gruppierung an, und die bloße Urheberschaft dramatischer Phantasiestücke ist nur ein unbedeutender Aspekt der Persönlichkeit eines, in dessen dichterischen Erzählungen und Schauspielen sich wahrhaft das Genie einer eigenständigen Philosophie und ästhetischen Anschauung spiegelt. Dunsany ist kein nationaler, sondern ein universeller Künstler, und seine oberste Eigenschaft ist nicht bloß das Unheimliche, sondern eine bestimmte gottähnliche und unpersönliche Vision von kosmischer Reichweite und Perspektive, welche die Bedeutungslosigkeit, Verschwommenheit, Vergeblichkeit und tragische Absurdität allen Lebens und aller Wirklichkeit begreift. Sein Hauptwerk gehört einer Richtung an, die heutige

---

* Dieser Aufsatz wurde 1922 geschrieben; Lord Dunsany starb erst 1957.

Kritiker »Fluchtliteratur« genannt haben, die Literatur bewußter Unwirklichkeit, geschaffen aus der intelligenten und anspruchsvollen Überzeugung, daß die zergliederte Wirklichkeit kein Erbe hat außer Chaos, Schmerz und Enttäuschung. Solchermaßen ist er zugleich Konservativer und Anhänger der Moderne; ein Konservativer, weil er noch immer nicht den Glauben verloren hat, daß Schönheit eine Sache goldener Erinnerungen und einfacher Muster ist, und ein Vertreter der Moderne, weil er erkennt, daß wir nur in willkürlich ausgewählten Phantasien eines der Muster ausgeprägt finden können, die zu unseren goldenen Erinnerungen passen. Er ist der oberste Dichter des Wunders, aber eines intelligent ersonnenen Wunders, dem man sich zuwendet, nachdem man ausgiebig die Desillusionierung des Realismus erlebt hat.

Edward John Moreton Drax Plunkett, der achtzehnte Baron Dunsany, wurde 1878 im Dunsany Castle, County Meath, Irland, geboren und ist ein Vertreter des ältesten und bedeutendsten Blutes im Britischen Weltreich. Er ist vorwiegend teutonischer und skandinavischer Abstammung – normannischer und dänischer –, ein Umstand, der ihm eher die eisige Erbschaft nordischer Volkssagen als der sanfteren und mystischeren keltischen Überlieferung mitgibt. Seine Familie ist jedoch eng mit dem Leben Irlands verwoben, und sein Onkel, der Staatsmann Sir Horace Plunkett, war es, der als erster den Einfall zur Bildung eines Dominionstaates hatte, der jetzt bei der Schaffung des Freistaats Irland in die Praxis umgesetzt wird. Seinen Neigungen nach ist Lord Dunsany persönlich ein loyaler Anhänger des Empires, ein tapferer Offizier der britischen Armee und Veteran des Burenkrieges und des Ersten Weltkriegs.

Seine früheste Jugend verbrachte Dunsany auf Dunstall Priory, Shoreham, Kent, England, dem Erbgut seiner Mutter. Er hatte ein Zimmer, dessen Fenster nach den Bergen und dem Westen zu gelegen waren, und diesem Anblick der goldenen Erde und des goldenen Himmels schreibt er einen Gutteil seiner poetischen Neigung zu. Seine einzigartige Ausdrucksweise wurde von seiner Mutter durch die sorgfältige Auswahl seiner Lektüre gefördert. Zeitungen bekam er überhaupt nicht zu lesen, das Hauptnahrungsmittel seiner literarischen Diät war die King James-Bibel. Die Auswirkungen dieser Lektüre auf seinen Stil waren dauerhaft und wohltätig. Ohne bewußte Anstrengung eignete er sich die Einfachheit und die Reinheit des archaischen Englisch und die kunstvollen Wiederholungen der Psalmisten an, so daß er bis zum heutigen Tag dem Stilverfall entkommen konnte, der bei den meisten modernen Prosaautoren so häufig zu finden ist.

In seiner ersten öffentlichen Schule, der Cheam School, geriet Dunsany noch stärker unter den Einfluß der Bibel, und er kam zum ersten Mal mit einem Einfluß in Berührung, der noch wertvoller war: dem der griechischen Klassiker. Bei Homer fand er einen Geist des Wunders, der seinem eigenen verwandt war, und in seinem gesamten Werk läßt sich die Anregung durch die *Odyssee* verfolgen – nebenbei ein Epos, das vielleicht von weit größerem Genie zeugt als sein kriegerischer Vorgänger, die *Ilias*. Die *Odyssee* wimmelt geradezu von jenem Zauber seltsamer, ferner Landstriche, der auch Dunsanys Hauptmerkmal ist.

An die Cheam School schloß sich Eton an, danach Sandhurst, wo der jugendliche Edward Plunkett in jenem Waffenhandwerk ausgebildet wurde, das einem Adelssprößling geziemt. 1899 brach der Burenkrieg aus, und der Jüngling kämpfte bei den Goldstream Guards und machte alle Entbehrungen jener Jahre mit. Im selben Jahr erbte er seinen alten Titel und Besitz; der Knabe Edward Plunkett war zu dem Mann und Soldaten Lord Dunsany geworden.

Dunsany erscheint erstmals in der Literatur kurz nach Anbruch des zwanzigsten Jahrhunderts, und zwar als Förderer des Werks junger irischer Literaten. 1905 veröffentlichte er *The Gods of Pegāna*, sein erstes Buch, in dem sein eigenständiges Genie durch die phantastische Schöpfung einer neuen und künstlichen Mythologie durchschimmert, ein vollkommen entwickelter Zyklus von Naturallegorien mit dem ganzen unendlichen Liebreiz und der pfiffigen Philosophie einer natürlichen Sagenwelt. Danach erschienen weitere Bücher in rascher Folge, alle von dem Künstler des Seltsamen Sidney H. Sime illustriert. In *Time and the Gods* (1906) wurde die mythische Grundidee mit wachsender Lebendigkeit weiter ausgebaut. *The Sword of Welleran* (1908) besingt eine Welt von Menschen und Helden, die von Pegānas Göttern regiert werden, ebenso *A Dreamer's Tales* (1910). Hier finden wir die besten Beispiele Dunsanyscher Dichtung voll entwickelt; das hellenische Gefühl von Konflikt und Schicksalhaftigkeit, den großartigen kosmischen Standpunkt, den wunderbaren lyrischen Fluß der Sprache, den orientalischen Glanz von Farben und Bilder, die titanische Fruchtbarkeit und den Einfallsreichtum der Phantasie, den mystischen Zauberschein von märchenhaften Ländern »weit im Osten« oder »am Rande der Welt« und das erstaunliche Talent, sich musikalische, verlockende und Staunen hervorrufende Eigennamen, sowohl Personennamen wie geographische Bezeichnungen, nach klassischen und morgenländischen Vorbildern auszudenken. Einige von Dunsanys Erzählungen befassen sich mit der objektiven Welt, die wir kennen, und den darin enthaltenen seltsamen Wundern. Die besten von ihnen berichten aber von Ländern, die man sich nur in Wachträumen vorstellen kann. Diese sind in dem rein dekorativen Geist gestaltet, der die höchste Kunst bedeutet, denn sie weisen kein sichtbares moralisches oder didaktisches Element auf, sieht man von der altmodischen Allegorie ab, die dem Typus von Legendengut innewohnt, dem sie angehören. Dunsany hat keine andere didaktische Idee als den Haß eines Künstlers auf das Häßliche, Dumme und Gewöhnliche. Das erkennen wir gelegentlich in satirischen Anklängen bei der Schilderung gesellschaftlicher Einrichtungen und Beschwerden über die Verschandelung der Natur durch düstere Städte und abscheuliche Reklameschilder. Von allen menschliche Einrichtungen sind Reklameflächen Lord Dunsany am verhaßtesten.

1909 schrieb Dunsany sein erstes Stück, *The Glittering Gate*, auf Wunsch W. B. Yeats', der von ihm etwas für sein Abbey Theatre in Dublin haben wollte. Obwohl dem Autor jede Bühnenerfahrung abging, war das Ergebnis ein voller Erfolg und führte dazu, daß Dunsany eine stetige Karriere auf dem Gebiet dramatischer Dichtungen einschlug. Auch wenn der Schreiber dieser Zeilen weiterhin die Erzählungen vorzieht, sind sich die meisten Kritiker darin einig, die Stücke höher zu loben. Und gewiß weisen diese eine Brillanz des Dialogs und eine Sicherheit der Technik auf, die Dunsany einen Platz unter den größten Dramatikern sichern. Welche Einfachheit! Welch Einfallsreichtum! Welch edle Redeweise! Wie bei den Geschichten leben auch die besten der Stücke von einer phantastischen Fabel und einem phantastischen Milieu. Die meisten sind recht kurz, doch sind zumindest zwei, *If* und *Alexander*, von abendfüllender Länge. Das am meisten geschätzte ist möglicherweise *The Gods of the Mountains*, das vom Schicksal von sieben Bettlern in der Stadt Kongros berichtet, die sich als die sieben grünen Jade-Götter verkleideten, die auf dem Berg Marma sitzen. Grün ist übrigens eine Lieblingsfarbe in Dunsanys Werk, und am häufigsten tritt sie als grüne Jade auf. In diesem Stück ist die Nietzscheanische Gestalt des Bettlerhäuptlings Agmar mit meisterlichen Strichen gezeichnet und wird wahrscheinlich unter den lebendigen Gestalten der Dramatik der Welt fortleben. Andere wunderbar gewaltige Stücke sind *A Night at an Inn* – des Pariser Grand Guignols würdig – und *The Queen's Enemies*, die Ausarbeitung einer von Herodot überlieferten ägyptischen Anekdote. Man kann das reine Genie für dramtische Rede und dramatische Situation gar nicht genug betonen, das Dunsany in seinen besten Stücken erkennen läßt. Sie sind in jedem Sinne durch und durch klassisch.

Dunsanys Einstellung zum Wunderbaren ist, wie bereits bemerkt, eine bewußt kultivierte; ihr liegt eine erzphilosophische und anspruchsvolle Vernunft zugrunde. Es verwundert daher nicht, daß sich im Laufe der Jahre in seinem Werk ein Element sichtbarer Satire und treffenden Humors bemerkbar zu machen begann. Es gibt wahrhaftig eine interessante Parallelentwicklung zwischen ihm und jenem anderen großen Iren, Oscar Wilde. Auch bei diesem gingen die phantastische und die witzig-weltkluge Seite ineinander über, und auch er hatte dieselbe Göttergabe für glänzende Prosa und exotische Bilder. 1912 erschien *The Book of Wonder*, dessen kurze phantastische Geschichten alle einen gewissen humorvollen Zweifel an der eigenen Ernsthaftigkeit und Wahrheit erkennen lassen. Bald danach schrieb er *The Lost Silk Hat*, eine einaktige Sittenkomödie, die an prickelndem Glanz und Witz allem gleichzusetzen ist, was selbst ein Sheridan schaffen konnte. Und seit diesem Zeitpunkt war die ernsthafte Seite Dunsanys ständig im Abnehmen begriffen, trotz gelegentlicher Stücke und Erzählungen, die das Überleben des Verehrers des absolut Schönen zeigen. Die *Fifty-One Tales*, 1915 veröffentlicht, haben etwas von dem städtischen, prosadichterischen Geist eines philosophischen Baudelaire, während *The Last Book of Wonder* (1916) dem ersten Buch mit ähnlichem Titel gleicht. Nur in den verstreuten Fragmenten, die die *Tales of Three Hemispheres* (1919) bilden, finden wir starke Mahnungen an den älteren, einfacheren Dunsany. *If* (1922), das neue lange Stück, ist hauptsächlich eine satirische Komödie mit einem kurzen Hauch exotischer Beredsamkeit. Der Schreiber dieser Zeilen hat *Don Rodriguez*, das vom Verlag eben angekündigt wurde, noch nicht gelesen. Darin findet man vielleicht mehr von dem alten Dunsany. Es ist sein erster Roman und wird von den Rezensenten, die ihn gelesen haben, sehr geschätzt. *Alexander*, ein abendfüllendes Stück, das auf Plutarch basiert, wurde 1912 geschrieben und wird vom Autor als seine beste Arbeit betrachtet. Bedauerlicherweise ist dieses Drama weder veröffentlicht noch aufgeführt worden. Dunsanys kürzere Stücke sind in zwei Bänden zusammengefaßt. *Five Plays*, es enthält *The Gods of the Mountain, The Golden Doom, King Argimenes and the Unknown Warrior, The Glittering Gate* und *The Lost Silk Hat*, wurde 1914 veröffentlicht.

1917 erschien *Plays of Gods and Men* mit *The Tents of the Arabs, The Laughter of the Gods, The Queen's Enemies* und *A Night at an Inn*.

Dunsany hat seine Position als Förderer der Literatur nie aufgegeben und war der literarische Schirmherr des irischen Bauerndichters Ledwidge – dieses Sängers der Amsel, der im großen Völkerringen fiel, als er unter dem Hauptmann Dunsany bei den Fifth Royal Inniskilling Fusiliers diente. Der Krieg nahm Dunsanys Phantasie sehr gefangen, denn er war bei den Kämpfen in Frankreich und beim Dubliner Volksaufstand von 1916 eingesetzt, bei dem er schwer verwundet wurde. Wie der Krieg auf ihn wirkte, zeigen ein Band bezaubernder und manchmal rührseliger Geschichten, *Tales of War* (1918), und eine Sammlung reminiszierender Essays, *Unhappy Far-Off Things* (1920). Seine allgemeine Auffassung vom Krieg ist in diesen Büchern die gleiche: kriegerische Auseinandersetzungen sind ein Unglück, so unvermeidlich wie die Gezeiten und die Jahreszeiten.

Dunsany hat eine sehr hohe Meinung von Amerika, denn es war rascher bereit als sein Mutterland, ihm jene kleine Anerkennung zu geben, die ihm zuteil geworden ist. Die meisten seiner Stücke sind hier von kleinen Theatergruppen aufgeführt worden, besonders der Stuart Walkers, und zuweilen wurden sie begeistert aufgenommen. Alle diese Inszenierungen wurden unter der sorgsamen Mitwirkung des Autors gemacht, dessen Briefe mit Anweisungen äußerst aufschlußreich sind. Dunsanys Stücke erfreuen sich bei vielen Theatergesellschaften an Colleges großer Beliebtheit, und zwar völlig zu recht. 1919–20 unternahm Dunsany eine Vortragsreise durch die Vereinigten Staaten und fand allgemein eine freundliche Aufnahme.

Dunsany hat eine überaus anziehende Persönlichkeit, wie der Verfasser dieser Zeilen bezeugen kann, der ihm in der ersten Reihe direkt gegenüber saß, als Dunsany im Oktober 1919 im Ballsaal des Copley-Plaza-Hotels einen Vortrag hielt. Bei diesem Anlaß legte Dunsany seine literarischen Anschauungen mit viel Anmut dar und las sein kurzes Stück *The Queen's Enemies*. Er ist ein sehr großer Mann – 1,80 Meter –, von mittlerem Umfang, heller Gesichtsfarbe, blauen Augen, hoher Stirn, einem hellbraunen Haarschopf und einem kleinen Schnurrbart von derselben Farbe. Sein Gesicht bietet einen gesunden und hübschen Anblick und trägt einen Ausdruck bezaubernder und wunderlicher Freundlichkeit, mit einem gewissen knabenhaften Charme, den keine Welterfahrung und auch nicht sein Monokel auslöschen kann. Auch Gang und Haltung weisen eine gewisse Knabenhaftigkeit auf, eine Spur schlechter Haltung und die gewinnende Unbeholfenheit, die man mit der Pubertät verbindet. Seine Stimme ist angenehm und sanft und seine Aussprache der Gipfel britischer Sprechkultur. Er gibt sich locker und gelöst, in einem Maße, daß sich der Berichterstatter des *Boston Transcript* sogar über den Mangel an salbungsvoller Rednerpose bei ihm beschwerte. Als Vortragendem eines dramatischen Stückes mangelt es ihm unzweifelhaft an Lebendigkeit und Gestik. Es liegt auf der Hand, daß er als Schauspieler so armselig wäre, wie er als Autor groß ist. Er kleidet sich betont leger, und man hat ihn den am schlechtesten gekleideten Mann von Irland genannt. Gewiß war der weite Abendanzug, der auf seinen amerkanischen Vorträgen um ihn schlotterte, wenig beeindruckend. Gegenüber den Bostoner Autogrammjägern war er sehr entgegenkommend, denn er wies niemanden ab, wiewohl er starke Kopfschmerzen hatte, die ihn dazu zwangen, sich mehrmals an die Stirn zu greifen. Wenn er in ein Taxi stieg, verlor er immer den Zylinder – so erinnern sich die Unbedeutenden der Mißgeschicke der Großen!

Lord Dunsany ist mit einer Tochter Lord Jerseys verheiratet und hat einen Sohn, den Hon. Randal Plunkett, geboren 1906. Sein Geschmack, weit davon entfernt, die morbiden Vorlieben des herkömmlichen Zynikers und Phantasten zu teilen, ist auffallend naturbezogen und normal. Er genießt sein feudales Erbe als Baron sichtlich. Er ist der beste Pistolenschütze von Irland, ein begeisterter Kricketspieler und Pferdeliebhaber, ein Großwildjäger und ein eingefleischter Anhänger des Landlebens. Er ist weit gereist, besonders in Afrika, und lebt abwechselnd auf seinem Schloß Meath, auf dem Sitz seiner Mutter in Kent und in seiner Londoner Wohnung am Lowndes Square 55. Daß ihm die wahrlich romantische Eigenschaft bescheidenen Heldentums eignet, wird durch einen Vorfall bezeugt, bei dem er jemanden vor dem Ertrinken rettete und sich weigerte, der Menge, die ihn als Helden feierte, seinen Namen zu verraten.

Dunsany schreibt seine Werke immer sehr rasch, und zwar vornehmlich am Spätnachmittag und Frühabend, wobei er als mildes Anregungsmittel Tee zu sich nimmt. Er schreibt fast immer mit einem Federkiel, dessen breite, pinselähnliche Züge allen unvergeßlich sind, die seine Briefe und Manuskripte gesehen habe. Seine Einzigartigkeit tritt in jedem Abschnitt seines Tuns zutage und umfaßt nicht nur eine einzigartige Sparsamkeit der Interpunktion, die von den Lesern gelegentlich bedauert wird. Sein Werk umgibt Dunsany mit einer altmodischen Atmosphäre von gepflegter Naivität und kindgleicher Unwissenheit, und er liebt es, historischen und anderen Angaben einen Hauch wohltuender Kunstlosigkeit zu geben, als sei er mit ihnen nicht vertraut. Seine beharrliche Absicht ist es, die Welt mit der leicht beeindruckbaren Frische unverdorbener Jugend zu erforschen – oder mit einer Verfahrensweise, die dieser Eigenschaft so nahe kommt, wie es seine Erfahrung nur zuläßt. Diese Auffassung bringt oft sein Urteilsvermögen durcheinander, wie 1920 deutlich zu erkennen war, als er sich freundlicherweise der *United Amateur Press Association* als Ehrenpreisrichter für Lyrik zur Verfügung stellte. Dunsany hat die Einstellung des wahren Aristokraten zu seinem Werk. Wenn ihm auch der Ruhm willkommen käme, denkt er nicht im Traum daran, seine Kunst entweder dem spießbürgerlichen Pöbel oder der herrschenden Clique literarischer Chaotiker zuliebe herabzuwürdigen. Er schreibt allein, um sich auszudrücken, und ist deshalb der Idealtypus des Amateurjournalisten.

Die endgültige Stellung Dunsanys in der Literatur hängt weitgehend von der zukünftigen Entwicklung der Literatur selbst ab. Wir leben in einem Zeitalter seltsamen Übergangs und des Auseinanderklaffens, die Kunst sondert sich zunehmend von der Vergangenheit und auch vom gewöhnlichen Leben ab. Die moderne Wissenschaft hat sich letztlich als Feind von Kunst und Vergnügen erwiesen, denn indem sie uns die ganze niedrige und alltägliche Grundlage unserer Gedanken, Motive und Handlungen gezeigt hat, hat sie die Welt ihres Glanzes, ihres Wunders und all jener Illusionen von Heldentum, Edelmut und Aufopferung beraubt, die so beeindruckend klangen, wenn sie auf romantische Manier behandelt wurden. Wahrhaftig, es ist keine Übertreibung, wenn man behauptet, daß die psychologische Entdeckung und chemische, physikalische und physiologische Forschungen unter informierten und anspruchsvollen Leuten das Element des Gefühls weitgehend zerstört haben, denn sie haben es in seine Bestandteile aufgelöst – den verständigen Einfall und den tierischen Trieb. Die sogenannte »Seele« mit all ihren hektischen und widerlichen Attributen wie Gefühlsduselei, Verehrung, Ernsthaftigkeit, Ergebenheit und dergleichen ist unter der Analyse zugrunde gegangen. Nietzsche führte eine Umwertung aller Werte herbei, Remy de Gourmont jedoch en gros die Zerstörung aller Werte. Wir wissen nunmehr, was für ein vergebliches, zweckloses und zusammenhangloses Durcheinander von Trugbildern und Heucheleien das Leben ist. Und dem ersten Schock über dieses Wissen ist die bizarre, geschmacklose, aufsässige und chaotische Literatur der schrecklichen Generation entsprungen, die unsere Großmütter so schockiert – die ästhetische Generation von T. S. Eliot, D. H. Lawrence, James Joyce, Ben Hecht, Aldous Huxley, James Branch Cabell und all den übrigen. Diese Schriftsteller, da sie wissen, daß das Leben kein wirkliches Muster aufweist, rasen entweder oder höhnen oder schließen sich dem kosmischen Chaos an, indem sie eine ungeschminkte und bewußte Unverständlichkeit und Verwirrung der Werte ausschlachten. Für sie schmeckt es nach Vulgarität, eine Ordnung zu akzeptieren – denn heutzutage lesen nur Dienstboten, Kirchgeher und erschöpfte Geschäftsleute etwas, was etwas bedeutet, oder erkennen Werte an. Welche Chance hat denn ein Autor, der weder dumm noch gewöhnlich genug für die Leserschar von *Cosmopolitan, Saturday Evening Post*, Harold Bell Wright, *Snappy Stories, Atlantic Monthly* und *Home Brew* ist; noch verwirrt, obszön oder wasserscheu genug für die Leser von *Dial, Freeman, Nation* oder *New Republic* und die Möchtegern-Leser des *Ulysses*? Gegenwärtig lehnt ihn die eine Clique als »zu anspruchsvoll« ab, während ihn die andere als unerträglich lahm und kindisch verständlich nicht zur Kenntnis nimmt.

Dunsanys Hoffnung auf Anerkennung liegt bei den Literaten und nicht bei der Menge, denn sein Reiz liegt in einer äußerst zarten Wortkunst und einer sanften Desillusionierung und Weltverdrossenheit, die lediglich Feingeister genießen können. Der notwendige Schritt zu einer solchen Anerkennung ist eine Abkehr von der vorherrschenden ästhetischen Anarchie, eine Abkehr, die höchstwahrscheinlich eintritt, wenn es zu einem reiferen Verständnis der modernen Desillusionierung und was sie zu bedeuten hat, kommt. Die Kunst ist durch eine gründliche Kenntnis des Universums zerstört worden, die zeigt, daß die Welt für jeden nur ein je nach individueller Warhnehmung sich darbietender Kehrichthaufen ist. Sie wird, wenn überhaupt, nur vom nächsten und letzten Schritt der Desillusionierung gerettet werden, der Erkenntnis, daß ein vollständiges Verständnis und eine vollständige Wahrheit an sich wertfrei sind, und daß man für jede echte künstlerische Anregung künstlich Grenzen des Bewußtseins und ein Lebensmuster, das der ganzen Menschheit gemein ist, erfinden muß – am natürlichsten das einfache alte Muster, das uns die uralte und tastende Überlieferung zuerst vorgab. Wir erkennen, daß die Quelle aller Freude und jeder Begeisterung das Staunen und die Unwissenheit sind, und sind dann bereit, mit den höhnenden Atomen und Elektronen einer zwecklosen Unendlichkeit das alte Blinde-Kuh-Spiel zu spielen.

Dann werden wir auch erneut Musik und Farbe der göttlichen Sprache verehren und ein epikuräisches Vergnügen an jenen Verbindungen von Einfällen und Phantasien finden, die wir als künstlich erkannt haben. Nicht, daß wir dem Gefühl gegenüber wieder eine ernsthafte Einstellung gewinnen können – dazu ist die Vernunft zu sehr losgelassen –, doch werden wir uns des Arkadiens aus Dresdener Porzellan eines Autors erfreuen können, der mit den alten Einfällen, Stimmungen, Typen, Situationen und Lichteffekten auf geschickte, bildhafte Art und Weise spielt, eine Art und Weise, die von liebevollen Erinnerungen wie an gestürzte Götter gefärbt ist, aber doch nie von einer kosmischen und sanft satirischen Erkenntnis der in Wahrheit mikroskopischen Bedeutungslosigkeit der menschlichen Puppen und ihrer unbedeutendenden Beziehungen untereinander abweicht. Ein solcher Autor mag gut Frivolität oder Vulgarität vermeiden, doch muß er der vernunftgemäßen Anschauungsweise den Vorrang einräumen, selbst wenn sie verborgen bleibt, und sich davor hüten, ernsthaft mit der Stimme von Leidenschaften zu sprechen, die von der modernen Psychologie als entweder heuchlerisch hohl oder absurd animalisch erkannt worden sind.

Und klingt das nicht buchstäblich wie eine Beschreibung Dunsanys, eines gewandten Prosadichters, der zufällig auch klassische Hexameter schreibt und seine Bühne aufstellt für unerbittliche

Götter und ihren noch unerbittlicheren Eroberer Zeit, für kosmische Schachspiele von Schicksal und Zufall, für Leichenbegängnisse toter Götter, für Geburt und Tod von Universen und für die einfachen Annalen jenes Stäubchens im Weltraum, das die Welt genannt wird, die mit ihren armseligen Bewohnern nur eines der unzähligen Spielzeuge der kleinen Götter ist, die ihrerseits bloß die Träume der MĀNA YOOD SUSHĀĪ sind? Das Gleichgewicht zwischen Konservatismus und dem Anspruchsvollen ist bei Dunsany vollkommen, er ist auf wunderliche Weise traditionell, sich aber doch der chaotischen Nichtigkeit der Werte bewußt wie jeder, der sich als Vertreter der Moderne bekennt. Mit derselben Stimme, die gottbewegende Mächte besingt, trauert er um das zerbrochene Schaukelpferd eines Kindes und erzählt, wie der Wunsch eines Jungen nach einem Reifen einen König dazu veranlaßte, seine Krone den Sternen zu opfern. Er versäumt auch nicht, von stillen Dörfern zu singen, dem Rauch idyllischer Herdstätten und dem abendlichen Lichterschein in Hüttenfenstern. Er erschafft eine Welt, die es nie gegeben hat und nie geben wird, die wir aber immer gekannt und nach der wir uns in Träumen gesehnt haben. Diese Welt erfüllt er mit Leben, nicht indem er so tut, als sei sie wirklich, sondern indem er die Eigenschaft des Unwirklichen erhöht und sein ganzes Traum-Universum mit einem zarten Pessimismus überzieht, der sich zur Hälfte von der modernen Psychologie herleitet und zur anderen von unseren ererbten nordischen Mythen von Ragnorok, der Götterdämmerung. Er ist zugleich modern und ein Mythologe und sieht das Leben zu Recht als eine Reihe sinnloser Bilder, stattet es mit all den uralten Formeln und Redewendungen aus, die wie erstarrte Metaphern in der Sprache zu einem unabdingbaren Teil unseres hochgeschätzten Erbes an Gedankengut geworden sind.

Dunsany gleicht niemandem sonst. Wilde kommt ihm am nächsten, und es gibt gewisse Verwandtschaften mit Poe, de Quincy, Maeterlinck und Yeats. Doch alle Vergleiche sind müßig. Die besondere Verbindung von Stoff und Manier, die sich bei ihm findet, ist in ihrem stolzen Genie einzigartig. Er ist nicht vollkommen oder nicht immer vollkommen, aber wer ist das denn auch ständig? Kritiker bemängeln, daß er gelegentlich Satire mit der Stimmung einer Tragödie vermischt. Das ist jedoch ein konventioneller Einwand und bezeugt nur, daß sie mit der irischen Tradition nicht vertraut sind, die solch perverserweise unsterblichen Werke wie

James Stephens *Crock of Gold* hervorgebracht hat. Sie bekritteln auch, daß er wandelnde Steingötzen und abscheuliche Hindu-Idole auf der Bühne einführt. Diese Beckmesserei ist erbärmlich blind, interpretiert sie doch apokalyptische Visionen nach Bühnenerfordernissen. Jede Kritik des Schreibers dieser Zeilen würde die Form einer Bitte annehmen; er würde sich eine weniger vollständige Verwandlung des alten mythenschaffenden Dunsany in den neueren und prickelnderen Dunsany wünschen. Ein wiedererstandener Sheridan ist wahrhaftig wertvoll, der Dunsany von *A Dreamer's Tales* ist jedoch ein doppelt so wertvolles Wunder, denn man kann ihm nicht gleichkommen oder auch nur nahekommen. Es ist ein Wunder, das uns unsere Kindheitsträume wiedergegeben hat, soweit uns solche Dinge überhaupt je wiedergegeben werden können, und das ist vielleicht der größte Segen, den es auf Erden gibt.

Die Zukunft ist dunkel und voller Zweifel, und inmitten ihrer vernichtenden Introspektion und Analyse gibt es vielleicht keinen Platz für die Kunst, wie wir sie kennen. Falls jedoch irgendeine schon vorhandene Kunst dieser Zukunft angehört, dann ist es die Kunst Lord Dunsanys.

H. P. Lovecraft, 14. Dezember 1922

Copyrightvermerke

»The Man of Stone«, »The Invisible Monster«, »The Loved Dead«, »Deaf, Dumb and Blind«, »›Till All the Seas‹«, »The Horror in the Burying Ground«, »The Diary of Alonzo Typer«, »The Electric Executioner«, alle aus *The Horror in the Museum and other revisions*, Copyright 1970 by August Derleth.

»Wenthworth's Day«, Copyright 1957 by August Derleth for *The Survivor and Others*.

»The Fisherman of Falcon Point«, Copyright 1959 by August Derleth for *The Shuttered Room and Other Pieces*.

»Witches' Hollow«, Copyright 1962 by August Derleth for *Dark Mind, Dark Heart*.

»Innsmouth Clay«, Copyright 1971 by August Derleth for *Dark Things*.

»Azathoth«, »The Descendant«, »The Very Old Folk«, »The Book« und »The Thing in the Moonlight«, alle aus *Marginalia*, Copyright 1944 by August Derleth und Donald Wandrei.

»Poetry and the Goods« und »The Street«, aus *The Shuttered Room and Other Pieces*, Copyright 1959 by August Derleth.

»The Transition of Juan Romero«, aus *Marginalia*, Copyright 1944 by August Derleth und Donald Wandrei.

»Memory«, »Ex Oblivione« und »What the Moon Brings«, aus *Beyond the Wall of Sleep*, Copyright 1943 by August Derleth und Donald Wandrei.

»Autobiography: Some Notes on a Nonentity«, »History and Chronology of the Necronomicon« und »The Commonplace Book«, alle in *Beyond the Wall of Sleep*, Copyright 1943 by August Derleth und Donald Wandrei.

»Suggestions for Writing Story«, »Elements of a Weird Story & Types of a Weird Story«, »A List of Certain Basic Underlying Horrors Effectively Used in Weird Fiction«, »List of Primary Ideas Motivating Possible Weird Tales« und »The Commonplace Book« erschienen zuerst in *The Notes & Commonplace Book*, Lakeport, The Futile Press 1938, Copyright 1938 by R. H. Barlow.

»Lord Dunsany and His Work«, »Notes on Writing Weird Fiction« und »Some Notes on Interplanetary Fiction«, aus *Marginalia*, Copyright 1944 by August Derleth und Donald Wandrei.

Phantastische Bibliothek
in den suhrkamp taschenbüchern

»Phantastische Bibliothek« - das ist Verzauberung der Phantasie, keine Betäubung der Sinne, sondern Öffnen der Augen als Blick über den nächsten Horizont ins Hypothetisch-Virtuelle. Der Zukünftige verbindet sich mit dem Zeitlosen, rationales Kalkül steht neben poetischer Vision, denkbare Wirklichkeit und analytischer Blick in menschliche Abgründe neben Wunsch- und Alptraum. Anregend und unterhaltsam ist es immer.

Ballard: Billennium. PhB 96. st 896
- Die Dürre. PhB 116. st 975
- Der ewige Tag. PhB 56. st 727
- Hallo Amerika! PhB 95. st 895
- Karneval der Alligatoren. PhB 191. st 1373
- Das Katastrophengebiet. PhB 103. st 924
- Kristallwelt. PhB 75. st 818
- Mythen der nahen Zukunft. PhB 154. st 1167
- Die tausend Träume von Stellavista. PhB 79. st 833
- Der tote Astronaut. PhB 107. st 940
- Traum GmbH. PhB 164. st 1222
- Der vierdimensionale Alptraum. PhB 127. st 1014
- Die Zeitgräber. PhB 138. st 1082

Beherrscher der Zeit. PhB 176. st 1274

Bergengruen: Der Basilisk und andere Spuknovellen. PhB 205. st 1499
- Das Gesetz des Atum. PhB 196. st 1441

Bierce: Das Spukhaus. PhB 6. st 365

Bioy Casares: Die fremde Dienerin. PhB 113. st 962
- Morels Erfindung. PhB 106. st 939

Blackwood: Besuch von Drüben. PhB 10. st 411
- Die gefiederte Seele. PhB 229. st 1620
- Der Griff aus dem Dunkel. PhB 28. st 518
- Das leere Haus. PhB 12. st 30
- Der Tanz in den Tod. PhB 84. st 848

Braun/Braun: Der Irrtum des großen Zauberers. PhB 74. st 807

Bringsvaerd: Die Stadt der Metallvögel. PhB 208. st 1510

Buzzati: Die Maschine des Aldo Christofari. PhB 157. st 1175

Capoulet-Junac: Pallas oder die Heimsuchung. PhB 149. st 1138

Carroll: Das Land des Lachens. PhB 170. st 1247
- Die Stimme unseres Schattens. PhB 222. st 1587
- Das Tal der Träume. PhB 197. st 1442

Chesterton: Der Held von Notting Hill. PhB 156. st 1174

Couperus: Das schwebende Schachbrett. PhB 201. st 1466

Dick: LSD-Astronauten. PhB 60. st 732

Dick: Mozart für Marsianer.
PhB 70. st 773
– UBIK. PhB 15. st 440
Die dunkle Seite der Wirklichkeit.
PhB 199. st 1444
Lord Dunsany: Das Fenster zur
anderen Welt. PhB 161. st 1189
Der Eingang ins Paradies.
PhB 219. st 1566
Die Ermordung des Drachen.
PhB 203. st 1481
Franke: Der Atem der Sonne.
PhB 174. st 1265
– Einsteins Erben. PhB 41. st 603
– Endzeit. PhB 150. st 1153
– Der grüne Komet. PhB 231.
st 1628
– Hiobs Stern. PhB 223. st 1588
– Die Kälte des Weltraums.
PhB 121. st 990
– Keine Spur von Leben. PhB 62.
st 741
– Paradies 3000. PhB 48. st 664
– Schule für Übermenschen.
PhB 58. st 730
– Sirius Transit. PhB 30. st 535
– Die Stahlwüste. PhB 215.
st 1545
– Tod eines Unsterblichen.
PhB 69. st 772
– Transpluto. PhB 82. st 841
– Ypsilon minus. PhB 3. st 358
– Zarathustra kehrt zurück.
PhB 9. st 410
– Zone Null. PhB 35. st 585
Franke/Weisser: DEA ALBA.
PhB 207. st 1509
Gardner: Grendel. PhB 227.
st 1611
Grabiński: Dunst. PhB 228.
st 1612
Grin: Der Rattenfänger. PhB 168.
st 1239
Gruber: Die gläserne Kugel.
PhB 123. st 997

– Zwischenstation. PhB 216.
st 1555
Hasselblatt: Marija und das Tier.
PhB 209. st 1511
Hodgson: Geisterpiraten.
PhB 188. st 1352
E. T. A. Hoffmann: Der Magneti-
seur. PhB 190. st 1366
Horstmann: Das Glück von
Omb'assa. PhB 141. st 1088
Ist Gott ein Taoist? Und andere
Rätsel. PhB 162. st 1214
Jarzebski: Zufall und Ordnung.
PhB 180. st 1290
Jenseits der Träume. PhB 224.
st 1595
Kellermann: Der Tunnel.
PhB 179. st 1283
Kornbluth: Der Altar um Mitter-
nacht. PhB 189. st 1359
– Der Gedankenwurm. PhB 195.
st 1434
Die Stadt der Katzen. PhB 151.
st 1154
Lem: Also sprach GOLEM.
PhB 175. st 1266
– Altruizin und andere kyberneti-
sche Beglückungen. PhB 163.
st 1215
– Die Astronauten. PhB 16. st 441
– Frieden auf Erden. PhB 220.
st 1574
– Der futurologische Kongreß.
PhB 29. st 534
– Imaginäre Größe. PhB 47.
st 658
– Die Jagd. PhB 18. st 302
– Das Katastrophenprinzip.
PhB 125. st 999
– Lokaltermin. PhB 200. st 1455
– Memoiren, gefunden in der Ba-
dewanne. PhB 25. st 508
– Memoiren, gefunden in der Ba-
dewanne. Der Schnupfen. Zwei
Drehbücher. PhB 226. st 1604

Lem: Eine Minute der Menschheit. PhB 110. st 955
– Mondnacht. PhB 57. st 729
– Nacht und Schimmel. PhB 1. st 356
– Phantastik und Futurologie. 1. Teil. PhB 122. st 996
– Phantastik und Futurologie. 2. Teil. PhB 126. st 1013
– Die phantastischen Erzählungen. PhB 210. st 1525
– Die Ratte im Labyrinth. PhB 73. st 806
– Robotermärchen. PhB 85. st 856
– Der Schnupfen. PhB 33. st 570
– Sterntagebücher. PhB 20. st 459
– Die Stimme des Herrn. PhB 97. st 907
– Terminus. PhB 61. st 740
– Die Untersuchung. PhB 14. st 435
– Waffensysteme des 21. Jahrhunderts. PhB 124. st 998
– Wie die Welt noch einmal davonkam. PhB 158. st 1181
Über Stanisław Lem. PhB 36. st 586
Levett: Verirrt in den Zeiten. PhB 178. st 1282
Lovecraft: Azathoth. PhB 230. st 1627
– Berge des Wahnsinns. PhB 24. st 220
– Cthulhu. PhB 19. st 29
– Das Ding auf der Schwelle. PhB 2. st 357
– Der Fall Charles Dexter Ward. PhB 8. st 391
– Das Grauen im Museum. PhB 136. st 1067
– In der Gruft. PhB 71. st 779
– Die Katzen von Ulthar. PhB 43. st 625
– Lovecraft-Lesebuch. PhB 184. st 1306
– Stadt ohne Namen. PhB 52. st 694
Lovecraft/Derleth: Die dunkle Brüderschaft. PhB 173. st 1256
Über H. P. Lovecraft. PhB 130. st 1027
Marginter: Königrufen. PhB 215. st 1546
Maupassant: Die Totenhand. PhB 134. st 1040
Das namenlose Grabmahl. PhB 169. st 1240
Phantastische Aussichten. PhB 160. st 1188
Phantastische Träume. PhB 100. st 954
Phantastische Welten. PhB 137. st 1068
Phantastische Zeiten. PhB 185. st 1307
Poe: Der Fall des Hauses Ascher. PhB 27. st 517
Polaris 9. PhB 155. st 1168
Polaris 10. PhB 171. st 1248
Ray: Malpertuis. PhB 165. st 1223
– Das Storchenhaus. PhB 182. st 1299
Renard: Die blaue Gefahr. PhB 225. st 1596
Der rote Mond. PhB 213. st 1536
Schattschneider: Singularitäten. PhB 129. st 1021
Scheerbart: Die große Revolution. PhB 159. st 1182
– Das große Licht. PhB 194. st 1400
– Der Kaiser von Utopia. PhB 218. st 1565
– Lesabéndio. PhB 183. st 1300
Seltsame Labyrinthe. PhB 198. st 1443
Sonimski: Zweimal Weltuntergang. PhB 166. st 1229

Smith: Das Haupt der Medusa.
PhB 221. st 1575
Steinmüller/Steinmüller: Pulaster.
PhB 204. st 1490
– Der Traum vom Großen Roten
Fleck. PhB 147. st 1131
Strugatzki/Strugatzki: Montag
beginnt am Samstag. PhB 72.
st 780
– Der ferne Regenbogen.
PhB 111. st 956
– Fluchtversuch. PhB 89.
st 872
– Die gierigen Dinge des Jahrhunderts. PhB 79. st 827
– Die häßlichen Schwäne.
PhB 177. st 1275
– Ein Käfer im Ameisenhaufen.
PhB 152. st 1160
– Eine Milliarde Jahre vor dem
Weltuntergang. PhB 186.
st 1338
– Picknick am Wegesrand.
PhB 49. st 670
– Die Schnecke am Hang.
PhB 13. st 434
– Die Wellen lassen den Wind ersterben. PhB 206. st 1598
– Die zweite Invasion der Marsianer. PhB 139. st 1081
Viktorianische Gespenstergeschichten. PhB 187. st 1345
Wakefield: Der Triumph des Todes. PhB 181. st 1291
Weisser: DIGIT. PhB 90. st 873
– SYN-CODE-7. PhB 67. st 764
Whitehead: Der Zombie.
PhB 172. st 1255
Wolfkind: Die Boten des Frühlings. PhB 167. st 1230
Wyndam: Wiedergeburt. PhB 192.
st 1386
– Die Kobaltblume. PhB 202.
st 1474
– Wenn der Krake erwacht.
PhB 212. st 1535
Zondergeld: Lexikon d. phantast.
Literatur. PhB 91. st 880

Herbert W. Franke
in den suhrkamp taschenbüchern

Der Atem der Sonne. Science-fiction-Erzählungen. PhB 174. st 1265
Einsteins Erben. Science-fiction-Geschichten. PhB 41. st 603
Endzeit. Science-fiction-Roman. PhB 150. st 1153
Die Kälte des Weltraums. Science-fiction-Roman. PhB 121. st 990
Keine Spur von Leben. Hörspiele. PhB 62. st 741
Leonardo 2000. Kunst im Zeitalter des Computers. st 1351
Paradies 3000. Science-fiction-Erzählungen. PhB 48. st 664
Schule für Übermenschen. PhB 58. st 730
Sirius Transit. PhB 30. st 535
Die Stahlwüste. Science-fiction-Roman. PhB 215. st 1545
Tod eines Unsterblichen. Science-fiction-Roman. PhB 69. st 772
Transpluto. Science-fiction-Roman. PhB 82. st 841
Ypsilon minus. Mit einem Nachwort von Franz Rottensteiner. PhB 3. st 358
Zarathustra kehrt zurück. Science-fiction-Erzählungen. PhB 9. st 410
Zone Null. Roman. PhB 35. st 585
DEA ALBA. Buch und Kassette. PhB 207. st 1509

J. G. Ballard
in den suhrkamp taschenbüchern

Billennium. Science-fiction-Erzählungen. PhB 96. st 896

Die Dürre. Science-fiction-Roman. Aus dem Englischen von Maria Gridling. PhB 116. st 975

Der ewige Tag und andere Science-fiction-Erzählungen. Deutsch von Michael Walter. PhB 56. st 727

Hallo Amerika! Science-fiction-Roman. Aus dem Englischen von Rudolf Hermstein. PhB 95. st 895

Karneval der Alligatoren. Science-fiction-Roman. Aus dem Englischen von Inge Wiskott. PhB 191. st 1373

Das Katastrophengebiet. Science-fiction-Erzählungen. PhB 103. st 924

Kristallwelt. Roman. Aus dem Englischen übersetzt von Margarete Bormann. PhB 75. st 818

Mythen der nahen Zukunft. Science-fiction-Erzählungen. Aus dem Englischen von Franz Rottensteiner. PhB 154. st 1167

Die tausend Träume von Stellavista und andere Vermilion-Sands-Stories. Aus dem Englischen von Alfred Scholz. PhB 79. st 833

Der tote Astronaut. Science-fiction-Erzählungen. Aus dem Englischen von Michael Walter. PhB 107. st 940

Traum GmbH. Phantastischer Roman. Aus dem Englischen von Michel Bodmer. PhB 164. st 1222

Der vierdimensionale Alptraum. Science-fiction-Erzählungen. Aus dem Englischen von Wolfgang Eisermann. PhB 127. st 1014

Die Zeitgräber und andere phantastische Erzählungen. Aus dem Englischen von Charlotte Franke. PhB 138. st 1082